잇스토리 영상화 기획소설 시리즈_6

작가 김미습.

 1976년생. 대학에서 산업디자인 전공 후 20대 땐 패션 월간지와 시사 주간지의 편집디자이너로 활동했다.

2014년에 대한민국 스토리공모대전에서 우수상을 수상, 이때부터 본격적으로 작법과 웹툰 등을 익히면서 직장인과 창작가의 삶을 병행하고 있다.

이 작품은 한국콘텐츠진흥원과 스토리움의 지원을 받아 제작되었습니다.

향단이는 누가 죽였나

ⓒ김미습

(본 소설은 영상화를 위해 기획 및 발행된 도서입니다.)

창작공간 잇스토리

차 례

1. 변학도의 아들

날카로워지기 시작한 6월의 햇살에 아지랑이가 일렁거렸다.

나귀 위에 앉은 변학도는 툭 치면 쓰러질 듯 몸이 비틀거렸다. 그의 쌕쌕거리는 숨결이 점점 더 거칠어졌다.

'내 인생은 이제 끝났어.'

귀양을 가는 변학도의 머릿속에서는 온종일 이 말이 떠나지 않았다.

모든 것을 다 가진 변학도였다.

행정관리 수령으로 지방을 도는 신세였지만 남원 부사직은 나름대로 끗발 있는 자리여서 중앙행정부 진출을 위한 교두보이기도 했다.

실제로 변학도가 부임하기 전 남원 부사였던 이몽룡의 아버지 이한림은 승정원의 승지로 영전했다. 학도 역시 이번을 마지막으로 지방 관아의 수령에서 중앙관직으로의 이동을 꿈꾸고 있었다. 그것에 더해 장성한 아들은 잘생기고 영민하기까지 했다.

아내를 역병으로 잃긴 했으나 아들이 과거 시험에 급제하여 준다면 더는 바랄 것이 없는 학도였다.

하지만 마른하늘 날벼락이었다. 남부럽지 않은 인생을 살던 변학도는 하루아침에 어사 이몽룡에게 파직되고 제주도로 유배 가는 신세가 된 것이다. 꿈같은 일이었지만 그의 꿈은 그렇게 하룻밤의 꿈처럼 날아가 버렸다.

학도는 제대로 정신을 잡고 있기가 어려웠다. 절망이 변학도의 내면을 완전히 잠식해버렸다.

어디서부터 잘못된 것일까?
변학도는 기억을 되돌려 하나씩 따져보기 시작했다.

*　　*　　*

춘향은 기생의 딸이다.
(조선 시대는 종모법(從母法)에 따라 자식은 어머니의 신분을 따르게 된다)
때문에, 고을 수령이 수청을 요구하는 것은 잘못된 것이 아니다.
하지만 그녀는 남편이 있음을 주장했고 변학도는 혼인의 증거를
요구했다. 그러나 가솔들의 주장만 있을 뿐, 객관적으로 믿을만한
증인의 확인은 없었다.
결국, 학도는 춘향을 장판에 올리고 집장사령을 시켜 그녀의 볼
기를 쳤다. 춘향이 거짓말을 하고 있다고 판단한 것이다.
매질할 때마다 춘향은 신음과 함께 악에 받친 자기변호를 쏟아
냈다.
"여섯이오!"
"6만 번을 죽인 데도 6천 마디에 얽힌 사랑은 변할 수가 없소!"
"일곱이오!"
"칠거지악을 범하지 않았는데 일곱 가지 형문이 웬 말이오!"
"여덟이오!"
"팔자 좋던 춘향의 몸이 이제 팔도 방백 수령 중에서 제일가는

명관을 만났구려!"

"아홉이오!"

"아홉 구비 이 간장에서 나오는 눈물이 9년 홍수가 되겠구나."

"열이오!"

"아악!"

"멈춰라! 이래도 수청을 들지 않을 것이냐?"

이제 포기했을 거라는 생각에 변학도는 다시 의향을 물었다.

하지만 춘향의 절개는 흔들리지 않았다.

"10만 번 죽는대도 나를 변케 할 수는 없을 거요."

"안 되겠다. 이년이 싹싹 빌 때까지 매우 쳐라!"

"예?! 더요?"

놀란 집장사령이 학도에게 반문했다. 이미 속바지의 엉덩이 부분에서는 핏물이 배어 나오고 있었다. 학도가 집장사령을 무서운 눈초리로 쏘아보자 다시 매질을 이어갔다.

"열하나요!"

"아이고, 이것들아! 내 귀한 딸 죽는다! 그만해라, 그만해!"

월매가 눈이 뒤집히며 기절을 하자 모든 사람의 시선이 월매에게 쏠리며 여기저기서 안타까운 탄식이 터졌다.

그러는 사이, 사람들 무리에서 한 사내가 부채로 얼굴을 가리고 앞으로 걸어 나왔다. 몽룡이었다.

"금준미주는 천 사람의 피요, 옥반가효는 만백성의 기름이라. 촛농이 떨어질 때 백성들의 눈물이 떨어지고, 노랫소리 높은 곳에 원망 또한 높나니….”

잔치에 참석했던 수령들이 몽룡이 읊는 시의 뜻을 알아듣고는 다들 당황하여 도망칠 준비를 했다. 학도 역시 눈이 휘둥그레지며 겁에 질린 목소리로 몽룡에게 외쳤다.

“웨… 웬 놈이냐!”

“내가 누구냐고? 그게 궁금하신가?”

이때, 담장 너머에서 ‘암행어사 출두요!’라는 외침이 들려왔고, 이어서 나졸들이 들이닥쳤다. 순식간에 동헌 안은 난리가 났다.

도망을 치거나 숨으려던 수령들은 어사의 사령들이 잡아다가 춘향 옆에 무릎을 꿇렸다.

상황이 어느 정도 정리가 되자 마루 중앙의 의자에 앉은 몽룡이 학도를 향해 선고했다.

“남원 부사 변학도는 봉고 처분하며, 중앙에서 처벌이 내려올 때까지 옥에 가두어라!”

춘향은 이몽룡을 ‘서방님’이라고 불렀다. 학도는 자신이 암행어사의 아내에게 매질했다는 사실에 말문이 막혀버렸다.

물론 변학도는 아전들의 비리를 눈감아주는 대신 그들에게 뇌물을 챙기기도 했다. 하지만 이것은 원활한 행정 실무의 진행을 위해 전국적으로 행하여지는 관례였다. 아전들에게는 따로 월급이 지급

되지 않기 때문에 어쩔 수 없이 힘없는 백성들을 상대로 수탈을 해야 했고, 새로 부임한 고을의 수령은 그것을 눈감아주는 대신 지역의 오랜 유지인 아전들의 도움을 받았다.

학도는 억울했다. 단지 자신의 판단 실수로 지금까지 쌓아온 모든 것을 잃고 만 것이다.

중앙에 연줄도 약하여 이렇게 유배를 떠나게 되면 그의 정치 인생은 이대로 끝나는 것이었다.

<남원 부사 변학도는 아전들의 비리를 묵인하고 남편 있는 아녀자에게 수청을 강요했을 뿐만 아니라 죄 없는 사람에게 매질 한 죄를 물어 파직하고 제주도 유배에 처한다!>

전라도 관찰사가 전한 어명이었다. 학도의 눈에서 눈물이 왈칵 쏟아졌다.

* * *

인간의 인생이란 오르막이 있으면 내리막도 있는 것이어서, 행복과 불행 모두 절대 영원하지 않다. 하지만 많은 사람이 이런 사실을 망각하고 오만에 빠진다.

변학도 역시 그런 오만에 빠져 있다가 한순간 나락으로 떨어졌다. 말 위에 앉아 유배 가는 학도는 산송장의 모습이었다. 지금까지 이룬 것을 한순간에 모두 잃었으니 그 마음 오죽할까?

사흘간 밥은 고사하고 물조차 제대로 넘기지 못했다. 인생이 끝난 마당에 밥이나 물이 목구멍으로 넘어갈 리 없었다. 압송관이 주먹밥을 권했으나 학도는 초점을 잃은 눈빛으로 눈꺼풀만 껌뻑였다. 변학도는 절망의 늪에서 빠져나오지 못하고 있었다.

"아버지!"

학도의 귀에 아들 도학의 목소리가 들려왔다.

'이제 헛소리마저 들리는구나.'

소리가 나는 곳으로 고개를 돌리자 정말로 아들 도학이 말을 타고 달려오고 있었다. 어느새 변학도의 눈에는 눈물이 그렁그렁 고였다.

그에게는 귀한 아들이었다. 학도는 아들이 자신과 반대되는 인생을 살라는 의미로 자신의 이름을 반대로 돌린 <도학>이라는 이름을 지어주었다. 실제로 도학은 변학도와는 다르게 수려한 외모로 자라났으며 효심 또한 극진했다. 거기에 영특하기까지 했으니 학도에게는 남들에게 자랑할 만한 그런 아들이었다.

도학이 말에서 내려 학도에게 큰절을 올렸다.

"네가 이곳엔 어쩐 일이냐?"

"공부하던 절에서 소식을 듣자마자 바로 말을 달려오는 길입니다. 제가 아버지를 대신하여 유배 가겠습니다!"

"뭐얏?! 헛소리 그만하고 다시 절로 돌아가서 과거 시험 준비에나 힘쓰거라!"

학도는 없는 기운을 끌어 올려 도학에게 불호령을 내렸다.

하지만 아들은 자신의 의지를 꺾지 않았다. 도학은 압송관에게 간곡히 부탁했다.

"아버지를 대신하여 제가 유배 갈 수 있도록 해주십시오."

"군역을 대립 세우는 경운 있어도 유배를 대신하였다는 얘기는 들어보지 못했다. 네가 국법의 지엄함을 아직 모르는구나. 당장 비켜라!"

압송관의 반응은 강경했다. 도학 역시 포기하지 않았다.

"이 나라 조선에서 가장 중요하게 생각하는 덕목이 바로 <효(孝)>입니다. <효>는 곧 나라에 대한 <충(忠)>입니다. 자식 된 도리를 다하겠는데 어찌 그것이 안 된다고만 하십니까?"

"그래도 아들은 효자를 두었군. 정 그렇게 가고 싶다면 따라가는 것은 말리지 않으마."

도학의 말에 감복한 압송관의 목소리가 누그러졌다. 그러자 도학이 품에서 작은 꾸러미를 꺼내어 압송관에게 전했다.

꾸러미에는 상당한 양의 은자가 들어있었다.

"아버지의 얼굴을 좀 보십시오. 이러다가는 제주에서 얼마 버티지 못하실 겁니다. 저는 이대로 두고 볼 수만은 없습니다. 부디 자식 된 도리를 다할 수 있게 해주십시오."

압송관의 눈빛이 변했다.

"흠, 그래. 네 말이 옳다. 국법이 아무리 엄하다고 한들 어찌 아들의 효심 위에 있을 수 있겠는가. 너는 효를 다하도록 하라!"

"고맙습니다, 나리!"

"대신 너의 이름은 이제부터 변학도다. 잊지 말아라."

죄인을 이송하는 압송관 조차 뇌물 앞에서는 바람 앞의 촛불이었다. 예나 지금이나 돈은 법 위에서 사람을 조종한다.

"귀양은 제가 가겠습니다. 아버지는 그만 고향으로 돌아가셔요."

"어쩌자고 그런 것이야. 과거 시험은 포기한 거냐?"

"공부는 유배지에서 해도 됩니다. 그리고 어찌 출세가 효보다 더 중요할 수 있겠습니까?"

도학은 변학도의 짐을 자신의 말에 옮겨 실었다. 학도는 내심 아들의 효심에 기분이 좋았지만 다른 한편으로는 걱정되었다.

이제 스물 하고도 세 살이 된 녀석이 과연 척박한 제주도에서 유배 생활을 잘 해낼 수 있을까? 하지만 다른 방도가 없었다. 이미 변학도의 몸과 마음은 엉망진창이었다. 자신이 생각해도 이대로 제주도에 갔다가는 정말로 얼마 버티지 못하고 저세상 사람이 될 거 같았다.

'이 또한 나의 복인가? 이대로 죽을 수는 없지. 그래, 살아보자.'

학도는 염치 불고하고 아들에게 귀양살이를 맡기고 고향길로 돌아섰다. 학도가 다행히 자신의 의견을 받아들이자 도학은 안도의 한숨을 내쉬었다. 그리고 자식 된 도리를 다했다는 만족감이 표정으로 나타났다.

압송관은 다시 도학에게 경고했다.

"잊지 말아라. 너는 이제부터 변도학이 아니라 변학도다!"

"예, 명심하겠습니다."

"젊은 친구에게 귀양살이는 절대 만만치 않을 것이야. 마음 단단히 먹거라."

사실 도학은 넉넉한 양반집에서 태어나 모자람 없이 자라왔다. 얼굴 피부는 뽀얗고 하얬으며 고생한 티란 있지 않았다. 누가 봐도 백면서생(白面書生) 양반댁 도령이었다.

사실 도학도 슬슬 걱정이 몰려오기 시작했다. 처음엔 잠시 여행을 다녀온다는 생각으로 나섰으나 막상 낯선 제주도에서 오랜 시간 유배 생활할 것을 생각하니 알 수 없는 공포가 엄습해오는 것이었다.

고향으로 가던 변학도 역시 뒤를 돌아보며 도학을 걱정했다.

'저 녀석 겁이 많아서 밤에 혼자 측간에도 못 가는 유약한 놈인데 과연 혼자서 버틸 수 있을까?'

*　　*　　*

옥빛 바다가 펼쳐진 남해안의 바닷가에 낯선 외지인들이 말을 타고 나타났다. 관원과 나졸들이 죄인 셋을 이끌고 항구로 다가오는 중이었다. 말에서 내린 압송관이 배 쪽으로 다가오자 선장이 먼저 물어왔다.

"제주도로 유배 가는 사람들입니껴?"

"그렇소."

"어서 배에 타쇼. 곧 출발합니데이."

배가 출발하자 도학은 자신이 제주도 유배 길에 올랐다는 사실을 새삼 깨달았다.

육지에서 떨어진 배는 일렁이는 파도를 가르며 끝이 없는 수평선을 향해 나아갔다. 끼룩끼룩하며 배웅하는 갈매기들은 마치 변학도를 대신하여 유배 가는 도학을 비웃는 듯했다.

'내 인생은 어디로 가고 있는 걸까? 무사히 아버지 대신 유배

생활을 마칠 수 있을까?'

걱정이 고민 위에 다시 자리를 잡았다.

…

"일어들 나슈! 곧 제주항에 도착합니더!"

얼마나 잤을까? 선실에서 잠들었던 도학이 선원의 외침에 놀라 잠에서 깼다. 주위가 어두운 것을 보니 밤이었다. 퀴퀴한 냄새가 도학의 코를 찔렀다.

도학은 인상을 쓰며 갑판 위로 나왔다. 보름달과 별빛이 컴컴한 밤바다를 비추고 있었다. 뱃머리가 향한 곳을 바라보자 제주항의 불빛이 도학의 눈에 들어왔다.

'이곳이 제주도란 말인가.'

조선 시대의 제주도는 지금과는 상황이 매우 달랐다.

지금이야 누구나 살고 싶은 관광지가 되었으나 조선 시대에는 많은 돌과 바람 때문에 사람이 살기 척박하여 죄인들이나 귀양살이를 오는 감옥섬 정도로 치부되었다. 육지에서 바라보는 절해고도의 이 섬은 말을 키우는 목장 정도에 불과했다. 그래서 제주는 유배인들에게 죽음의 섬으로 인식되었다.

'과연 내가 여기서 살아낼 수 있을까?'

어둠을 가르고 밤바다에서 불어오는 매서운 바람은 도학에게 두려움으로 바뀌었다.

배에서 내린 후 한참을 걸어 도착한 곳은 제주 관아였다.

동헌 건물 현판에는 어스름한 어둠 사이로 '연희각(延曦閣)'이라는 글자가 보였다. 입구를 지키던 나졸이 달려가 형방으로 보이는 사람을 불러왔다.

"이런, 또 유배인들이야?"

"총 세 명입니다."

압송관이 공문을 건네며 죄인들을 인수인계했다. 형방은 문서를 들여다보며 죄인의 이름과 죄목을 하나씩 확인했다.

"어디 보자. 남원, 나주, 전주에서 오셨구먼. 부정부패에 사기, 간통이라…."

유독 젊어 보이는 도학에게 형방이 물었다.

"자네는 이름이 뭔가?"

"변학도입니다."

"변학도…. 뭐? 나이가 마흔다섯?!"

공문을 보고 놀란 형방이 눈을 치켜뜨며 도학을 노려보았다.

도학 역시 극도로 긴장하며 침을 삼켰다. 여기서 허사가 되면 국법을 어긴 죄로 어떤 벌을 받게 될지 모르는 일이었다.

2. 보수주인

(– 보수주인(保授主人) : 유배지에서 유배인의 숙식을 책임지는 사람)

도학은 손을 품속에 넣어 은자꾸러미를 만지작거렸다. 도학이 할 수 있는 경우의 수는 두 가지였다. 형방이 유연하게 나오면 뇌물로 그의 입을 잠재우는 것이고, 강경하게 나오면 자신이 변학도가 확실하다며 더 큰 소리로 우기는 것이었다.

그런데 이내 형방의 눈빛은 부드럽게 풀리며 코웃음을 쳤다.

"허허, 엄청난 동안이시구먼. 마흔다섯이 아니라 스물다섯이라 해도 믿겠소. 자, 다음은 나주에서 오신 분이 누구요?"

형방의 시선이 돌아가자 도학은 안도의 한숨을 쉬었다.

알면서도 눈감아준 걸까, 아니면 정말 동안이라고 생각한 걸까?

'대립으로 유배를 왔을 거란 생각을 못 해서일 수도 있고, 또는 대립으로 유배를 오는 경우가 종종 있어서 그냥 넘어간 것일지도 모르지.'

하지만 사실은 압송관의 귀띔이 이미 있었더랬다. 어쨌든 무사히 넘어가자 도학은 한시름 놓았다.

늦은 밤에 불려 나온 제주 목사 탁종립이 동헌 마당에 나란히 서 있는 죄인 셋을 노려보았다. 방금까지 관기와 달콤한 시간을 보내다가 방해를 받자 짜증이 밀려온 것이다. 종립은 중앙에 서서 불만을 쏟아냈다.

"뭐야? 셋씩이나? 아니, 죄인들을 계속 제주도로 보내면 어쩌자는 거야. 백성들은 먹고살기도 힘든데 누가 보수주인을 반가워하겠냐고. 나 원 참….”

한숨을 크게 내쉰 종립이 죄인 셋을 안쓰러운 눈빛으로 바라보며 조언해주었다.

“보수주인 잘 만나길 기도나 하시구려.”

제주 목사는 형방과 함께 죄인 셋을 이끌고 초롱불을 앞세우며 길을 나섰다.

귀양살이를 오게 되면 유배인을 관원이 지키는 게 아니다. 현지의 주민이 죄인을 하나씩 맡아서 숙식을 해결해주고 감시도 한다. 이런 사람을 ‘보수주인’이라고 불렀다. 보수주인을 하게 되면 그 기간은 군역이나 세금이 면제되었다.

* * *

어둠을 뚫고 방안의 불빛이 새어 나오는 어느 양민의 집 앞에 도착하자 종립이 나서서 집주인을 찾았다.

“거 있수꽈?”

“누게꽈?”

방문을 열고 사람이 나왔다.

“저기, 육지에서 죄인들이 왔는데….”

“돼서!”

나오던 양민이 다시 문을 ‘쾅’하고 닫았다. 당황한 종립이 큰소리로 외쳤다.

"어험! 이것은 지엄한 나라의 명을 어기는 것이오!"

화가 난 양민 역시 문을 벌컥 열며 소리쳤다.

"영핼꺼민 나 끄성갑서! (차라리 날 잡아가시오!)"

양민은 종립을 째려보고는 다시 방문을 세차게 닫았다. 차가운 푸대접에 종립과 아전들은 한숨만 쉬었다. 도학이 보기에도 제주도 민심은 살벌했다. 귀양살이가 힘들다는 이야기만 들었지, 실제로 유배지에 대한 정보가 없었던 도학에게 제주도의 분위기는 충격이었다.

일행은 할 수 없이 다른 집으로 향했다. 하지만 다른 집이라고 해서 반응이 다를 리 없었다.

"날봅서. 있쑤과?"

"어디서 옵데가?"

"저기, 보수주인이 필요해서….."

역시 제주 목사 종립과 죄인들을 본 양민의 눈이 휘둥그레지며 방문을 닫았다. 그리고는 이어서 방 안의 촛불까지 꺼버렸다.

"나가 굶게 생겨신디 무신!"

"저기, 보수주인을 맡으면 세금을 면해주는데 어떻게 안 되겠는 감?"

제주 목사가 사정해보았으나 방 안에서는 반응이 없었다.

결국, 포기한 종립이 아전들에게 부탁했다.

"아무래도 너희가 맡아야겠다."

"군교나 관노 등 관속들은 이미 하나 이상을 맡고 있습니다. 저도 맡은 죄인이 둘이나 됩니다."

"그럼 어쩌자는 것이냐? 이렇게 보수주인 찾으며 밤을 새울까?"

"저, 고 생원댁은 어떨까요?"

"고 생원? 거긴 이미 둘이나 맡고 있다."

"그래도 이 지역 최고 유지인데 하나 정도는 더 맡아도 되지 않겠습니까?"

"그래? 그럼 가보자."

*   *   *

어느새 도학의 눈앞에 관아보다 더 큰 기와집이 나타났다.

역시 지역 최고의 유지다웠다.

일행이 마당으로 들어서자 백발의 고 생원이 근엄한 표정으로 안방에서 나왔다. 종립은 최대한 예를 갖추며 고 생원에게 사정을 설명했다.

"저, 그래서 지금 보수주인을 찾지 못하고 있습니다."

"목사가 고생이 많구먼. 그럼 뭐 별수 있나. 그런데 셋 모두는 힘들고 둘만 맡기고 가시오."

"네?! 둘이나…요? 아이고 고맙습니다, 생원 어르신!"

하나도 아닌 둘이나 맡길 수 있게 되자 종립과 형방은 크게 기뻐했다.

"자, 어서들 들어가게. 자네들 운 좋은 줄 알아. 여긴 이 근방에서 제일 큰 부잣집이라네. 절대 밥 굶을 일은 없지."

형방이 웃으며 도학을 제외한 둘을 고 생원의 집 안으로 들여보냈다. 선택받지 못한 도학만이 아쉬운 표정을 지었다.

종립이 걱정스러운 표정으로 혼잣말을 했다.

"이젠 하나만 처리하면 되겠군. 근데 누구한테 맡겨야 하나."

이에 좋은 생각이 떠오른 형방이 도학의 눈치를 보며 종립의 귀에 대고 뭐라고 이야기했다. 그러자 놀란 종립이 대꾸했다.

"뭐?! 에이, 아냐 아냐. 안 돼, 거긴. 아, 아무리 죄인이라도 기본적인 상식을 생각해야 할 거 아닌가, 이 사람아."

"하지만 그 집만 아직 죄인을 한 번도 받지 않았습니다. 사실상 거절할 명분이 없는 건 그 집뿐입니다."

"그래?"

형방의 말에 종립이 고민에 빠졌다.

도학은 어떤 곳이기에 둘이 쑥덕이는지 궁금해졌다. 종립이 상식을 운운하자 덜컥 겁이 난 것이다.

"그럼 그곳으로 가자!"

잠시 고민을 하던 종립은 도학을 데리고 그곳으로 향했다.

"어디로 가는 겁니까?"

도학은 어디로 가는지 물었지만 종립과 형방은 대답해주지 않았다.

암흑이 점령한 밤거리를 형방이 들고 있는 초롱불에 의지한 채 밤바다에서 불어오는 바람을 맞으며 말없이 걷자니 기괴망측한 분위기가 연출되었다. 도학은 겁이 나서 더더욱 주눅이 들었다.

*   *   *

한참을 걸어 다시 바닷가 인근에 도착하자 외진 곳에 낡은 초가 집 하나가 나타났다. 돌로 쌓은 담벼락 위로는 깃발이 꽂혀있고 붉은 천과 하얀 천이 바람에 펄럭였다. 한쪽에는 서낭당도 보였다. 종립과 형방이 그 집 앞에 서자 도학은 그제야 왜 종립이 망설였었는지 깨달았다.

"아니, 여기는! 지금 무당과 함께 지내라는 겁니까?!"

"무당은 아니네. 무당은 작년에 죽었고 지금은 그녀의 손녀가 혼자 살고 있지."

"그래도 여긴 너무…."

도학의 항의는 가볍게 무시되었다. 종립과 형방의 나이가 더 많을뿐더러 도학은 죄인, 둘은 공권력을 행사하는 관원의 위치였기 때문이다. 이미 종립과 형방이 마음먹은 이상 도학의 의견이 들어갈 자리는 전혀 없었다.

'그래서 가장 어린 날 마지막으로 남긴 것이군.'

도학이 처음 생각했던 것과는 다르게 형방은 노련한 사람이었다.

형방은 집주인인 옥단이를 불러내 이런저런 사정 이야기를 설명했다. 설명이 끝나자 옥단이 고개를 돌려 도학을 바라보았다.

도학과 옥단의 눈이 마주쳤다. 옥단은 곧이어 화를 내며 따지기 시작했다.

"처녀 혼자 사는 집인데 저런 젊은 남자와 어떻게 산답니까! 혹시 강간 같은 죄를 저질러서 유배를 온 건 아닙니까?"

"그런 건 아니네."

"아무튼, 여기는 안 됩니다. 신을 모시는 곳이라고요!"

"어허! 우리 마을에 보수주인을 하지 않은 사람은 오직 자네뿐이야. 이런저런 거 다 따지면 언제 보수주인을 하겠나?"

"이게 지금 말이 됩니까! 그럼 차라리 여자 죄수를 보내주세요!"

형방과 옥단이 보수주인 문제로 실랑이를 하는 사이, 도학은 종립에게 따졌다.

"이런 초라하고 작은 초가집에서 지내라는 겁니까? 다른 두 사람은 으리으리한 기와집으로 가지 않았습니까?"

도학은 태어났을 때부터 부모가 양반이었다. 어린 시절부터 권력자의 아들로 모자람 없이 귀하게 자랐다. 그런데 혼자 집을 떠나온 것도 이번이 처음이요, 낯선 제주도에 온 것도 처음이었다. 그런 도학이 깃발 꽂힌 초라한 초가집에서 지내기는 매우 어려운 일이었다.

"그래도 보수주인이 있는 것을 다행으로 알게. 보수주인을 얻지 못하면 밥을 굶어야 한다는 걸 자네도 알지 않나."

실제로 유배지에서 보수주인을 구하지 못한 죄인은 스스로 숙식을 해결해야만 했다. 그래서 걸인처럼 길거리를 떠도는 유배인도 있고, 남의 밭 농작물이나 식량을 훔쳐 먹다가 주인에게 두들겨 맞는 일도 허다했다. 그런 이야기를 익히 들어서 알고 있던 도학은 순간 움츠러들었다.

종립은 도학에게 농담을 건넸다.

"아직 시집 안 간 처녀일세. 잘해보시게. 크크크."

도학의 표정이 일그러졌다. 도학이 처한 상황은 기본적인 생존의 문제인데 종립은 엉뚱한 남녀관계 이야기를 꺼냈기 때문이다.

'집은 초라해도 주인이 시집 안 간 처녀이니 그걸로 <퉁> 치자는 것인가?'

집주인이 시집 안 간 처녀라고 해도 도학은 이런 곳에서 살기 싫었다. 그것은 옥단도 마찬가지였다. 옥단이 종립을 잡아먹을 듯이 노려보았다.

형방은 일이 성사되었다는 듯 어느새 도학에게 다가와 귓속말을 하며 손을 내밀고는 손가락을 비벼댔다.

"압송관에게 들었어. 아버지 대신 귀양 왔다지? 어쨌든 눈감아 주겠네."

역시 그냥 넘어갈 리 없었다. 도학은 형방이 내민 손에 은자꾸러미 하나를 안겨주었다.

'정말 이 나라는 돈이면 안 되는 것이 없군.'

냉혹한 사회로 나오기 전의 도학이었지만 뇌물로 돌아가는 세상을 먼저 배웠다.

"어차피 주인도 육지에서 온 사람이라 의사소통에도 무리가 없으니 얼마나 좋은가. 그럼 부탁함세."

"아니, 저, 저기…."

도학이 잡을 틈도 없이 종립과 형방은 서둘러 가버렸다.

도학은 당황한 표정으로 마당 입구에 서서 옥단을 바라보았고,

옥단은 그런 도학을 한 번 째려보더니 한숨을 쉬었다.

"참 나, 어이가 없네. 어쩐지 지난 밤 꿈자리가 이상하더라니."

결국, 옥단이 포기하고 마당으로 내려와 도학에게 광(창고)으로 쓰던 작은 방을 내주었다.

"잠은 여기서 주무셔요."

벽은 거미줄과 곰팡이 핀 자국으로 덮여있고, 창문은 잡다한 물건에 가려 보이지도 않았다. 도학에게는 산 넘어 산이었다. 이런 곳에서 잠을 자라니. 도학은 너무나 황당하여 말문이 막혀 말이 제대로 나오지 않았다.

"여기는 방이 아니라 광이잖소? 더군다나 좁아서 제대로 눕지도 못할 거 같은데…."

"그럼 주인인 내가 여기서 잡니까?! 우리 집은 방이 하나라서 어쩔 수 없어요. 정 마음에 안 들면 저기 헛간에서 자든가!"

옥단이 손가락으로 가리킨 곳에는 정말 더럽고 추워 보이는 작은 헛간이 있었다. 더군다나 바로 옆은 뒷간이어서 냄새까지 날 것이 뻔했다. 그곳에서 자느니 광에서 자는 것이 백 배, 천 배 나은 선택이었다. 도학은 바로 태도를 바꿨다.

"아니요. 여기서 자겠소."

도학을 믿을 수 없던 옥단은 미리 경고했다.

"설마 저를 건들지 않겠죠?"

"뭐요? 나를 어떻게 보고! 이래 봬도 난 선비요!"

"혹시 몰라서 미리 경고해두는 겁니다. 만약 이상한 낌새라도 느끼면 바로 관아에 달려갈 테니 알아서 하세요."

"걱정하지 마시게!"

도학 역시 자신을 성범죄자로 의심하는 태도에 자존심이 상했다.

아무리 죄를 지어 유배를 왔지만. 아니, 죄를 지어 유배를 와야 했던 사람의 아들이지만 그렇다고 남모르는 처녀를 덮칠 정도의 파렴치한은 아니었다.

도학이 겁에 질린 표정으로 광 안을 살펴본 후 안으로 들어갔다. 음침한 방구석에서는 정말 뭐라도 튀어나올 분위기였다.

오늘 하루 피곤했던 도학은 옷을 벗지도 않고 방 가운데 모로 누웠다.

*   *   *

"갸갸갹~ 끼루끼루, 아우~"

밖에서 들려오는 낯선 짐승들 소리에 놀란 도학은 몸을 움츠리며 두 손으로 귀를 막았다.

잠은 오지 않았다. 힘든 하루였다.

말을 달려 간신히 아버지 대신 유배 길에 올랐고, 먼바다 건너 도착한 제주도에서는 무당의 손녀가 자신의 보수주인이 되었다.

더군다나 앞으로 얼마가 될지 모르는 귀양살이를 창고 같은 방에서 지내야 한다고 생각하니 자신도 모르게 서러움의 눈물이 흘러내렸다. 그동안 곱게만 자란 양반댁 도령에게 유배 생활은 감당하기 힘든 것이었다.

옥단은 잠들기 전, 징을 두드리며 제단에 기도를 올리기 시작했다. 원래는 옥단의 할머니가 돌아가시기 전까지 하던 일이었는데 할머니가 돌아가신 이후로 옥단이 대신하게 되었다. 어릴 땐 옥단도 정말 지긋지긋하게 싫은 기도였지만 자라면서 보고 들은 것이 이것뿐인지라 옥단 역시 거의 무당이 되어 있었다.

"천상옥경 옥황상제 복명사신 소거백마 대신장님 하위 받아 들으시고…."

징 소리에 옥단의 기도 소리까지 들려오자 도학은 깜짝 놀랐다. 귀신을 부르는 듯한 소리에 도학은 더욱 겁을 먹고는 몸을 힘껏 움츠리며 두 손으로 귀를 막았다.

도학은 점점 한계에 몰리고 있었다.

"두두두두두-"

천장 위의 쥐들도 옥단의 징 소리에 놀라 정신없이 뛰어다녔다.

그러던 중, 쥐 한 마리가 그만 천장의 구멍을 통해 도학의 얼굴 위로 떨어졌다. 철퍼덕!

"으악!"

쥐를 보고 놀란 도학이 비명을 지르며 마당으로 뛰쳐나왔다. 도학의 비명에 놀란 옥단도 급히 방문을 열어젖히며 외쳤다.

"무슨 일이에요?!"

"저기. 쥐, 쥐가…."

도학은 자신의 방을 손가락으로 가리키며 울먹이는 소리로 말했다. 옥단은 어이없다는 표정으로 한숨을 내쉬고는 다그쳤다.

"밤새 외롭지 않고 좋겠네요. 잘 사귀어 보세요."

"아니, 쥐랑 어떻게 같이 자라는 거요?!"

도학이 황당하여 옥단에게 따져 물었지만 옥단은 들은 체도 하지 않고 냉정하게 자신의 방문을 닫아버렸다. 도학은 쥐가 나오는 광 안으로 다시 들어갈 수는 없었다.

　혼자 남겨진 도학은 툇마루에 쪼그리고 앉아 밤하늘을 바라보았다. 밤하늘의 별빛은 너무나 아름다웠다. 갑자기 몰려온 서러움에 도학의 눈에서 눈물이 흘러내렸다. 도학은 지금까지 행복하기만 했던 자신의 인생을 떠올렸다.
　어린 시절은 친구들과 어울리며 즐거웠고, 장성한 뒤에는 관직에 있는 아버지의 후광으로 모자람 없이 편하게 공부를 하며 지내 온 삶이었다. 그런데 지금의 처지는 정말 비참했다. 도학은 아이처럼 훌쩍이며 울기 시작했다. 지금쯤 고향에 있을 아버지 변학도와 돌아가신 어머니가 너무나 그리웠다. 스무 살이라고는 하지만 아직 어린 티를 완전히 벗지는 못했다.

　자려고 누운 옥단의 귀에 도학의 훌쩍이는 울음소리가 들려왔다. 다 큰 사내가 울다니. 옥단에게는 한심하게 보였다. 하지만 안타까운 마음도 생겼다. 곱게 자란 양반집 도령이라면 많이 힘들겠다는 생각이 든 것이다.
　'오죽하면 사내가 아이처럼 눈물을 흘릴까.'
　옥단은 다시 일어나 방문을 열고 나갔다. 도학이 마루에 쪼그리고 앉아 고개를 무릎 사이에 파묻은 채 울고 있었다.
　"지금까지 어떻게 살아오셨는지는 모르겠는데 사람 대부분은 이렇게 삽니다. 이런 초가집에서 쥐랑 함께 산다고요. 참고 버티세요. 버티다 보면 인생 어떻게 될지 모르는 겁니다. 내리막이 있으면 오르막도 있는 법이니까요."

"…."

도학의 울음소리가 잦아들었다. 본인도 여자 앞에서 우는 모습이 창피했기 때문이다. 그러자 옥단이 말을 걸어왔다.

"선비님의 나이는 어떻게 됩니까?"

"내 나이는 스…. 아니, 마흔다섯이오."

"쳇! 뻥 치시네! 기껏해야 내 또래 같구먼."

"갑자기 말이 짧소?"

"그럼 너도 짧게 하던가. 너 스물은 넘었니?"

옥단의 노기에 놀란 도학이 자신의 진짜 나이를 말해버렸다.

"… 오, 올해 스물셋이다!"

"나랑 동갑이네. 이름은?"

"변… 학도."

"그래? 그럼 학도라고 부를게."

뜻하지 않게 통성명이 이루어지자 도학은 당황했다. 더군다나 자신을 <학도>라고 부르겠다니?

아버지 대신 귀양살이를 와서 아버지 이름을 대긴 했으나 무당으로 보이는 동갑의 처녀 아이가 자신의 아버지 존함을 함부로 부르게 할 수는 없었다. 순간, 도학은 꾀를 냈다.

"그, 학도가 본명이긴 하지만 그건 우리 집안 어르신들만 부르는 이름이고, 넌 나와 동갑이니 내 동무들처럼 나를 도학이라고 불러줘."

"도학? 그래. 도학이라고 부를게."

옥단은 도학의 제의를 쉽게 받아들였다.

옥단의 질문은 계속 이어졌다.

"그런데 너는 무슨 죄로 제주에 온 거니?"

"살인, 강간, 간통, 사기 같은 파렴치 범죄는 아냐."

"너 자꾸 더 궁금하게 할래?"

"그게, 기생의 딸에게 수청을 들라고 했다."

"잉? 그건 죄가 아니지 않나?"

"근데 남편이 있다며 거절을 당했지."

"에이, 남편 있는 아녀자에게 수청을 요구하는 건 아니지."

"그녀에게 남편이 있다는 증거는 없었어."

"그럼 기생의 딸이 거짓말을 한 거야?"

"그래서 거짓말을 한 줄 알고 엉덩이가 터지도록 매질을 했지."

"거짓말을 했으면 맞아야지!"

"근데 그녀에게 정말로 남편이 있었어."

"아이고…. 그래도 그건 오해인데 유배까지 올 죄인가?"

"문제는 그녀의 남편이 암행어사였다."

옥단의 눈이 커지더니 이내 한숨을 내쉬었다.

한동안 말이 없던 그녀가 도학에게 제안을 해왔다.

"너도 참 팔자가 기구하구나. 이제는 다른 삶으로 다시 살아보는 거야. 어때? 그렇게 해볼래?"

"다른 삶으로?"

"응. 얼마가 될지 모르겠지만 여기서 살아내려면 넌 여기 생활에 적응해야 해. 그러려면 지금까지 살아온 환경과는 전혀 다른 환경에 너를 맞춰야지. 아마 완전 다른 삶이 될 거야."

도학이 생각하기에도 옥단의 말이 맞았다.

잘나가는 양반댁의 꽃미남 도령으로 추앙받으며 살아온 인생이었다. 앞으로 짧으면 몇 개월, 길면 몇 년을 이곳 제주에서 버티려면 달라진 삶을 받아들이고 적응하는 수밖에 방법이 없었다.

"그럼 내 방의 쥐 좀…."

"어이구, 알았어. 쥐는 내가 잡아줄 테니까 이제 다시는 울지 않는 거다? 약속!"

"약속!"

도학은 마치 어린아이처럼 옥단이 내민 새끼손가락에 자신의 새끼손가락을 걸었다.

오늘 처음 만난 옥단이었다. 그런데 그녀는 죄인인 도학이 힘들어하자 손을 내밀어 주었다. 도학은 옥단에게 '인간미'라는 것을 느꼈다.

'나 같은 죄인, 잘못되면 자기도 편하고 좋을 텐데….'

옥단의 마음 씀씀이에 동요된 도학은 이곳 생활에 잘 적응해야겠다고 다짐했다.

그렇게 제주에서의 첫날밤이 깊어가고 있었다.

＊　＊　＊

다음 날 아침, 잠에서 깬 도학이 방문을 열고 어슬렁거리며 나왔다. 옥단은 마당 한쪽에서 세수하는 중이었다.

"아이고 허리야. 새우처럼 구부리고 잤더니 등이 다 아프네."

"오늘부터는 놀고먹을 생각 하지 마."

"?"

"세수하고 난 다음에는 마당 청소부터 하고, 청소 다 끝나면 심부름 좀 해."

"어험. 아니, 지금 양반에게 일을 시키는 겐가?"

"그럼 내가 너의 몸종으로 보여? 아직도 정신을 못 차렸군. 내가 해주는 밥만 편하게 앉아서 받아 드시겠다? 난 절대 그런 꼴 못 보니까 밥이라도 한 끼 얻어먹으려면 밥값을 해!"

하지만 도학은 옥단이 시키는 마당 청소를 하지 않았다.

결국, 마당 청소를 직접 마친 옥단이 소반에 밥과 반찬을 놓고 혼자 식사했다. 밥 한 숟가락 입에 넣고 총각김치를 아주 맛나게 우적우적 씹는 옥단. 도학은 그런 옥단의 모습을 바라보며 입맛만 다셨다.

"음! 총각김치가 아주 작살나게 익었네. 난 분명 얘기했다. 밥값을 해야 밥을 줄 거라고…."

도학은 못 참겠는지 마당으로 나가 빗자루를 잡고 쓰는 시늉을 했다. 그러자 다시 옥단의 불호령이 떨어졌다.

"마당 청소는 방금 내가 했잖아! 그건 이제 지나갔다고!"

"그럼 어떻게?"

"새참이라도 얻어먹고 싶으면 어판장 가서 생선이라도 몇 마리 얻어와."

"어판장? 지금 나보고 구걸을 하라고?"

"네, 잘난 선비님! 굶고 싶지 않으면 구걸이라도 하세욧!"

도학이 할 수 있는 건 없었다. 유배인에게 보수주인의 명령은 절대적이다. 사실상 보수주인이 유배인의 생살여탈권을 쥐고 있다. 참기 힘든 허기가 몰려오자 도학은 벗어 놓은 갓을 다시 쓰고 바닷가의 어판장으로 향했다.

*　　*　　*

'이거 참. 양반 체면에 생선 구걸이라니….'

한참을 서서 어판장을 바라보던 도학의 배에서 '꼬르륵' 소리가 났다. 배고픔을 참지 못한 도학이 망설이다가 배에서 생선을 내리고 있는 어부에게 말을 걸었다.

"저기…."

"뭔 일이꽈?"

"저, 혹시 남는 생선이 있으면 좀…."

"이잉? 그냥 안주주게. 일 해사되. (누가 그걸 그냥 주겠나? 일 해야지.)"

마침 저쪽에서 누군가 일할 사람을 찾는다.

"일할 사람 어신가? 여기 사람 필요한디?"

"야, 야이 데령가라! (어이, 이 사람 데려가!)"

어부가 도학에게 충고를 했다.

"혼적 갑서양, 생긴일 뺏깁니다양 (어여 가 보슈. 그나마 생긴 일자리 빼앗기기 전에)."

"아, 예."

도학이 다가가자 일할 사람을 찾던 어부가 도학에게 생선이 가득 담긴 상자를 하나 건넸다. 도학은 본능적으로 변명을 해댔다.

"아, 저기 나는 양반이오. 근데 유배를 와서…."

"괴기라도 몇마리 어정가클랑 이거나 재개 날릅서! (생선이라도 몇 마리 얻고 싶음 이거나 열심히 나르시오)"

도학이 얼떨결에 시키는 대로 생선 상자를 날랐다.

그런 도학을 본 다른 어부가 다가와 물었다.

"누게꽈?"

"새로 완 유배인."

"아하."

"보수주인이 잘 길들염쩌이. (보수주인이 제대로 길들이는 모양이야.)"

도학은 정신없이 생선이 가득 담긴 상자를 나르고, 어부들은 그런 도학의 모습을 흐뭇하게 바라보았다.

*   *   *

간단한 일을 마친 도학이 즐거운 표정으로 옥단의 집에 돌아왔다. 손에는 새끼줄에 묶인 생선 몇 마리가 들려있었다. 집 안으로 들어온 도학은 자랑스러운 얼굴로 생선을 들어 보이며 외쳤다.

"밥 줘! 배고파!"

도학이 생선을 구해오자 옥단은 밝은 미소로 도학을 맞이했다.

"응. 얼른 생선 구워줄게!"

도학이 어떤 고생을 해서 생선을 얻어왔을지 잘 알기 때문이다. 옥단이 생선을 맛나게 구워 소반에 밥상을 차려 내자 도학이 아주 맛나게 먹었다. 옥단은 옆에서 생선 살을 발라주었다.

"천천히 먹어. 체하면 큰일 나."

도학은 순식간에 밥그릇을 깨끗하게 비웠다.

배가 부르자 그동안 궁금했던 것을 옥단에게 물어보았다.

"너도 무당이니? 신내림 받아서 막 귀신도 보고, 하는…."

"아니. 난 신내림 받은 무당이 아니야. 우리 할머니가 무당이셨지."

"무당도 아니면서 저 깃발은 왜 꽂혀있는 거야?"

"내가 무당을 하지 않으면 이 마을에 무당은 없어지니까. 무당이 없으면 굿할 사람이 없잖아? 그래서 신내림 받은 무당은 아니더라도 마을에 굿할 일이 있으면 내가 나서서 해야 해."

"아하. 그러니까 할머니의 신분을 물려받은 거군?"

"그렇다고 할 수 있지."

"그런데 무당이라는 직업이 그렇게 해도 되나?"

"무당이 실제로 신이 내리는지는 중요하지 않아. 그냥 형식이 중요할 뿐이지. 여기 제주 사람들은 다들 그렇게 생각해."

"마을 사람들은 굿해줄 사람이 필요한 것이로군?"

"굿 자체는 누가 하든 상관이 없으니깐."

옥단은 한숨을 쉬며 수평선을 바라보았다. 그녀는 그저 자신의 운명을 받아들일 뿐이었다. 그리고는 도학에게 다시 한번 더 경고했다.

"알았지? 우리 집에서 공짜 밥은 없는 거다?"

"그러니까 밥값만 하면 되는 거지?"

"응. 나쁜 일만 아니라면…."

"그럼 난 내가 가장 잘할 수 있는 걸 해야겠다."

"그게 뭔데? 설마 불쌍한 과부들 후리거나 뭐 그러는 건 안 된다!"

"이래 봬도 글공부를 오래 한 선비라네."

"그러니까. 서책이 밥을 먹여줄 리는 없을 테고…."

"아니. 내 서책이 밥 먹여준다는 걸 보여주마!"

3. 1년 후

도학은 자신이 지내야 할 방부터 정리했다.

창고 같던 방의 잡동사니들을 정리해서 편히 쉴 수 있는 방으로 꾸미고, 작은 교자상을 구해서 자신이 가져온 서책들을 올려놓았다. 도학은 제주로 올 때 자신이 공부하던 서책 몇 권을 챙겨서 왔다.

도학이 가장 먼저 펼친 것은 <주역>이었다.

주역(周易)이란 유학 오경(五經) 중의 하나로, 세상의 모든 것을 음양의 조화로 보며 64괘로 우주의 질서를 설명하는 학문이다.

그리고 인간 역시 우주의 질서 안에 속해 있는 존재로 해석하기 때문에 사람의 생년월일시로 사주팔자를 풀이하면 한 인간의 운명을 알 수 있게 되는 것이다.

도학은 역술로 마을 사람들의 점괘를 봐주려 하고 있었다.

이미 무당의 집에 살고 있으니 <역술>은 도학이 이용하기 좋은 최적의 선택이었다. 그리고 가져온 책 중에 <동의보감>도 있었다. 의원도 없는 외진 섬에 살면서 혹시나 몸에 병이 나면 직접 치료할 목적으로 챙겨온 것이었는데 도학은 이것으로 마을 사람들까지 구제해줘야겠다는 마음을 먹었다.

'진인사대천명(盡人事待天命)!'

하늘은 스스로 노력하는 자를 돕는다고 했다.

도학은 자신의 능력이 되는 한 최선을 다해 남을 도우며 살아가겠다고 다짐했다.

그렇게 1년이 흘렀다.

방 안에서 웃옷을 벗고 팔굽혀펴기를 하는 도학. 단단하게 잘 발달한 근육이 드러났다. 1년 전에는 가녀린 양반댁의 도령이었지만 지금은 꽤 튼튼한 남자로 변신해 있었다. 도학은 건강한 몸에서 뇌가 최고의 능력치를 발휘하게 된다는 것을 잘 알았다. 그래서 글공부뿐만 아니라 근력운동도 열심히 했다.

밖에서 옥단의 목소리가 들려왔다.

"도사님, 손님 오셨습니다."

제주에서 1년이나 지내자 이제 제주 사투리가 표준말처럼 자연스럽게 들렸다.

"어, 그래."

도학은 일어나 서둘러 옷을 챙겨 입고 갓을 쓴 뒤 명리학(**命理學**)책을 들고 방을 나섰다.

도학이 마당으로 나오자 점을 보러 온 사람이 깍듯이 인사를 해 왔다. 도학의 소문을 듣고 찾아온 이웃 마을 사람이었다.

마당의 커다란 평상 위에 오른 도학이 명리학책을 교자상 위에 펼쳐놓고 사주를 보기 시작했다. (명리학 : 사주로 운명을 해석하는 학문)

"어디 보자. 진시생이라…. 해묘미(亥卯未) 합이 들어서 자기주장이 강하고 고집이 세며 남에게 간섭받기를 싫어하는군. 어허! 이

거, 이거, 사주에 물이 적으니 꽉 막혀서 흘러가질 않아."

"네, 맞습니다. 도사님. 정말 되는 일이 하나 없습니다."

"부적을 하나 써줄 테니 잘 접어서 베개 안에 넣어두면 앞으로는 일이 술술 잘 풀릴 겁니다."

도학이 바로 부적을 하나 써서 건네자 손님은 그것을 받아들고 기뻐했다.

"저, 돈은 얼마를 드리면 되나요?"

"한 닢."

"예에?! 그렇게 쌉니까?"

"부적의 효능은 돈과는 상관없네. 사주풀이까지 해서 한 닢만 주시게."

"아이고, 고맙습니다. 도사님!"

그런데 손님이 도학과 옥단을 수상하다는 시선으로 바라보았다.

"두 분은 부부가 되신 겁니까?"

"네에?! 아뇨! 절대 아닙니다!"

옥단이 깜짝 놀라며 손사래를 쳤다.

"아, 그렇군요. 마을에는 쓸데없는 소문이 돌아서…."

자꾸 계속되는 오해에 옥단은 괴롭다.

작은 집에서 청춘 남녀가 동거하고 있으니 마을에서는 이상한 소문이 돌만 했다.

손님이 연신 고맙다는 인사를 남긴 후 돌아가자 옥단의 푸념이 시작됐다.

"아이, 짜증 나!"

"왜 그래? 하루 이틀 받은 오해도 아닌데…."

"넌 유배가 끝나 육지로 돌아가면 그만이지만 난 이곳에서 계속 살아야 한단 말이야. 동네방네 엉뚱한 소문이 났으니 이젠 시집은 어떻게 가라고!"

"너 설마, 나보고 책임지라는 얘긴 아니지?"

"뭐?! 이게 진짜! 어딜 넘봐!"

"다행이구나. 네 사주를 보면 정인이 있는 경우 이달에 매우 좋지 않거든. 그런데 넌 아직 남자가 없으니까 이달은 무사히 넘어갈 수 있겠다."

"혹시 나 평생 혼자 살아야 하는 운명인 거야?"

"그런 건 아니고."

도학은 손님에게 받은 돈을 옥단에게 주었다.

"오늘 밥값."

"아니, 돈 좀 있어 보이면 더 받으라니까! 굿도 좀 권하고!"

옥단이 뾰로통한 표정으로 도학을 쏘아댔다. 하지만 도학은 여유 있는 표정으로 대꾸했다.

"아, 글쎄. 이건 내 영업권이고, 난 내 밥값만 벌면 그만이야. 기억 안 나? 나보고 성실하게 살아야 복이 온다며?"

"사기를 치자는 것도 아니고…. 먹고살 만한 사람한테 동전 몇 닢 더 받자는 건데…."

"서로의 영역은 존중하자고. 난 사주풀이와 의술, 너는 굿판과 해녀!"

"쳇!"

옥단은 마을의 굿판을 진행하는 것 외에 평소에는 해녀 일을 하고 있었다. 반면 도학은 인근 마을 사람들의 사주풀이를 해주고 간단한 의술로 병을 치료해주며 동전이나 먹을 것을 얻어 생활해나갔다. 욕심이 없는 도학이라 옥단과 먹고 살기에는 부족함이 없었다.

도학이 외출 준비를 하는데 한 남자가 아이를 안고 집 안으로 뛰어 들어왔다. 뒤이어 아이 엄마도 따라 들어왔다. 인근에 사는 젊은 부부였다.

"아이고, 나리! 우리 애 좀 살려주십쇼! 열이 심하고 온종일 설사를 합니다. 이러다가 애 잡겠어요!"

아이 아빠는 거의 울면서 도학에게 사정을 했다.

"아이를 여기 눕히셔요."

도학이 아이의 머리와 배를 만지며 진찰을 시작했다.

"어디 보자…. 아이고, 열이 심하군. 그리고 배에서는 소리도 나고. 급성 장염입니다. 탕약을 써야 하니 제가 써주는 대로 약방에 가서 약을 지어오세요."

"아, 예."

도학은 동의보감을 펼치고 종이에 처방전을 따라 적은 후 아이 아빠에게 건넸다.

"그럼 꼭 내가 일러준 대로 약을 시간 맞춰서 달여 먹이셔야 합니다. 밥은 내일까지 먹이지 마시고요."

"네, 나리. 고맙습니다."

젊은 부부가 아이를 안고 떠나자 옥단이 도학에게 물었다.

"의술까지 어찌 그리 잘 아니?"

"옥단아. 책 속엔 모든 지식이 다 들어있느니라."

"그래? 난 글만 보면 졸리던데. 정말 대단하군. 역시 변 도사님이야."

"단둘이 있을 때도 도사님이라고 불러. 함부로 이름 부르지 말고."

"도사님이라고 높여주니까 지가 진짜 도사인 줄 아나 보네? 쓸데없는 소리 하지 말고 오늘 내림굿 있으니까 장에 가서 과일이랑 떡 좀 사 와. 그래도 변 도사가 시장에 떠야 좋은 물건 싸게 사지."

"넌 은근히 날 부려 먹더라?"

"그게 다 보수주인의 특권 아니겠어? 싫으면 유배에서 빨리 풀려나시던가. 그리고 내림굿 하면 목돈도 들어오잖아. 이게 어디 나만 좋자고 하는 일이니? 너한테도 떡고물이 떨어진다고."

"넌 신내림 받은 무당도 아닌데 어찌 내림굿을 한다는 거야?"

"제주도는 육지와 좀 달라서 신내림 받은 무당이 아니어도 전수자면 일반 굿과 내림굿 모두 할 수 있어. 난 우리 할머니로부터 배웠거든. 어차피 굿이라는 게 그냥 요식행위 아니겠어? 또 내림굿 할 수 있는 무당도 제주에는 거의 없으니 나한테 맡기는 거라고."

도학은 군소리 없이 옥단의 요구대로 장을 보기 위해 외출을 했다.

도학이 장터에 나타나자 마을 사람들이 반갑게 인사를 해왔다.

도학도 밝은 미소로 응대했다. 도학은 사실상 거의 무료로 마을 사람들을 위해 의술과 역술을 펼쳤다. 그러자 마을 사람들 사이에서는 도학에 대한 신뢰가 형성되었고, 자신들이 가진 것을 나누며 도학에게 인간적으로 의지하기 시작했다. 그렇게 도학은 마을에서 먹을거리를 어렵지 않게 구했다.

처음에 왔을 때는 생소한 환경과 낯선 사람들 때문에 힘들어했지만 옥단 덕에 지역 사회에 차츰 동화되며 완전히 적응한 것이다. 더군다나 도학은 드물게 육지에서 유배를 온 꽃미남 젊은이여서 인기가 높았다.

도학에게 큰 도움을 받은 일부 마을 사람들은 도학을 <변 도사님>이라고 부르며 무한 신뢰를 보내기도 했다.

"안녕하세요. 오늘 굿판 열리는 거 아시죠? 꼭 보러오세요."

"아이고, 도사님. 오랜만이네요."

"어머니! 손자 얻으셨다면서요? 작명은 저한테 오실 거죠?"

"당연하지. 내일 갈게요."

도학이 떡집에 도착하자 떡집 아들 만득이가 나와 인사를 했다.

"안녕하세요, 도사님. 장터엔 어쩐 일로 오셨대요?"

"가만. 자네 범띠 칠월 생이지 않았나?"

"네. 맞는데요. 초하루 자시생입니다."

도학은 머릿속으로 천문을 열어 만득의 사주를 계산하기 시작했다. 곧이어 결론이 나오자 도학이 만득에게 타일렀다.

"자네, 이달은 뱃일을 나가지 마시게. 알았지?"

"뱃일을요? 네. 도사님이 시키는 대로 합죠."

"오늘 굿판 있으니 꼭 보러 오고."

도학은 만나는 사람마다 굿을 보러 오라고 광고를 했다.

떡을 구매한 도학이 과일가게로 옮겨 과일을 고르자 가게 주인이 도학에게 물었다.

"뭐야, 오늘 굿판 있어?"

"예. 구경하러 오세요. 박수 내림굿이에요." (박수 : 남자 무당)

"박수? 자네 내림굿 받는 거야?"

놀란 과일가게 주인의 눈이 커졌다.

"아뇨. 무슨…. 저 말고 다른 사람이요."

"그래? 누구지?"

"왜 이웃 마을에 신병 앓아서 다 죽어간다는 노총각 있잖아요."

"아! 갸구먼."

"이렇게 얼마에요?"

"됐어. 지난번에 우리 손주를 살려줬는데 돈을 어떻게 받나."

과일가게 주인이 돈을 받지 않자 도학은 알아서 돈을 놓고 과일가게를 나섰다. 가게 주인이 받은 돈을 되돌려주려 따라오자 도학은 가게 주인의 눈을 피해 장터 뒷골목 지름길로 재빨리 숨었다.

도학이 집을 향해 가는데 여기저기 뒤지며 뭔가를 찾고 있는 꼬마 아이가 보였다. 아이의 품에는 고양이가 한 마리 안겨 있었다.

"꼬마야. 뭘 그렇게 찾니?"

"고양이 방울을 잃어버렸어요."

도학도 아이를 도와 함께 방울을 찾기 시작했다. 남에게 도움을 준 만큼 복이 돌아온다는 사실을 깨달은 도학은 언제나 어려움에 부닥친 사람을 발견하면 최선을 다해 도와주었다.

"정식아!"

아이를 찾는 엄마의 목소리가 들려오자 꼬마는 안절부절못했다.

"먼저 가거라. 방울은 아저씨가 찾아 놓으마. 이따 무당집으로 내림굿 구경 오면 줄게."

"고맙습니다."

아이는 서둘러 쌩하니 가버렸지만, 도학은 그 자리에 남아 열심히 방울을 찾았다. 그리고 이내 기둥 밑 뒤쪽에서 방울을 발견했다.

'이것이로군.'

허리를 굽혀 방울을 집어 일어나는데 누군가와 부딪혔다. 오늘 내림굿을 받게 될 춘봉이었다. 시간이 늦어 급히 달려오다가 도학과 충돌을 한 것이었다. 그 때문에 방울을 놓친 도학.

그런데 바닥에 떨어진 방울이 둘이다. 춘봉 역시 내림굿에 사용될 방울을 들고 있었는데 도학과 부딪히면서 놓친 것이었다.

하지만 이런 사실을 모르는 두 사람은 서로 엉뚱한 방울을 집어 들었다.

"죄송합니다. 늦어서 뛰어오다가 그만…."

"원, 사람하고는…. 조심 좀 하지. 다치겠네."

춘봉이 먼저 도학이 떨어뜨린 고양이 방울을 들고 뛰어갔다. 도학 역시 춘봉이 놓친 방울을 주워 자신의 도포 소매 주머니에 넣었다.

춘봉이 가지고 있던 방울은 신물(神物)이다.

'신물'이란, 신병(神病)에 걸린 사람이 정식 무당이 되기 위해 가지고 있어야만 하는 물건이다. 종류에는 여러 가지가 있으나 춘봉은 방울이 선택되었다. 하지만 도학은 자신이 챙긴 방울이 춘봉의 '신물'인지 알지 못했다.

* * *

큰바람은 없었지만 구름이 많은 날이었다.

정오가 되자 옥단의 집 마당에서 내림굿이 시작되었다. 옥단은 새하얀 고깔모자에 화려한 무녀 옷을 걸치고 굿판의 시작을 알렸다. 옥단의 집에 모여든 수많은 마을 사람들은 호기심 가득한 시선으로 옥단의 내림굿을 구경했다. 하지만 도학은 갑자기 뭔가 서늘한 기운을 느꼈다.

'뭐지? 갑자기 서늘하네.'

먼저 옥단이 카리스마 넘치는 춤사위를 보이며 재수굿 열두거리 의식을 시작했다. 액과 살을 내쫓는 '추당물림' 후, 부정거리, 가망거리, 말명거리, 상산거리가 이어졌다. 옥단의 상산 노랫가락이 계속되었고, 춘봉이 무복을 입은 후 방울과 부채를 들고 춤을 추었다. 빨라지는 장구 가락! 그런데 이상하게 도학의 정신이 흐려지며 몸이 떨려왔다. 한동안 춤을 추고 나서 옥단이 춘봉에게 물었다.

"어느 신이 드셨느냐?"

하지만 춘봉에게는 아무런 변화가 없었다.

"그, 글쎄요. 잘 모르겠는데요?"

춘봉의 대답에 옥단이 당황했다.

"어허! 정신을 똑바로 못 차릴까? 한 바퀴 더 돌아야겠구나!"

"음. 처, 천지신명?"

"오호라. 천지신명이 드셨구나."

반면 도학은 뭔가 수상한 기운에 휩싸였다. 그리고 굿판 건너편에서 그를 뚫어지게 쳐다보는 한 처녀를 보았다. 도학은 그녀가 누구인지 확인하려 했으나 시야가 흐릿하여 알아보지 못했다.

옥단은 춘봉의 신내림 시험에 들어갔다.

"자, 이제 말문을 열어 보아라."

한 아주머니가 춘봉에게 질문했다.

"신명님, 남편이 누구와 바람났는지 알 수 있을까요?"

"네? 저, 그게···."

춘봉이 당황하는 사이, 도학을 보고 있던 처녀가 어느새 도학의 뒤로 와서 귀에 대고 뭐라 이야기를 해주자 도학은 손가락으로 엄지 어멈을 가리켰다.

"엄지 어멈이구먼. 엄지 어멈!"

도학의 외침에 마을 사람들과 옥단 모두 도학이 가리키는 엄지 어멈을 바라보았다.

"아니, 그걸 어떻게?!"

놀란 엄지 어멈은 당황하여 그만 자백과 같은 대답을 해버렸고, 춘봉에게 질문했던 아주머니는 격노하며 엄지 어멈에게 달려들었다.

"이년. 네가 내 남편을 꾀었구나!"

둘 사이에 한바탕 큰 싸움이 났다.

하지만 도학은 여기서 멈추지 않고 다른 사람에게 계속 신점을 펼쳤다. 두 번째는 대추나무집 사위였다.

"당신! 이번이 두 번째 혼인이면서 어디 처음 장가든 것처럼 거짓말이야!"

본인만 알고 있던 비밀이 폭로되자 당사자도 깜짝 놀라 손으로 입을 가리고, 마을 사람들도 놀라 수군거렸다.

"거기, 아저씨! 시집 안 간 따님 임신했으니 가서 확인해보세요!"

"뭐라고? 내 이년을 당장!"

도학의 도발이 계속되자 이상함을 느낀 옥단이 도학에게 다가갔다. 도학의 손에는 오전에 골목길에서 주운 방울이 들려있었다. 옥단은 한 번에 그것이 '신물'임을 알아보았다.

"이 방울 어디서 났어?"

"방울? 어, 이거. 아까 장터 골목에서 꼬마가 잃어버린 고양이 방울인데…."

옥단은 춘봉의 손에 들려있는 방울을 바라보았다. 춘봉은 고양이 방울을 들고 있었다. 옥단은 어디선가 둘의 방울이 바뀌었음을 눈치챘다.

"아무래도 네가 신내림을 받은 거 같다."

"뭐? 내가 신내림을?!"

도학은 너무 놀라 몸이 그대로 굳어졌다.

그곳에 모인 모든 사람이 황당하다는 표정으로 도학과 옥단을 번갈아 가며 바라보았다.

굿판이 끝나자 물이 빠지듯 동네 사람들이 순식간에 돌아갔다.

마당에는 옥단과 도학만이 남았다. 옥단이 굿판을 정리하자 도학은 옥단을 따라다니며 이것저것 물었다.

"내가 신내림을 받았다면 내 몸주 신령은 누구야?"

"그건 네가 알겠지."

"내가? 어떻게?"

마당 한쪽에서 한 처녀만이 돌아가지 않고 도학을 뚫어지게 쳐다보고 있었다. 그 처녀의 얼굴을 확인한 도학은 깜짝 놀랐다. 옥단과 얼굴이 완전 똑같았기 때문이다.

도학의 몸이 사시나무처럼 떨려왔다. 직감적으로 그녀가 처녀 귀신이라는 것을 느낄 수 있었다.

'이럴 수가. 옥단이 둘이잖아?'

옥단은 부엌으로 들어가고, 도학은 간신히 용기를 내서 처녀 귀신에게 말을 걸었다.

"너, 넌 누구냐?"

"저는 옥단이의 일란성 쌍둥이 자매 향단이라고 합니다."

"네가 나의 몸주 신령이구나?"

"그렇습니다."

도학은 옥단의 사주를 떠올렸다. 옥단과 일란성 쌍둥이라면 향단은 옥단과 사주가 같다. 정인이 있으면 목숨을 부지하기 어려운 사주. 제주에 있는 옥단은 직업이 무당이라 남자를 만나지 못해 나쁜 운명을 피했으나 향단은 그렇지 못했다.

"그런데 왜 하필 나에게 신내림을 한 것이냐?"

"그건 저도 모릅니다. 저는 남원에 있었고, 어젯밤 거기서 죽었는데 지금 여기 이렇게 와 있는 것이니까요."

"남원이라고? 어젯밤에 죽어?"

남원은 도학의 부친인 변학도가 1년 전 부사로 재직하다가 파직을 당한 곳이다.

'기이한 일이군. 쌍둥이 자매 때문에 여기로 온 건가?'

"나리, 부탁이 있습니다."

"부탁이라니?"

"옥단이에게 제가 죽었다는 사실을 말하지 말아 주세요. 제가 죽었다는 사실을 알게 되면 옥단이는 매우 괴로워할 겁니다."

부엌에서 나온 옥단이 중얼거리는 도학을 보고는 물었다.

"몸주 신령과 인사 나누는 중이야? 몸주 신령이 누구야?"

"그건… 말할 수 없어."

당황한 도학의 얼굴에 난감한 표정이 지나갔다.

"뭐, 내가 신내림 받은 것도 아니니까 얘기 안 해도 상관없어."

옥단은 도학의 대답에 토라져 쏘아붙였다. 도학은 뭔가 떠오르자 다급히 옥단에게 매달렸다.

"옥단아. 올림 굿! 올림 굿을 해줘."

올림 굿이란 내림굿의 반대로, 무당의 몸 안에 들어온 몸주 신령을 밖으로 빼내는 굿이다.

"올림 굿을 배우긴 했는데…."

"올림 굿은 어떻게 하는 거야?"

"간단해. 내림굿의 역순. 근데 해본 적은 한 번도 없어."

"왜?"

"올림 굿은 내림굿과는 다르게 당사자의 목숨이 위험할 수 있거든. 죽을 수도 있어."

"주… 죽는다고?"

"응. 확률이 아마 거의 반반일걸? 몸주 신령이 얌전히 나가면 괜찮은데 보통 심술을 부리거든. 그래서 꽤 많이 죽지."

죽는다는 옥단의 단언에 도학은 겁을 먹었다.

"그럼 나, 이대로 평생 무당의 삶을 살아야 한다는 거야?"

"아니. 그렇지는 않아. 어차피 너는 신병이 와서 신내림을 받은 것도 아녀서 길어야 3년? 그 정도면 자연스럽게 신령이 몸에서 빠져나갈 거야. 올림 굿을 하느니 차라리 그때까지 기다리는 게 낫지."

"3년이라니. 그것도 나한테는 너무 길다고!"

　　　　　　　　*　　*　　*

　　남원에서는 나졸 하나가 급히 달려와 몽룡에게 소식을 알렸다.

　　"나리, 향단이가 죽었다고 합니다!"

　　"뭐?! 향단이가! 그곳이 어디냐!"

　　몽룡이 달려간 곳에서는 방자가 방문 앞에서 대성통곡을 하고 있었다.

　　"으아아아, 향단아! 내 사랑 향단아"

　　노비들이 안타까운 표정으로 수군거렸다.

　　"아이고, 나리의 애첩을 누가 저리 죽였디야."

　　몽룡이 방 안으로 들어서자 향단의 시신이 하얀 천에 덮여있다. 향단의 시신을 확인한 몽룡의 눈에서 눈물이 왈칵 쏟아졌다. 검시관이 몽룡에게 보고했다.

　　"자살로 꾸몄으나 정황상 타살인 거 같습니다."

　　"누, 누구냐! 어떤 놈이 우리 향단이를 이렇게 만들었냔 말이다!"

　　몽룡이 통곡하고 있는 방자의 멱살을 잡고 일으켜 세웠다.

　　"너구나. 너지? 기어이 네가 사고를 치고 말았어!"

　　"그러기에 내가 뭐랬냐. 향단이는 나한테 시집을 와야 한다고 했잖여. 이게 다 너 때문이다. 몽룡이 네가 향단이를 죽인 거여!"

　　몽룡이 방자를 매서운 눈으로 노려보았지만, 향단을 죽인 범인이 아닌 거 같다. 몽룡은 방자를 바닥에 내팽개치고 자신의 집 안방을 향해 달렸다.

안방으로 들이닥친 몽룡은 춘향에게 따지기 시작했다.

"부인이 그런 거요?"

"뭐가 말입니까?"

"시치미 떼지 마시오. 향단이를 당신이 죽인 거잖소!"

"향단이를 죽이다뇨? 그게 지금 무슨 얘깁니까?

"향단이가 살해를 당해서 주검으로 발견되었단 말이오!"

몽룡은 울면서 따졌다. 그제야 춘향도 상황을 파악했다.

향단이 죽었다는 말에 춘향은 큰 충격을 받았다.

"정말, 향단이가 죽었습니까?"

"그렇소."

"저는 모르는 일입니다. 지금 서방님에게 처음 듣는 얘기라고 요!"

"아끼던 애첩이 타살당했는데 본부인은 모르는 일이다?"

몽룡이 원망의 눈빛으로 춘향을 바라보았다. 그러자 춘향은 자기 변호를 쏟아냈다.

"향단이는 다섯 살 때부터 자매처럼 함께 지내온 하나뿐인 죽마 고우입니다. 그런데 제가 어떻게 향단이를 죽일 수 있겠습니까?"

몽룡은 춘향에게 의심의 눈빛을 보냈다.

"당신은 하나뿐인 죽마고우가 죽었는데 눈물을 흘리지 않는구려."

몽룡의 차가운 말에 춘향의 표정이 굳어졌다.

*   *   *

도학은 난감했다. 신내림을 받은 것도 황당한데 자신의 몸주 신령이 옥단의 일란성 쌍둥이 자매라 옥단에게 터놓고 하소연할 수도 없었다.

'이걸 어쩌지? 몸주 신령의 부탁이 있었으니 옥단에게 향단이가 죽었다고 말할 수도 없고….'

고민이 가득한 표정으로 마당을 뱅뱅 돌던 도학이 외출하자 향단이도 그의 뒤를 졸졸 따라왔다. 도학이 멈추면 향단도 멈추고, 도학이 다시 빠르게 걸으면 향단도 빠른 걸음으로 쫓아왔다.

"왜 따라오는 거니?"

"그냥 그러고 싶습니다. 어쩐지 나리와 떨어지면 안 될 거 같습니다."

"환장하겠네."

도학은 멀리 가지 못하고 다시 집 안으로 들어왔다. 그런 도학을 보고 옥단이 한마디 했다.

"몸주 신령은 원래 특별한 일이 없으면 무당 옆을 떠나지 않아."

"특별한 일이라면 어떤 거?"

"글쎄…. 그거야 신령 마음이겠지?"

도학이 변소로 향하자 향단도 따라 왔다.

"뭐야? 여기까지!"

"네."

"들어오지 말고 요 앞에 서서 기다려. 알았지?"

하지만 향단은 명령과는 다르게 변소 안으로 도학을 따라 들어
왔다.

"야!"

도학의 외마디 비명이 들려오고, 옥단은 혼잣말을 하며 묘한 미
소를 지었다.

'아마 꽤 괴로울 것이다. 몸주 신령을 왜 안 알려주는지 나는 알
지. 남자 무당인 박수에게는 여자 몸주 신령이 들어오거든. 처녀
귀신이면 상당히 괴로울 것이야. 크크크.'

밤이 되자 향단은 도학의 방 안으로 따라 들어왔다.

좁은 공간이었지만 도학은 향단과 최대한 멀리 떨어져 앉았다.
분명 향단은 죽은 사람의 귀신인데 외모가 옥단과 똑같아서 굉장
히 익숙한 느낌이 들었다. 도학의 기분이 묘했다.

그렇게 한동안 모른 척하다가 향단이 먼저 말을 걸었다.

"나리는 젊은 나이에 왜 유배를 오신 겁니까?"

"그건… 사연이 있다. 1년 전, 원래는 내 아비가 유배를 와야
했는데 내가 대신 귀양살이를 왔거든."

"아버지는 왜 유배형을 당하신 겁니까?"

"내 아비는 남원의 부사였다. 설명하자면 좀 길구나."

"네?! 남원의 부사셨다고요? 그럼 나리의 아버지가 변학돕니까?"

"그래. 너도 남원에서 왔으니 아는구나."

놀란 향단이의 눈동자가 흔들렸다. 이번에는 도학이 향단에게 물었다.

"넌 젊은 나이에 왜 죽은 것이냐?"

"저도 사연이 있습니다."

"그럼 어디 말해 보아라."

"1년 전, 저는 춘향을 대신해서 새로 부임한 남원 부사의 관기로 불려 나갔었지요."

"뭐? 추… 춘향이?"

도학은 춘향이라는 이름이 나오자 놀랐다. 바로 자신의 부친인 변학도가 탄핵당하는 과정에서 춘향이라는 이름이 등장했었기 때문이다. 도학은 향단이가 자신과 접신하게 된 것도 어쩌면 이유가 있을 거라는 생각이 들었다. 도학은 필연의 운명을 감지했다.

"계속 이야기를 해 보거라."

*　*　*

1년 전, 변학도의 환영 만찬 자리에 기생들이 왔고, 학도 옆에는 향단이가 앉았다. 단아하고 아름다운 모습의 향단을 보자 학도는 매우 기분이 좋아졌다.

"하하하. 네가 그 유명한 춘향이냐?"

"네. 제가 춘향이옵니다."

"음, 과연 소문대로 미모가 대단하구나."

그런데 이때, 동헌의 마당 어디선가 외침이 들려왔다.

"그녀는 춘향이가 아니라 향단이오!"

"잉? 그게 무슨 소리냐? 이방!"

변학도는 이방을 불러 자초지종을 캐물었다. 이방은 할 수 없이 모든 것을 이야기했다.

"그게 다름이 아니오라, 이 아이는 진짜 춘향이 대신 관기로 온 향단이라는 아이입니다."

"그건 또 무슨 소리냐? 춘향이면 춘향이고, 향단이면 향단이지."

"그러니까 진짜 춘향은 따로 있습니다. 이 아이는 춘향의 대립 입죠."

"그래? 그럼 진짜 춘향을 데려오너라. 진짜 춘향의 수청을 받아 야겠다!"

*　　*　　*

이 이후의 이야기는 도학도 잘 아는 내용이다.

변학도는 춘향을 불러 수청을 강요했고, 춘향이 이를 거부하자 매질을 했다. 하지만 춘향의 남편은 암행어사였고 변학도는 파직되 어 제주도 유배형을 받게 되었다. 그런데 1년 후, 그곳에 있던 향단이 죽어서 지금 도학 앞에 앉아 있는 것이다.

"그런데 너는 왜 죽은 것이냐?"

"그걸 모르겠습니다. 누군가가 저를 죽였는데 그게 누구인지, 왜 저를 죽였는지 알지 못합니다. 제 억울함을 풀어주시어요. 저는 살해당했습니다. 흑흑흑…."

"사… 살해라고?"

살인사건이라는 말에 도학은 깜짝 놀랐다. 향단은 원한에 사무쳐 서러운 눈물을 뚝뚝 흘렸다. 도대체 누가, 왜 이 아이를 죽인 것일까? 생각이 복잡해지자 피로가 몰려왔다.

"네가 왜 여기에 왔는지 알겠다. 살인이라…. 흠. 결국, 그 원한 때문에 저승으로 가지 못하고 여기 이렇게 남았다는 것인데…."

"제 한을 풀어주실 수 있으십니까?"

"이렇게 제주도에 갇혀 있는데 무슨 수로 네 한을 풀어줄 수 있겠느냐? 나도 너의 원한을 풀어줄 수 있으면 좋겠다. 늦었으니 인제 그만 옥단이 방으로 건너가거라. 피곤하구나."

"옥단이 방엘 왜요?"

"이제 자야지."

"네, 주무셔요. 저도 옆에서 자겠습니다."

"아니, 아무리 귀신이라지만 어찌 남정네 혼자 자는 방에서 함께 자겠다는 말이냐!"

"저는 도사님의 몸주 신령이니까요."

당황한 도학이 '버럭'하며 화를 냈다.

"야! 글쎄 안 된다니까!"

하지만 향단의 표정에는 변함이 없었다. 도학은 다시 향단을 살살 달랬다.

"방이 좁아서 나 하나 누울 공간뿐인데… 고집부리지 말고 어서 건너가거라. 예외라는 것도 있지 않으냐."

"그게… 제 마음대로 할 수 있는 게 아닙니다."

"뭐? 그럼 이 좁은 방에서 매일 이렇게 함께 지내자고?! 넌 옥단이랑 똑같이 생겨서 내가 정말 불편하다니까!"

하지만 소용이 없다. 결국, 도학은 향단이와 함께 등을 마주 대고 모로 누웠다.

도학에게는 굉장히 힘든 하루였다. 신내림을 받았는데 그 귀신은 옥단의 일란성 쌍둥이 자매였고, 그녀는 살해를 당해 원한까지 있었다.

머리가 지끈거릴 정도로 피곤함을 느낀 도학은 그렇게 향단이와 함께 잠이 들었다.

다음 날 아침이 되자 마을 사람들이 하나, 둘 옥단의 집으로 몰려왔다.

"소문 듣고 왔어. 신 빨 좋은 박수무당이 있다며?"

"네? 네."

"그럼 신점 좀 보자고. 이게 어디 흔한 일인가."

옥단의 집을 방문한 사람들이 옥단 앞에 많은 돈과 곡식을 꺼내 놓았다. 신이 난 옥단이 도학을 불렀다.

"도학아… 아니, 도사님! 일어나셨습니까?"

자고 있던 도학은 옥단의 외침에 잠에서 깼다. 그런데 뭔가가 도학의 얼굴을 간지럼 태웠다. 바로 향단의 긴 머리카락이었다. 향단이는 공중에 붕 떠서 도학을 내려다보고 있었다. 방이 좁아서 함께 누울 수 없자 향단은 도학 위에 붕 떠 있었다.

눈을 뜬 도학은 공중에서 머리카락을 늘어뜨리고 자신의 얼굴을 똑바로 바라보고 있는 향단과 눈이 마주쳤다. 기괴한 향단의 모습에 너무 놀란 도학은 짧은 비명을 지른 후 기절해버렸다.

도학의 비명에 옥단이 방으로 뛰어 들어왔다. 옥단은 도학이 기절했다는 사실을 모르고 흔들어 깨웠다.

"도사님! 일어나세요!"

"으허허허!"

도학이 경기하듯 눈을 뒤집다가 간신히 정신을 차리자 옥단이 다급하게 귓속말로 소식을 전했다.

"빨리 일어나! 손님들이 몰려왔단 말이야!"

"손님이라니?"

"오늘부터는 신점도 봐야 해."

"신점을? 내가?"

내림굿을 받았으니 이제 도학도 엄연히 박수(남자 무당)였다.

숨을 헐떡이며 몸을 일으킨 도학은 놀랐던 가슴을 진정시킨 뒤 서둘러 옷을 챙겨 입었다. 그리고 옆에 조용히 앉아 있는 향단을 째려보며 이야기했다.

"너 때문에 기절했었잖아! 다음부터는 그런 장난치지 마!"

"아니, 저는 그냥 방이 너무 좁아서…. 죄송합니다."

"신점 봐야 한다니까 너도 따라 나오너라."

"네. 말씀하지 않으셔도 저는 따라갑니다."

옥단의 방에 자리를 펴고 책상을 놓은 뒤 도학과 옥단은 손님을 받기 시작했다. 책상 가운데에는 도학이 앉았고, 양옆으로 옥단과 향단이 자리를 했다.

먼저 인근에 사는 용덕 할머니가 들어왔다. 얼굴 가득 근심이 가득한 표정이었다.

"내가 사기를 당해서 돈을 떼어 먹혔거든. 그래서 나한테 사기 친 그놈이 어디 있는지 알고 싶어서…."

"그런 거라면 어렵지 않습니다."

옥단은 도학에게 대답을 해주라는 손짓을 했다.

"가만, 어디 보자."

도학은 점치는 시늉을 했으나 향단은 아무런 얘기도 해주지 않았다. 눈치를 보던 도학은 복화술을 하듯이 작은 목소리로 향단을 다그쳤다.

"얘기를 해줘야 내가 뭐라고 하지!"

"저는 잘 모르겠는데요."

"뭐라고!"

아무것도 모르겠다는 향단의 대답에 도학이 당황하여 버럭 소리를 질렀다. 사정을 알지 못하는 용덕 할머니는 깜짝 놀랐다.

"아니, 왜 그랴?!"

당황한 도학이 적당히 둘러댔다.

"저 어르신, 오늘은 아무래도 신령님의 상태가 정상이 아니어서 제대로 된 점괘가 안 나올 듯싶네요."

"그랴? 막 내림굿 받은 무당이 신빨은 최고라던데 고것이 아님 가?"

용덕 할머니는 실망한 표정으로 방을 나갔다. 방을 나간 할머니는 줄을 서 있는 사람들에게 대신 이야기를 해주었다.

"에이, 오늘은 나가리야, 나가리. 신령님 몸이 안 좋아서 신빨이 안 온대."

"그래요?"

마을 사람들은 웅성거리며 집을 떠났다. 옥단은 떠나는 사람들에게 죄송하다며 허리 굽혀 사과했다. 다시 방으로 들어온 옥단은 화가 나 씩씩거리며 도학에게 따지듯 말했다.

"아이고 내 팔자야. 내림굿 할 땐 잘만 하더니 오늘은 왜 못하는 거니?"

"그러게. 얘가 말을 안 해주네? 너 왜 그런 거니?"

도학이 향단이에게 물었다.

"그건 저도 잘 모르겠습니다."

"본인도 모른다는데?"

옥단은 그 이유를 설명해주었다.

"아마 정상적인 내림굿이 아니라 그런가 봐. 원래 신내림 무당이 되려면 먼저 무병이 와야 하고, 그 무병의 치료과정으로 내림굿을 하는 건데 너는 그런 게 아니라 한마디로 사고가 나서 신내림이 이루어졌잖아. 그 때문에 다른 무당들처럼 점을 칠 수 없는 게 아닐까?"

"그런가?"

도학 왼쪽으로는 옥단이가, 오른쪽에는 향단이가 나란히 앉아 신세 한탄을 했다. 옥단이는 힘들게 내림굿을 했으나 오랜만에 찾아온 큰돈 벌 기회를 놓쳤고, 향단이는 억울한 죽임을 당했지만, 제주도에 묶여 아무것도 할 수 없었다. 물론 가장 힘든 건 향단이와 접신을 하고, 향단의 죽음을 옥단에게 이야기하지 못하는 도학이었다.

옥단이 한숨을 크게 한 번 내쉬더니 도학에게 보따리 하나를 건네며 심부름을 시켰다.

"이거나 절에 가져다줘."

"굿판에 올렸던 과일들을 시주하는 것이로군."

자신이 신점을 볼 수 없게 되어 김빠진 분위기가 되었다는 것을 눈치챈 도학은 별다른 저항 없이 옥단이 건넨 보따리를 들고 집을 나섰다.

"절의 주지 스님은 어떤 분입니까?"

"가보면 안다. 한마디로 설명을 할 수가 없구나."

산길을 오르는 중에 향단이 도학에게 물었다.

아직 향단에게 앙금이 남아있던 도학은 귀찮다는 듯 향단의 질문을 피하며 계속 걸었다. 향단도 냉담한 도학의 반응에 기가 죽은 모습으로 뒤를 따랐다.

얼마 지나지 않아 갑자기 소변이 보고 싶어진 도학은 멈춰 서서 주변을 두리번거리다가 한쪽 숲으로 들어갔다. 그리고는 바지춤을 내리고 소변을 보는데 향단이 도학 앞으로 와서 소변보는 도학의 성기를 관찰하기 시작했다.

"우와."

"야! 뭐 하는 거야!"

놀란 도학이 몸을 반대 방향으로 돌렸지만, 그쪽은 도로 쪽이라 지나가던 아낙들이 도학의 모습을 보고는 놀라 소리를 질렀다. 다시 반대 방향으로 도학이 몸을 돌리자 향단은 미소까지 지으며 도학의 성기를 관찰했다.

도학은 향단에게 따졌다.

"용변 보는 걸 훔쳐보는 건 너무 예의가 없는 거 아니냐!"

"귀신인데 뭐 어떻습니까?"

"진짜 뻔뻔하구나."

"어차피 죽었는걸요. 누구 눈치 볼 일이 없다는 거죠."

도학도 생각해보니 향단은 이미 죽은 귀신이었다.

그녀가 도학의 은밀한 곳을 훔쳐본다고 해서 크게 피해를 보는 일도 아니었다. 하지만 도학은 옥단과 닮은 향단이 자신의 거시기를 훔쳐보는 것이 매우 불쾌했다.

산 중턱에 오르자 계곡 사이로 작은 암자가 하나 나타났다. 입구에서 청소하는 주지 스님의 모습이 두 사람의 눈에 들어왔다. 도학은 달려가 먼저 인사했다.

"안녕하세요, 스님."

"아이고, 변 도사님 아닌가? 옥단이랑 함께 어쩐 일로?"

그러자 향단이 깜짝 놀라 외쳤다.

"스님, 제가 보이십니까?"

향단의 말에 스님이 자세히 들여다보니 그녀는 사람이 아니었다.

스님의 표정이 싸늘하게 바뀌었다.

"아니, 이럴 수가. 너, 너는⋯."

"이 처자는 제 몸주 신령입니다. 옥단이와 쌍둥이 자매지요."

"이런. 소문이 사실이었군."

도학의 대답에 스님은 알겠다는 표정을 지었다.

"방으로 들어가서 차나 한잔하세."

도학과 향단이 스님을 따라 방 안으로 들어갔다.

스님이 잔에 차를 따라주었다. 스님과 도학, 향단이 서로 마주
보고 앉아 차를 마셨다.

"그러니까 방울이 바뀌어서 내림굿 상대가 바뀌었다?"

"네. 얘를 다시 원래대로 떼어 놓을 수는 없을까요?"

"그럼 올림 굿을 해야 하는데 그건 그리 쉬운 일이 아니라
서⋯."

"그 얘기는 옥단이에게도 들었습니다. 목숨이 위험할 수 있다고.
그럼 이대로 살아야 하는 겁니까? 귀신과 함께 먹고 자면서?"

도학이 울먹이며 말했다.

"방법이 하나 있긴 한데…."

"그게 뭡니까?"

"이 아이는 원한이 있어서 이렇게 된 것이니 아마도 한을 풀어주면 저승으로 가게 될 것이네."

"아하! 그런데 원한을 풀어주려면 남원으로 가야 하는데 저는 유배 중이라 여기 제주도에 몸이 이렇게 묶여 있는 신세입니다."

"그럼 할 수 없지. 유배에서 풀려나길 기다릴 수밖에. 자네는 남들 사주는 봐줄 수 있고 정작 본인 사주는 모르는구먼."

"네? 무슨 말씀이신지요?"

"기다리게. 곧 유배에서 풀려날 테니."

도학과 향단이 놀란 표정으로 서로를 바라보았다. 유배에서 풀려난다면 도학이 남원으로 가서 향단의 원한을 풀어줄 수 있기 때문이다.

도학은 절에서 내려오며 향단에게 경고했다.

"계속 내 말을 듣지 않고 화장실로 따라 들어오거나 내 거시기를 훔쳐본다면 네 원한을 풀어주지 않을 것이야!"

도학의 갑작스러운 경고에 향단이 깜짝 놀라 겁을 먹었다.

"다시는 그러지 않겠습니다. 나리 말을 잘 듣겠습니다!"

'후후. 귀신도 별거 아니었어. 약점을 잡아 기를 꺾으면 되는 거였군.'

도학은 향단에게 협박뿐만 아니라 당근도 함께 주었다.

"하지만 이것도 인연이니 함께 운명을 잘 헤쳐나가 보자꾸나."

"네, 도사님."

한동안 내려가자 멋진 경치에 물이 흐르는 계곡이 나타났다.

"와, 여기 예쁘다. 도사님, 여기서 좀 쉬었다 가요."

"그래, 좀 쉬자."

향단이는 쭈그리고 앉아 맑은 물 안의 물고기들을 구경하다가 갑자기 감정이 북받쳐 눈물을 흘렸다. 도학은 그런 향단이를 측은하게 바라보았다.

"저는 왜 죽은 걸까요? 이렇게 아름다운 세상인데. 흑흑흑."

"네 이야기를 자세히 해 보거라. 어떻게 자라왔는지 궁금하구나."

향단이는 눈물을 닦고 차분히 자신의 이야기를 시작했다.

* * *

향단이가 남원의 월매집으로 팔려 온 것은 다섯 살 무렵이었다. 아버지가 돌아가신 후 옥단은 제주도의 외가로 보내졌고, 향단이는 어머니 손에 이끌려 돌아다니다가 월매에게 맡겨졌다. 최소한 밥은 굶지 않을 거란 판단이었다.

월매는 춘향의 이름을 춘향의 아버지인 성 참판의 족보에 올리고 싶었으나 그 전에 성 참판이 죽으면서 일이 꼬였다. 그렇게 되면 춘향은 월매의 신분을 따라 기생이 되어야 하기 때문이다. 춘향이는 월매가 나이 마흔에 얻은 귀한 자식이었다.

난감해진 월매는 춘향을 기생으로 만들지 않기 위해 춘향을 대신할 동갑내기 여자아이 노비를 고용했는데 그게 바로 향단이었다.

"집에서는 네가 춘향이고, 또 네가 향단이지만 밖에 나가면 향단이가 춘향이고, 춘향이 너는 향단이가 되는 거야. 만약 누가 물으면 춘향이 너는 향단이라 대답하고, 향단이 너는 춘향이라고 하면 돼. 알았니?"

"네!"

월매는 춘향과 향단이에게 밖에서는 이름을 바꿔 부르라고 시켰다.

너무 어려서 그것이 무엇을 뜻하는지 몰랐던 춘향과 향단이는 그 의미도 모른 채, 마치 재미난 놀이를 하는 것처럼 장난을 치며 다니곤 했다. 누가 춘향이냐고 물으면 향단과 춘향이는 서로를 가리키며 춘향이라고 했다. 실제로 둘 다 예쁜 얼굴이었기에 마을 사람들조차도 누가 진짜 춘향이인지 헷갈리기 시작했다. 춘향과 향단은 그렇게 둘도 없이 친한 친구로 어울리며 자매처럼 한집에서 자랐다. 월매도 처음에는 향단을 딸처럼 키웠다.

춘향과 향단이 스물이 되던 해, 이한림이 남원의 신임부사로 부임했다. 그에게는 스무 살의 아들이 있었는데 이름은 몽룡이었다. 이한림은 나이가 동갑인 방자를 몽룡의 심부름꾼으로 맺어주었다. 몽룡은 동갑인 방자와 친구를 맺었다.

"나이가 스물이라고?"

"야, 도련님."

"이곳에는 내 친구가 하나도 없구나. 너 나랑 친구 하자."

"야?!"

놀란 방자가 몽룡에게 되물었다.

"말 편하게 놓고 지내자고."

"아이고, 그걸 사또 나리가 아시면 불호령 떨어집니다요. 큰일 납니더, 도련님."

"괜찮아, 괜찮아. 우리 둘만 있을 땐 편하게 이야기하고, 어른들이 있는 곳에서만 제대로 높여 부르면 되지, 뭐."

"그래도 실수하는 날엔⋯."

"그게 뭐라고. 내가 책임질 것이니 넌 내가 시키는 대로 하면 된다. 명령이야!"

눈치를 보던 방자가 몽룡에게 말을 놓았다.

"어. 그, 그랴."

"그래. 이 얼마나 편하고 좋냐. 하하하."

"하하하. 그렇네."

"오늘은 어차피 글공부하긴 글렀고, 어디 놀러나 다녀오자. 남원은 어디가 좋아?"

"글쎄. 선원사도 좋고, 광한루 오작교도 좋고, 교룡산성도 볼만 허지."

"좋았어. 그럼 광한루 오작교부터 가보자."

춘향과 향단은 스물이 되었지만 둘은 아직도 아이처럼 장난을 치며 지냈다. 얌전히 채소를 다듬고 있던 향단을 춘향이 새총으로 콩을 쏴서 그녀의 이마를 맞추었다.

딱!

"아얏! 춘향이 너!"

깜짝 놀란 향단이는 춘향을 쫓아가고, 춘향은 놀라 마당 안을 뛰어다니며 도망쳤다.

"으악, 옴마야!"

갑자기 어디선가 나타난 월매가 둘을 불러 세웠다.

"춘향이랑 향단이 너희 둘, 따라 들어와!"

방으로 들어온 월매는 춘향과 향단을 앞에 앉혀놓고 혼냈다.

"너희 나이가 이제 스물이다! 내일모레 시집갈 녀석들이 사내애들처럼 이러고 놀면 어떻게 하니?! 춘향이 너는 좀 조신하게 다니고! 향단이 너도 곧 기생 일 시작해야 하는데 언제까지 그렇게 망아지처럼 날뛰고 다닐 거야!"

춘향과 향단이는 월매의 눈치를 보았다.

"그리고 향단이 너!"

"네, 어머니."

"안 되겠다. 오늘부터는 날 어머니가 아니라 마님이라고 불러."

"네?"

"그리고 춘향이는 이제부터 '아씨.' 알았지?"

춘향이 월매의 말에 반기를 들며 화를 냈다.

"엄마! 너무하는 거 아냐?! 마님은 뭐고 아씨라니!"

그러자 월매가 담뱃대로 춘향의 머리를 한 대 때렸다.

"아얏! 아, 아파!"

"엄마는 무슨 엄마! 언제까지 애로 살 거야? 너도 이제부터는 어머니라고 불러!"

"왜, 차라리 '어마마마'라고 부르라고 하지?"

삐진 춘향이 그대로 방을 나갔다.

"어이구 저 웬수같은 년!"

여전히 월매는 심각한 표정으로 향단에게 이야기했다.

"오늘부터 둘이 친구처럼 지내는 것이 내 눈에 띄는 날엔 아주 곡소리 나게 회초리로 맞을 줄 알아. 알았지?"

"네."

"이게 다 너희 둘을 위해서야."

월매의 경고가 이번이 처음은 아니었다. 춘향과 향단은 스스럼없이 친구처럼, 자매처럼 한집에서 지내왔기에 월매가 요구하는 변화가 쉽지 않았다.

'그래, 이젠 바꿔야지.'

향단은 월매가 원하는 대로 호칭을 바꿔야 한다는 것을 이해하고 받아들였다.

월매가 외출하자 춘향과 향단은 놀러 나가기로 모의했다.

"오늘 날씨 진짜 좋다."

"이렇게 날씨가 좋은 날엔⋯."

"그네를 타야지!"

광한루에 먼저 도착한 것은 춘향과 향단이었다. 춘향이가 그네를 타고, 향단이 뒤에서 밀었다. 향단은 준비한 것처럼 춘향을 설득했다.

"춘향아, 이제부터 우리 어머니, 아니 마님 말씀대로 호칭 바꾸자."

"야, 엄마 눈치 보지 마. 그럴 필요 없다니까!"

"우리 이제 시집갈 나이야. 넌 시집가고, 난 예정대로 기생이 되어야지."

"그, 그건⋯."

춘향의 표정이 어두워졌다. 춘향이 역시 향단이 자기 대신이라는 사실을 잘 알았다.

"내가 엄마한테 다시 이야기해볼게."

즐거운 두 사람 건너편에 몽룡과 방자가 나타났다.

둘을 발견한 몽룡이 먼저 감탄사를 내뱉었다. 처녀들의 모습이 마치 선녀 같았다.

"와, 세상에! 저게 사람이야, 아니면 선녀야?"

"어디? 저건 두루미네."

춘향과 향단을 확인한 방자가 피식하며 몽룡을 약 올렸다. 춘향과 향단의 미모는 남원에서도 유명했다.

"아니! 저기 그네 타고 있는 여자애 둘 말이야."

"아, 춘향이랑 향단이구면."

"뭐야? 아는 애들이야?"

"그럼. 어릴 때부터 친했지."

"저기 그네 밀고 있는 애 이름은 뭐야?"

"향…."

순간 방자는 목구멍으로 나오는 향단의 이름을 끄집어 잡았다. 방자는 향단을 좋아하고 있었다. 그런데 몽룡도 향단을 점찍은 것이었다. 몽룡이 향단을 노리도록 놔둘 수는 없었다.

방자는 그녀를 춘향이라고 소개했다.

"걔는 춘향이야, 춘향이."

틀린 말도 아니다. 춘향과 향단이 집 밖으로 나오면 둘은 이름을 바꾸어 불렀기 때문이다. 그것을 알고 있던 방자는 향단의 이름을 춘향이라고 가르쳐준 것이었다. 하지만 이것이 나중에 어떤 후폭풍을 몰고 올지 방자는 알지 못했다.

4. 향단이의 과거

"춘향이? 이름도 얼굴만큼 예쁘군!"

"걘 기생 월매 딸이야. 너랑은 절대 안 어울려. 포기해."

"어허! 사내대장부가 미인을 얻는 일에 그깟 신분이 무슨 문제겠냐?"

"아마 한 번 만나는 것도 월매에게 허락받아야 할걸."

"까짓거 그러지 뭐."

방자는 몽룡의 당찬 기개에 놀랐다. 몽룡은 당당하게 춘향과 향단이 있는 곳으로 걸어갔다. 방자도 뒤를 따랐다.

춘향과 향단이가 있는 곳 근처까지 오자 몽룡은 방자에게 부탁했다.

"좀 보자고 전해줘."

방자는 몽룡이 시키는 대로 춘향과 향단에게 접근하여 말을 걸었다.

"향단아. 춘향아."

"어, 방자야. 너도 놀러 나온 거야?"

"저기. 우리 도련님이 좀 보자는디?"

몽룡의 얼굴을 확인한 춘향이 물었다.

"얼굴이 허연 멀건하네. 못 보던 사람인데 누구야?"

"이번에 새로 오신 부사 나리 아들이여."

"방자 너 또 뻥치는 거 아냐? 장난이면 죽는다!"

"에이, 장난 아냐!"

"진짜 도련님이 우릴 보자고 했어?"

"응."

"우리 둘 중에 누구?"

"그, 그게…. 둘 다."

방자는 또다시 거짓말을 했다. 몽룡이 원하는 사람은 향단이었다. 방자는 몽룡에게 다가오라는 손짓을 했다.

다가온 몽룡이 춘향과 향단에게 자신을 소개했다.

"반갑네. 나는 이번에 새로 부임한 남원 부사 아들 이몽룡이라고 하네."

"안녕하세요."

춘향과 향단이 조신하게 이야기하자 방자의 웃음이 터졌다.

"와하하! 어쭈구리? 너희 둘 왜 이렇게 조신 허냐. 야, 연기하지 마러. 웃겨."

"흠, 가까이서 보니 더욱 아름답군."

몽룡의 멋진 목소리에 춘향은 홀딱 마음을 빼앗겼다. 반면 향단은 그런 몽룡의 말에 경계하고 나섰다.

"말씀은 고마우나 지체 높으신 분께서 이러시면 곤란합니다. 부모님 허락부터 제대로 받는 것이 순서 아니겠습니까?"

향단이는 춘향의 손목을 잡고 집으로 향했다. 몽룡은 똑소리 나는 향단의 모습에 더욱 반했다. 그런 몽룡의 표정에 방자의 걱정은 더욱 커져만 갔다.

'큰일 났네. 몽룡이 눈빛이 향단이한테 완전히 갔어.'

향단의 손에 끌려가던 춘향이는 손을 뿌리치며 향단이에게 따졌다.

"야, 너 왜 그래?"

"마님 말씀 기억 안 나? 남자는 모두 승냥이라는 거. 항상 조심해야지!"

"아니, 우리한테 관심이 있다고 하잖아."

"그 마음이 진심이면 분명 집으로 다시 찾아올 거야."

춘향이는 못내 아쉬웠다. 남원 부사의 아들이면 자신과 잘 어울리겠다는 생각이 들었다.

'정말 다시 찾아올까? 안 오면 어쩌지?'

벌써 춘향의 마음은 몽룡을 향하기 시작했다.

*   *   *

밤이 되자 향단이에 대한 몽룡의 그리움은 더욱 커졌다. 제대로 공부를 할 수 없는 지경에 이르자 몽룡은 저녁 문안 인사 후 이한림의 눈을 피해 향단이네 집에 가기로 마음먹었다.

"방자야. 아무래도 안 되겠다. 우리 춘향이네 집으로 가자."

"뭐? 너 미쳤냐? 부사 나리 아시면 불벼락 내려, 이놈아!"

"너 너무 편하게 지내는구나? 내가 생활 좀 힘들게 만들어 주랴?"

"그래, 가자, 가. 이 주인 놈아! 너 나 원망만 해봐라."

"그런 건 걱정할 필요 없다. 모든 책임은 다 내가 질 것이야."

월매의 집에 이몽룡이 나타나자 난리가 난다. 몽룡은 남원 부사 아들이었기 때문이다. 집안 노비부터 월매는 물론 춘향과 향단도 이몽룡의 방문 소식에 깜짝 놀란다.

"향단아, 진짜 도련님이 오셨어!"

"가만. 난 얼른 가서 다과상 준비를 해야겠다."

향단이는 서둘러 부엌으로 향했다.

마당에서는 몽룡과 월매가 실랑이 중이었다.

"이렇게 갑자기 밤에 온 이유는 자네에게 허락을 받고 춘향과 백 년 언약을 맺기 위함이네."

"지체 높으신 양반댁 도련님께서 이 어찌 예법에 어긋난 행동입니까? 제 딸은 앞으로 일부종사를 해야 할 아이입니다. 그러니 오늘 밤은 적당히 놀다가 가셔요."

"어허, 양반 자식의 말을 못 믿는 건가? 이미 낮에 나의 마음을 빼앗겼네. 그리고 결정했지. 춘향이와 평생을 함께하기로."

몽룡이 완강하게 나오자 월매는 몽룡의 말을 신뢰하기 시작했다.

'과연 남원 부사가 내 딸과의 혼사를 허락해줄까?'

월매가 생각해도 어림없는 일이었다. 춘향의 아비는 양반이었지만 월매 자신은 기생 신분이기 때문이다. 하지만 춘향이를 이용해 몽룡의 마음을 완전히 장악한다면? 일을 먼저 벌여 춘향이 몽룡의 여자가 되면 가능성이 있었다.

이몽룡이 월매의 안내를 받으며 사랑채 안으로 들어가자 방자가 월매를 따로 불러 자초지종을 설명했다. 방자의 설명을 들은 월매는 다시 한번 방자에게 내용을 확인했다.

"그러니까 도련님이 반한 건 향단이인데 네가 향단이 이름을 춘향이라고 가르쳐 줬다?"

"야. 향단이는 제꺼구만유."

방자는 울먹이며 다시 한번 향단이의 소유권에 못을 박았다.

"하, 기회이긴 한데….."

월매는 고민에 빠졌다. 몽룡을 향단이보다는 자신의 딸인 춘향이와 짝을 지어주고 싶었기 때문이다. 깊은 곳에서 월매의 욕망이 꿈틀거렸다.

"그니께 이번에 춘향이랑 동침시켜서 우리 도련님을 사위로 맞으셔유."

방자가 월매를 설득했다.

"에라 모르겠다!"

월매는 서둘러 춘향에게 가서 준비를 시켰다.

"너 여기 가만히 있어. 그리고 내가 오면 옷 갈아입고 도련님과 같이 동침하면 돼."

"뭐? 그게 무슨 소리야?"

"너 오늘 도련님에게 시집간다고!"

"진짜?!"

춘향은 몽룡에게 시집간다는 이야기에 뛸 듯이 기뻤다. 춘향의 마음은 이미 몽룡에게 가 있었다. 하지만 월매는 이몽룡이 향단이에게 반해 찾아왔다는 이야기는 하지 않았다.

"도련님에게 시집가고 싶으면 넌 내가 시키는 대로 하면 돼. 알았지?"

"응!"

향단이 다과상을 준비하여 사랑채로 들어가려는데 월매가 잡았다.

"향단아."

"네, 마님."

"내 말 잘 들어라. 너는 무조건 몽룡 도련님에게 감주를 많이 먹여야 한다. 그리고 도련님이 잠들면 그대로 나오너라."

"잠들 때까지요?"

월매가 감주 주전자를 다과상 위에 올렸다.

"내가 불면증 치료용으로 특별히 만든 감주다. 아마 여기 있는 감주를 다 마시기 전에 잠에 취해 정신을 놓을 거야. 참, 이 방 안에서 네 이름은 향단이 아니라 춘향이야. 알았지?"

"네."

드디어 기생 일을 시작하게 되는 건가. 향단은 월매가 건네주는 감주 주전자를 받아 들고 몽룡이 있는 방 안으로 들어갔다.

남원 부사 아들을 속이는 것이다. 만약 잘못되면 무사하지 못할 것이다. 월매는 숨을 거칠게 몰아쉬었다. 자신의 목을 걸고 도박에 나섰기 때문이다. 겁이 난 방자가 다가와 걱정스러운 표정으로 물었다.

"괜찮을까유? 내일 도련님이 이 사실을 알면 난리가 날 거인디…."

월매는 방자에게 조용히 하라며 손가락을 입술에 댔다.

"만약 이 사실이 알려지면 너랑 나는 모가지가 붙어있지 못할 수도 있어. 그러니 오늘 일을 함부로 입 밖에 내지 말아라."

"…!"

월매의 경고에 더욱 겁을 먹은 방자는 대답조차 하지 못했다.

몽룡은 향단이가 따라주는 감주 잔을 받았다.

향단을 바라보는 몽룡의 눈에는 사랑이 넘쳤다. 향단 역시 그런 몽룡의 시선을 느꼈다.

"너무나 행복하다. 여기가 바로 천국 아니겠느냐?"

감주를 한 번에 들이키자 몽룡이 인상을 쓰며 기침을 해댔다.

"어휴, 이 감주는 좀 이상하구나. 하하하."

하지만 몽룡은 향단이 따라주는 감주를 쉬지 않고 마셔댔다. 아직 감주의 무서움을 모르는 어린 몽룡이었다. 치기(稚氣)에 아름다운 향단이 감주를 따라주기까지 하니 잔은 거침없이 입으로 향했다. 결국, 몽룡은 오래 버티지 못하고 눈앞이 흐려지더니 쓰러지고 말았다.

몽룡이 감주에 취해 쓰러지자 향단은 조용히 방 밖으로 나왔다.

향단이 방에서 나오자 월매는 몽룡이 쓰러진 것을 확인한 후 향단에게 옷을 벗으라고 명령했다.

"어서 옷을 벗어라."

"예?"

"겉옷만 빨리 벗으라고! 어차피 너는 춘향이 대신 기녀가 될 팔자이니 몽룡 도련님은 춘향이에게 양보하자. 응?"

월매의 말뜻을 알아듣지 못한 향단은 닦달에 먼저 겉옷부터 벗어주었다.

월매는 향단이의 옷을 들고 춘향이 방 안으로 들어왔다.

"어서 이 옷으로 갈아입어."

"어? 이거 향단이 옷이잖아?"

"빨리 이걸로 갈아입어 이것아!"

"알았어."

춘향은 영문도 모른 채 주섬주섬 겉옷을 갈아입었다.

그렇게 향단이의 옷을 입은 춘향은 몽룡이 있는 사랑채 안으로 들어갔다. 몽룡이 쓰러져 있자 춘향은 곁으로 가서 몽룡의 머리를 자신의 다리 위에 올리고는 상태를 확인했다.

"도련님!"

"춘향아…."

춘향의 부름에 몽룡은 눈을 살짝 떴으나 아주 어지러웠다. 춘향의 체취가 먼저 몽룡의 코를 자극했다. 춘향의 얼굴과 몽룡의 얼굴이 가까웠다. 호롱불의 빛만으로는 춘향의 얼굴을 정확히 알아보기가 어려웠다. 몽룡은 손을 뻗어 춘향의 얼굴을 어루만졌다. 춘향의 얼굴이 향단이로 보인 몽룡은 춘향을 껴안고 이불 위로 쓰러졌다.

그 모습을 방문 바깥쪽에서 지켜보고 있던 향단은 실망한 표정을 지었다. 그러자 방자가 다가와 향단이의 어깨에 손을 올리며 위로했다.

"너한테는 내가 있잖여."

"꿈도 꾸지 마러. 너 모르냐? 난 이제 기생이 될 거라니까!"

향단은 방자의 손을 뿌리치고는 퉁명스럽게 말한 뒤 자기 방으로 가버렸다.

월매는 문틈으로 몽룡과 춘향이 한 이불 덮는 것을 확인하고는 마루에서 내려와 음흉한 미소를 지었다.

'이럴 수가. 남원 부사의 아들이 내 사위가 되다니. 크크크.'

깊은 밤, 외로운 소쩍새 울음소리를 들으며 월매는 자신의 방으로 향했다.

다음 날 아침, 몽룡이 잠에서 깨어나자 바로 옆에서 잠을 자는 춘향의 뒷모습이 보였다. 몽룡은 그런 춘향의 어깨를 어루만져주었다. 이에 춘향이 몸을 몽룡 쪽으로 돌렸다. 헉! 그녀의 얼굴은 몽룡이 알고 있는 춘향이 아니었다. 춘향과 함께 있던 향단이었다. 너무나 놀란 몽룡은 옷을 대충 챙겨 입고 자리에서 일어났다.

방에서 뛰쳐나온 몽룡은 마루 한쪽 기둥에 기대어 자는 방자를 흔들어 깨웠다.

"바, 방자야!"

"어, 일어났어? 빨리 집에 가야지. 부사 나리 아시면 난리가 날 텐데…."

"아니, 왜 내 옆에 향단이가 자고 있지? 난 분명 춘향이랑 잤는데…."

"뭔 소리야. 너 춘향이랑 잤잖아."

"아냐. 내 옆에 향단이가 자고 있어."

이때 월매가 나타나 몽룡에게 미소를 지으며 문안을 건넸다.

"아이고, 우리 도련님. 아니지, 이젠 사위지. 우리 사위 편히 잘 주무셨습니까?"

"아, 네. 저 근데, 제 옆에 향단이가 자고 있습니다."

"네? 그럴 리가요."

이때 향단이도 나타나 월매에게 아침 인사를 했다.

"마님, 안녕히 주무셨어요?"

"어, 그래. 향단아."

그러자 몽룡이 당황하며 방자에게 물었다.

"저 아이가 춘향이라며?"

"아. 긍께, 밖에서 자 이름은 춘향이인데 여기 안에서는 향단이구면."

"그건 또 무슨 소리야?"

그러자 월매가 몽룡에게 자세히 설명해주었다.

"그게 말입니다, 도련님. 저 아이는 원래 제 여식인 춘향이를 대신해서 기녀로 만들기 위해 집에 들인 아이입니다. 그래서 밖에서는 저 아이를 춘향이로 부르고, 제 딸인 춘향이를 향단이로 이름을 바꿔서 부르라고 한 것이지요. 그리고 도련님은 이 집에서 저에게 춘향이를 찾으셨으니 제 딸인 춘향이가 도련님과 동침을 한 것입니다."

몽룡은 이제야 이해하겠다는 듯 머리를 쥐어뜯으며 소리를 질렀다.

"으아아아—악!"

몽룡은 방자의 멱살을 잡고 따졌다.

"그럼 왜 처음엔 저 향단이가 먼저 들어온 것이냐?"

"시중을 든 것이죠. 이야기했지만 이제 기녀가 될 아이입니다."

"야, 이 자식아! 그럼 그렇다고 미리 얘기를 해줬어야지!"

"아, 미안! 깜빡했다. 미안해."

"이게 지금 미안하다고 될 일이야?"

"너도 확인은 했어야지. 춘향이가 들어갔을 때 향단이인지 확인했어?"

몽룡은 곰곰이 생각해보았다. 처음에는 향단이었는데 잠든 이후로는 기억이 나질 않았다. 분명 자신이 점찍은 향단이라고 생각했는데 향단이 아니었다.

혼란스러워하던 몽룡은 월매에게 매달리며 사과를 했다.

"미안하군. 아무래도 일이 꼬인 듯하네."

"이미 엎질러진 물입니다. 제 여식이 도련님과 합방을 하였으니 이제 두 사람은 부부의 연으로 묶였습니다."

월매가 단호하게 선언하자 몽룡은 그 자리에 주저앉았다. 그런 몽룡을 월매가 음흉한 미소를 지으며 내려다보고 있었다.

'아뿔싸. 월매의 농간에 내가 당했구나.'

몽룡은 동헌 사택으로 돌아와서도 어쩔 줄 몰라 하며 괴로워했다. 방자는 그런 모습을 훔쳐보며 몽룡을 비웃었다.

'양반이 양아치가 되는 건 한순간이구먼. 크크크.'

(양아치 : 동냥아치의 줄임말)

몽룡은 한동안 월매와 춘향의 눈을 피해 아예 집 밖으로도 나오지 않았다. 그리고 오직 과거 시험 준비에만 열중했다. 그러자 춘향이 편지를 보내왔다.

<그리운 서방님, 왜 소녀의 집에는 안 오시는 겁니까? 제가 서방님 집으로 갈까요?>

편지를 보고 놀란 몽룡은 서둘러 답장을 써서 보냈다.

<미안하지만 나는 오직 과거 시험에만 집중하기로 했소. 그러니 우리 만남은 나의 급제 이후로 미룹시다.>

춘향의 도발을 간신히 잠재운 몽룡은 이후로도 몇 달을 괴로워했다.

* * *

그런데 하늘은 몽룡의 편이었다. 이몽룡의 아버지 이한림이 승정원 승지로 영전하는 바람에 한양으로 이사를 하게 된 것이다. 하지만 그것을 그냥 두고 볼 월매가 아니었다.

이한림의 가족 모두가 한양으로 출발하는 날, 월매가 나타나 말 앞을 가로막고는 탄원하듯 이한림에게 모든 것을 이야기했다.

"잠시만요, 나리! 몽룡 도련님과 제 딸 춘향이는 정을 나눈 부부 사이입니다. 도련님이 반드시 결혼 허락을 받아오겠다는 약조를 하셨기에 제가 둘의 동침을 허락하였습니다."

"그대는 누구시오?"

"저는 퇴기 월매라고 합니다. 춘향이는 양반인 성 참판 사이에서 낳은 귀한 여식입니다."

(퇴기(退妓) : 은퇴한 기생)

그러자 이한림의 우레와 같은 호통이 터져 나왔다.

"몽룡아! 이 말이 사실이냐!"

몽룡이 떨면서 앞으로 나와 엎드리고는 빌 듯이 이야기했다.

"결혼 약속을 한 것은 사실이오나 밤을 함께 보낸 춘향이라는 처자는 제가 원하던 처자도 아니었고, 잠에 취해 밤을 어떻게 보냈는지도 기억이 나질 않습니다."

"뭐라? 그러니까 네가 잠든 사이에 상대를 바꿔치기했다?"

그러자 월매가 나서서 다시 변명을 달았다.

"바꿔치기한 것이 아니라 오해가 있어서 발생한 사고였습니다. 어쨌든 제 딸의 정조를 도련님에게 드렸으니 제 딸을 거두어주십시오. 정실이 아니어도 상관없습니다."

월매는 자신의 모든 자존심을 내려놓고 매달렸다. 이한림은 잠시 생각하더니 월매에게 하나씩 따져나갔다.

"상식적으로, 저 어린 애가 그대의 딸과 혼인하기를 원했다면 저 아이가 아니라 부모인 나에게 와서 의논해야 했던 거 아닌가?"

이한림의 논리에 월매의 대답이 막혔다.

"그것이…. 도련님의 의지가 너무나 확고해서…."

"당연히 그럴 테지. 한창 혈기가 왕성할 나이에 뭐가 보이겠나? 안 그런가?"

"…."

"더군다나 아무리 그래도 저 철없는 걸 합방시키다니! 내가 보기엔 자네의 행동이 정상으로 보이지 않네. 혹여 나와 사돈이 될 요량으로 잔꾀를 부린 것이 아닌지 의심이 드는군."

"아이고, 나리! 어찌 감히 이 목숨을 걸고 그런 농간을 부리겠습니까?"

"내 아들은 잠에 취해 기억이 안 난다고 하니 이번 일은 없던 것으로 하세. 어디까지나 이건 자네의 실수도 있네. 그리고 몽룡이 너는 한양에 가서 보자. 그때 벌을 내리마!"

그렇게 말한 뒤, 이한림은 말과 마차를 출발시켰다.

월매는 너무나 분하여 온몸을 부들부들 떨었다.

춘향과 월매는 언덕 위에 올라 이사 가는 몽룡 가족의 모습을 보며 대성통곡했다.

* * *

도학은 향단이가 들려주는 이야기에 빠져있었다.

"그래서 어찌 되었느냐?"

"그때 춘향이랑 월매는 울며불며 난리가 났죠. 하지만 3년 뒤, 운명의 장난은 다시 시작됩니다. 이몽룡은 장원으로 과거에 급제하였는데 글쎄 첫 임무가 바로 전라도 암행어사였어요."

"맙소사. 3년 뒤에 이몽룡이 어사가 되어 다시 남원에 나타난 것이다?"

"네."

이 이후의 이야기는 도학도 알고 있었다. 어사 이몽룡은 자신의 아버지를 탄핵하고, 춘향을 구한 후 그녀와 결혼하였다.

"이몽룡은 여전히 저에게 마음이 있었습니다. 그런데 춘향이 걸림돌이었지요."

"당장 전라도 암행 자체에도 문제였겠지. 비리가 있는 관원이 춘향과의 일을 약점으로 잡고 공격할 수도 있으니까."

"네. 그런데 이몽룡은 위기가 곧 기회라고 생각했습니다. 이참에 거지꼴로 나타나서 춘향이 스스로 자신을 포기하도록 만들자는 꾀를 낸 것이죠."

향단의 이야기가 계속 이어졌다.

* * *

몽룡은 월매와 춘향에게 자신의 신분을 들키지 않기 위해서 거지 모습으로 변장을 하고 남원 시내에 나타났다.

'내가 전라도에서 돌아다니면 월매는 분명 눈치를 챌 것이다. 차라리 먼저 월매에게 가서 선수를 치는 게 낫다. 설마 거지가 된 나를 사위로 맞이하고 싶지는 않겠지? 춘향이가 날 완전히 포기하면 그때 향단이와….'

몽룡은 향단을 마음에서 지우지 못하고 있었다. 향단에 대한 몽룡의 연정은 여전했다.

이미 전라도 전역에는 암행어사가 돌아다닌다는 소문이 돌았다. 그리고 그 소문은 월매의 집 노비들에게도 들어갔다.

"들었어? 전라도에 암행어사가 돌아다닌다던디?"

"누가 그랴?"

"장덕이가 봇짐장수에게 직접 들었댜."

"또 헛소문일 겨. 작년에도 암행어사가 왔다고 했는데 아무 일도 없었잖여! 그때도 장덕이가 그러지 않았남? 그놈은 아무튼. 암행어사가 동네 개도 아니고…."

월매는 옆에서 노비들의 대화를 모두 엿듣고 있었다.

'암행어사가 왔다고?'

이때까지만 하더라도 월매는 그 소문을 자신과 연관시키지 못했다.

얼마 후, 몽룡이 대문을 '쾅'하고 열며 월매의 집 안으로 들어왔다.

"하하하. 장모님! 그동안 잘 계셨습니까?"

"아니. 사, 사위 아닌가?! 이게 얼마 만이오?"

월매가 반가운 표정을 지으며 몽룡에게 다가갔다. 그런데 몽룡의 몸에서 지독한 냄새가 났다. 월매는 표정을 찡그리며 코를 막고 몽룡의 행색을 아래위로 훑었다.

"자네 옷차림이 이게 뭔가?"

"우리 집안이 몰락했지 뭐요. 음모에 휘말려서 아버지는 관직에서 쫓겨나고, 가산까지 모두 빼앗겨 버렸습니다. 원래 저도 관노비가 될 뻔했는데 간신히 이렇게 자유의 몸이 되었지요. 이 얼마나 다행입니까? 하하하."

"아, 그래?"

"장모님, 밥 좀 주세요. 어제부터 굶었더니 뱃가죽이 등에 붙었습니다."

"밥?"

월매는 노비를 시켜 밥상을 준비시켰다. 몽룡은 춘향을 찾았다.

"저, 그런데 춘향이는 어디 있습니까?"

"춘향아! 네 서방 왔다!"

월매는 못마땅하다는 표정과 목소리로 춘향을 크게 불렀다.

월매의 외침에 방 안에 있던 춘향과 향단이가 마당으로 뛰쳐나왔다.

"서방님!"

"춘향아, 내가 왔다!"

춘향이 눈물을 글썽이며 버선발로 뛰어 내려와 몽룡에게 안겼다. 하지만 몽룡의 시선은 향단이에게 가 있었다. 향단의 시선도 몽룡을 향했다. 몽룡과 눈이 마주친 향단은 여전히 몽룡의 마음에 자신이 있다는 것을 느꼈다.

몽룡을 끌어안고 있던 춘향도 몽룡의 몸에서 지독한 냄새가 나자 놀라서 얼른 떨어졌다.

"서방님, 오시다가 거름통에라도 빠지신 겁니까?"

"우리 집이 망했다. 이제 거지나 다름없는 신세지."

춘향은 몽룡의 말에 순간 놀랐지만 이내 자신의 서방님으로 깍듯하게 대했다.

몽룡이 허겁지겁 밥을 먹자 춘향과 월매, 향단은 걱정스러운 표정으로 그 모습을 바라보았다.

"천천히 드세요, 서방님."

"세상에! 처가 밥맛이 이렇게 좋을 줄은 꿈에도 몰랐네. 허허허."

"향단이는 가서 물을 가져오너라."

순식간에 밥을 모두 먹어 치운 몽룡은 마루에 큰 대자로 누워 잠이 들고 말았다. 춘향은 그런 몽룡을 행복한 표정으로 바라보며 걱정했다.

"오시느라 많이 피곤하셨나 보네."

그런 춘향에게 월매가 물었다.

"서방이 하루아침에 거지가 되어 나타났는데 넌 아무렇지도 않니?"

"이렇게 와 준 것만도 어디야."

"일어나면 씻기고 옷이나 갈아입혀. 냄새나니까."

월매는 일어나 어디론가 향했다.

집 안의 노비들도 뒷마당에 모여서 수군거렸다.

"참나. 도련님이 저리 거지가 되어 나타날 줄 누가 상상이나 했겠어."

"양반집 자제를 사위로 욕심낸 게 잘못이지."

"따지고 보면 춘향이도 양반집 여식이잖아?"

"근데 아버지 호적에 오르지 못했으니 이젠 기생의 딸인 것이여. 그래서 춘향이 대신 기녀로 세우기 위해 향단이를 데려온 거고…."

"그나저나 이젠 워쩐댜."

"뿌린 대로 거두는 거지, 뭐."

이들 앞에 월매가 나타나 큰기침을 했다.

"아이고 마님."

"말 탈 줄 아는 이가 누구라고 했지?"

"예, 접니다."

"자네는 서둘러 한양에 다녀오게."

"예? 한양에요?"

"가서 승정원 승지인 이몽룡의 아버지 이한림이 어떻게 되었는지 알아보고, 이몽룡 역시 어찌 되었는지도 알아 오게."

"예, 마님."

- 92 -

노비들은 서둘러 사라졌다. 월매는 고민에 미간이 찌푸려졌다.

'정말 가문이 망해서 온 거면 어쩌지?'

사실 월매는 몽룡이 돌아오리라 기대도 하지 않았다. 그런데 몽룡이 돌아온 것이다. 거지가 되어서.

월매의 생각에 몽룡이 돌아온 이유는 딱 두 가지뿐이었다.

하나는 정말 가문이 망해서 밥이라도 얻어먹을 요량으로 돌아온 것이다. 3년 전, 춘향과 밤을 같이 보냈기 때문에 몽룡은 엄연히 이 집 사위다.

다른 하나는 바로 <암행어사>였다. 몽룡이 암행어사라면 여기 나타난 것이 말이 된다. 월매의 촉은 암행어사 소문을 의심하고 있었다.

춘향은 노비들에게 몽룡의 목욕물을 준비시키고, 향단이에게는 갈아입을 옷을 구해오라고 일렀다.

그것을 듣고 있던 몽룡은 몸을 웅크리며 자는 척했다.

'아씨, 춘향이 쟨 뭐야. 아무래도 이것만으로는 안 되겠어. 날 포기시키려면 뭔가 더 강력한 것이 필요해!'

몽룡은 거지가 된 모습만으로도 춘향이 자신을 포기할 줄 알았다. 하지만 춘향의 반응은 달랐다. 자신이 거지임에도 불구하고 오히려 잘 챙겼다. 심지어 기분이 좋아 들떠있기까지 했다. 몽룡에게는 춘향을 포기시킬 다른 작전이 필요했다.

"아~ 잘 잤다."

"서방님, 일어나셨어요? 목욕물 준비시켰으니 개운하게 씻으셔요."

"내 잠시 마실 좀 다녀오겠소."

*　　*　　*

몽룡은 뒷골목에서 기다리고 있다가 지나가던 방자를 불러 세웠
다.

"방자야!"

"어? 너, 넌! 이몽룡!"

"응. 반갑다, 친구야."

"근데, 몰골이 이게 뭐여?"

"그렇게 됐어."

"이런…. 설마 집이 망한 겨?"

몽룡은 침울한 표정을 지으며 고개를 끄덕였다. 방자 역시 놀라
며 크게 한숨을 쉬었다.

구석에 쪼그리고 앉은 두 사람은 한동안 회포를 풀었다.

"그래. 춘향이네서 살면 뭐 밥 굶을 걱정은 안 해도 되니께. 잘
왔어. 내가 그때 향단이가 아니라 춘향이랑 엮어준 게 오히려 잘
되었구먼. 안 그랴?"

몽룡은 방자 몰래 이를 악물며 주먹을 쥐었다.

"그래서 말인데…. 너 나 좀 도와줘야겠다."

"도와? 뭘?"

"그냥 내가 시키는 것만 하면 돼. 물론 비밀로 몰래."

"참나. 야, 이제 넌 도련님 아니거든! 너나 나나 이젠 신분은 똑같어. 그런데 시키긴 뭘 시켜! 넌 아직도 내가 니 심부름이나 하는 방자로 보이냐!"

방자의 도발에 몽룡은 주먹으로 방자의 얼굴을 가격했다. 갑작스러운 공격에 방자는 피하지도 못하고 그대로 나가떨어졌다.

얼마나 맞았는지 방자의 얼굴 여기저기에는 멍이 보였다. 코피까지 흘리며 몽룡 앞에 무릎 꿇고 있던 방자에게 몽룡이 타일렀다.

"이젠 너나 나나 신분이 비슷해졌구나. 그래도 남자들 사이에서는 힘으로 서열이 정해지기 마련이지."

"우리가 친구는 무슨⋯."

"난 아직 널 친구로 생각하고 있어. 그러니까 내 부탁 좀 들어주라. 응?"

방자가 반응을 보이지 않자 몽룡이 다시 주먹을 불끈 쥐며 협박을 했다.

"싫어?"

"아, 아니! 알았어. 시키는 대로 할게."

"그래. 너 때문에 상황이 이렇게 되었잖니? 우리 잘해보자, 친구야."

"부탁이 뭔데?"

"어렵지 않아. 넌 그냥 소문만 내면 돼. 새로 부임한 남원 부사 변학도 귀에 들어가도록."

"무슨 소문?"

"춘향이가 남원 최고의 절세 기녀라는 소문."

* * *

며칠 후, 말을 타고 열심히 산길을 달려 한양을 다녀온 월매의 집 노비가 돌아와 상황을 보고했다.

"마님, 다녀왔습니다."

"그래, 고생 많았네. 어떠하던가?"

"몽룡 도련님의 부친 이한림은 여전히 승정원 승지로 건재하셨습니다."

"뭐?! 정말이냐?"

"네. 직접 댁 앞에서 퇴근하는 모습을 확인까지 하였습니다."

"그럼 몽룡이는?"

"지난 과거 시험에 급제하여 관직에 나갔다고 합니다."

'하! 요놈 봐라. 이곳에 암행어사로 내려온 것이구나. 소문이 맞았네. 암행어사가 오긴 왔어. 그것도 내 집에. 사위가 암행어사라니. 호호호.'

* * *

새로 부임한 부사 때문에 남원 관아의 아전들은 초조해했다. 무려 3년 만에 공석이 채워진 것이다. 남원 부사가 없던 지난 3년간 아전들의 비리는 그야말로 극에 달했었다. 그런데 새로운 수령이 왔으니 아전들의 이권이 위태로워진 것이다.

"이번에 부임하는 사또는 고분고분하려나 모르겠네."

"우리 중에 하나라도 비리로 처벌하면 다 같이 태업(怠業)하는 겨!"

"그려. 이 지역 실무를 꽉 잡은 우리 없이 일할 수 있나 보자고!"

변학도가 위엄 있는 모습으로 나타나 서류 책을 펼쳤다.

"어디, 군역부터 살펴볼까? 아이고, 어린아이에게 군역을 물렸으니 황구첨정(黃口簽丁)! 죽은 사람에게도 군포를 요구했으니 백골징포(白骨徵布)!"

아전들이 눈치를 보며 고개를 들지 못했다.

"군역을 피해 도망간 사람의 군포를 친척과 이웃에게도 물렸구먼! 공납은 뭐 보나 마나 방납 업자들과 짜고 뒷돈을 챙겼겠지?"

"부사 나으리, 저희는 따로 월급을 받지 않기 때문에 이렇게라도 해서 생활비를 마련해야 합니다!"

"터진 입이라고 말은 잘하는군. 나도 머리는 있네. 칠 대 삼!"

"네?"

"어찌 이리 눈치가 없는 겐가. 자네들이 해 먹는 떡고물 중 칠은 자네들이 먹고, 나머지 삼을 나한테 바치라는 말일세."

칠 대 삼이라도 아전의 숫자가 더 많으므로 결과적으로는 변학도가 가장 많이 챙기는 것이 된다. 아전들은 서로 눈빛을 교환했다. 서로 괜찮은 조건이라는 신호가 오고 갔다.

"네, 그렇게 하겠습니다."

"그래. 그럼 실무는 자네들이 알아서 하도록 하고, 내 환영 만찬 말인데…."

"준비는 잘 되어가고 있습니다."

"여기 춘향이라는 기생이 절세라던데 사실인가?"

월매의 집에서는 향단이 변학도의 환영 만찬에 나갈 준비를 했다. 월매가 마지막으로 향단에게 가체를 올려주었다. 치맛단의 스란 무늬가 화려하게 빛났다.

드디어 온전한 기생으로 변신한 향단이의 모습이 드러났다.

"곱다. 내 처녀 시절을 보는 거 같구나."

하지만 향단이의 표정은 좋지 않았다.

"네 마음 다 안다. 기녀로 살아가는 것이 꼭 나쁘지는 않아. 날 보아라. 재산도 모으고 화려하게 살잖니? 노비로 허드렛일 하는 것보다야 백배 낫지 뭐."

월매는 향단에게 마지막으로 확실하게 주입했다.

"드디어 때가 왔구나. 넌 이제 춘향이다."

"네, 마님. 저는 남원 제일의 기생, 춘향입니다."

"그래. 부사 나리가 직접 널 찾았으니 잘하거라."

변학도의 환영 만찬이 시작되고, 향단이 학도 옆에 앉았다. 그 모습을 옆에서 안타까운 표정으로 바라보던 방자의 눈에 눈물이 그렁그렁했다.

"하하하. 네가 그 유명한 춘향이냐?"

"네, 그러합니다."

"음, 과연 미모가 대단하구나."

마당에는 마을 사람들이 모여 술과 음식을 먹느라 정신이 없었다. 그 틈을 타 몽룡이 담 아래에 숨어 있다가 크게 외치고는 숨었다.

"그녀는 춘향이가 아니라 향단이오!"

학도는 외침에 소리가 난 쪽을 돌아보았지만 아무도 없자 이방을 불렀다.

"이방! 이게 무슨 소리냐? 춘향이가 아니라니?"

이방이 당황하여 대답을 못 하고 우물쭈물하자 방자가 대신 나서서 설명했다.

"나으리. 그게 다름이 아니오라, 이 아이는 진짜 춘향이 대신 관기로 온 향단이라는 아이입니다."

"그건 또 무슨 소리야? 춘향이면 춘향이고, 향단이면 향단이지."

"그러니까 진짜 춘향은 따로 있습니다."

"그래? 그럼 진짜 춘향이를 데려와라. 진짜 춘향이의 수청을 받아야겠다."

동헌의 아전과 나졸들이 춘향을 데려가기 위해 월매의 집으로 몰려왔다. 월매는 다급히 춘향에게 귀띔했다.

"내 말 꼭 명심하거라. 몽룡이는 거지가 아니라 암행어사야!"

"뭐? 암행어사라고?"

"어떤 고초가 있더라도 끝까지 버텨야 해. 분명 네 서방이 널 구해줄 거야. 반드시!"

"지금 그게 다 무슨 소리인데?!"

그렇게 춘향은 동헌으로 끌려와 변학도로부터 매질을 당했다. 춘향은 매질할 때마다 신음과 함께 악에 받친 자기변호를 읊었고, 몽룡은 구석에서 춘향의 고통스러워하는 모습을 안타깝게 바라보았다.

"이래도 수청을 들지 않을 것이냐?"

"10만 번 죽는대도 나를 변케 할 수는 없을 거요."

"너의 그 기개는 정말 존경할 만하다."

그러자 춘향을 보고 있던 몽룡의 눈빛이 변했다. 사실 이 정도면 포기하고 변학도의 수청을 들 줄 알았다. 하지만 춘향은 몽룡에 대한 절개를 지키기 위해 자신의 목숨까지 걸었다. 이제 더 매질을 당한다면 몸에 흉터가 남고, 30대가 넘어가면 목숨까지 위험해질 수 있다. 춘향의 절개에 감동한 몽룡은 뭔가 결심을 했다.

반면 화가 난 변학도는 집장사령에게 매질을 명령했다.

"안 되겠다. 이년이 싹싹 빌 때까지 매우 쳐라!"

"예? 더요?"

"어서!"

"아, 네! 열하나요!"

"잠깐!"

몽룡이 얼굴을 부채로 가린 채 사람들 사이에서 나와 앞으로 나섰다.

"금준미주는 천 사람의 피요, 옥반가효는 만백성의 기름이라. 촛농이 떨어질 때 백성들의 눈물이 떨어지고, 노랫소리 높은 곳에 원망 또한 높나니…."

몽룡의 시를 듣자 잔치에 모인 수령들 눈이 휘둥그레지며 마시던 술을 질질 흘렸다. 다들 눈치를 보며 입 모양만으로 암행어사가 아니냐는 신호를 보냈다. 학도도 겁을 먹었다.

"웨… 웬 놈이냐!"

"내가 누구냐고? 그게 궁금하신가?"

이때, 담장 너머에서 '암행어사 출두요!'라는 외침이 들려오고 몽둥이를 든 사령들이 들이닥쳤다. 동헌 안은 난장판이 되었다.

＊　　＊　　＊

향단의 이야기를 모두 들은 도학은 주먹을 불끈 쥐고 부들부들 떨었다.

"그러니까 이몽룡은 춘향을 완전히 떼어 놓기 위해 내 아버지를 이용한 것이구나?"

"네. 사실은 '남원 제일의 절세 기녀는 춘향'이라는 소문도 이몽

룡이 만들어 낸 것입니다. 그래야 변학도 나리가 춘향에 대한 궁금
증이 커질 테니까요."

"이럴 수가. 이몽룡이 놓은 덫에 걸려든 것이었다니! 감히 내 아
버지를 이용해?! 기다려라, 이몽룡! 내가 가만두지 않을 테다!"

도학은 분노에 찬 목소리로 외쳤다. 향단은 남은 이야기를 마저
했다.

"그런데 이몽룡은 예상하지 못했습니다. 춘향이 끝까지 포기하지
않고 자신에 대한 절개를 지킬 것이라는 걸 말이죠. 만약 춘향이
포기하고 변학도의 수청을 받아들였다면 그날 어사 출두는 이루어
지지 않았을 겁니다."

"이런 제길!"

"이몽룡이 원한 건 춘향이 변학도에게 수청을 드는 것이었습니
다. 그렇게 되면 자연스럽게 혼인 관계는 깨지게 되니까요."

"몽룡과 월매의 머리싸움에서 월매가 이긴 것이군."

"그런데 그게 그렇지 않았습니다."

향단이 그 이후의 이야기를 이어갔다.

*　*　*

몽룡은 춘향과 정식 혼례를 올리고 신접살림을 차렸다.

저녁 식사 후, 몽룡이 외출을 하려고 일어났다. 함께 식사를 마
친 춘향이 몽룡에게 물었다.

"서방님, 다 늦은 저녁에 어딜 가십니까?"

"오늘 밤은 향단이와 함께할 것이니 부인은 혼자서 주무시오."

"서방님! 정말 이러실 겁니까?"

춘향이 악을 써보았으나 몽룡은 차갑게 방을 나가 버렸다.

춘향은 엎드려 눈물을 흘렸다. 첫날밤을 제외하곤 몽룡은 지금까지 향단하고만 밤을 보내고 있었기 때문이다. 월매는 이런 두 사람의 모습을 멀리서 안타깝게 바라보고만 있었다.

'내 딸이 독수공방 처지라니….'

반면 몽룡은 기생이 된 향단과 즐겁게 이야기를 나누며 감주를 마셨다.

"이것은 감주가 아니라 우리 둘의 합환주다."

(- 합환주(合歡酒) : 혼례 때 신랑·신부가 서로 바꿔 마시는 술)

"합환주라고요?"

"사랑, 사랑 내 사랑이야. 이리 보아도 내 사랑, 저리 보아도 내 사랑. 향단아, 이리 와 업히거라."

"어머, 부끄럽습니다."

향단이 몽룡의 등에 업혔다.

"좋으냐?"

"네. 좋아요."

"나도 좋다."

그렇게 몽룡은 매일 밤 향단이와 정을 나누며 즐겁게 보냈다. 그러자 월매는 향단이를 다시 노비로 만들고 춘향을 시중들게 했다. 화려한 기생에서 춘향의 몸종으로 신분이 바뀐 것이다.

*　*　*

말을 이어가던 향단이 서러움에 목이 메었다.

"결국, 화가 난 월매는 저를 화려한 기생에서 춘향의 몸종으로 신분을 다시 바꿉니다. 그러자 몽룡 또한 저를 정식 첩으로 만들기 위한 작업을 시작하죠. 그러던 중에 제가 죽임을 당하게 된 것입니다."

도학은 이제 모든 것을 알겠다는 듯 정리를 했다.

"내 아버지는 이몽룡에게 이용당한 것이고, 너는 월매와 춘향에게 죽임을 당한 것이구나."

"마님과 춘향이 저를요? 하지만 춘향은 어릴 때부터 한 자매처럼 자란 둘도 없는 친구이고, 월매 역시 저를 딸처럼 키웠습니다. 그 둘은 아마 아닐 겁니다."

"모르는 소리 마라. 서방을 너에게 빼앗긴 춘향은 아마 널 죽이고 싶었을 거다. 그리고 월매 역시 자신의 귀한 딸이 매일 밤 독수공방으로 괴로워하자 널 죽이려고 했겠지. 둘 중의 하나가 범인이거나 어쩌면 둘이 함께 공모했을 거야."

정말 춘향과 월매가 그랬을까? 향단은 여전히 의문스러운 표정을 하고 있었다.

도학은 갓을 고쳐 매며 자리에서 일어났다.

"아무튼, 그만 내려가자. 집에서 많이 기다리겠다."

*　*　*

소풍 가기 좋은 화창한 날, 해변으로 처녀 시신 하나가 떠밀려 왔다. 어구를 메고 해변을 지나던 어부 하나가 시신을 발견하고는 관청에 신고했다.

소식을 접한 아전은 종립에게 바로 보고를 올렸다.

"나리, 해변에서 여성 시신 하나가 발견됐습니다."

"시신이라고? 최대한 빨리 초검을 해야 하니 서둘러 현감과 사령을 불러 모으게."

"지금 제주 남쪽에서 발생한 살인사건 때문에 모두 거기 나가 있어서 당장 출동할 수사 인력이 모자랍니다."

"그래? 할 수 없지. 내가 직접 가마."

"저, 나리….."

"왜? 무슨 일이냐?"

"그것이, 죽은 사람이 효녀 심청입니다."

"뭐라? 심청이?!"

도학과 향단이 집에 도착하자 옥단이 뛰어와 울면서 다급하게 소식을 전했다.

"큰일 났어!"

"무슨 일인데 이 호들갑이야?"

"심청이가 죽었대!"

"뭐? 심청이가?"

향단이는 심청이가 누군지 몰랐다.

"심청이가 누굽니까?"

"엄마 없이 앞을 못 보는 아비를 극진히 돌보며 살아가는 처녀다. 그래서 이곳 사람들은 모두 효녀 심청이라고 부르지. 그런 심청이가 죽다니…."

도학의 표정이 급격히 어두워졌다. 심청이는 스무 살 된 처녀로, 평소 도학, 옥단과도 친분이 있었다. 도학이 옥단에게 물었다.

"왜 죽은 거래? 타살이야?"

"그건 아직 몰라. 지금 온 마을이 난리가 났어."

시신이 발견된 현장으로 소문을 들은 마을 사람들이 모여들었다. 그중에 도학과 향단도 있었다. 심청이의 시신이 검험을 위해 들것에 실려 나오자 여기저기서 아낙들의 울음소리가 터져 나왔다.

"아니, 어떤 죽일 놈이 저런 효녀를 죽인 겨!"

아녀자들이 격한 반응을 보였다. 도학은 향단이에게 상황을 설명했다.

"사령들이 많은 걸 보니 곧 초검을 실시할 모양이구나."

"초검이 뭡니까?"

"사람이 죽으면 검험, 즉 검시하게 되는데 이 사람이 왜 죽었는지를 밝히는 과정이다. 자살인지 아니면 단순 사고사인지 또는 타살인지를 확인하는 것이지. 그리고 만약 타살이라면, 살인범을 잡아야 할 테고…."

"우와. 나리는 그걸 어찌 잘 아십니까?"

"이래 봬도 한때는 남원 부사의 아들이었으며 과거 시험을 준비하는 선비니라. 이 정도는 뭐 기본이지."

도학이 으쓱였다.

시신이 검사실에 도착하자 제주 목사 종립이 먼저 하얀 천을 걷어 심청의 시신을 머리부터 관찰하기 시작했다.

검시관은 종립의 말을 확인하고 모든 것을 기록했다.

"복부가 팽창하지 않았군."

"그럼 익사가 아니지 않습니까?"

"그렇네. 검시를 시작하게."

"예!"

검시관은 심청의 목 부위를 물로 적신 후, 지게미와 식초, 파 등으로 덮고, 종이로 둘러막았다.

시간이 지난 후 붙인 것을 드러내자 심청이 목에 손자국이 선명하게 드러났다.

그것을 본 종립이 외쳤다.

"누군가 심청의 목을 졸라 살해한 것이 확실하다!"

"아니, 누가 효녀 심청이를…."

지켜보던 형방은 목이 메어 차마 말을 끝맺지 못했다.

종립은 심각한 표정으로 형방에게 명령했다.

"당장 모두 불러 모으게!"

5. 심청이는 누가 죽였나

동헌 마당에 사령들이 모두 모였다.

종립이 이들 앞에 서서 준엄한 표정으로 명령을 내렸다.

"마을 처녀 심청이가 살해당했다. 다들 잘 알겠지만, 심청이는 제주에서 가장 유명한 효녀다. 따라서 우리는 반드시 범인을 잡아야 한다!"

"예!"

"살인사건은 초동 수사가 매우 중요하다. 아주 작은 증거라도 결코 놓쳐서는 안 된다. 알겠느냐!"

"예!"

"만약 결정적인 증거나 증인을 확보하는 자에겐 내가 특별히 상을 내리겠다!"

종립의 제안에 사기가 오른 아전과 사령들이 웅성거렸다.

"뭣들 하느냐? 다들 맡은 임무를 수행하도록. 어서!"

사령들은 수사를 위해 흩어지고 종립은 형방과 남아 심청의 시신을 다시 꼼꼼하게 살펴보았다.

"구타나 저항했던 흔적이 전혀 없는데?"

"혹시 약물로 정신을 잃게 한 뒤에 살해된 것이 아닐까요?"

"일부러 만취시키거나 약물을 이용해서?"

사령 하나가 다급히 들어와 종립에게 알렸다.

"나리, 심청이가 죽기 전에 남쪽의 뱃사람들과 접촉하는 걸 봤다는 사람들이 다수 나왔습니다."

"남쪽 뱃사람들이라고? 당장 그들을 소환하라!"

"예!"

오래지 않아 관청 마당으로 남쪽 뱃사람들이 나졸들에 의해 연행되었다.

종립은 이들의 추문을 시작했다.

"심청이와 만난 이유가 무엇이냐?"

외국인인 뱃사람들은 서로 눈치를 보며 입을 열지 않았다. 화가 난 종립이 소리쳤다.

"어허! 당장 바른대로 실토하지 않는다면 고문을 받게 될 것이다!"

우두머리로 보이는 자가 당당히 앞으로 나서서 변호했다.

"협박하지 마시오. 우리는 죄가 없소!"

"뭔가 착각하나 본데, 지금 살인사건이 났다. 그리고 그대들은 그 살인사건에 연루되어 있고. 여봐라. 당장 이들의 인신을 구속할 준비를 하여라!"

"예, 나리!"

"아, 아니. 잠깐! 다 말하겠습니다!"

겁을 잔뜩 먹은 선원 하나가 일어서며 외쳤다.

"말해 보아라."

"저희는 인당수에 제물로 바칠 처녀를 찾고 있었는데 심청이가 우리에게 찾아와 공양미 삼백 석만 주면 자신을 데려가도 좋다고 했습니다."

"뭐라? 공양미 삼백 석? 그런 인신 공양은 살인과 같아서 국법으로 엄히 금지되어 있다는 것을 모르느냐?! 어찌 제주 안에서 그런 짓을 할 수가 있느냐?!"

"그건 우리가 잘못했습니다. 인당수에서 하도 침몰 사고가 자주 나서 그만…."

"그래서 심청이를 공양미 삼백 석에 죽인 것이로군."

"아뇨! 우리가 그런 것이 아닙니다. 사실은 내일 떠나기로 되어 있었는데 출발하기도 전에 심청이가 이렇게 먼저 죽어버린 것입니다."

"그럼 너희들이 죽인 게 아니라고?"

"예! 믿어주십시오. 사실입니다."

"그대들은 법을 위반한 죄로 처벌을 받게 될 것이오. 그리고 지금 살인사건이 벌어졌기 때문에 사건이 해결될 때까지 당신들은 제주를 떠나지 못할 거요."

심청이를 죽인 범인의 행방은 다시 오리무중이 되었다. 하지만 수사관들의 머릿속에는 새로운 의문 한 가지가 떠올랐다.

"심청이는 왜 자신을 공양미 삼백 석에 팔려고 했던 걸까요?"

"제주 최고의 효녀 아니냐. 당장 심학규를 데려오너라!"

종립은 그 해답을 심학규가 가지고 있을 것으로 생각했다.

*　　*　　*

심학규가 울면서 아전의 팔을 잡고 관청 안으로 들어왔다. 딸이 죽었다는 소식을 들은 심학규는 낯빛이 매우 어둡고 걸음은 곧 쓰러질 것만 같았다. 아전이 자리를 안내했다.

"여깁니다."

"고맙소."

조사에는 종립이 직접 나섰다.

"힘드실 텐데 이렇게 오시라 해서 죄송합니다."

"아닙니다. 우리 딸의 억울한 죽음을 해결해주시느라 이렇게 고생이신데 제가 기꺼이 와야지요."

"저, 심청이가 남쪽 뱃사람들에게 공양미 삼백 석에 자신을 팔기로 했다던데, 여기에 대해서 뭐 아시는 거 있으십니까?"

"고…공양미 삼백 석이요?"

"네."

공양미 삼백 석이라는 말을 듣자 심학규는 땅을 치며 통곡하기 시작했다.

"아이고, 청아! 내 귀한 딸아! 내가 너를 죽였구나!"

"내가 죽였다뇨?"

"흑흑…. 그게 말입니다. 어떻게 된 거냐면 열흘 전쯤의 일이었습니다."

심학규는 지난 기억을 되살렸다.

* * *

보름 전쯤, 심학규가 혼자 지팡이를 짚으며 개울의 다리를 건널 때였다. 그런데 그만 뒤에서 누군가 밀어 개울에 빠졌다. 비가 온 후라 물이 꽤 불어 있는 개울이었다. 빠른 물살에 떠내려가던 학규는 살려 달라 소리를 질렀고, 그런 학규를 발견한 몽운사 화주승이 개울로 뛰어들어 학규를 구해냈다.

(- 화주승(化主僧) : 인가에 다니면서 사람들에게 법연(法緣)을 맺게 하고, 시주를 받아 절의 양식을 대는 승려)

"아이고, 제 목숨을 구해주셔서 고맙습니다. 그런데 누구십니까? 이 은혜 평생 잊지 않겠습니다."

"저는 몽운사의 화주승입니다."

"아, 그랬군요. 제가 부처님 은덕으로 살았으니 앞으로는 절에 열심히 다니겠습니다."

앞을 보지 못하는 심학규의 상태를 확인한 화주승이 한숨을 쉬며 말했다.

"몸이 천 냥이면 눈은 구백 냥이라고 했는데…. 앞이 보이지 않는다면 어찌 행복하다고 할 수 있겠습니까?"

"뭐 어쩌겠습니까. 제 팔자이니 이렇게 살아야죠."

"부처님에게 공양미 삼백 석을 받치면 눈을 뜰 수 있을 텐데…."

"그, 그게 정말입니까? 공양미 삼백 석이면 정말 눈을 뜰 수 있습니까?"

"하지만 그냥 흘려들으시지요. 삼백 석이 어디 쉽겠습니까?"

화주승은 그대로 가버렸으나 심학규는 그 자리에 서서 '삼백 석'을 되풀이했다. 어이없게도 학규는 자신의 효녀 딸 심청이면 삼백 석이 가능할지도 모르겠다고 생각했다.

'청이라면 삼백 석을 구할 수 있지 않을까? 그 아이는 내 일이라면 무엇이든 하니까. 어쩌면 제주 최고의 부자에게 찾아가 빌려달라고 할지도 몰라. 그럼 청이의 효심에 감복해 정말로 삼백 석을 내어줄지도 모르지.'

결국 학규는 심청이에게 '삼백 석' 이야기를 꺼냈다.

"아까 낮에 개울을 건너다가 누가 밀어서 죽을 뻔했지 뭐냐."

"네?!"

"그런데 부처님이 도왔는지 몽운사 화주승이 날 구해주었단다."

"휴…. 그러니 다음부터는 혼자 다니지 마시어요, 아버지."

"그런데 말이다. 글쎄, 공양미 삼백 석이면 내가 눈을 뜰 수 있다고 하더구나. 허허. 그것참…."

"삼… 삼백 석이요?"

"물론 우리 형편에 그것이 가능하겠냐만. 그런 얘기를 들으니 희망이 생긴다고나 할까…. 나도 참 노망이지?"

"아니어요, 아버지. 희망이 있다니 정말 다행입니다!"

심청이는 정말로 자신의 아버지가 눈을 뜰 방법이 있다는 말에 크게 기뻐했다.

"하늘에서 공양미 삼백 석이 떨어지면 얼마나 좋을까, 싶기도 하고…. 에이, 아니다. 그게 말이 되느냐? 삼백 석을 공양하면 눈을 뜬다니. 너도 그냥 잊어버려라."

심청이는 그런 학규를 안타까운 표정으로 바라보았다.

* * *

이야기를 마친 심학규가 가슴을 치며 한탄을 쏟아냈다.

"그랬는데, 흑흑! 괜히 내가 쓸데없는 말을 해서…. 아이고, 청아! 내 목숨보다 귀한 내 딸아!"

"진정하십시오."

종립이 사령에게 명령했다.

"댁까지 모셔다드리고 혹시 모르니 옆에서 잘 돌봐 드리게."

"예!"

심학규가 돌아간 후 종립과 형방의 수사가 이어졌다.

"화주승이 공양미 삼백 석을 요구했다?"

"심 봉사를 뒤에서 민 것도 화주승 아닐까요?"

"그러니까. 그리고 공양미 삼백 석으로 유혹. 전형적인 사기 사건이다. 당장 몽운사로 가자!"

판단을 끝낸 종립이 명령을 내렸다.

제주 목사 종립과 나졸들이 몽운사로 들이닥쳐 법당의 문을 열었다. 그런데 법당 안에서 화주승과 뺑덕어미가 입맞춤하는 것이 아닌가!

종립과 눈이 마주친 화주승과 뺑덕어미는 깜짝 놀라고, 종립은 결정적 증거 획득에 기쁜 나머지 입에서 쾌재가 터져 나왔다.

"요것들 봐라. 당장 이 둘을 모두 포박하여 관청으로 연행하라!"

"예!"

포승줄에 묶여 연행된 뺑덕어미와 화주승이 사령들에 의해 동헌 마당 가운데 꿇어 앉혀졌다. 그리고 바로 종립의 추문이 이어졌다.

"심청이가 남쪽 뱃사람들을 어떻게 알았는지 궁금했는데, 뺑덕어미 당신을 보니 이해가 되는군. 남쪽 뱃사람들이 공양미 삼백 석에 처녀를 구한다는 정보를 심청이에게 전한 게 자네지?"

종립의 질문에 뺑덕어미와 화주승이 대꾸도 못 하고 눈치만 보았다. 확신을 얻은 종립은 더욱 자세히 캐기 시작했다.

"그러니까 정리하자면, 둘이 사기 칠 것을 짠 다음, 화주승 자네가 심학규에게 접근하고, 뺑덕어미는 심청이에게 접근했을 거야. 그렇게 심청이가 삼백 석에 팔려 가고, 쌀을 절에 시주하면 내연 관계였던 두 사람은 쌀 삼백 석을 가지고 도망하여서 잘 먹고 잘 산다? 그런데 이런, 이런. 아마도 심청이가 사기라는 것을 눈치챘을 테고, 그래서 둘이 심청이를 잔인하게 죽였을 테지! 안 그런가?"

종립의 추론에 화주승이 강하게 부정하고 나섰다.

"맹세코 심청이를 죽인 건 저희가 절대 아닙니다!"

"죽인 것은 아니다? 그럼 사기를 친 것은 사실이로군?"

화주승은 포기하고 모든 것을 털어놓았다. 자칫 잘못 걸리면 살인죄를 뒤집어쓸 수도 있기 때문이다.

"네, 사기를 치려고 했던 건 맞습니다요. 하지만 그렇다고 사람을 죽일 정도로 악인은 아닙니다."

화주승의 대답에 화가 난 종립이 대로(大怒)하며 소리쳤다.

"어차피! 심청이가 팔려 가면 죽게 될 텐데 그것도 몰랐단 말이냐!"

화주승이 주눅 들자 뺑덕어미가 대신 나서서 변명했다.

"하지만 나리. 심청의 죽음은 저희에게 이득이 되지 않습니다. 심청이가 죽어버리면 쌀을 받지 못하는데 어찌 저희가 심청을 죽이겠습니까! 심청이가 사기라는 것을 눈치챘다면 거기서 우리도 포기하면 그만입니다. 굳이 심청을 죽일 이유는 없지요."

아전들도 고개를 끄덕였다. 형방이 종립에게 말했다.

"아무래도 화주승과 뺑덕어미는 살인범이 아닌 듯합니다."

"역시 아닌가?"

"두 사람은 그저 사기였던 것으로 보입니다. 하지만 심청이가 공양미 삼백 석에 자신을 팔려고 했던 건 사실입니다."

"그런데 그 직전에 누군가가 심청을 죽였다?"

"예."

"관련자들 수사는?"

"주변인들 조사는 마쳤습니다만 딱히 용의자로 의심 가는 사람은 아직 없습니다."

'효녀 심청을 죽인 범인을 반드시 잡아야 한다!'

다 잡은 줄 알았던 심청의 살인범은 다시 미궁 속으로 빠지고 말았다. 다른 용의자를 추정할 단서는 보이지 않았다. 종립은 자신의 한계에 괴로운 표정을 지었다.

* * *

도학은 다시 찾아온 용덕이네 할머니에게 시달리고 있었다. 자신에게 사기를 쳐 돈을 떼어먹고 도망간 황 씨라는 사람을 찾아달라는 것이다.

사연은 이랬다. 마을에 황 씨라고 있었는데 평소에 용덕이네 할머니와 가깝게 지내며 돈을 조금씩 빌리곤 했다. 그리고 빌린 돈은 반드시 약속한 날짜에 높은 이자를 쳐서 갚고 신용을 쌓았다. 그렇게 용덕이네 할머니가 황 씨를 신뢰하게 되자 황 씨는 할머니에게 땅을 소개했다.

"여깁니다, 여기. 흙이 정말 좋다니까요. 이 땅을 사서 농사를 지으면 재미 좀 볼 겁니다."

"아이고. 진짜 좋네, 좋아."

"저랑 반반씩 부담해서 이 땅을 사시죠."

황 씨는 할머니에게 돈을 반반 부담해서 함께 땅을 사자고 했지만, 황 씨는 할머니가 투자한 돈만 챙겨서 달아났다. 무려 오백 냥이었다.

용덕이네 할머니는 도학에게 분노를 쏟아냈다.

"그 염병할 인간이 내 돈 오백 냥이나 가지고 도망갔다니까! 지금 어디에 있는지만 알려주면 섭섭하지 않게 해줄게."

도학이 향단을 바라보았다. 향단은 여전히 아무것도 모르겠다며 고개를 가로저었다.

역시 안 되겠다는 듯 도학은 할머니에게 사정했다.

"우선 돌아가 계시면 제가 기도를 해서 노력해보겠습니다."

할머니가 돌아가자 도학은 향단을 노려보았다.

"황 씨의 지금 위치 정도는 알려줄 수 있지 않나?"

"저는 정말 아무것도 모릅니다."

"내가 진짜 무당이 아니라서 그런 것이야?"

"글쎄요. 그건 저도 모르죠."

도학은 답답함에 한숨만 나왔다. 귀신과 접신을 했는데 온전한 무당 흉내를 낼 수 없었기 때문이다. 무엇보다 어려움이 닥친 사람들을 돕고 싶은데 그럴 수가 없으니 더욱 안타까웠다.

결국, 도학은 자신이 직접 탐문 수사를 해보기로 했다.

"그럼 우리가 관원처럼 수사하는 겁니까?"

"뭐, 말하자면 그런 것이지."

향단은 신이 나서 도학에게 먼저 자신의 의견을 이야기했다.

"만약 자기 배를 타고 나가거나 배를 새로 만들어서 나갔다면 찾지 못하는 거 아닙니까? 육지로 도망쳤을 수도 있으니까요."

"제주도를 벗어나려면 작은 배로는 어림도 없다. 자칫 바다 한가운데서 비명횡사하기 딱 좋지. 그래서 큰 배에 몰래 타거나 일정 크기 이상의 어선을 훔쳐야 하는데 그런 건 흔적 없이 하기가 거의 불가능해. 특히 황 씨 같은 잡범들에겐 더더욱! 그래서 제주도를 감옥섬이라고 부르는 것이야. 또한, 그 때문에 최적의 유배지이

기도 한 것이지."

"그럼 최소한 어디로 갔는지는 알 수 있겠군요?"

"물론! 단, 이 섬을 떠났다면 말이지."

도학은 옥단에게 가서 황 씨의 인상착의를 물었다.

"옥단아. 황 씨는 어떻게 생겼어?"

"알아보기 쉬워. 매부리코에, 코 옆에는 큰 점이 있고, 쫙 찢어진 눈 그리고 얼굴엔 주근깨가 가득하거든."

"그럼 초상화를 만들어 그걸로 탐문을 해서 황 씨가 어느 방향으로 도망갔는지 알아내야겠다."

도학은 화방으로 가서 주인에게 황 씨의 얼굴을 설명했다.

"저기, 그러니까요. 매부리코에, 코 옆에는 큰 점이 있고, 눈은 째지고. 또 얼굴엔 주근깨가 막…."

"잉? 그거 황 씨 아닌가?"

"네, 맞아요. 황 씨!"

"황 씨 얼굴은 내가 알지."

다행히 화방 주인이 황 씨의 얼굴을 알고 있어서 초상화는 금방 완성이 되었다.

"혹시 황 씨가 어디로 갔는지 아세요?"

"글쎄…. 용덕이네 할머니 사기 치고 사라진 뒤로는 나도 소식 들은 게 없어."

"아, 네."

"자, 다 되었구먼."

"벌써요?"

"어차피 범인 잡을 용도 아닌가? 그럼 이 정도면 될 거야. 황
씨는 워낙 얼굴 특징이 확실해서 뭐…."

도학은 그림에 만족했다.

"좋은데요. 저, 가격은 얼마나?"

"에이, 됐어. 이걸로 사기꾼이나 꼭 잡게나."

"고맙습니다. 어르신."

화방에서 나온 도학은 향단과 함께 항구로 향했다.

도학은 초상화를 들고 여기저기 돌아다니며 어부들에게 황 씨의
행방을 물었다. 하지만 모두 모른다며 손을 저었다. 그러다가 한
어부가 손을 들어 어딘가를 가리켰다. 그곳에는 게시판이 있었고,
게시판에는 황 씨의 초상화가 붙어있었다.

"이미 제주도 항구 전체에 그 인간 초상화가 붙었수다."

"저, 그럼 혹시 항구에서 배가 없어지거나 하진 않았습니까?"

"여기 항구에서 그런 일은 없었소. 괜히 모든 항구 돌아다니지
말고 동헌으로 가보시오. 이미 거기서 다 돌았으니까."

"그렇군요. 고맙습니다."

도학은 큰 배가 드나드는 항구를 찾아다니며 황 씨의 행방을 수
소문해보았으나 단서가 될 만한 증인이 나타나지 않자 동헌으로

향했다.

"제보도, 신고도, 흔적도 없었다… 고요?"

"네. 제주도에서 나가면 흔적이라는 게 안 남을 수가 없잖습니까? 그래서 저희도 이 잡듯이 뒤져봤는데 아직 황 씨가 제주도를 벗어났다는 증거는 없습니다."

"그럼 제주도를 아직 벗어나지 않은 겁니까?"

"뭐 공식적으로는 그렇다고 봐야죠."

향단이 물었다.

"그럼 한라산 같은데 숨어 있으려나요?"

"이상하구나. 방까지 다 붙였는데 목격자들 신고조차 없다니…."

황 씨는 이곳 토박이가 아니라 10년 전에 이곳으로 이사를 온 외지인이었다. 다행히 옆 동네에 황 씨의 외삼촌 한 분이 산다는 정보를 알게 된 학도는 황 씨의 외삼촌 집으로 향했다.

"계십니까?"

"뉘슈?"

"저, 이웃 마을 황 씨 외삼촌 되시죠?"

"그 후레자식 일로 오셨소?"

"후.레.자.식이라고요?"

"말도 마시오. 원래 천성이 글러 먹은 놈이라, 매일 도박에! 술에! 여자에! 그렇게 살다가 어디서 뒈졌는지 이젠 코빼기도 보이지 않는 놈이오. 그 녀석한테 돈 좀 뜯겼나 본데 난 모르는 일이니 그냥 가보슈."

"그 때문에 온 것이 아니고요. 혹시 황 씨가 친하게 지냈던 친구를 알고 계시는가 해서요."

"친구라…. 누구더라? 같은 마을에 불량한 패거리들과 함께 어울렸던 모양이던데…."

"불량 패거리요?!"

"아, 생각났소! 조 씨 패거리라고 했소."

"조 씨 패거리라…. 고맙습니다. 어르신!"

도학은 물어물어 골목 한쪽에 모여 불량스럽게 대화를 나누고 있는 조 씨 패거리를 찾아냈다. 도학과 향단은 숨어서 몰래 지켜보았다.

"저것들이군."

"저 사람들입니까?"

"향단아, 잘 들어라. 너는 지금부터 저들을 따라다니며 무슨 이야기를 나누는지 잘 듣고 있다가 나에게 그대로 전해야 한다. 아마 황 씨가 저들과 분명 연관이 있을 것이야."

"제가요? 전 연약한 여자인데 제가 그걸 어떻게 합니까?"

"넌 네가 귀신이라는 걸 잊은 것이냐?"

"아, 맞다. 나 귀신이지. 알겠습니다. 제가 잘 미행하겠습니다."

조 씨 패거리들이 인적이 없는 나무 그늘 밑에서 낮술을 마셨다. 향단이는 그들을 바로 옆에서 감시했다. 이들의 대화에서 황 씨 이야기가 나오자 향단의 눈이 휘둥그레졌다.

"아, 날씨 좋구나."

"황 씨 돈은 얼마나 남았어?"

"일백 냥도 안 남았어."

"뭐얏! 오백 냥이었잖아?"

"그래. 근데 그동안 우리가 먹고 쓴 돈이 있지 않냐."

"무슨! 그게 사백 냥이 넘는다고? 거짓말하지 마, 이 자식아!"

"에이, 진짜. 짜증 나게 왜 이래?"

"이게 누굴 호구로 아나. 황 씨 시신도 우리 밭에 묻었잖아! 근데 그 돈을 너 혼자 다 써?"

개똥이가 조 씨의 멱살을 잡았다. 조 씨는 멱살 잡은 팔을 뿌리치며 화를 냈다.

"야! 너 호구 맞잖아!"

"뭐?!"

"너 호구 맞다고. 황 씨 죽이자고 했을 때 너 내가 시키는 대로 다 했지? 그게 호구지, 그럼 뭐냐?"

"아니, 이 자식이!"

개똥이 조 씨를 주먹으로 때리자 조 씨가 술병으로 개똥의 머리를 가격했다. 오덕이 이들을 말렸다.

"야! 뭐 하는 거야!"

"아, 나 이런 모자란 새끼가…."

그것을 모두 지켜본 향단이 서둘러 도학에게 가서 사실을 알렸다.

"황 씨는 죽었습니다."

"죽었다고?!"

"조 씨 패거리들이 황 씨를 죽이고 시신은 밭에 묻었어요."

사건의 내막을 모두 파악한 도학은 즉시 동헌의 종립에게로 달려가 진실을 알렸다.

"얼마 전에 황 씨가 사기 치고 도주한 사건 있잖습니까?"

"있었소만."

"황 씨는 살해되었습니다."

"사, 살해?"

"네. 그리고 살인자들과 시신이 있는 곳도 알고 있습니다."

"그걸 어찌 알았나?"

"그게…. 제가 얼마 전에 신내림을 받지 않았습니까? 제 신령님이 알려주셨습니다."

"호오. 내림굿 구경하다가 대신 신이 내렸다더니, 그게 사실이었군."

"빨리 범인들을 잡으러 가시지요."

"그런데 범인이 정말 맞소? 만약 아니라면 난 엄청난 망신을 당하는 건데…."

종립은 자신의 체면을 걱정했다.

마을 무당의 말만 믿고 범인을 잡으러 갔다가 아닌 것이 되면 큰 망신을 당하기 때문이다.

"그럼 저에게 권한을 주십시오. 제가 용의자를 문초하여 자백을 받아내겠습니다."

"좋네. 어디 마음껏 해보시게."

조 씨 패거리 일당이 포승줄에 묶여 동헌 마당 가운데로 끌려왔
다. 도학이 종립을 대신하여 추문에 나섰다. 가장 나약해 보이는
개똥에게 엄한 목소리로 먼저 물었다.

"황 씨를 모른다고는 하지 않겠지?"

"황 씨는 저희가 죽이지 않았습니다."

"뭐? 난 황 씨가 죽었다고 하지 않았는데 어찌 황 씨가 죽었다
는 것을 아는 것이냐? 지금은 실종 중일 텐데?"

큰 실수를 했다는 듯 개똥이 인상을 썼다. 다른 패거리들이 개
똥을 째려봤다.

"내가 이야기를 해볼까? 황 씨는 용덕 할머니에게 사기를 쳐서
오백 냥을 얻게 된다. 그런데 그것을 본 너희 조 씨 패거리들은
그 오백 냥에 욕심을 내지. 그리고 너희는 계획하에 황 씨를 죽이
고 돈을 빼앗았어."

도학의 추론에 조 씨가 반박하고 나섰다.

"우리가 했다는 증거 있습니까? 지금 그건 모두 추측 아닙니
까?"

이때 나졸 하나가 뛰어 들어와 소식을 전했다.

"말씀하신 밭에서 방금 황 씨의 시신을 발견했습니다."

조 씨는 기가 죽지 않았다.

"그렇다고 해서 황 씨를 우리가 죽였다는 증거 있습니까? 저와

는 상관없는 일입니다."

"아, 그래? 그럼 시신이 나온 밭의 주인인 당신이 황 씨를 죽였 겠군."

도학은 개똥을 지목했다.

"네?! 아, 아닙니다! 저는 죽이지 않았습니다!"

"또, 또, 또! 아까도 거짓말을 하더니 또 거짓말을 할 테냐? 여 봐라! 당장 이자를 고문할 것이니 준비하도록 하라!"

"예!"

"잠시만요! 모두 다 말하겠습니다. 사실은 모두 조 씨가 시킨 일 입니다! 조 씨가 먼저 황 씨를 죽이자고 했고, 시신도 저희 밭에 묻자고 했습니다. 저는 그저 저자가 시키는 대로 했을 뿐입니다. 저는 단지 조 씨의 호구입니다!"

"거, 거짓말입니다! 개똥이가 황 씨를 죽여 놓고 저에게 누명을 씌우는 겁니다!"

도학은 화살을 오덕에게 돌렸다.

"개똥이와 조 씨 모두 아니라고 우긴다면 오덕이가 답을 알겠구 나. 둘 중에 누구의 말이 맞는 것이냐?"

"그게 조 씨가….."

"조 씨의 주장이 맞는다고?"

"아뇨. 조 씨가 거짓말을 하는 것입니다."

그렇게 사건의 전말이 드러났다.

도학은 향단이에게 전해 들은 이야기로 세 사람의 관계와 심리

상태를 파악하여 자백을 유도했다.

도학이 살인사건을 깔끔하게 해결하자 종립은 도학의 탁월한 능력에 감탄했다.

"변 선생! 아니지. 변 도사님! 정말 대단하십니다."

박수가 된 도학의 능력을 직접 눈으로 확인한 종립이 도학을 변 도사님이라고 높여 불렀다. 신내림 받은 무당이라는 것을 직접 확인한 이상 나이가 어려도 함부로 대할 수 없다. 신을 노하게 하면 도리어 화를 당할 수 있기 때문이다. 종립은 도학의 두 손을 잡으며 간절히 부탁했다.

"도사님, 부탁이 있습니다. 심청이 살인범을 좀 잡아주십시오."

"심청이 살인범을요?"

심청의 살인범을 찾지 못하자 제주 목사인 종립에 대한 민심이 안 좋아지고 있었다. 중요한 사건이라 빨리 해결해야 하나 단서가 끊겨 곤란을 겪는 중이었다. 그런데 신내림 받은 도학이라면 신령의 힘을 빌려 사건을 해결할 수 있을 거란 생각이 들었다.

반면 도학은 난감해졌다. 향단의 영혼과 접신을 한 건 맞지만 다른 무당들처럼 특별한 도움은 기대할 수 없는 상황이다. 도학은 자력으로 사건 수사를 시작할 수밖에 없다.

반면 아전들은 그런 종립의 결정을 걱정했다.

"나리, 살인사건 수사에 무당이 참여하면 우리의 위신이 떨어지지 않겠습니까?"

하지만 종립은 그런 아전들을 타박했다.

"지금 우리의 체면이 중요한가? 가장 중요한 것은 살인범을 잡는 것이네!"

종립은 도학에게 심청이 살인사건의 내용을 설명했다.

"심청이는 공양미 삼백 석에 자신을 팔려 했으나 그 직전에 누군가로부터 살해되었습니다. 물론 그 과정에는 내연 관계에 있던 몽운사 화주승과 뺑덕어미의 사기행각이 있었지만, 현재까지 둘은 심청을 살해한 범인으로는 보이지 않습니다. 변 도사께서 신령을 동원해서라도 범인에 대한 단서 좀 얻어주십시오."

"성폭행 여부는 확인해보셨습니까?"

"아뇨. 몸의 다른 부분에 강간 흔적이 발견되지 않아 하지 않았습니다."

"다른 건 다 했으니 그것만 검사해보면 되겠군요. 지금 당장 산파를 불러서 확인해주시지요."

* * *

산파가 심청의 시신을 면밀하게 검사한 후 결과를 알렸다.

"성폭행은 아닙니다."

"확실합니까?"

"네. 확실합니다."

"강간 흔적은요?"

"강간에 의한 상처는 발견할 수 없었습니다. 대신 사타구니 쪽에 정표 문신을 발견하였습니다."

"정표 문신이라고요?"

도학이 중얼거리자 종립이 설명했다.

"요즘 이곳 젊은이들은 정인에 대한 혼인 서약으로 문신을 하곤 합니다."

"아마 청이의 남자친구가 있을 겁니다. 그 녀석을 잡아 오세요."

종립은 아차 싶다. 심청이에게 남자친구가 있을 거라고는 생각하지 못했다. 종립은 명령하여 심청의 남자친구를 잡아 오게 했다.

심청이와 동갑내기인 임달이라는 총각이 관아로 잡혀 왔다. 이번에는 종립이 직접 추문에 나섰다.

"심청이를 네가 살해한 것이냐?"

"사랑하는 정인을 살해하는 사람이 어디 있단 말입니까!"

"둘이 무슨 관계였는지 소상하게 말해 보아라."

"사실 저희 둘은 서로 사랑하는 사이였습니다. 그런데 심청이가 남쪽의 뱃사람들에게 제물로 팔려 가게 되었고, 처녀 귀신이 되기 싫었던 심청이는 저에게 정표를 요구해왔습니다. 그래서… 우리는 문신을 새기게 된 것입니다!"

"산 사람이 죽으러 간다는데 왜 말리지 않은 것이냐?"

"저는 절대 그러지 말라고 말렸는데…. 심청이는, 자기 생명은 아버지가 주신 거라며 아버지를 위해서 할 수밖에 없다고 했습니다! 그런데 이렇게 시신으로 발견되다니…. 흑흑!"

도학이 임달을 변호하며 이야기했다.

"이 아이 말이 맞는 거 같습니다. 차라리 함께 도망을 가지, 심청을 죽일 이유는 없으니까요."

"혹시 심청의 죽음과 관련하여 아는 것이 있다면 뭐든 말해 보아라."

임달은 골똘히 생각해보지만 떠오르는 것이 없었다. 결국, 고개를 저었다. 종립과 도학을 비롯한 모여 있던 사람들 모두 실망했다.

심청이 살해사건은 다시 미궁으로 빠졌다.

* * *

심청이의 장례식 날.

심학규의 집에 도학은 물론 종립과 마을 사람들이 모두 모였다. 옥단은 뭔가 수상하다는 듯 장승상댁 부인을 유심히 바라보았다. 도학과 종립은 마루에 나란히 앉아서 장례식장을 찾는 사람들을 관찰하며 대화를 나눴다.

"이러다가 사건이 영원히 미궁에 빠질까 두렵습니다."

"그건 저도 마찬가지입니다."

"저희는 지금 도사님밖에 믿을 사람이 없습니다."

"확답은 못 드립니다."

"황 씨 실종 사건도 해결하지 않으셨습니까? 딱 그렇게만 해주시면 됩니다."

도학의 눈에 심학규의 모습이 들어왔다. 그의 손등에 그려진 문신의 일부가 유독 눈에 띄었다. 도학은 종립에게 심학규에 관하여 물었다.

"심학규는 어떤 사람입니까?"

"글쎄요. 저도 아는 게 별로 없어서…. 아마 청이를 얻자마자 부인이 돌아가시고, 본인도 병에 걸려 눈이 먼 것으로 압니다. 그리고 청이를 젖동냥으로 키워냈지요."

"혹시 눈이 멀기 전엔 무슨 일을 했는지 아십니까?"

"아뇨. 그건 들어보지 못했습니다. 아마 눈이 멀고 나서 제주로 왔을 겁니다."

도학이 심학규를 살기가 가득 담긴 눈빛으로 뚫어지게 바라보았다. 그러자 심학규는 그런 도학의 시선을 의식하고는 미간을 찌푸렸다.

'혹시….'

도학은 옆에 있던 단감을 하나 주워서 학규에게 힘껏 던졌다.

"웬 놈이냐!"

"변 도사! 이게 지금 무슨 짓입니까?!"

종립도 놀라 도학에게 소리쳤다. 하지만 종립이 학규를 바라보자 말문이 막혔다. 심학규는 날아오는 단감을 한 손으로 잡은 것이다. 그의 손에는 강인한 힘줄이 보이고 팔뚝에는 단단한 근육과 용 문신이 적나라하게 드러났다. 도학은 심학규에게 다가갔다.

"잠시 이것 좀 실례하겠습니다."

도학이 심학규의 지팡이 끝을 당기자 날 선 검이 나왔다. 검에는 '필사검(必死劍)'이라는 글자가 새겨져 있었다. 그것을 지켜보고 있던 마을 사람들이 모두 놀랐다.

"필사검이라…. 어디서 칼질 좀 하셨나 봅니다? 세상에 단 다섯 자루뿐인 칼을 가지고 계시다니…."

"도대체 당신은 뭐 하는 사람이오?"

학규가 도학에게 물었다.

"저는 박수 변 도사입니다."

도학은 박수를 두 번 쳤다. 종립이 도학에게 다가왔다.

"어떻게 아신 겁니까?"

"손등의 문신이요. 결코, 일반적이지 않은 문신이죠. 저걸 보고 무사가 아니었을까 하는 생각이 들었습니다. 그래서 아까 살기를 품은 눈빛으로 노려보았지요. 그랬더니 저의 살기를 느끼시더라고요. 그래서 감을 던져 본 겁니다."

심학규가 체념한 듯 모든 것을 털어놓았다.

"맞습니다. 젊은 시절 제 직업은 검객이었습니다. 제가 주로 했던 일은 고관대작이나 권세가를 경호하는 것이었는데 종종 그들로부터 돈을 받고 자객이 되어 암살도 했습니다."

"자객이라…. 원한이 아주 많으시겠군요."

종립이 학규에게 물었다.

"그렇게 해서 암살한 사람이 총 몇 명입니까?"

"다섯입니다."

"그 사람들 전부 누구인지 기억합니까?"

"물론이죠. 그걸 어떻게 잊겠습니까?"

"어디 사는 누구였는지 말씀해주시죠."

심학규는 암살한 사람들에 대한 정보를 이야기했고, 옆에서는 서리가 그것을 부지런히 받아 적었다. 옥단이 어떤 사람의 이름을 보고는 깜짝 놀랐다.

"나리, 혹시 여기 호원상이라는 사람이 장승상댁 부인과 연관 있지 않습니까?"

종립은 호방을 불러 물었다. 호방이 대답했다.

"네, 맞습니다. 장승상댁 부인이 그 호원상이라는 분의 따님 되십니다. 그런데 그걸 어떻게 아셨죠?"

"장승상댁 부인의 성이 호 씨거든요. 아까, 장승상댁 부인의 표정을 봤는데 눈빛이 뭔가 이상했습니다."

옥단은 뭔가 어색함을 느꼈었다.

"장승상댁 부인은 우리 청이를 친자식처럼 돌봐주신 분입니다."

학규가 장승상댁 부인을 변호하고 나섰다. 그녀는 오히려 심청이에게 잘해주었다는 것이다. 도학이 나섰다.

"그게 아닙니다."

"네?"

"장승상댁 부인에게 당신은 아비를 죽인 원수입니다! 아마 그것을 알고 접근했을 겁니다."

"서, 설마요. 아마 우연일 겁니다. 저의 신분을 알았을 리가 없어요."

"당장 부인을 소환해서 추문을 해봅시다."

* * *

장승상댁에 현감과 사령들이 들이닥쳤다. 노비들이 모두 모여 그들을 막아섰다.

"무슨 일이냐? 감히 여기가 어딘 줄 알고!"

"마님을 불러 다오."

"무슨 일인지부터 말씀하시오!"

"심청이 살해사건과 관련하여 이 집 마님의 추문이 필요한 상황이다."

"뭐얏! 우리 마님이 연루되었을 리가 없다!"

방에서 대화 내용을 모두 듣고 있던 부인이 밖으로 나왔다. 부인은 올 것이 왔다는 표정이다.

"됐다. 내가 가마."

"마님!"

장승상댁 부인이 동헌에 불려오고, 도학이 그녀에게 질문했다.

"심학규가 아버지를 죽인 원수라는 걸 어떻게 아셨습니까?"

"어찌 아비 죽인 원수를 못 알아보겠습니까? 저는 권세가의 집안에서 태어나 모자람 없이 행복하게 자랐습니다. 그런데 어느 날 자객이 침입하였고, 놀란 제 아버지는 어린 저를 병풍 뒤에 숨기셨습니다. 아버지께서는 저더러 두 눈을 꼭 감고, 귀를 막으라고 하셨지만 저는 아버지의 말을 듣지 않고 모든 것을 몰래 훔쳐보았습니다. 그래서 아버지를 살해한 자객의 목소리와 손 등에 있는 특이한 문신까지 정확하게 기억하고 있었습니다."

이번에는 종립이 물었다.

"그럼 심학규를 어떻게 찾아낸 겁니까?"

"제가 이 집에 시집온 지 얼마 안 되었을 때입니다. 봉사 하나가 아기를 안고 찾아와 젖동냥을 구걸했습니다. 저는 그 손등의 특이한 문신을 절대 잊을 수 없었습니다. 그리고 목소리 또한 정확하게 기억해냈습니다. 제 몸이 기억하고 있었던 것이죠. 아마 심학규는 제가 이 동네로 시집왔다는 사실을 몰랐을 겁니다. 그렇게 운명처럼 우리 두 사람은 마주하게 된 것입니다. 저는 심학규에게 복수하기 위해 자객을 고용했습니다. 하지만 장님이었던 심학규는 지팡이에서 칼을 뽑아 공격한 사람을 베어 버리더군요. 눈은 멀었으나 그 누구도 그를 건들 수가 없었습니다. 그래서 저는 생각을 바꾸기로 했습니다. 눈이 먼 것으로 벌을 받은 것이라고 말입니다. 그리고 심청이를 돌봐주면서 가까이 지냈습니다. 그가 얼마나 힘들고 불행하게 살아가는지 보고 싶었기 때문이죠. 그런데 그 철없는 심청이가! 제 아비 눈을 뜨게 하려고 공양미 삼백 석에 자기를 판 것입니다!"

도학이 결론을 내렸다.

"심학규가 눈 뜨는 것을 못 하게 하려고 심청을 살해한 것이로군요."

"네. 심학규를 죽이는 건 여전히 불가능했습니다. 그래서 저는 심학규가 눈 뜨는 것을 막기 위해 청이를 살해한 것입니다."

모여 있는 모든 사람이 기가 막혀 혀를 찼다.

"어떻게 살해한 겁니까?"

"바닷가 바위 위로 함께 소풍하러 가서 심청이에게 약이 들어있는 식혜로 정신을 잃게 만든 다음, 심청이의… 목을 졸랐습니다."

도학은 너무 기가 막혔다.

"심학규가 부모의 원수이기는 하나, 그렇다고 어떻게 그 예쁜 아이를 죽일 수가 있습니까?"

"어차피 뱃사람들에게 팔려 가면 그 아이는 죽은 목숨입니다. 저는 단지… 조금 더 일찍 죽게 했을 뿐입니다. 심학규를 죽이는 건 불가능하니까요."

부인의 말에 기겁한 향단도 한탄했다.

"세상에. 저런 고고한 부인이 살인범일 줄이야."

"그러게나 말이다. 차라리 심학규를 죽였으면 유배로 끝났을 것을…."

"심청이 말고 심학규를 죽이면 유배형입니까?"

"그래. 자기 부모를 죽인 원수와 하나의 하늘 아래서 어찌 살겠느냐? 그래서 부모의 원수를 갚기 위한 복수라면 비록 살인이라도 이 땅에선 용서가 되는 것이다."

"그렇군요."

"세월이 흐르면 과연 이건 어떻게 변해 있으려나…."

혼자 중얼거리는 도학을 수상히 여긴 종립이 다가와 물었다.

"변 도사님, 혼자 뭐라고 중얼거리시는 겁니까?"

"아, 아무것도 아닙니다."

"아무튼, 변 도사님 덕에 이번 사건도 해결이 되었네요. 도와주셔서 정말 고맙습니다."

"뭘요. 당연히 도와야 할 일을 도왔을 뿐입니다."

"이번 공로를 자세히 장계에 기록하여 임금님에게 올리겠습니다. 그리고 유배형에서 조기 석방해달라는 요청도 함께하겠습니다."

유배형에서 조기 석방된다는 말에 도학과 향단은 뛸 듯이 기뻤다. 그렇게 되면 향단은 도학과 함께 남원으로 가서 자신을 죽인 범인을 잡을 수 있게 된다. 또 그래야 원한이 풀려 저승으로도 갈 수 있다. 도학 역시 다시 고향으로 돌아가려면 그렇게 되어야 했다.

종립은 도학에게 한 번 더 부탁했다.

"그리고 제 생일잔치에도 꼭 와 주십시오."

6. 필사검을 얻다

"목사 나리의 생신 잔치에 초대되었다며?"

분주하게 외출 준비를 하던 옥단이 도학에게 물었다.

"아, 맞다! 오늘이지!"

도학은 서둘러 방에서 나오며 갓을 고쳐 맸다.

"너도 같이 가자."

"난 오늘 동무 생일잔치에 갈 거야."

"그래, 그럼 나 먼저 간다."

도학이 서둘러 정낭을 넘어 집을 나섰다. 도학의 걸음은 신이
나 들 떠 있었다.

(정낭 : 나무 세 개를 가로로 걸쳐놓는 제주 전통가옥의 대문)

도학이 빠른 걸음으로 걸어가자 향단이 바짝 뒤따르며 물었다.

"왜 그리 급히 가시는 겁니까?"

"거기 가면 술과 맛있는 것들이 얼마나 많은지 아느냐? 오늘 같
은 날 아니면 맛보기 힘들다."

제주 동헌의 외대문인 종루를 지나 중대문을 넘어서자 망경루에
서 한창 진행 중인 제주 목사 탁종립의 생일잔치가 두 사람의 눈
에 들어왔다. 많은 사람이 망경루 앞에 자리를 잡고 앉아 술과 전
을 먹고 있었다.

망경루 2층 가운데에는 종립이 앉아 있고 그 옆에는 제주의 수령들과 진사, 고을 유지들이 모두 모여 있었다. 그런데 마당 가운데 한 여인이 소복 차림으로 목에 칼(형틀)을 차고 있는 것이 아닌가. 그런 여인을 종립이 무섭게 노려보고 있었다.

"아직도 나의 수청을 들지 않겠느냐?"

"저는 이미 결혼해서 낭군이 있는 몸입니다. 그런데 어떻게 나리의 수청을 들 수 있겠습니까?"

"그러니까 그 너의 낭군 얼굴을 보여주면 보내준다고 하지 않았느냐?"

"제 낭군은 지금 과거 시험공부 때문에 한양에 계십니다!"

종립이 비웃으며 말했다.

"참나, 순진하긴. 얘야. 넌 그냥 양아치 같은 선비에게 놀아난 기생일 뿐이야. 아직도 모르겠니?"

"아닙니다, 절대 아닙니다! 저의 서방님은 꼭 돌아오신다고 했습니다."

"아, 진짜 큰일이다. 이런 순진한 애들 요즘 왜 이렇게 많니. 안되겠다, 여봐라!"

"예!"

"이년이 정신 차릴 때까지 매우 쳐라!"

"매우 치랍신다!"

이방이 외치자 갑자기 부채로 얼굴을 가린 남자가 마당 가운데로 걸어 나왔다. 도학이었다. 도학은 지금 동헌 안에서 벌어지는 상황이 영 마음에 들지 않았다. 부도덕한 일이 벌어지고 있음을 직감할 수 있었다. 물론 1년 전 아버지 변학도의 과거도 떠올랐다. 도학의 뜨거운 심장이 정의감을 불러일으켰다.

"금준미주는 천 사람의 피요, 옥반가효는 만백성의 기름이라. 촛농이 떨어질 때 백성들의 눈물이 떨어지고, 노랫소리 높은 곳에 원망 또한 높나니…."

도학의 시를 듣자 다들 눈이 휘둥그레지며 마시던 술을 질질 흘렸다. 다들 눈치를 주며 입 모양만으로 암행어사가 아니냐는 신호를 보냈고, 그것을 본 종립도 겁을 먹었다. 여자는 이제 살았다는 듯, 눈물을 흘리며 기쁨의 표정을 지었다.

"호, 혹시…. 암행어사님입니까?"

도학이 부채를 접고 퇴청 마루 끝에 걸터앉으며 인사를 했다.

"생신 경하드립니다, 목사 나리. 박수 변 도삽니다."

"어휴, 순간 쫄았네. 내 심장이야. 아, 도사님! 놀랐잖습니까!"

"오늘 우리 제주 목사 나으리 생신이라서 축하 시 한 수 읊어드렸소이다. 하하하. 그런데 왜들 그리 놀라시오? 다들 지은 죄라도 있소?"

"아니, 지어도 무슨 그런 시를…."

"목민관에게 이보다 더 좋은 시가 어디 있답니까? 안 그렇습니까?"

도학이 수령과 지역 유지들을 쳐다보자 다들 도학의 시선을 피했다. 그중에 눈치 없는 진사 하나가 시 내용이 좋다며 손뼉을 쳤다.

"와, 시 좋은데요?"

"고맙습니다. 그럼 생일 선물은 시로 퉁 칩시다."

종립이 헛기침하며 응대했다.

"그래, 뭐 오늘 본관의 생일이니 마음껏 즐기다가 가시구려."

종립의 말에 마루 위로 올라온 도학은 직접 술을 따라 마셨다.

"아따, 술맛 좋네. 와, 안주도 최고고. 허허!"

수령 하나가 그런 도학을 못마땅한 표정으로 바라보며 눈치를 주었다.

"죄송합니다. 그래도 명색이 양반인데 저 아래서 어울려야 되겠습니까?"

"저기… 나리. 어떻게, 명령대로 칠까요?"

이방이 종립에게 물었다. 그러자 도학이 반문했다.

"오잉? 저 여인은 누굽니까?"

그러자 여인이 도학에게 도움을 청했다.

"나리, 저를 구하러 오신 암행어사가 아닙니까?"

"암행어사? 아뇨. 암행어사는 무슨…. 난 여기 제주에 유배 온 사람인데?"

"예에?!"

여인은 황당하다는 표정을 지으며 크게 실망했다. 반면 그 모습이 재미있다며 종립은 큰 소리로 웃었다.

"와하하. 암행어사가 널 구하러 온 줄 안 것이냐?"

그리고는 종립이 떡을 하나 입에 넣었다. 하지만 떡이 목에 걸렸고, 떡은 마음처럼 빠지지 않았다. 목을 잡으며 괴로워하던 종립의 얼굴은 점점 더 붉어졌다. 다급한 종립의 상황에 주위 사람들도 크게 당황했다.

"사, 사또!"

향단이 도학에게 위급함을 알렸다.

"먹던 떡이 목에 걸렸습니다. 당장 빼내지 못하면 죽을 겁니다!"

도학이 서둘러 종립의 등을 때렸다. 효과가 없자 뒤에서 껴안고 명치 부분을 압박해 보았으나 떡은 밖으로 나오지 않았다.

결국, 종립은 정신을 잃고 쓰러지고, 도학은 그런 종립을 퇴청 마루에 반듯하게 눕혔다. 그리고는 종립의 입안으로 손가락을 넣었다. 하지만 떡이 닿지 않았다.

"으아. 미치겠네. 떡이 닿지 않아!"

도학은 소매에서 작은 붓을 꺼내 털 부분을 떼어내고 빨대처럼 만들었다.

그리고는 사람들에게 외쳤다.

"은장도! 은장도 가진 사람 없소!"

"여기 있습니다!"

마당에서 칼을 차고 있던 여인이 비녀를 꺼내 주었다.

비녀를 잡아당기자 가운데가 갈라지며 은장도 칼날이 나왔다.

도학은 상 위에 있던 술을 종립의 목과 자신의 손, 은장도, 붓대에 골고루 뿌렸다.

"지금 뭐 하시는 겁니까?"

"당장 숨구멍을 내지 않으면 사또는 이대로 죽네!"

"네에?! 그럼 그 칼로 목에 구멍을 내겠다는 겁니까?"

'바로, 여기! 성대 아래 움푹 들어간 곳!'

도학은 종립의 성대 아래, 목의 중앙 부분을 칼로 찔렀다.

그리고는 구멍으로 비스듬히 붓대를 꽂아 넣었다.

도학이 가슴의 폐를 몇 번 누르자 붓대에서 숨이 터져 나왔다.

"됐습니다. 숨이 나옵니다!"

종립이 눈을 뜨자 이것을 지켜본 수령들과 나졸들이 모두 환호하며 손뼉을 쳤다.

"우와! 눈을 뜨셨습니다! 목사님이 정신을 차리셨어요!"

"빨리 가서 떡을 꺼낼 수 있는 가느다란 꼬챙이 같은 것을 구해오게."

"예!"

아전이 꼬챙이를 하나 구해오자 도학이 종립의 입안으로 꼬챙이를 넣어서 천천히 떡을 꺼냈다. 그러자 종립은 캑캑거렸고, 도학은 종립의 목에 꽂혀있던 붓대를 제거했다. 마음을 졸이며 지켜보고 있던 이방은 상황이 끝나자 긴장이 풀려 그 자리에 주저앉았다. 보고 있던 많은 사람은 다시 한번 손뼉을 쳤다.

종립이 목에 붕대를 감은 채로 도학과 마주하고 앉았다.

"고맙습니다. 도사님이 제 목숨의 은인입니다. 자칫 생일날이 제 삿날 될 뻔했네요."

"별말씀을…. 제가 늦지 않게 와서 정말 다행입니다. 목의 상처가 덧나지만 않는다면 후에라도 이상은 없을 겁니다."

"그런데 의술까지 언제 공부하셨습니까?"

"원래는 몰랐는데 유배를 와서 목구멍에 풀칠이라도 할 요량으로 의술까지 공부하다 보니 그렇게 되었습니다. 하하하!"

"정말 훌륭하십니다. 공부를 쉬지 않고 하시다니. 그대야말로 목민관의 자질을 갖추셨습니다."

"과찬이십니다."

"도사님이 만약 제주에 유배를 오지 않았다면⋯. 아마 저는 지금 저세상 사람일 겁니다. 이것도 정말 인연은 인연입니다."

"아이고. 저도 어쩐지 목사 나리와의 인연이 가볍지 않다고 생각했습니다."

"다시 한번 중앙에 장계를 올려서 도사님의 조기 석방을 강력하게 요구하겠습니다. 그리고 더 나아가 관직에 나갈 수 있도록 적극적으로 추천하겠습니다."

"망극하옵니다. 하오나 저 여인의 은장도가 없었다면 목사 나리를 살리지 못했을 겁니다. 저 여인에게도 은혜를 베풀어주시기를 바랍니다."

"그렇군요."

종립은 여인에게 사과했다.

"내가 잘못했소. 미안하오."

그리고는 아전들에게 명령했다.

"당장 저 여인을 풀어주어라!"

"고맙습니다, 정말 고맙습니다!"

여인도 고마움에 눈물을 흘렸다. 종립은 도학에게 선물을 하나주었다.

"변 도사님에게는 귀한 선물을 하나 드리겠습니다."

"괜찮습니다. 선물은요, 무슨…."

"형방, 심학규의 칼을 가져오게."

형방이 필사검을 가져와 종립에게 전하고, 종립은 그 칼을 도학에게 주었다.

"심학규가 가지고 있던 칼입니다."

"아니, 이건…! '필사검'이 아닙니까?"

"예. 이 칼에 찔리거나 베이면 무조건 죽는다는 바로 그 전설의 명검이지요."

"이 귀한 칼을 저에게 주셔도 됩니까?"

"어차피 제가 가지고 있어 봐야 무기고에서 잠자고 있다가 엄한 사람의 손에 들어갈 것이 뻔합니다. 하지만 변 도사님께서 지니고 계시면 이 칼이 도사님을 지켜줄 것입니다."

"고맙습니다!"

"하하하. 이제야 칼이 제 주인을 찾았네요."

칼을 받은 도학이 칼을 천천히 뽑았다. 칼날에는 '必死劍'이라는 한자가 새겨져 있다. 눈부신 칼날에 도학이 눈을 감았다.

필사검은 칼의 주인이 목표로 한 사람을 반드시 죽이는 것은 물론 칼의 주인을 다른 칼로부터 지켜주기도 하는 신비한 검이었다.

집으로 오면서 향단이 도학에게 물었다.

"정말 그 칼이 명검입니까?"

"이 세상에 단 다섯 자루뿐인 검이란다. 내가 이런 귀한 검을 가져도 될까 모르겠다."

"세상에 우연은 없습니다. 모든 것은 운명입니다."

'이 또한 운명이라면 나의 인생은 어디로 향하고 있단 말인가.'

향단의 말에 도학의 생각이 복잡해졌다.

"근데 칼은 다룰 줄 아십니까?"

"이래 봐도 양반집의 자제로 과거 시험 준비까지 했었다. 검술은 기본이지."

"오~! 멋지십니다. 이제 제주 목사 나리가 임금님께 장계를 또 올리면 유배에서도 풀려나겠네요?"

"아마도. 그렇게 되면 남원으로 갈 수 있겠구나."

"이몽룡과 성춘향은 어떻게 지내고 있는지 몹시 궁금합니다."

*　　*　　*

몽룡이 향단의 방을 샅샅이 살폈다. 대들보에는 향단이 목을 맬 때 사용한 밧줄이 아직 그대로 걸려 있었다.

'자살로 위장했으나 자살이 아니다. 이건 타살이야. 도대체 누가? 방자는 이런 엄청난 일을 벌일만한 그릇이 못 된다. 엉뚱하긴 해도 살인까지 할 놈이 아니야. 결국, 장모 아니면 춘향의 짓이겠군. 아니면 둘이 같이 꾸민 짓이거나…. 이제 증좌만이 남았다.'

몽룡이 방에서 나오자 포도청 종사관이 기다리고 있다.

"타살 증거는?"

"그게…. 아무래도 전문적인 자객의 짓으로 보입니다. 증거조차 남아있지 않습니다."

"그럼 할 수 없지. 자백을 받아오는 수밖에."

몽룡이 이를 악물며 집을 나섰다.

월매의 방에서는 춘향과 월매가 단둘이 은밀한 대화를 나누었다.

"엄마가 그런 거야?"

"뭐를?"

"향단이! 엄마가 죽인 거냐고?!"

"목소리 낮춰 이것아. 죽이긴 누가 누굴 죽여? 말이 되는 소리를 해라. 향단이를 다섯 살에 데리고 와서 딸처럼 키웠다. 너만큼은 아니더라도 나에게 향단이는 자식이나 다름없어."

"정말 아니야?"

"그렇다니까!"

"그럼 누가 죽인 거야?"

"너 아니었어?"

"미쳤어! 내가 왜?"

"정말 네가 벌인 일 아니야?"

"아냐! 맹세코!"

"이 서방이 분명 너와 나부터 의심할 텐데 이 일을 어쩌니."

마침 밖에서 몽룡의 목소리가 들렸다.

"장모님, 저 이 서방입니다."

"어, 그래. 들어오게."

방으로 들어온 몽룡은 바닥에 앉지도 않고 다짜고짜 월매에게 물었다.

"장모님께서 그러신 겁니까?"

"뭘 말인가?"

"뭐긴요! 향단이 말입니다!"

"아니네! 진짜 난 아니네!"

"향단이를 죽일만한 사람이 장모님 말고 누가 있습니까!"

춘향이 대신 나서서 반박했다.

"우리는 정말 아닙니다! 가장 먼저 의심을 받을 텐데 향단이를 왜 죽이겠습니까?"

하지만 몽룡은 여전히 월매를 쏘아붙였다.

"향단이를 첩으로 삼으려 하니까 죽인 거잖아요! 제가 모를 줄 아셨습니까?"

"아이고 이 사람아. 그건 오해네. 오해야."

"부디 모르는 사람이 범인이어야 할 겁니다."

분노를 다 쏟아낸 몽룡이 방문을 박차며 나갔다.

춘향과 월매의 얼굴에는 깊은 그늘이 스몄다.

*　*　*

몽룡이 돌아온 남원의 동헌에는 전라도 관찰사 김병기가 와 있었다. 몽룡이 관찰사에게 인사를 올렸다.

"관찰사 나리! 연락도 없이 갑자기 어인 일로⋯."

"직접 전할 말이 있어서 왔다. 따라오너라."

"예."

몽룡의 집무실로 들어온 두 사람. 관찰사가 상석에 앉고, 몽룡이 맞은편에 앉았다.

"너를 지금 즉시 나주 목사 서리로 임명하니 지체 없이 당장 출발하거라."

"네? 즉시요? 나리, 하지만⋯. 지금 수사하는 살인사건만 해결하고 가겠습니다."

"알고 있다. 너의 가족이 연루되었다지?"

"네."

"그래서 그래. 당장 살인사건 수사에서 손을 떼게. 남은 수사는 내가 직접 지휘할 테니."

"나리, 저는 범인이 아닙니다. 진짜 범인을 찾으려고 하는 것입니다."

"알고 있다니까! 답답하구먼. 하지만 범인이 누구겠는가? 어떤 식으로든 자네와 연관이 있지 않겠는가!"

"저는 그것을 감당하겠습니다!"

"몽룡아. 넌 내 가까운 친구의 아들이다. 그런 네가 불미스러운 사건에 휘말리도록 두고 볼 수만은 없구나. 그러니 당장 짐을 싸서 이곳을 떠나거라. 남은 가족은 다음 남원 부사가 오기 전까지만 사택을 비우면 된다."

잠시 생각을 하던 몽룡이 고개를 떨구고 대답했다.

"네, 그렇게 하겠습니다."

몽룡이 일어나 힘없이 나갔다.

"종사관 들어오게."

"예, 관찰사 나리."

"향단이 사망 사건 수사는 어떻게 되어가고 있나?"

"자살 위장의 타살로 판단되어 수사를 진행하고 있습니다."

"증좌가 나온 것은 있고?"

"아뇨. 증거가 없어서 용의자를 특정하고 내사를 벌이는 중입니다."

"그럼 자살로 수사를 종결하게."

"예? 어찌…."

"이 사람아. 어차피 용의자라고 해봐야 몽룡의 식구들일세. 타살로 밝혀지면 양반 입장만 곤란해지지 않겠나. 그러니 이 사건은 여기서 덮으세."

"하지만 나리…."

"어허, 명령이야! 대신 자네가 원하는 것 한 가지를 들어주겠네."

"아, 예. 그럼 수사를 종결하겠습니다."

춘향이 짐 보따리를 노비에게 전하자 노비는 짐을 옮겨 말 등에 매달았다. 이어서 말에 몽룡이 올라탔다. 그렇게 몽룡은 나주로 출발했다. 춘향과 월매가 몽룡을 마중했으나 몽룡은 두 사람과 작별 인사를 하지 않았다. 방자가 다가와 춘향과 월매에게 설명했다.

"지금 즉시 떠나라는 명령이구먼. 가족은 이사 준비가 끝나는 대로 떠나면 되고…."

"지금 이런 분위기에 이 서방이랑 같이 있어봤자 좋은 거 없다. 짐 싸서 우리 집으로 들어와."

월매는 춘향에게 나주로 가지 말고 자신의 집으로 들어오라고 했다. 춘향은 궁금증이 생겼다.

"근데 왜 갑자기 발령받은 걸까?"

춘향이 묻자 방자가 대답해주었다.

"왜긴. 향단이 죽인 범인으로 우리가 모두 용의선상에 올랐으니 그런 거지."

"어떡한다니. 이래저래 너만 힘들겠다."

월매가 춘향을 위로했다.

"제일 힘든 건 몽룡이랑 저죠."

"뭐얏!"

방자의 말은 향단이를 사랑했던 몽룡과 자신이 가장 힘들다는 뜻이었다. 방자는 춘향과 월매를 의심했다.

"근데 둘이 향단이를 죽인 거 아니에요?"

"너까지 정말 이럴래! 우린 아니라고!"

"정말요?"

"그래! 어이구!"

"그래도 솔직히 향단이가 죽었으면 했잖아요. 그건 맞죠?"

혹여나 마음으로라도 향단이가 죽기를 바랐던 것은 아닐까? 춘향과 월매는 곰곰이 생각해보았다. 향단이가 정말 미웠지만 죽기를 바랐던 건 아니었다.

"향단이는 지금쯤 어디에 있을까? 좋은 곳에 갔으려나?"

춘향은 구름이 지나는 먼 하늘만을 바라보았다.

* * *

도학은 옥단에게 칼을 보여주며 자랑했다.

"옥단아. 목사 나리가 나에게 선물을 하나 주셨다."

"에게~ 선물이라고 받아 온 게 겨우 나무 지팡이 하나야?"

"이건 그냥 지팡이가 아니야."

도학이 지팡이를 당기자 안에서 날 선 검이 빛을 내며 나왔다.

"어머! 이건 칼이잖아!"

"그래. 무려 '필사검'이다."

"필사검? 그게 뭔데?"

"세상에 단 다섯 자루뿐인 명검이지. 너 이 칼에 대한 사연을 모르는구나?"

"응."

"저도 모릅니다."

향단도 필사검의 사연에 대해 아는 것이 없었다.

"잘 들어봐."

왜란 때 칼을 만드는 장인의 아내와 어린 자녀들이 왜놈들에게 죽임을 당했다. 사흘 밤낮을 통곡하며 괴로워하던 장인은 정신을 차리고 복수를 다짐했다. 아내와 아이의 시신을 화장한 뒤 그 뼛가루를 섞어 칼 다섯 자루를 만들었는데 그것이 바로 '필사검(必死劍)'이었다. 사무친 원한을 칼 안에 담은 것이다. 그리고 그 필사검은 각각 왜군과 싸우는 다섯 의병장에게 전해졌다.

승려, 선비, 백정, 퇴역 장군, 의병장 등이 필사검을 휘두르며 왜군 격퇴의 선봉장이 되었다. 원한을 품은 칼은 놀랍게도 칼에 베인 사람 모두를 죽음에 이르도록 하였으며 칼의 주인들 목숨까지도 지켜주었다.

이후 사람들은 필사검에 귀신의 혼이 담겼다고 생각하였으며, 귀신의 물건이라며 검을 '신물(神物)'로 여기기 시작했다.

"그런 명검이 왜 암살 자객의 손에 있었던 겁니까?"

향단이 물었다.

"왜란이 끝난 후 칼 중 일부는 주인의 손을 떠나 세상을 떠돌게 되었거든. 이 칼이 바로 그중에 하나야."

도학은 칼을 쓰다듬었다.

"단단하여 절대 부러지지 않고, 이 칼이 노린 자는 반드시 죽게 만든다는 전설의 검이지."

"칼보다는 유배나 빨리 풀려나게 해달라고 하지….”

옥단이 구시렁댔다.

"그러잖아도 제주 목사께서 직접 조정에 장계를 올려주시겠다고 했다.”

"그럼 유배에서 풀려나게 되는 거야?”

"아마 곧 좋은 소식이 올 거다. 너도 이제 귀찮은 보수주인 노릇에서 벗어날 수 있겠네.”

"앗싸!”

옥단의 표정이 밝아졌다가 다시 굳어졌다. 정말로 도학이 유배에서 풀려날 것으로 생각하니 가슴이 시려왔다. 티격태격하며 보수주인과 유배인 관계로 지내왔지만 둘은 어느새 함께 밥을 먹는 '식구’가 되어 있었다. 그런 도학이 유배에서 풀려나 육지로 떠날 것을 생각하니 옥단은 벌써 외로움과 두려움이 몰려왔다. 사실 그동안 도학이 함께 있었기에 밤에도 무섭지 않았다. 하지만 이제 도학이 떠나면 다시 혼자 지내야 하는 신세가 된다. 도학이 유배에서 풀려나면 좋아해야 함이 맞는데 옥단의 마음은 오히려 알 수 없는 아픔이 스멀스멀 올라왔다.

종립은 조정에 올릴 장계를 썼다.

<변학도는 본관의 목숨을 살렸을 뿐만 아니라 미궁에 빠질 수 있었던 본 관할 지역의 두 살인사건까지 해결하였습니다. 이에 유배지에서의 석방은 물론 관직 재임용에 추천을 드리는 바입니다.>

장계 작성을 마친 종립이 편지를 둘둘 말아 사령에게 전했다.

"중요한 장계이니 특별히 신경 써서 다루어라."

"예!"

이방이 다급한 목소리와 함께 들어왔다.

"나리, 큰일 났사옵니다!"

"무슨 일이냐?"

"정의현 현감이 심장마비로 죽었답니다!"

(정의현(旌義縣) : 지금의 남제주군 표선면 성읍리)

"뭐라? 또! 정의현이면 얼마 전에도 현감이 죽어 나간 곳 아니더냐!"

"그게…. 귀신을 보고 놀라서 죽었다고 합니다."

"뭐야? 귀신?"

"예, 그러합니다."

정의현 관아에서는 사령과 아전들이 현감의 집무실에 들어가지 못하고 발만 동동 구르고 있었다. 종립이 나타나자 아전과 사령들이 허리를 굽혀 인사했다.

"이곳이냐? 현감이 죽어 나온 곳이?"

"예."

"그런데 뭣들 하는 것이야! 어서 들어가 조사하지 않고…."

"나리, 그것이…. 벌써 심장마비로 둘이나 죽어 나온 방입니다. 귀신에게 놀란 것이 분명합니다."

"귀신이 나온다는 증거라도 있느냐?"

"예. 증인이 있습니다. 저기 구석에 있는 노비입니다."

여자 노비 하나가 구석에 앉아 벌벌 떨고 있었다. 종립이 다가가 물었다.

"네가 귀신을 보았느냐?"

"예, 나리."

"자세히 설명해 보아라."

"제가 지난밤 이곳 근처를 지날 때였습니다. 현감 나리의 집무실 근처에서 기괴한 불빛이 새어 나오더니 갑자기 처녀 귀신 둘이 집무실 안으로 들어가는 것을 보았습니다. 저는 너무 놀라 그대로 도망을 쳐서 그 이후는 어떻게 되었는지 알지 못합니다."

"그래?"

"예. 분명 귀신이었습니다. 그것도 둘이나…."

"흠…."

"어찌할까요?"

"어찌하긴! 요즘 세상에 귀신이 어디 있다고! 누군가 일부러 꾸민 것일 테니 당장 들어가서 증좌나 확보하게!"

"예, 나리!"

종사관이 모든 아전에게 이야기했다.

"우리 다 같이 들어갑시다."

종사관과 아전들이 다 함께 집무실 안으로 들어갔다. 종립도 함께 따라 들어가 살펴보았다.

"뭐라도 나온 게 있나?"

"특별히 이상한 점은 없습니다."

"이래서야 원…."

"아무래도 직접 여기서 기다려봐야겠습니다. 어떻게, 나리께서 오늘 밤 이곳에 드시겠습니까?"

종사관이 종립에게 제안했다.

"뭐? 아니, 이 사람이! 누군가에게 타살되었을지도 모르는데 나보고 지금 죽으라는 건가!"

"저희 모두 근처에서 보초를 서고 있겠습니다."

"그래도 싫네. 혹여 진짜 귀신이라도 나오면 어찌하나."

"저 역시 자객은 두렵지 않은데 귀신은 두렵습니다."

"귀신이 문제라는 거지?"

"예."

"흠. 그럼 방법이 하나 있긴 한데…."

"그게 무엇입니까?"

* * *

도학은 방에서 나오다가 마당에 있던 옥단이를 그만 향단이라고 잘못 부른다.

"향단아. 언제 나온 것이냐?"

"응? 향단이라고?"

도학은 '아차' 싶다. 주위를 둘러보니 향단이는 마당 구석에서 강아지와 노는 중이다. 옥단은 도학에게 다시 물었다.

"향단이는 내 쌍둥이 누이의 이름인데 네가 그걸 어떻게 알아?"

"아, 그게…."

향단이 훈수를 뒀다.

"몸주 신령이 알려주었다고 하십시오."

"내 몸주 신령! 몸주 신령이 알려주었다. 너한테 쌍둥이 자매가 있는데 이름이 향단이라고…."

"아, 그래? 별걸 다 얘기하네."

마침 종립이 아전들과 함께 옥단의 집을 방문했다.

"변 도사님!"

"목사 나리! 이곳까지 어인 일로 직접 오셨습니까?"

"제가 변 도사님을 하루빨리 유배에서 풀려나게 해달라는 장계를 보냈답니다."

"고~맙습니다. 하하하."

"저, 사실은…."

종립이 도학의 눈치를 보며 머뭇거렸다.

"하고 싶은 이야기라도?"

"아, 네. 최근 정의현의 현감 둘이 심장마비로 죽어 나갔습니다. 새벽에 귀신이 나타난다는 증언이 있어 이렇게 변 도사님을 찾아왔습니다."

"귀… 귀신이요?!"

"변 도사님은 접신까지 하셨으니 뭐 문제없지 않습니까?"

진짜 무당이 아닌 도학은 다른 귀신 이야기에 걱정이 되었다. 향단이와는 소통하고 있지만 다른 귀신은 본 적이 없기 때문이다. 도학은 거절하려는데 향단이 먼저 선수를 쳤다.

"재미있겠다. 하겠어요!"

"하겠습니다."

그만 향단의 대답이 도학의 입을 통해 흘러나왔다. 놀란 도학이 향단을 째려보지만 이미 엎질러진 물이었다.

종립이 기뻐하며 고마움을 표시했다.

"직접 해결을 해주시겠다니 고맙습니다. 정말 고맙습니다! 이렇게 훌륭한 분이실 줄이야…."

"제가 어떻게 하면 되겠습니까?"

"그곳에서 하룻밤을 보내시면서 귀신이 왜 나타나는지를 알아내시면 됩니다."

"단지 그것뿐입니까?"

"네. 어렵지 않습니다."

'어렵지 않다면 본인이 하면 될 것이지….'

"그럼 지금 정의현으로 가시지요."

도학과 향단은 종립 일행을 따라나섰다.

7. 처녀귀신 장화와 홍련

정의현 관아에 도착한 도학이 사택 안을 살펴보았다.

"여깁니까?"

"네. 여기 방에서 하룻밤을 지내시면 됩니다."

종립이 도학에게 잘 접은 관복(구군복)을 전했다.

"오늘부터 내일까지는 도사님이 이곳의 현감이십니다."

"정식 발령을 받은 관원이 아닌데 이래도 되겠습니까?"

"사건 해결을 위해 제 직권으로 하는 것이니 염려 마십시오. 이것이 문제가 되지는 않을 것입니다."

머뭇거리던 도학이 향단과 함께 방 안으로 들어갔다.

방 안으로 들어오자마자 향단은 아랫목에서 大자 자세로 누웠다. 도학은 옷을 갈아입었다.

"관복을 입으니 기분이 묘하군. 과거 급제 이후에나 입을 줄 알았는데…."

"아이고 좋다."

"나와라. 거기 내 자리다."

"싫습니다. 푹신하고 너무 좋네요."

"혹시 모르니까 넌 여기 병풍 뒤에 숨어 있어."

"싫다니까요!"

"너 때문에 왔던 귀신들 도망가면 어쩌려고! 빨리 안 일어나!"

도학과 향단은 자리를 두고 실랑이를 벌였다. 도학은 향단의 팔을 잡고 일으켜 세우려다가 그만 중심을 잃고 향단이 위로 쓰러졌다. 서로의 얼굴이 입맞춤할 정도로 가까웠다. 두 사람 모두 깜짝 놀랐다. 묘한 분위기가 연출되었다.

"어머! 나리, 이게 무슨 망측한 짓입니까? 저를 덮치다니요?!"

"아니, 그게 아니라 실수다, 실수! 중심을 잃어서 그만…."

향단이 서둘러 일어나고 도학은 아랫목에 가부좌하고 앉았다.

향단은 그 옆에 앉았다.

한동안 두 사람 사이에 침묵이 흘렀다.

도학은 긴장되는지 마른 입술에 침을 발랐다.

"나리는 귀신인 저와 함께 지내는데 귀신이 무섭습니까?"

"넌 옥단이랑 생김새가 똑같지 않으냐. 다른 귀신들을 본다는 건 또 다른 무서움이다."

"무당인 옥단이랑도 1년을 같이 살지 않으셨습니까?"

"옥단이는 신내림 받은 무당도 아니고, 그 집에서 너 말고 다른 귀신은 본 적도 없다."

"아니, 그래도 겁쟁이가 아닌 이상…."

도학이 향단을 째려보았다. 향단이는 도학을 놀리고 있었다.

하지만 지금은 향단이와 농담할 때가 아니었다.

"이건 또 어떻게 해결한다지?"

"아마 그 귀신들도 필시 뭔가 저처럼 사연이 있을 겁니다."

"이 세상에 사연 없는 사람이 있던가. 나도 사연은 많은데….

"죽었으니 문제죠."

"병풍 뒤로 가거라. 곧 날이 어두워진다."

도학은 책을 펴고, 향단은 병풍 뒤로 가서 쭈그리고 앉았다.

한동안 조용히 있던 향단이 도학에게 물었다.

"만약 제가 변학도 나리의 수청을 들고 몽룡 도련님의 첩이 되지 않았다면 지금 저는 살아 있을까요? 나리도 이곳으로 유배를 오는 일 역시 없었겠지요?"

향단의 말을 듣고 있던 도학이 생각에 잠겼다가 대답했다.

"네가 할 수 있는 선택은 없었던 거 같다. 이몽룡이 너를 선택한 것도 운명이었고, 우리 아버지가 너 말고 춘향을 찾은 것도 운명이었다. 모든 것은 정해진 운명대로 나아갈 뿐이다. 지난 선택을 후회한들 소용없지."

생각해보면 어느 한 곳 피할 수 있는 지점은 없었다. 향단이 몽룡과 만나 눈이 맞은 것도 운명이요, 몽룡이 월매와 방자의 속임수에 속은 것도 운명이었다. 또 도학의 아버지인 변학도 역시 몽룡이 판 함정에 빠진 것도 피할 수 없는 운명이었다.

자정이 가까워져 오자 음산한 기운이 동헌 사택 전체를 감쌌다. 도학은 아랫목에서 관복 차림으로 꼿꼿이 앉아 꾸벅꾸벅 졸았다. 기괴한 기운을 먼저 느낀 건 향단이었다. 방문이 저절로 열리더니 검은 머리카락을 길게 늘어뜨린 처녀 귀신 둘이 도학이 있는 방 안으로 들어왔다. 귀신들은 온몸이 물에 젖어서 그 모습이 더욱더

괴기스러웠다. 처녀 귀신 둘이 동시에 도학을 불렀다.

"사또!"

간담이 서늘해지는 부름에 도학이 눈을 부릅떴다.

"어휴 씨, 놀라라! 일반인이었다면 놀라서 심장마비로 죽을 만하네!"

"저희는 억울하옵니다."

도학은 마음을 가다듬고 침착하게 되물었다.

"그래, 너희들은 누구며 원한이 무엇이냐?"

도학이 침착하게 되물어오자 처녀 귀신 둘은 깜짝 놀랐다. 지금까지 두 수령은 모두 심장마비로 죽어 나갔는데 도학은 그렇지 않은 것이었다.

"지난번과는 달라!"

서로의 얼굴을 보며 기쁜 표정을 지은 처녀 귀신 둘은 자신들을 소개했다.

"네, 사또. 저희는 좌수 배무룡의 두 딸 장화와 홍련인데 억울하게 죽었사옵니다!"

"억울하게 죽었다고? 타살당한 것이더냐?"

"네!"

그런데 이때, 갑자기 장화와 홍련 뒤로 저승사자가 불쑥 나타나 둘의 팔을 잡고 끌고 나갔다. 도학은 검은 갓을 쓴 저승사자에게 소리쳤다.

"넌 누구냐!"

"보면 모르느냐? 난 저승차사다!"

살벌한 목소리가 방안 가득 울렸다. 저승사자의 무서운 외침에 완전 기가 죽은 도학은 뒤로 물러섰다.

"잠깐만요! 이것만 얘기하고 가겠습니다! 잠시만요!"

"나리, 억울합니다. 정말 억울합니다! 저희 원한을 꼭 풀어주시어요!"

장화와 홍련은 저승사자에게 끌려가지 않으려고 발버둥 치면서 도학에게 이야기했다.

"그러니까 누구에게 죽임을 당한 것이냐니까?"

"저희는 억울합니다! 저희를 죽인 사람은 바로…."

장화와 홍련이 이름을 말하려는 순간, 도학의 시야에서 두 사람이 사라졌다. 방문 입구에서 근엄한 표정으로 서 있던 저승사자는 향단에게 경고를 남겼다.

"병풍 뒤에 숨어 있는 넋은 다음에 데리러 오겠다!"

그리고는 차사도 사라졌다.

"갑자기 나타난 저승사자는 뭐지? 향단아! 지금 보았느냐?"

도학이 병풍을 젖히자 향단이 겁에 질려 떨고 있었다.

"넌 또 왜 그래?"

"저승사자 눈에 띄었으면 저도 잡혀갈 뻔했습니다."

도학이 생각하기에도 향단은 겁에 질릴 만했다.

"그런데 장화와 홍련은 왜 저승사자가 데려간 거지?"

"죽은 지 49일이 되면 영혼은 세상 구경을 마치고 저승으로 간다고 들었습니다."

"그럼 장화와 홍련이 죽은 지 49일이 되었다는 거네? 그만 나오너라. 넌 내가 지켜주마."

"저를 어떻게 지켜주신다는 겁니까?"

"여기 이렇게 필사검이 있지 않으냐. 이 칼로 저승차사까지 막을 수 있을 거다."

"정말입니까?"

"글쎄…. 막을 수 있지 않을까? 못 막으려나?"

향단은 도학이 자신을 지켜주었으면 하고 바랐다. 도학 역시 향단을 반드시 지키겠다고 다짐했다. 둘 사이에는 어느새 특별한 감정의 연결고리가 만들어져 있었다. 둘은 그렇게 점점 서로를 의지하는 사이가 되어갔다.

*　　*　　*

다음 날 아침, 아전과 사령들이 사택 앞으로 모여들었다.

"자네가 들어가 보게."

"예?! 싫습니다! 나리가 들어가셔요."

"이번에도 죽어있겠지?"

아전 하나가 방 안으로 들어가려는데 도학이 멀쩡하게 방 안에서 걸어 나와 기지개를 켰다. 아전이 깜짝 놀라 뒤로 나자빠졌다.

"이럴 수가! 혹시 밤새 귀신을 못 만나신 겁니까?"

"아니요. 귀신들 잘 만나봤습니다. 혹시 좌수 배무룡의 딸들을 아십니까?"

"예. 두 딸 모두 자살했습니다요."

"그래요? 부모는 모두 친부모고요?"

"아뇨. 배무룡의 처 허 씨는 두 딸의 계모였습니다."

"흠, 역시 그랬군."

"설마 자살이 아니라 타살이란 겁니까?"

"아무래도 그런 거 같습니다. 당장 제주 목사께 아뢰십시오."

"저…. 목사 나리께서는 어제 먹은 것이 잘못되어 지금 자리에 누워계십니다."

"이런. 날이 더울 땐 조심해야 하는데…."

옆에 있던 향단이 걱정되어 도학에게 확인했다.

"용의자가 특정되었으면 최대한 빨리 수사를 해야 하지 않습니까?"

"큰일이구먼. 당장 수사를 해야 하는데 말이야."

마을의 윤 씨 아들이 갑자기 사택 안으로 들어와 울면서 애원했다. 예상하지 못한 돌발 상황이었다. 도학은 아직 관복 차림이었고, 윤 씨 아들은 도학이 새로 부임한 현감으로 생각했다.

"아이고, 나리! 저희 아버지는 억울합니다. 살인자가 아닙니다! 제발 풀어주시어요!"

당황한 도학은 할 수 없이 현감처럼 행세하고, 아전들 역시 얼떨결에 도학을 원님으로 대우했다.

"이…이방. 무슨 일인가?"

"예? 네, 나리. 얼마 전에 마을에서 집단음독 살인사건이 있었는데 이 자의 아버지가 범인으로 체포되었사옵니다."

"아닙니다! 저희 아버지는 진짜 범인이 아닙니다! 억울합니다, 사또!"

이방의 말에 윤 씨 아들은 강하게 부정했다.

"알았네. 내가 이곳에 온 지 얼마 되지 않아 사건 내용을 모르니 물러가 있으면 재조사를 해보겠네."

"고맙습니다, 나리! 정말 꼭 부탁드리겠습니다!"

윤 씨 아들이 돌아가자 도학은 이방에게 화를 냈다.

"저 사람은 갑자기 뭡니까?"

"죄송합니다. 갑자기 쳐들어와서…."

"잘못해서 관원사칭죄에 걸리면 유배 생활이 더 길어질 수도 있다고요!"

난감해하던 이방이 제안했다.

"저…. 이렇게 된 거, 차라리 그냥 현감 대리로 계속 수사를 하시죠? 어차피 어제 목사 나리께서 허락하지 않았습니까? 목사 나리께는 저희가 다시 요청하겠습니다."

"대리 수사를? 제가요?"

"목사 나리도 지금 병환 중이시고, 변 도사님께서 살인사건도 두 건이나 해결하셨다고 들었습니다. 저희 사건도 해결해주시어요. 나리께서 직접 관원이라는 말씀만 안 하시면 문제는 안 될 겁니다."

"흠….."

정말 그렇긴 했다. 관복은 제주 목사가 입으라 하여 입은 것이고, 도학 스스로 관원이라는 말만 하지 않으면 되는 것이었다. 도학은 고민에 빠졌다. 자신이 장화와 홍련 사건을 해결하고 싶었기 때문이다.

고민을 끝낸 도학은 제대로 현감 흉내를 내기 시작했다.

"그럼 지금 당장 좌수 배무룡과 그의 처 허 씨를 데려오게!"

"예? 혹시 체포해 오란 말씀입니까?"

"만약 거부한다면 체포를 해도 무관하네."

"저, 나리. 배무룡은 고을에서 가장 덕망이 높아 향회(鄕會)에서 종신 임기의 좌수로 선출된 인물이옵니다."

"살인사건일세. 그의 딸들 사건을 재조사할 것이니 그렇게 말씀드리고 당장 모셔오게!"

"예!"

도학의 위엄에 향단의 입에서 감탄사가 터져 나왔다.

"올~! 나리 좀 멋지십니다."

"나도 양반 집 자제다. 유배에서 풀려나면 제대로 시험 보고 관복을 입게 될 것이야."

* * *

이방과 함께 좌수 배무룡과 그의 처 허 씨가 동헌 안으로 들어왔다. 두 사람은 도학이 새로 부임한 현감인 줄 알고 고개를 숙여 인사했다.

도학은 커다란 의자에 앉아 이들을 추문 하기 시작했다.

"이렇게 직접 오시라고 해서 죄송합니다. 지난밤에 장화와 홍련이 찾아왔는데 자살이 아니라 하였습니다. 자신들의 죽음이 억울하다며 울부짖던데 계모인 당신이 죽인 것입니까?"

"아닙니다! 저는 절대 죽이지 않았습니다!"

허 씨는 강력하게 부인했다. 향단 역시 그녀의 주장에 힘을 실었다.

"나리, 허 씨의 눈빛이 정말 아닌 거 같습니다."

"내 생각도 그렇다. 허 씨는 범인이 아닌 거 같구나."

그런데 배무룡이 앞으로 나서며 고백했다.

"큰딸은 제가 죽였사옵니다."

"그게 무슨 소리입니까? 큰딸을 죽였다니?"

도학이 굳은 얼굴로 다시 물었다. 향단도 너무 놀라 입을 벌리고는 보고만 있었다.

"말 그대로입니다. 큰아이는 제가 죽였습니다."

당황한 도학의 표정이 일그러졌다.

"왜 죽였는지 소상히 말해 보시오!"

도학의 호령에 배무룡이 사연을 털어놓았다.

"장화는 혼인할 예정이었는데 부정을 저질러 다른 남자의 아이를 밴 상태였습니다. 이에 이 지역 좌수인 저는 집안의 명예가 더럽혀지는 것을 두려워하여 장화를 연못에 빠뜨려 죽였습니다. 그러자 유난히 우애가 남달랐던 홍련까지도 언니를 따라 자살을 한 것입니다."

무룡은 한밤중에 사람을 시켜 장화를 정신 잃게 만든 뒤, 온몸을 꽁꽁 묶어서 연못에 던지게 시켰다.

무룡의 자백에 도학은 생각에 들어갔다.

'배무룡은 지역에서 덕망이 높아 좌수로 뽑힌 인물이다. 그런데 큰딸이 혼전 임신을 했으니 충분히 자신의 손으로 딸을 죽일 이유가 된다. 지금은 조선 시대니까. 그렇다면 장화는 억울해하면 안 되는 거 아닌가? 도대체 무엇이 원한이라는 걸까?'

조선 시대는 양반의 체면이 상당히 중요했던 사회였으므로 딸의 혼전임신은 가문의 수치이고, 이런 경우 아버지가 자녀를 죽이는 것은 죄가 되지 않았다. 현대에도 일부 이슬람국가에서는 이런 일들이 벌어지고 있다. 보수적인 사회의 부작용이다.

도학이 배무룡에게 물었다.

"장화는 누구의 아이를 밴 것이오?"

"그건 저도 모르옵니다."

무룡의 대답에 향단이 물었다.

"혹시 장화가 몹쓸 놈에게 겁탈을 당한 건 아닐까요?"

그럴듯한 추측이었다. 도학은 이방에게 물었다.

"혹시 장화가 몹쓸 놈에게 겁탈당한 것은 아닌가?"

"사실은 그 부분을 조사하지 못하였습니다. 장화가 이미 죽어버렸기 때문에…."

배무룡 역시 겁탈에 관한 이야기는 듣지 못했다고 했다. 만약 장화가 겁탈을 당해 임신을 하였다면 그게 누구인지 배무룡은 알았을 것이고, 장화가 아니라 겁탈 한 자를 먼저 잡아 죽였을 것이다. 겁탈은 아닐 가능성이 컸다.

"배무룡의 가족관계는 어떻게 되는가?"

"죽은 장화와 홍련 외에 아들 셋이 있는데 둘은 배무룡과 허 씨 사이에서 낳은 아들이고, 큰아들 필동은 허 씨가 시집올 때 데리고 온 아들입니다."

"그래? 장화, 홍련과는 피가 섞이지 않은 오빠라…. 필동을 들라 하게. 배무룡의 죄는 나중에 다시 묻겠네."

재혼에, 피가 섞이지 않은 형제가 있는 가정에서 사망 사건이 일어났다. 도학은 그 점이 뭔가 의심스러웠다. 어쩐지 필동을 통해 실마리가 잡힐 거 같았다. 향단은 도학이 왜 그런 판단을 했는지 궁금했다.

"큰아들을 의심하시는 겁니까?"

"만약 딸이 겁탈을 당했다면 배무룡이 먼저 손을 썼겠지. 배무룡은 평소 평판도 좋고, 친딸을 겁탈할 사람으로는 보이지 않아."

"장화가 서로 사랑해서 임신했다는 건가요?"

"그래서 임신을 시킨 자가 누구인지부터 찾으려고. 나는 큰아들이 걸리는구나."

"설마 큰아들을 의심하시는 겁니까?"

"글쎄, 그건 모르지."

장화와 홍련은 무엇이 억울했을까? 그것을 알아내려면 장화를 임신시킨 남자부터 찾아야 했다.

얼마 후 도학에 앞에 필동이 나졸들과 함께 나타났다. 필동의 얼굴을 확인한 도학은 깜짝 놀랐다. 엄청난 꽃미남이었기 때문이다. 향단은 물론 그곳에 있던 모든 사람의 시선이 필동에게 꽂혔다.

"세상에, 주변에서 빛이 납니다!"

그런 필동의 등장에 도학도 당황했다. 이방이 필동을 소개했다.

"나리, 이 젊은이가 필동입니다."

"인사 올립니다. 배무룡의 아들, 배필동이라 하옵니다."

"어. 그, 그렇구나. 죽은 장화가 누구의 아이를 뱄었는지 알고 있느냐?"

"그건 저도 모르옵니다."

필동의 표정이 어두워졌다. 모두 안타깝다는 표정으로 필동을 바라보았다.

"그래? 알았다."

도학은 그렇게 말하고는 부채로 입을 가리고 향단에게 작은 목소리로 부탁했다.

"향단아. 필동을 감시해다오."

"예? 지금 저 꽃미남을 의심하시는 겁니까? 머리가 어떻게 되신 거 아니에요?"

놀란 향단이 도학에게 따져 물었다.

"너무 잘생겨서 그러는 거다. 감시해다오."

"너무 잘생겨서요? 헐! 예, 뭐 저야 좋죠."

도학이 그만 물러가라는 명을 내리자 필동이 뒷걸음으로 동헌을 나갔다. 향단이 그런 필동의 뒤를 따라 나갔다. 향단의 얼굴에는 싱글벙글 미소가 번졌다.

'꽃미남 사생활 훔쳐보기라니. 너무 재미있겠는걸.'

집으로 향하는 필동이 만나는 사람마다 친절하게 인사했다. 마을 사람들 역시 잘생긴 필동의 얼굴을 보고는 흐뭇해했다.

향단도 필동의 온화한 미소에 반하고 말았다.

"안녕하세요."

필동을 보고는 한눈을 팔던 아낙 하나가 넘어지려 하자 필동이 팔을 뻗어 잡아주었다. 아낙은 황홀한 표정을 지었다.

"아이고, 조심하세요."

"고, 고맙습니다."

'헐, 대박! 이렇게 멋지고 아름다운 청년이 범인일 리가 없어.'

향단은 그렇게 생각하면서 필동의 뒤를 따랐다. 향단의 얼굴에는 황홀한 미소와 행복의 꿀로 가득 찬 눈이 반짝거렸다.

'집단음독 살인사건이라….'

도학은 윤 씨 아들이 부탁한 사건의 기록을 들여다보고 있었다.

'마을 주민 네 명이 마을 사랑방에서 독이 있던 막걸리를 나눠 마시고 3명이 사망하고 1명이 의식불명에 빠진 사건이다. 당시 같은 자리에 있던 윤 씨만이 막걸리를 마시지 않아 사망하지 않았다. 현장에 있던 다섯은 모두 어릴 때부터 함께 어울렸던 죽마고우.'

기록을 다 읽은 도학이 이방에게 물었다.

"윤 씨가 용의자로 오른 것은 단지 막걸리를 마시지 않아서인가?"

"네. 그 외에 술을 가져온 사람도 윤 씨였고, 또 최근 서로 노름하다가 시비가 붙어 다툼이 있었다는 것도 결정적인 이유가 되었습니다."

"노름판의 금액은 어느 정도였나?"

"크지 않았습니다. 막걸리 한 병값 정도? 노름도 아니고 놀음 수준이었습죠."

'뭔가 이상하다. 노름하다가 시비가 일어나는 건 흔한 일. 더군다나 큰 금액이 걸린 판도 아닌데 살인까지 갈 이유가 없지 않은가. 또 서로 어릴 때부터 사귀어 온 친구 사이인데 죽였을 리가….'

도학의 의문은 더욱 커졌다.

'만약 윤 씨가 네 명을 모두 죽인다면 같이 놀 사람도 없어진다. 그리고 윤 씨는 노인이다. 젊은 사람들처럼 화가 난다고 해서 충동적으로 사람을 죽이는 나이가 아니다.'

나이 많은 윤 씨가 범인이 아닐 거란 생각에 도학은 이방에게 다시 물었다.

"혹시 범인은 따로 있고, 누군가 윤 씨에게 누명을 씌운 것일 수도 있잖소?"

"그것도 생각을 안 해본 건 아닙니다만 그렇게 되면 범인을 특정 지을 수 없게 됩니다."

"그렇다고 해서 범인을 만들면 쓰나? 잊지 마시게. 우리 편해지 자고 억울한 사람을 범인으로 만들어서는 안 되는 거네."

"예, 나리."

"원래는 윤 씨를 죽이려고 했는데 윤 씨가 막걸리를 마시지 않고 친구들에게 가져다준 거라면?"

"하지만 그 막걸리는 윤 씨가 직접 사 간 거라고 합니다. 술도 가에서 확인하였습니다."

'그렇다고 윤 씨를 범인으로 몰아 사형시킬 수는 없다. 술이야 중간에 누군가 몰래 독을 탔을 수도 있으니…. 결정적으로 왜 그들을 죽여야 했는지 범행동기가 부족하단 말이야.'

살인사건에서 중요한 것은 살해 동기다. 정신병자가 아닌 이상 사람이 사람을 죽였다면 뭔가 합당한 이유가 있어야 한다. 도학은 분명 사건 이면에 그럴만한 사연이 있을 것으로 생각했다. 그것을 알지 못하고 윤 씨를 범인으로 단정할 수는 없었다.

필동이 우물가에 나타나자 마을의 처녀들이 필동에게 관심을 보였다.

"얼굴도 잘생겼는데 성품까지 온화하니 마을의 모든 아녀자가 호감이 갈 수밖에…."

마을 처녀들의 반응에 향단이 질투심을 드러냈다. 필동이 인사를 하며 살인미소를 던지자 처녀들이 필동에게 홀려 정신을 못 차렸다. 필동에게는 여성의 마음을 사로잡는 마성이 있었다. 필동이 예쁘게 생긴 처녀에게 다가가 도움을 요청했다.

"일손이 필요한데 잠시 도와주시겠습니까?"

"네, 도와드리겠습니다."

예쁜 처녀는 미소를 지으며 필동을 따라나섰다.

"뭐야? 단둘이?"

샘이 난 향단의 입이 삐죽 나왔다.

필동은 처녀와 함께 마을 외곽의 물레방앗간 옆의 버려진 집 안으로 들어갔다. 처녀가 필동에게 물었다.

"여기인가요? 무슨 일을 도우면 됩니까?"

"넌 천천히 옷을 벗으면 된다."

"네?"

갑자기 돌변한 필동이 처녀를 끌어안으며 강제로 입을 맞추었다. 놀란 처녀는 강하게 거부했다. 하지만 이미 필동의 표정과 눈빛은 마치 먹잇감을 발견한 승냥이처럼 변해 있었다.

"갑자기 왜 이러십니까?"

"너도 이걸 원하지 않았느냐? 모두 나와의 사랑을 꿈꾸지. 넌 운이 좋구나. 그냥 조용히 즐기면 돼!"

"저, 잠시만요. 잠깐만. 아악!"

필동이 소리 지르는 처녀의 입을 막고 다른 손으로 처녀의 옷을 벗겼다. 그 장면을 본 향단이도 놀랐다.

"뭐야, 이 자식! 나쁜 놈이었잖아!"

향단이 정의현 동헌 마당으로 뛰어 들어와 도학에게 알렸다.

"나리, 큰일 났습니다! 필동이 마을 처녀를 강제로 겁탈하려고 합니다!"

"드디어 정체를 드러냈군! 거기가 어디냐?!"

"마을 외곽의 물레방앗간입니다!"

하지만 향단이 보이지 않는 이방은 도학에게 반문했다.

"거기가 어디라뇨?"

"모두 나를 따르라!"

도학이 뛰쳐나가자 이방을 비롯한 아전들과 포졸들이 모두 따라 나섰다.

* * *

도학이 나졸들과 함께 현장에 들이닥쳤다. 처녀의 옷은 이미 절반이나 찢겨있고, 필동이 처녀를 겁탈하기 직전이었다.

도학과 나졸들을 발견한 필동은 깜짝 놀랐다.

"너를 강간 미수죄로 체포하겠다!"

"아니, 어떻게 여길?"

"장화도 네가 겁탈을 한 것이냐?"

"장화는 제 여동생입니다. 그럴 리가 있겠습니까?"

"마을 처녀를 아무렇지 않게 유인하여 겁탈할 정도면 피가 섞이지 않은 장화를 네가 가만뒀을 리 없다. 당장 이 자를 가두어라!"

필동이 나졸들에게 끌려 나갔다.

"분명 뭔가 있는데 그게 뭔지 모르겠단 말이야."

도학의 혼잣말에 향단이 반응했다.

"이젠 어떻게 합니까?"

"증거를 찾아야 한다. 필동의 방으로 가자."

도학이 배무룡의 집으로 와서 필동의 방을 수색했다. 배무룡과 아내 허 씨는 불안한 표정으로 밖에서 지켜보았다. 도학이 샅샅이 뒤져보았으나 방에서는 아무것도 나오지 않았다. 실망한 도학이 씩 씩거렸다. 그런 도학을 본 무룡이 물었다.

"도대체 이게 다 무슨 일입니까?"

"큰 아드님이 마을 처녀를 겁탈하려고 했습니다."

"예에?! 그럴 리가요!"

옆에 있던 향단이 도학에게 놓친 것을 알려주었다.

"장화와 홍련의 방도 살펴봐야 합니다!"

향단의 말을 듣고 아차 싶은 도학이 무룡에게 말했다.

"장화와 홍련의 방은 어딥니까?"

도학이 무룡의 집 노비와 함께 장화와 홍련의 방으로 향했다.

그런데 방을 살핀 도학은 당황했다. 방 안에 물건들이 아예 없었기 때문이다.

"여긴 아무것도 없잖소!"

"아가씨가 돌아가신 후 물건을 모두 정리하였습니다."

노비가 대답했다.

"모두 버렸는가?"

"예."

"다 치워서 단서가 될 물건은 남아 있지 않구나."

도학이 단서를 찾지 못해 난감해하고 있는데 노비가 주저하다가 도학에게 다가와 품속에 있던 장화의 일기장을 건넸다.

"이것이 무엇이냐?"

"장화 아씨의 일기장입니다."

"뭐?! 이것을 어찌 네가 가지고 있는 것이야?"

"저는 장화 아씨의 몸종이었습니다. 장화 아씨가 돌아가신 뒤 방의 물건들을 정리하다가 제가 몰래 빼돌려 간직하고 있었던 것입니다."

"일기장을 왜 빼돌린 것이냐?"

"아씨의 죽음이 억울하여 그랬습니다. 흑흑…."

도학이 장화의 일기장을 살펴보았다.

일기장에는 필동과 처음 만난 날부터 자세하게 기록되어 있었다.

- 필동 오빠가 들어오는데 이 세상 사람이 아닌 거 같았다. 처음으로 첫눈에 반한다는 것이 무엇인지 알게 되었다. 오빠를 처음 만난 오늘을 죽을 때까지 잊을 수 없을 거 같다. 나에게도 잘생긴 오빠가 생긴 것이다. 아버지는 오빠에게 여동생들을 잘 보살펴주라고 하셨다. 오빠도 그렇게 하겠다고 대답했다. 오빠가 '아버지'라고 부르자 아버지는 기분이 좋다며 껄껄 웃으셨다. 오빠의 환한 미소

에 얼굴이 빨개졌다.

- 오빠와 꽃구경을 나갔다. 하지만 오빠의 미소가 몇 배는 더 아름다웠다. 너무 행복하다. 오빠가 의붓아들이라는 사실이 싫다. 내 낭군이면 좋을 텐데…. 꽃에 가까이 다가갔다가 벌이 날아와 놀랐다. 내가 비명을 지르자 오빠가 벌을 쫓아주었다. 그런 오빠에게 사랑을 느꼈다.

- 깊은 밤, 오빠가 내 방으로 몰래 와 내 이불 속으로 들어왔다. 서로 바라보는 눈빛이 뜨거웠다. 필동 오빠와 나는 서로의 사랑을 확인하였다. 우리는 하나가 되었다. 두렵지만 너무나 행복하다.

- 오빠와 나 사이에 사랑의 결실이 만들어졌다. 하루가 다르게 배가 불러오기 시작한다. 오빠에게 단둘이 도망가서 살자고 이야기했다. 오빠는 내 손을 잡아주며 걱정하지 말라고 했다.

- 오늘 아버지께서 나의 혼사가 결정되었다고 하셨다. 신랑감은 이웃 마을 현감의 아들이란다. 몇 해 전부터 눈여겨보았다고 하셨다. 하지만 나는 싫다고 했다. 아직 준비가 안 되었다고 하자 아버지는 잔말 말고 자기 뜻에 따르라고 하셨다. 난 좌수 배무룡의 장녀다. 할 수 없이 그렇게 하겠다고 대답했다.

- 필동 오빠가 많이 불안해한다. 배가 더 부르기 전에 도망가야

할 텐데 오빠는 계속 미루기만 한다. 나는 먼저 편지를 쓰기로 했다.

- 아버지, 어머니. 필동 오라버니와 저는 해서는 안 될 사랑을 하였습니다. 부디 용서하시고 저희는 찾지 말아 주시어요. 멀리 떠나 단둘이 살아가겠습니다.

장화가 마지막 남긴 편지는 곱게 접히어 일기장 중간에 꽂혀있었다. 노비가 챙긴 장화의 일기장 덕에 진실이 드러난 것이다. 도학은 노비에게 큰 상을 내리겠다는 약속을 한 뒤 무룡의 뒷모습을 가만히 바라보았다.

'장화를 혼전 임신시킨 남자가 바로 필동이었군. 배무룡도 이 사실을 알았을까?'

도학이 집을 나서며 무룡에게 이야기했다.

"같이 동헌으로 가시지요."

도학이 심각한 표정으로 동헌 중앙의 의자에 앉았다. 그리고 무룡이 그 앞에 섰다. 이어서 필동이 포승줄에 묶여 동헌 마당으로 끌려왔다.

그 모습을 본 무룡이 안타까운 목소리로 외쳤다.

"필동아. 이게 다 무슨 일이냐?"

"아버지! 저도 잘 모르겠습니다."

도학이 무룡에게 물었다.

"장화가 다른 남자의 아이를 뱄다고 알려준 사람이 누굽니까?"

"필동입니다."

"역시 그렇군. 혹시 장화를 연못에 빠뜨려 죽이자고 한 것도 필동입니까?"

"예. 가문의 명예가 더럽혀지니 몰래 죽여야 한다고 했습니다."

"장화가 누구의 아이를 뱄던 것인지 모르신다고 했지요?"

"예."

"필동이 넌 아느냐?"

잠시 필동의 얼굴이 굳어졌다. 하지만 이내 당당하게 이야기를 했다.

"저도 모릅니다!"

필동의 대답에 한숨을 깊이 내쉰 도학이 지엄한 목소리로 무룡에게 이야기했다.

"장화는 필동의 아이를 가졌던 겁니다!"

"네?!"

무룡은 충격을 받고, 필동은 화들짝 놀란 표정으로 도학을 바라보았다. 필동의 뻔뻔한 변명이 이어졌다.

"무슨 그런…. 말도 안 되는 주장입니다!"

"거짓말 마라! 여기 장화의 일기장에 모두 기록되어 있느니라! 장화가 너의 아이를 배자 매우 곤란해졌을 테고, 장화를 정말로 사랑한 게 아니었던 너는 장화와 야반도주를 하는 대신 아버지를 설득해 장화를 죽인 것이 아니냐!"

도학이 장화의 일기장을 무룡에게 주었다. 잠시 일기장을 살펴본 무룡의 표정이 일그러지며 굳어졌다.

"이놈의 자식! 감히, 나를 속이다니!"

배무룡이 필동에게 달려가 멱살을 잡고 동헌 바닥에 나뒹굴었다.

"내가 너 때문에 내 딸을 내 손으로 연못에 빠뜨려 죽였다!"

울면서 주먹으로 필동을 때리는 무룡을 아전과 나졸들이 달려들어 떼어 놓았다. 도학의 추문이 이어졌다.

"장화가 죽고 난 다음 넌 홍련까지 건들었을 테지. 홍련도 필동이 네가 죽인 것이냐?"

"아, 아닙니다! 건든 건 사실이지만, 홍련이는 스스로 자살을 한 겁니다!"

"왜 자살했겠느냐? 네가 장화를 건들지 않았다면 아직 살아있을 게다!"

"그, 그건…."

"에라, 너 죽고 나 죽자!"

무룡이 필동에게 달려들어 죽어라 때렸다. 필동이 완력을 써서 거부하자 나졸들이 무룡과 필동을 다시 떼어 놓았다.

이어서 종사관이 들어와 알렸다.

"마을의 처녀들을 조사한 결과, 필동에게 겁탈을 당했다는 처자들이 일곱이나 더 있었습니다."

"당장 필동을 옥에 가두어라! 처분은 제주 목사께서 직접 하실 것이다!"

"예!"

도학의 명령에 나졸들이 필동을 끌고 나갔다. 그 모습을 보고 있던 향단이 말했다.

"장화를 유혹해 정을 통한 것도 모자라 아버지에게 거짓말을 하여 장화를 죽게 만들다니. 정말 악마 같은 놈이네요. 처분은 당연히 사형이겠죠?"

"사형당하지 않더라도 아마 배무룡의 손에 무사하지 못할 게다."

배무룡은 여전히 땅바닥에 주저앉아 통곡하고 있었다.

"아이고, 내 딸들아. 불쌍한 내 딸들아~! 이 아비 때문에…. 미안하다, 미안해!"

도학이 이방에게 말했다.

"이젠 장화와 홍련의 원혼은 나타나지 않을 걸세."

"정말 훌륭하십니다, 나리!"

향단도 도학을 추켜세웠다.

"나리, 정말 대단하십니다. 이제 집단음독 살인사건만 해결하시면 되겠네요."

"아, 집단음독 살인사건…. 이건 또 어떻게 해결한다지?"

도학에겐 아직 해결해야 할 사건이 하나 더 남아있다. 바로 윤씨 아들이 부탁한 사건이었다.

* * *

도학은 갓과 도포 차림으로 옷을 갈아입은 뒤 정의현 장터거리로 나가 마을 사람들에게 탐문 수사를 했다.

"윤 씨는 어떤 사람이었소?"

"글쎄요. 평소 성품이 참 온화하신 분인데 살인이라니 이해가 잘 안 가요."

"혹시 피해자들과 갈등은 없었습니까?"

"갈등이요? 그런 얘기는 들어보지 못했습니다."

도학이 보기에 윤 씨는 모난 사람이 아닌 것 같았다. 도학은 직접 윤 씨를 만나보기 위해 감옥으로 향했다.

"윤 씨가 누구요?"

"내가 윤 씨 오만….."

도학이 보기에 윤 씨는 그저 평범한 노인일 뿐이었다. 저런 사람이 여럿을 죽이다니. 도학은 쉽게 받아들여지지 않았다.

"자네가 음독 살인을 한 것이 맞는가?"

"예에?! 절대 아닙니다, 나리! 그런 일이 벌어지면 가장 먼저 의심을 받을 텐데 그럴 리가 있겠습니까?"

그렇다. 정황상 너무나 뻔해 가장 먼저 용의선상에 오를 텐데 그랬을 리가….

향단이 도학에게 말했다.

"평범한 노인 같은데요?"

"그러게…. 아무래도 엉뚱한 사람을 잡아놓고 있는 건 아닌가 싶다."

"그럼 풀어줘야 하는 거 아닙니까?"

"그러게나 말이다."

정의현 동헌 안에서는 도학과 아전들의 회의가 열렸다. 도학이 먼저 발언했다.

"윤 씨는 명확한 증거가 없으니 우선 방면하는 것이 어떠한가?"

형방이 바로 반박했다.

"그건 안 됩니다. 제 직감엔 분명 윤 씨가 범인입니다."

"직감으로 범인을 단정하는 건 매우 위험하오."

"직감 때문만은 아니고, 정황상 유력한 용의자입니다. 감옥에 가 두어두는 것이 바르다고 봅니다."

"저도 같은 생각입니다. 혹여 도망이라도 가면 어찌합니까? 사 건과 관련된 중요한 인물입니다."

이방도 같은 생각이라며 거들었다. 도학은 고민에 빠졌다.

"다들 윤 씨가 범인이라고 확신하는군. 그럼 제주 목사께서 오 시면 결정하세."

이때 사령 하나가 달려와 소식을 알렸다.

"나리, 집단음독 살인사건의 피해자 중 의식불명이었던 양 씨라 는 사람이 깨어났습니다!"

"그래? 의사소통은 가능한가?"

"예. 소리도 듣고, 말도 합니다."

"어서 가보세."

도학과 아전들이 모두 일어나 동헌을 나섰다.

의원에 도착하자 사령이 양 씨를 알려주었다.

"여기 이 사람입니다."

도학을 본 양 씨가 말문을 열었다.

"뉘십니까?"

"이번 사건을 재조사하고 있네. 나한테 사건이 있던 날을 설명해보게."

"사실은 사고 전날, 노름하다가 윤 씨와 다툼이 있었습니다. 윤씨는 판을 엎고 인사도 없이 가버렸지요. 화가 많이 나 있었습니다."

"왜 화가 났나?"

"뭐 노름판에서 흔히 일어나는 오해 때문이죠. 자기를 속였다고 생각하더군요."

"속여?"

"윤 씨의 패가 가장 좋지 않자 네 명이 함께 그런 윤 씨를 보고는 키득거리며 비웃었습니다. 그러자 윤 씨는 서로 짜고 자신을 속였다며 화를 냈습니다. 우리는 그런 게 아니라고 했지만, 윤 씨는이제 친구도 아니라며 나가버렸습니다."

"하지만 그것만으로 윤 씨를 범인이라고 생각할 수는 없지 않은가?"

"막걸리를 마시고 쓰러진 그 날, 정신을 잃기 전에 손을 들어윤 씨에게 도와달라고 청을 했으나 윤 씨는 묘한 미소만 짓고 있었습니다. 그것이 저의 마지막 기억입니다."

향단도 양 씨의 말이 모두 사실이라며 거들었다. 윤 씨는 살인범이 맞았다. 결정적인 증언이 나온 것이다. 의원 밖으로 나온 도학은 한 곳을 응시하며 생각하더니 향단에게 이야기했다.

"우리가 모르는 뭔가가 더 있는 거 같다."

"윤 씨가 살인범 맞는데 더 뭐요?"

"살인 동기."

"노름판에서 오해가 있었다고 하지 않았습니까?"

"윤 씨는 충동적으로 욱하는 성격이 아니었어."

"예?"

"윤 씨를 처음 봤을 때 어떻더냐?"

"그냥 순하고 마음씨 좋은 사람 같았습니다."

"그러니까."

"그게 무슨 말씀입니까?"

"무엇이 그런 순한 사람을 악마로 만들었는지 알아봐야겠다."

도학이 서둘러 길을 나섰다. 향단은 어리둥절한 표정으로 도학을 따라갔다.

도학이 도착한 곳은 윤 씨 아들의 집이었다.

"계신가?"

"뉘시오?"

윤 씨의 아들이 방문을 열고는 도학을 보고 깜짝 놀라 뛰쳐나왔다.

"아이고, 현감 나리!"

"흠. 저기, 난 현감은 아니고 잠시 임시로 온 거라오."

"어쨌든 나리 아닙니까? 그런데 어쩐 일로 직접 오셨습니까?"

"그… 피해자 중에 혼수상태에 빠졌었던 한 명의 의식이 돌아왔다네."

"그렇습니까? 뭐라고 하던가요?"

"자네 아버지가 범인 맞는 듯허이."

윤 씨 아들이 좌절하여 주저앉고는 눈물을 흘렸다.

"혹시 나한테 해줄 이야기는 더 없는가?"

"그 사람들, 아버지와 어울렸던 그 사람들 모두 나쁜 사람들이었습니다."

"나쁜 사람들이었다고?"

"네. 껄렁하고 불량해서 아버지께 어울리지 말라고 했는데…. 아버지는 죽마고우 친구들이라며 감싸시더군요."

"흠, 그렇단 말이지. 알았네."

도학이 윤 씨 아들 집을 나섰다. 귀찮은 듯 향단이 따라붙으며 짜증을 냈다.

"나리, 또 어딜 가십니까?"

도학이 도착한 곳은 윤 씨가 있는 감옥 안이었다. 도학이 윤 씨에게 말을 걸었다.

"의식불명이었던 양 씨가 깨어났네."

윤 씨가 놀란 표정으로 도학을 바라보았다.

"그대가 독살한 것이 확실하더군. 친구들을 왜 죽였나? 그 정도
로 나쁜 놈들이었나?"

잠시 멍하니 허공을 바라보던 윤 씨가 자포자기 표정으로 입을
열었다.

"사실 친구들도 아닙니다."

"친구가 아니라니?"

"저는 그놈들의 친구가 아니라 호구였지요. 넷은 서로 짜고 노
름판에서 항상 저를 속여 왔던 겁니다."

"그건 그냥 친구들 사이에서의 장난일 수도 있지 않나? 겨우 막
걸릿값 내기인데…."

"그런데 그게 아니었습니다. 나온 후 저는 바로 집에 오지 않았
거든요. 사랑방 밖의 마루에 걸터앉아 넷이 하는 이야기를 전부 듣
고 있었습니다. 그런데…. 도저히 참을 수가 없었습니다."

윤 씨는 방 안의 문 씨, 고 씨, 양 씨, 김 씨가 나누는 대화를
그대로 들려주었다.

"뭐야? 호구가 눈치를 챈 건가?"

"그러게. 이제 호구 놀려먹는 재미가 없어지면 무슨 낙으로 사
나."

"지금까지 호구가 산 술값만 얼마야?"

"작은 초가집 한 채 값은 되지 않을까? 크크크."

이야기하는 윤 씨의 주먹이 부들부들 떨렸다.

"그렇게 넷이 크게 웃음을 터뜨리더군요. 당장 방문을 열고 들어가려다가 참았습니다. 눈물이 흐르더라고요."

"그들이 당신을 따돌린 것이군."

"예. 그리고 그뿐만이 아닙니다. 문 씨는 제 며느리가 하는 주막에 오면 항상 외상이었고, 고 씨는 저에게 빌리고 갚지 않은 돈이 상당했습니다. 외상과 돈을 갚으라고 했지만 모두 저를 무시했지요. 김 씨는 제가 한군데 모자란 사람이라며 깔보고 욕하기 일쑤였습니다. 도움이 필요할 때 도와달라고 해도 도와주지 않았지요. 그리고 양 씨는 노름에서 절 속이기로 주도한 놈입니다."

"역시 그런 사연이 있었군."

윤 씨는 하염없이 눈물을 흘렸다. 하지만 잘못했다는 반성은 하지 않았다.

"살해한 것을 후회하나?"

"아뇨."

결국, 살인의 원인은 원한이었다.

나오면서 향단이 도학에게 말했다.

"저런 원한이 있는지 몰랐습니다. 그런데 후회나 반성은 하지 않네요?"

"삶이라는 건 사람들과의 관계다. 그래서 인간 사이의 신의가 가장 중요하지. 그런데 그것이 무너지는 순간, 이렇게 참극이 벌어지는 것이다. 산다는 건 나 혼자만 행복해서는 안 되는 것이야."

집단음독 살인사건이 일어났지만, 도학과 향단은 윤 씨를 비난할 수 없었다.

"삶에서 행복의 조건은 무엇입니까?"

"잘 자고, 잘 먹고, 좋아하는 사람과 사랑하는 것뿐이다."

"잘 자고, 잘 먹고, 사랑하고…. 겨우 세 가지요?"

"그래. 그 이상을 욕심내면 삶은 불행해지지."

"그럼 나리는 행복하십니까?"

"그, 그건…."

1년 전과 다르게 도학은 잘 먹고, 잘 잤다. 혹시 그녀를 사랑하기 때문에 행복한 걸까? 도학이 걸음을 잠시 멈추었다가 다시 걷기 시작했다. 향단이 애교를 부리며 도학과 팔짱을 꼈다. 깜짝 놀란 도학이 향단의 팔을 뿌리쳤다.

"나리, 왜 대답을 못 하십니까?"

"좀 떨어지거라! 징그럽다!"

"아직도요?"

"넌 귀신이고 난 사람이야."

"그래서요? 나리는 나중에 귀신 안 된답니까?"

도학이 빠른 걸음으로 먼저 달아났다. 향단은 미소 지으며 혼잣말을 했다.

"알수록 매력 있단 말이야."

8. 그리고 이별

　제주 동헌 안으로 도학이 들어오자 종립이 반기며 뛰어왔다.

　"제가 없는 동안 살인사건을 두 건이나 해결하셨다고요? 변 도사님, 정말 대단하십니다. 제가 전하께 또 장계를 올려야겠네요."

　"운이 좋았을 뿐입니다. 그런데 나리, 식중독 때문에 편찮으셨다고 들었습니다. 좀 괜찮으십니까?"

　"아이, 뭐 그거야 설사 몇 번 하고 끝났는걸요. 별거 아닙니다."

　"그래도 병은 병이니, 옥체 보존에 유의하십시오."

　"들어가서 이야기 나눕시다."

　도학은 종립의 집무실로 들어가 대화를 이어갔다.

　"정말 믿어지지 않아요. 어떻게 살인사건을 두 건이나 반나절만에 해결하실 수 있는 겁니까? 저는 지금까지 그런 이야기를 한 번도 들어보지 못했습니다. 정말 대단하십니다. 하하하!"

　"칭찬 고맙습니다."

　"정말 그 신내림 능력으로 사건을 해결하시는 겁니까? 그 귀신, 그러니까 신령님이 범인을 알려주는 건가요?"

　향단이 두 사람 사이에 머리를 들이밀며 말했다.

　"네. 맞아요. 제가 도와주는 거예요."

　하지만 도학의 대답은 달랐다.

　"뭐, 꼭 그런 건 아닙니다. 도움은 약간 받습니다만⋯."

종립의 눈이 튀어나올 것처럼 커졌다.

"헐! 대박입니다! 그럼 지금 여기도 그 신령님이 계십니까?"

"네."

"맙소사! 어디요?"

"지금 목사 나리 바로 옆에요."

"네에?!"

놀란 종립은 슬금슬금 향단 쪽으로 몸을 피했다.

"저기 그쪽이 아니라 반대쪽으로 피하셔야 합니다."

도학의 말에 종립이 다시 반대 방향으로 몸을 피하며 이야기를
이어갔다.

"그럼 사건에 관해 이야기해주시겠습니까?"

"집단음독 살인사건의 윤 씨는 원한이 원인이었던 거 같습니
다."

"원한이요?"

"예. 윤 씨의 각 친구는 윤 씨에게 빌린 돈을 갚지 않거나 외상
을 많이 두었고, 인격적으로 깔보고 무시하였으며, 노름에서도 서
로 짜고 윤 씨에게 장기간에 걸쳐서 경제적으로 피해를 주었습니
다."

"이런, 나쁜 놈들이 있나."

"윤 씨의 친구들은 윤 씨를 호구라고 불렀으며, 이를 알게 된
윤 씨가 충격으로 음독 살인을 일으킨 듯합니다."

"어휴, 안타깝군요."

"원한도 있는데 형벌을 줄여주시면 안 되겠습니까?"

"그래도 살인이 정당화될 수는 없습니다. 세 명이나 죽지 않았습니까?"

"물론 잘 알고 있습니다. 제발 극형만은 면하게 해주십시오."

"예, 저도 전하께 장계를 올려보겠습니다."

"고맙습니다."

"별말씀을요. 저, 그런데 필동이 범인이라는 건 어찌 아신 겁니까?"

"사실은 그 사건에서 제 몸주 신령의 도움을 받았습니다."

"예에?! 그렇군요. 고맙습니다."

종립이 조심스럽게 향단을 향해 인사를 했다.

*　*　*

도학과 향단이 해안가의 멋진 풍경의 길을 따라 집을 향해 걸었다.

"나리, 비록 제주도가 바다에 떠 있는 감옥 섬이지만 풍광은 정말 끝내주지 않습니까?"

"그래. 경치 하나만은 정말 기가 막히는구나."

"그러면 여기서 옥단이랑 계속 사시는 건 어떻습니까? 최소한 옥단이 시집갈 때까지만이라도 안 되겠습니까?"

"옥단이가 걱정되느냐?"

"네."

"그래도 너랑 떨어지려면 어쩔 수 없다. 남원으로 가야지."

"3년만 지나면 저는 그냥 떨어져 나갈 거라고 하잖습니까."

"너는 너를 죽인 범인을 잡고 싶지 않은 거냐?"

"그야 물론 잡고 싶습니다만…."

"운명은 그냥 나아갈 뿐이다. 우리는 그 운명에 순응하는 수밖에…."

도학의 말에 향단도 대꾸하지 못하고 먼바다의 수평선만 바라보았다. 두 사람 모두 운명 앞에서는 한없이 작은 우주의 먼지일 뿐이다.

"옥단아, 나왔다."

옥단이 방에서 급히 나와 소식을 전했다.

"정의현에서 살인사건이 두 건이나 있었다는데 알아?"

"응. 알고 있지. 소문이 사람 발보다 빠르다더니…. 그 살인사건을 누가 해결했는지는 소문이 안 돌던?"

"이번에 새로 부임한 정의현 현감이 하루도 안 지나서 다 해결했다고 하던데? 정말 놀랍지 않니?"

큭. 도학에게서 코웃음이 터져 나왔다.

"그게 바로 나다. 내가 사건을 전부 해결하고 오는 길이다."

"그게 무슨 소리야?"

"그 새로 왔다던 현감이 바로 나라고."

"뻥 치고 있네!"

옥단의 엉뚱한 반응에 향단이 배꼽 빠지게 웃었다. 당황한 도학이 버럭 화를 냈다.

"뻥 아냐!"

"농담 좀 하지 마. 나이가 몇 살인데 언제 철들래? 외박하고 오더니 무슨 말도 안 되는 소리를…."

"내가 진짜 사건을 모두 해결했다고!"

"너는 여기 유배인이지 현감으로 부임한 게 아니야. 혹시 머리가 어떻게 된 거니?"

"아니, 그러니까 그게…. 내가 그 자매 귀신이 나오는 거 때문에 어제 그 정의현 동헌에서 하룻밤을 보냈는데…."

"아, 예, 예. 그러시군요."

옥단이 도학의 말을 무시하고 부엌으로 들어갔다. 도학 역시 옥단을 따라 들어갔다.

"그런데 제주 목사가 식중독에 걸려서…."

"풋. 말이 되는 소리를 해라. 갑자기 제주 목사님이 왜 식중독에 걸려?"

"정말이라니까! 뻥 아니라고!"

향단은 마당의 마루에 앉아 다리를 뻗으며 먼 수평선을 행복한 표정으로 바라보았다.

"바다와 하늘이 만나는 곳에 가면 뭐가 있으려나?"

＊　＊　＊

　제주 항구 근처의 해변. 늦은 밤 한 남성이 뒤쫓는 사람들을 피해 도망치고 있었다. 3~4명의 관원 무리가 그 남성을 뒤쫓았다. 결국, 남성은 얼마 못 가고 넘어져 관원들에게 잡히고 말았다. 나졸 하나가 남성에게 소리쳤다.

　"감히 공문서에 손을 대? 엄벌을 받게 될 게다. 가자!"

　남성은 오랏줄에 묶인 채 동헌 마당에서 밤을 보냈다. 아침 해가 떠오르자 종립이 나타났다.

　"저자는 죄명이 무엇이냐?"

　"어젯밤 제주에 도착한 배에서 공문서 하나를 훔쳤습니다."

　"뭐라? 공문서를? 왜 그것을 훔쳤느냐?"

　"….."

　죄인이 대답을 못 하자 형방의 불호령이 떨어졌다.

　"목사 나리께서 묻지 않느냐? 어서 대답해 보아라!"

　"그게…. 흑흑흑."

　죄인이 갑자기 울기 시작했다. 그 모습을 본 종립과 아전들이 당황했다.

　"아니, 갑자기 왜 우는 것이냐?"

　"사, 실, 은…. 웅얼웅얼…."

　"뭐라고?"

　"그것이, 사실은 우리한테 웅얼웅얼…."

"에이. 우는 소리 때문에 뭔 소린지 하나도 모르겠네. 이자가 훔친 공문서를 가져오게."

아전 하나가 종립에게 공문서를 가져왔다.

공문서를 펼친 종립은 충격에 입이 벌어졌다. 임금이 내린 교지였다.

<유배인 변학도의 공로를 인정하여 모든 죄를 사면하고, 제주목사는 이 문서가 제주에 도착하는 즉시 변학도를 유배에서 방면토록 하라.>

내용이 궁금했던 이방은 종립의 표정을 보고는 조심스레 물었다.

"뭐라고 적혀 있습니까?"

"어명이시다. 지금 이후로 죄인 변학도는 사면되고, 즉시 유배에서 방면한다."

이방이 죄인에게 다그쳤다.

"아니, 이 좋은 소식을 왜 숨기려 한 것이냐?"

"제가 사는 마을은 가난하여 의원이 없는데 변 도사님은 죽을 뻔한 제 어머니와 아내의 병도 고쳐주셨고, 제 아이의 이름까지 지어주셨습니다. 먹고 살기도 힘들고 죄인들 귀양살이나 하는 이 척박한 절해고도에서 변 도사님은 정말 너무나 고맙고 귀하신 분입니다. 그분이 우리 마을을 떠난다는 것이 너무나 두려웠습니다. 흑흑…."

(절해고도(絶海孤島) - 육지에서 멀리 떨어진 외딴 섬.)

"내 목숨도 변 도사님이 구해주셨지. 변 도사님이 아니었다면 나 역시 이 세상 사람이 아니었을 게다."

종립도 감상에 젖어 읊조렸다. 크게 한숨이 나왔다.

"그러니 변 도사님의 방면을 없던 일로 해주시면 안 되겠습니까? 여기 우리만 모른 척하면 됩니다, 나리!"

"그럴 수는 없다. 변 도사께서도 간절히 원하던 것이다. 우리 모두 기쁜 마음으로 보내드리자꾸나."

"흑흑…. 너무 괴롭습니다."

"저자의 처벌은 다음으로 대신하겠다."

도학의 방면 소식은 모두에게 아쉬운 일이었다. 종립은 죄인에게 벌을 내렸다.

"이 문서를 네가 변 도사께 직접 전하거라."

"예?! 그건 저에게 너무…."

"사랑하는 아내와 아이의 얼굴을 계속 보려면 그리하는 게 좋을 거다."

문서가 다시 죄인의 손으로 전해졌다.

"그럼 우리 다 같이 변 도사님이 계신 곳으로 가자."

그 시각, 옥단과 도학은 바닷일을 하는 중이었다. 옥단은 해녀로 변신하여 해산물을 채취하였고, 도학은 어부들과 함께 배 위에서 커다란 그물을 끌어 올렸다. 도학이 다시 항구로 돌아왔을 땐 옥단도 일을 마치고 항구에 막 도착한 후였다.

"변 도사님, 많이 잡으셨나?"

"오늘은 만선이다."

"와! 축하 잔치라도 해야겠네."

"그러게!"

멀리서 이웃집 소년이 뛰어와 알렸다.

"변 도사님! 무당 누나!"

"뭐지? 위급한 병자라도 왔나?"

"큰일 났습니다!"

"무슨 일인데?"

"지금 집에 관원들이 엄청 많이 와 있어요."

"관원들이?"

옥단과 도학은 서로의 얼굴을 바라보았다. 관원들이라니? 필시 뭔가 큰일이 난 것임이 분명했다. 옥단과 도학은 서둘러 집으로 향했다.

집 마당에는 종립과 죄인, 아전, 나졸 등 관원들이 한가득 와 있었다. 옥단은 해녀복 차림으로, 도학은 작업복 차림 그대로 이들 앞에 나타났다. 도학이 종립에게 먼저 인사했다.

"목사 나리. 이곳까지 어인 일이십니까?"

"놀라셨죠? 좋은 일로 왔습니다."

"좋은 일이요?"

종립이 죄인에게 눈치를 주자 죄인이 공손히 도학에게 공문서 두루마리를 전했다. 문서를 펼친 후 덤덤하게 읽어 내려가던 도학의 눈빛이 흔들렸다. 옥단은 내용이 궁금했다.

"뭐라 적혀 있어? 혹시….”

"전하께서 나를 사면해주신다는데?"

"정말? 그럼 이제 유배에서 풀려나게 되는 거야?"

"응.”

도학과 옥단 모두 표정이 덤덤했다. 기쁘거나 반갑지 않았다. 마당에 있던 종립과 아전, 나졸, 죄인이 학도에게 큰절을 올렸다. 당황한 도학이 이들을 말렸다.

"아니, 왜들 이러십니까?"

"이젠 죄인이 아니시니까요. 사면을 축하드립니다. 무엇보다 제 목숨을 살려주신 은혜, 잊지 않겠습니다.”

"제 아내 목숨을 살려주신 은혜도 잊지 않겠습니다.”

죄인의 눈에서 굵은 눈물방울이 떨어졌다. 머뭇거리다가 나졸 하나가 앞으로 나섰다.

"제 동생의 병을 치료해주신 은혜도 잊지 않겠습니다.”

이번에는 이방이 고마움을 표시했다.

"저희 아이들 사주풀이 해주신 것도 고맙습니다.”

"저도 고맙습니다.”

"저도요.”

그곳에 모인 사람 누구 도학에게 신세 지지 않은 사람이 없었다. 잠시 후 도학이 말했다.

"날아갈 듯 기뻐질 줄 알았는데 오히려 섭섭함이 더 크네요.”

"그럼 언제 떠나시겠습니까?"

종립의 질문에 옥단이 대신 대답했다.

"당장 오늘 오후 배로 떠나."

"오늘?"

"그리고 여긴 신을 모시는 곳입니다. 다들 그만 돌아가세요."

옥단이 차갑게 내뱉고는 자기 방으로 들어가 버렸다. 분위기가 싸늘해지자 이방이 혼잣말로 중얼거렸다.

"처음엔 그렇게 싫다고 하더니, 이제 떠난다는데 왜 저래?"

눈치 없는 이방을 종립이 혀를 차며 타박했다.

"모르겠나? 정이 들어서 섭섭한 게지."

그제야 상황을 파악한 이방이 무안한 표정을 감추며 도학에게 서둘러 인사를 하고는 먼저 집을 나섰다.

"그럼 이따 배 떠나는 시간에 맞춰서 부두로 나가겠습니다."

종립이 자리를 정리했다.

"다들 이만 돌아가세."

모두 옥단의 집을 떠나자 뒤에 서 있던 향단이 도학에게 물었다.

"옥단이가 화가 난 이유를 아세요?"

"이제야 깨달은 거겠지. 나의 사면은 곧 이별이라는 것을…."

하지만 향단이 느끼는 이유는 그뿐만이 아니었다.

"다시 돌아오겠다고 약속해주시면 안 됩니까?"

"…"

하지만 도학은 그럴 수 없었다. 그건 거짓말이니까.

제주는 가벼운 마음으로 여행을 오기엔 너무나 먼 곳이었다.

"거짓이라도 좋으니 약조 좀 해주셔요. 지금 옥단이 마음부터 진정시켜야 하지 않습니까?"

향단은 도학에게 졸랐다. 하지만 도학은 돌하르방처럼 우두커니 서 있었다.

옷을 갈아입은 옥단이 방에서 나와 도학의 방으로 들어가더니 부지런히 도학의 짐을 쌌다. 도학은 멍하니 마당에 서서 옥단의 뒷모습만 바라보았다.

"옥단아. 뭐 하는 거니?"

"오후 배로 떠나려면 지금 짐을 싸야 해. 갈 때 입을 옷은 여기 처음 왔을 때 입었던 옷이 좋겠지?"

"옥단아. 그렇게 서두르지 않아도 돼. 오늘 안 가도 된다고."

"아냐. 어차피 떠나기로 했으면 빠를수록 좋을 거 같아. 바람과 돌만 많은 이 척박한 섬이 지겹지도 않니? 뭐가 좋다고 더 있으려고 해? 하루라도 빨리 떠나버려."

"옥단아…."

"잘못 꼬이면 날씨 때문에 일주일 이상 발이 묶일 수도 있어. 오늘 날씨 좋으니까 그냥 떠나."

짐을 싸던 옥단의 어깨가 들썩였다. 옥단은 조용히 눈물을 흘리며 울고 있었다. 향단이도 안타까운 표정으로 옥단의 뒷모습을 바라보았다. 만약 날씨 때문에 더 머물게 된다면 옥단이는 그때까지 울면서 지낼 것이다. 옥단은 그런 모습을 보여주기 싫었다. 그렇게 되면 도학도 그만큼 괴로울 테니까.

도학은 해줄 말이 없었다. 지금 도학이 제주를 떠나면 둘은 사실상 다시 볼 수 없는 이별을 하는 것이다. 1년 동안 동고동락하며 가족으로 지낸 사이인데 헤어지려니 옥단도, 도학도 아쉬움에 눈물이 흐를 수밖에.

9. 밀실 살인사건

도학은 흑립과 중치막을 두르고 방에서 나왔다.

'이제 나무로 만든 이 방문도 마지막이구나.'

제주는 육지와는 다르게 태풍과 바람이 많아 방문의 모양이 띠살문이 아니라 판문으로 되어 있었다. 방이 아니라 창고로 들어가는 느낌이라 항상 불만이었는데 떠나게 되고 보니 이것마저 그리워질 거 같았다. 가슴 편에 두른 붉은 색의 세조대는 얼마 전 옥단이 마련해준 것이었다. 처음 제주에 왔을 땐 하늘색이었다.

도학의 눈에 옥단의 쓸쓸한 뒷모습이 보였다. 옥단은 도학의 짐보따리를 품에 안고 돌아서 있었다. 도학이 마루에서 내려와 신을 신고 준비를 마치자 돌아선 옥단이 보따리를 주며 말했다.

"파란 보자기에 싼 것이 먹을 거야. 끼니 거르지 말고 꼭 챙겨 먹어. 그리고 하얀 보자기가 옷가지들."

"그래, 고맙다."

착잡한 도학의 목소리가 떨렸다. 독학은 책 보따리를 옥단에게 밀었다. 절반은 제주에서 구한 것들이었다.

"이건 안 가져가도 돼. 집에 다 있어. 책들은 여기 두고 갈 테니 네가 봐. 이제 마을 사람들 병은 네가 고쳐줘야지."

'바보 같은 놈. 이 많은 책을 언제 보라고….'

옥단은 도학이 주는 책들을 거절하지 않았다. 도학이 깊은 한숨을 토해냈다.

"그럼 작별 인사는 여기서 하는 게 좋겠네. 부두엔 나가지 않을

게."

"잘 지내."

"응. 너도 건강하고."

건조한 대화가 오갔지만 두 사람의 눈은 촉촉해져 있었다.

"만약 결혼이라도 하게 되면 서찰 하나 보내줘. 새언니 얼굴 본
다는 핑계로 육지 한 번 가지 뭐."

"너부터 먼저 시집가. 난 네가 더 걱정이다."

대화가 끊어지자 두 사람은 말없이 고개만 숙였다. 힘이 들어간
옥단의 목소리가 적막을 깼다.

"어서 가. 곧 배 떠날 시간이야."

"그래, 간다."

도학이 뒤돌아서 걸었다. 도학의 모습이 점점 멀어지자 뒷모습을
바라보던 옥단이 결국 울음을 터뜨렸다. 옥단이 달려와 도학을 뒤
에서 껴안았다. 도학도 눈물이 쏟아졌다. 하지만 두 사람은 눈물의
의미를 정확히 알지 못했다. 그저 이별의 아쉬움이라 생각했다.

"지난 1년간 네가 식구여서 정말 행복했어."

"나도."

도학이 돌아서서 옥단을 힘껏 안아주었다.

"생각해보니 우리는 이미 예정된 이별을 향해 달려왔던 것이구
나."

"운명은 그냥 나아갈 뿐, 우리는 그 운명에 순응하는 수밖에."

도학이 놀란 표정으로 옥단의 얼굴을 바라보았다. 옥단은 애써
웃는 표정을 지었다.

"인연이면 다시 만나게 되겠지. 나 보러 일부러 오지는 마."

"왜?"

"그냥."

"…"

"이젠 진짜 헤어져야겠다."

도학과 포옹에서 떨어진 옥단이 자신의 방까지 단숨에 뛰어갔다. 옥단이 시야에서 사라지자 옆에서 향단이 불쑥 나와 도학을 놀라게 했다.

"어휴, 놀라라. 인기척 좀 해라."

"힝, 우리 옥단이 불쌍하다. 괜히 나 때문에…."

"왜 너 때문이야?"

"저만 아니면 여기 남으셨을 거 아닙니까?"

"…."

도학은 대답하지 못하고 뒤돌아서 가던 길을 다시 걷기 시작했다.

"헐! 정말 저만 아니면 남으려고 하셨던 겁니까? 왜요? 왜? 설마 옥단이에게 딴마음이 있으셨어요?"

"그런 거 아니야!"

도학이 향단을 피해 부두로 뛰어가는 사이, 옥단은 굿할 때 입는 무녀 옷과 고깔을 꺼내어 비장한 표정으로 바라보았다.

도학과 향단이 부두에 도착하자 먼저 와 있던 종립과 아전들이 도학을 맞이했다.

"오셨습니까?"

"정말 마중을 나와 주시다니 영광입니다."

종립이 도학의 두 손을 잡고 눈물을 글썽였다.

"제 목숨의 은인이신데 이렇게 가시면 우리 또 언제 만나는 겁니까?"

"오래지 않아 다시 보게 될 겁니다."

향단이 자기도 모르게 툭 내뱉었다. 도학도 놀라 커진 눈으로 향단을 바라보았다. 멀리서 도학을 부르는 사람들의 목소리가 들려왔다. 마을 사람들이었다.

"도사님! 잠시만요!"

마을 사람 모두가 마중을 나왔다.

도착한 마을 사람들이 도학에게 하나씩 선물을 건넸다.

"감자 좀 삶았으니 가시는 길에 드셔요."

"말린 북어와 오징어입니다."

"귤입니다. 육지에서 파시면 노자에 보탬이 될 겁니다."

"이건 옷입니다."

"짚신 좀 만들어왔습니다."

모두 도학의 여행길에 필요한 것들이었다.

"뭘 이렇게 많이…."

감격한 도학은 목이 메 말문이 닫히고 말았다.

"마을 사람들 병도 고쳐주시고, 사주도 봐주시고, 일손이 모자라면 힘들고 험한 일도 마다하지 않고 도와주셨지요."

"이렇게 훌륭한 성품의 변 도사님이 떠나시면 이제 우리 마을은 어찌합니까!"

"저는 훌륭한 사람이 못됩니다."

"변 도사님이 훌륭하지 않으면 누가 훌륭합니까?"

"제가 훌륭한 사람이었으면 이곳에 유배를 왔겠습니까?"

"도사님을 유배 보낸 놈들이 나쁜 놈이겠지요."

"맞아요, 맞아!"

도학은 떠나기 전, 모두에게 하고 싶은 말이 있었다.

"옥단이를 잘 부탁드립니다."

도학은 마을 사람 모두의 손을 한 번씩 잡으며 옥단을 부탁했다.

종립이 모두를 대신하여 대답했다.

"그건 걱정하지 마십시오. 옥단이는 제가 잘 챙기겠습니다."

"걱정하지 마세요. 옥단이는 원래 마을에서 사랑받던 아이입니다."

"그렇군요. 이제야 걱정이 좀 덜어집니다."

도학의 대답이 끝나자 선원이 배 위에서 소리쳤다.

"자, 육지로 가실 분들, 승선하시오!"

도학이 마을 사람 모두에게 큰절을 한 번 하고는 짐을 챙겨 배 위로 올랐다.

승객이 모두 타자 배가 출항했다.

종립과 아전들, 마을 사람들이 도학에게 손을 흔들며 작별 인사를 했다. 아낙들과 나이 많은 남자들은 모두 눈물을 보였다. 도학도 배 위에서 손을 흔들어주었다. 향단이 절벽 위의 언덕 위로 손가락을 뻗으며 도학에게 알려주었다.

"나리, 저길 보시어요."

향단이 손짓하는 곳을 바라보니 바다가 잘 보이는 언덕 위에서 옥단이 고깔에 무녀 옷차림으로 굿을 하고 있었다. 불룩 솟은 절벽 끝에서 펼쳐지는 옥단의 춤사위는 장관이었다.

"옥단아…."

"나리가 무사히 육지에 도착하길 기원하는 굿입니다."

도학의 눈시울이 또 붉어졌다. 옥단의 주문이 도학의 귓가에 들리는 듯했다.

"천지신명이시여, 비나이다. 내 가족을 꼭 지켜주시옵소서. 비나이다, 비나이다."

배가 점점 더 멀어지자 옥단의 모습은 수평선 너머로 사라져 더는 보이지 않았다. 도학은 향단과 함께 갑판 위에서 먼 수평선을 감상했다.

"이야. 경치가 아주 장관이구나."

"그러네요."

그때, 아주 매력적인 처자의 뒷모습이 도학의 눈에 들어왔다. 처자는 장옷을 뒤집어써서 얼굴을 알아볼 수 없었다.

'아니, 제주에 저런 처자가 있었나?'

도학이 처자 곁으로 다가갔다. 그러자 향단이 도학을 말렸다.

"나리, 그 낭자에게 작업 거시면 후회하십니다!"

하지만 도학은 먼저 처자에게 말을 걸었다.

"어험, 육지는 혼자 가십니까?"

"뭐 인마? 안 꺼질래?"

"엄마야!"

처자는 여장한 남자였다. 놀란 도학은 서둘러 향단 곁으로 왔다.

"뭐, 뭐야. 저거…. 남자인 것이냐?"

"그것 보세요. 제가 뭐라고 그랬습니까? 후회하신다고 했지요?"

"아니, 남자가 왜 여장을?"

"좀도둑질하고 육지로 도주하는 도둑입니다."

"아이고야."

"나리. 남자들은 여자만 보면 막, 무조건 못 참고 그럽니까?"

"그, 그게 아니라…. 원래 남자들이란 본능적으로 그러는 것이다. 육지에 도착하려면 한참 걸리는데 무료한 것보다야 낫지, 뭐."

"어휴, 남자들이란…."

"어험!"

"혹시 옥단이에게도 그러셨어요?"

"뭐? 걔는 가족 아니냐, 가족! 이게 꼭 피가 섞여야만 가족인 게 아니다!"

                              *   *   *

"육지가 보인다!"

선원의 외침에 졸고 있던 도학도 눈을 떴다. 배 안에 있던 모든
사람이 갑판으로 나와서 배 진행 방향의 수평선을 바라보았다. 멀
리 산과 항구가 보였다. 향단이 들뜬 목소리로 도학에게 말했다.

"정말로 육지입니다!"

"그래, 다 왔구나."

선원이 열쇠로 화물창고 문을 열고 들어갔다. 그런데 들어가자마
자 그에게서 비명이 터져 나왔다.

"으…………..아아아아악!"

기겁한 선원이 창고에서 벌벌 기며 나왔다.

"사, 사람이 죽었다! 사람이 죽었어!"

선원의 외침에 사람들의 시선이 모두 그쪽으로 향했다. 도학과
향단도 놀란 표정으로 외침 소리가 나는 쪽을 바라보았다. 도학이
서둘러 사건 현장으로 향했다. 창고 안에는 목을 맨 남성의 시체가
매달려 있었다. 그것을 목격한 사람들이 자살이라며 수군거렸다.

"저 사람 성씨 아녀?"

"그러게. 자살했나 보네."

도학은 예리한 눈매로 현장을 살폈다.

'목을 맸으나 눈을 뜨고 죽은 시신. 끈은 느슨하고 기둥의 먼지

는 깨끗하군. 자살로 위장을 했지만, 이는 분명 타살이다!'

모든 정황이 '밀실 살인'이라 말하고 있었다. 결론을 낸 도학이 선장에게 알렸다.

"선장님, 이건 자살이 아니라 타살입니다!"

"타살이라면…. 살인사건이라는 겁니까?"

"배가 출발할 땐 없었던 시신이죠?"

"물론입니다."

"그럼 범인은 분명히 이 배 안에 있습니다!"

살인이라는 도학의 말에 배 안의 모든 사람의 표정이 굳어졌다. 더군다나 범인이 이 안에 있다니. 사람들은 서로를 경계하기 시작했다.

배가 항구에 도착하자 종사관이 배 안으로 들어와 조사를 시작했다. 탑승객과 선원들은 모두 한곳에 격리되었다. 타살일 경우 범인은 분명히 이 안에 있기 때문이다. 초검을 마친 현감이 선장을 불렀다.

"자살이 아니라 타살이야. 그걸 어떻게 아셨소?"

"저 사람이 알려줬습니다."

선장은 검지로 도학을 지목했다. 현감이 도학을 수상하다는 시선으로 바라보았다.

"자살이 아니라 타살이라는 걸 어찌 알았소? 혹시 당신, 범인이거나 범인의 동조자인 거요?"

"무슨! 이제 유배에서 풀려나 육지로 돌아오던 선비일 뿐이오!"

현감의 의심에 도학은 버럭 화를 냈다. 사령 하나가 현감에게 달려와 보고했다.

"배에서 내린 사람은 총 52명입니다."

"예? 그럴 리가요. 배에 탄 사람은 전부 51명입니다."

"생각보다 사건이 빨리 끝나겠군. 선장은 명부를 가지고 오시오."

하지만 승객 명단이 적힌 명부는 아무리 찾아도 나오지 않았다.

"이상합니다. 명부가 안 보입니다."

"아마도 범인이 바다에 버린 것이겠지요."

도학의 추측이었다. 현감도 고개를 끄덕이며 도학의 추정에 동의했다.

정말 이상한 사건. 배의 창고 문은 분명 자물쇠로 단단히 잠겨 있었다. 또 창고 안은 빈틈이나 비밀 통로 같은 것도 없다. 그런데 범인은 어떻게 이 안에서 살해하고 탈출했단 말인가. 더군다나 명부에 이름이 없는 승객이 한 명 더 있다. 결국, 그가 범인이라는 얘기. 도학이 용의자 한 명을 떠올렸다.

"여장 남자! 그자가 수상합니다."

현감은 여장한 남자를 잡아 와 추문에 들어갔다. 남자는 살인범이 아니라며 싹싹 빌었다.

"아닙니다! 저는 정말 살인범이 아닙니다!"

"그럼 왜 여장을 하는 것이냐?"

"저는 좀도둑일 뿐입니다. 제주에서 도망쳐 나오려고 변장을 한 것입니다요."

사령들이 몸을 뒤지자 돈 꾸러미와 진귀한 보석, 노리개 등이 쏟아져 나왔다.

"혹시 저 사람이 눈치를 채서 죽인 건 아니고?"

"천부당만부당입니다요! 제가 저 사람보다 몸집이 작은데 어찌 죽일 수 있겠습니까!"

그는 정말로 좀도둑이었다.

"그는 범인이 아닙니다."

향단 역시 그는 살인범이 아니라고 알려주었다. 사건은 점점 미궁으로 빠졌다.

"밀실 살인사건이군요."

도학의 말에 현감이 선장에게 열쇠에 관해 물었다.

"창고 열쇠는 누가 관리하오?"

"제가 가지고 있습니다. 창고엔 값나는 화물들이 있어서 항해 중에 다른 사람은 창고에 접근하지 못합니다."

"그러니까 배가 출항할 때 창고 문을 잠그면 도착한 후에나 창고 문을 연다는 것이죠?"

"예, 맞습니다."

현감이 생각에 잠겼다.

"시신을 바다에 버리지 않고 왜 창고에 두었을까?"

도학이 질문의 대답을 해주었다.

"바다에 시신을 던지면 '풍덩'하고 떨어지는 소리가 납니다. 또 배가 크지 않아서 시신을 옮기려고 하면 다른 사람의 눈에 띄게 되어 있지요. 그러면 다른 사람들이 알게 되지 않겠습니까. 아마 창고에서 우발적으로 살인을 한 뒤에, 어설프게 자살로 위장했을 겁니다."

"흠. 일리가 있군. 범인이 잡힐 때까지 모두 이곳을 떠나지 못할 것이오."

도학과 선장도 다른 사람들과 함께 해산물 보관 창고에 갇혔다. 비린내가 도학의 코를 찔렀다. 제주에서 1년을 살았으나 비린내는 쉽게 적응되지 않았다.

선원들의 대화가 도학의 귀에까지 들려왔다.

"허, 이상하네. 성씨 아내도 얼마 전에 죽었다지?"

"성씨 아내도 목매달아 자살했잖어."

"거 참…. 둘이 모두 목을 매다니."

"부부 사이가 별로 안 좋아서 헤어지네, 마네 하더니만…."

'아내가 먼저 자살했다고?'

선원들의 대화가 도학의 촉을 깨웠다. 향단도 도학에게 자신의 목격담을 이야기했다.

"출항하기 직전에 만득이라는 사람이 죽은 성씨라는 사람에게 쩔쩔매며 뭔가 애원하는 것을 보았습니다. 성씨는 뭔가를 알리겠다며 화를 냈고요."

"뭐? 그게 정말이야?"

"네. 분명 죽은 사람이 맞습니다."

도학이 앉아 있는 만득의 표정을 몰래 살폈다. 불안한 눈빛이 감지되었다. 도학이 만득에게 자연스럽게 다가가 옆에 앉아 말했다.

"아휴, 이거야 원. 언제나 풀려날는지…."

"그러게나 말입니다. 큰일이네요."

"심심한데 내가 손금이나 봐줌세."

"예? 아니, 괜찮습니다!"

"아냐. 내가 봐준다니까!"

"나리, 이거 왜 이러십니까?"

도학과 만득 사이에 실랑이가 벌어지고, 만득은 손바닥을 보여주지 않기 위해 주먹을 꼭 쥐었다. 끝까지 만득이 주먹을 풀지 않자 도학은 만득을 간지럼 태워 손바닥을 확인했다.

만득의 손바닥에는 밧줄 당길 때 생긴 열상이 밧줄 모양으로 선명하게 남아있었다.

'성씨를 죽인 범인은 만득이구나. 그런데 왜 성씨를 죽인 걸까?'

용의자는 파악이 되었지만 가장 중요한 것은 범행동기다. 범행동기가 드러나야 추문을 시작할 수 있다. 도학은 사건을 정리했다.

'성씨 부부는 사이가 좋지 못했다. 그리고 성씨의 아내가 먼저 자살했다. 그런데 성씨는 만득에게 뭔가를 추궁했고, 만득은 성 씨에게 애원하며 용서를 구했다. 그런데 만득은 육지로 오는 배 안에서 성씨를 살해했다. 왜 성씨 아내가 자살하고, 만득이는 성씨를 죽인 것일까?'

도학이 선장에게 가서 물었다.

"선장님, 명부는 직접 작성하셨습니까?"

"아뇨. 탑승자 확인은 만득이가 했습니다."

'역시. 만득이가 범인이군.'

하지만 여전히 살해 의도가 오리무중이었다. 도학은 다시 만득에게 다가가 이런저런 이야기를 나누었다.

"자네 제주토박이 같은데 제주 사투리를 안 쓰는군?"

"예. 사실은 육지에 나와서 산 지 오래고, 아내와 아이들도 제주가 아니라 여기에 삽니다. 제주에는 부모님만 사시고요."

"하, 그래? 아내와 자녀가 있다고? 자녀는 둘인가?"

"아뇨. 셋입니다. 아들 둘에 딸 하나."

"그랬군."

"뱃일도 그만하려고요. 잘못하여 바다에서 죽기라도 하면 가족들은 누가 보살핍니까? 이제는 여기서 농사나 짓고 살렵니다."

만득의 이야기를 다 들은 도학이 창고 문 앞을 지키는 사령에게 다가가 이야기했다.

"당장 현감을 불러주시오. 범인이 누구인지 알았소."

*　　*　　*

현감이 바로 달려와 도학에게 물었다.

"범인이 누굽니까?"

"바로 이 자입니다!"

도학은 만득을 가리켰다. 모든 사람의 시선이 만득에게 향하고, 만득은 황당하다는 표정으로 도학의 주장을 부인했다.

"저는 범인이 아닙니다!"

"증거가 있는가?"

현감이 증거를 묻자 도학은 만득에게 다가가 손을 잡아 보여주었다.

"예. 이 자의 손을 보면 밧줄을 당길 때 생긴 열상 자국이 밧줄 모양으로 남아있습니다."

도학의 주장에 만득이 변명했다.

"하지만 뱃사람들은 손에 밧줄 자국이 쉽게 생깁니다."

"맞어. 밧줄 자국은 나도 있는디?"

다른 선원들이 자신들의 손을 들어 보여주었다.

도학은 그중 한 선원의 손을 잡아당겨 만득의 손 옆에 바짝 댔다.

"직접 비교해보시지요. 돛을 당길 때 사용하는 밧줄과 죽은 성씨의 목에 걸린 밧줄의 두께가 다릅니다."

도학의 말에 현감은 다른 선원들의 손바닥과도 비교했다. 손에 난 상처 모양이 확연하게 달랐다. 도학의 가설이 이어졌다.

"만득이는 마치 누군가 한 명 더 탄 것처럼 명부를 거짓으로 꾸민 뒤에, 자신이 작성한 명부를 직접 바다에 버렸을 겁니다. 물론 선장은 만득으로부터 최종 탑승 인원만 보고 받았겠지요. 그렇게 하면 우리는 있지도 않은 그 범인 한 명을 계속 찾아야 하니까요."

그러자 만득이 강하게 반박했다.

"하지만 저는 성 씨를 죽일 이유가 없습니다! 살해할 의도가 없는데 왜 죽입니까?"

도학이 이에 대한 추론을 펼쳤다.

"아마 자네는 죽은 성 씨 아내와 내연 관계였겠지. 남편과 사이가 좋지 못했던 성 씨 아내는 자네를 진심으로 사랑하게 되었을 거야. 그리고 성 씨와 헤어질 테니 자신과 함께 살자고 했을 테고. 하지만 자네는 육지에 있는 처와 자식들을 버릴 수 없었고, 성 씨 아내와 이별을 하게 되었을 거야. 이제 뱃일도 그만둘 테니 더는 제주의 성 씨 아내와는 만날 일이 없어지니까. 그런데 자네에게 버림받은 성 씨 아내는 자살을 선택하게 되었고, 자살의 내막을 알게 된 성 씨는 자네에게 따졌던 것이지. 제주에서 출발하기 전에 자네가 성 씨와 말다툼하던 모습을 보았었네."

도학의 이야기를 듣던 만득의 눈빛이 흔들렸다.

"자네는 성 씨에게 용서를 구했지만 아마 성 씨는 외도사실을 자네의 아내에게 알리겠다고 협박했을 거야. 자신이 외도한 사실을 아내가 알게 되면 가정이 깨질까 두려워 성 씨를 살해했겠지."

만득이 아무런 말도 못 하고 고개를 숙였다. 현감이 만득을 다그쳤다.

"바른대로 말하라. 이게 사실이냐? 어차피 조사하면 다 알게 된다!"

"만득이가 죽은 성 씨 아내와 바람피우는 것을 본 적이 있습니다."

승객 중 아낙 하나가 나와 죽은 성 씨 아내와 만득의 관계를 증언했다. 만득의 어깨가 무너져 내렸다. 현감은 다시 다그쳤다.

"이래도 부인하겠느냐?"

"맞습니다. 제가 죽였습니다."

결국, 만득이 자백했다. 도학의 추리는 모두 사실이었다.

"내가 괜한 천기누설을 해서 애먼 사람이 죽었군. 그때 자네의 운명을 알려주지 않고 그냥 있었다면 자네가 바다에 나가 죽었을 텐데…. 만약 그랬다면 성 씨도, 성 씨 아내도 죽지 않았겠지."

박수의 내림굿이 있던 날이었다. 그날 도학은 장을 보러 나왔다가 만득의 운명을 바꾸어 놓았다. 원래는 바다에 나갔다가 죽어야 했지만 계속 살게 되면서 다른 사람의 운명까지 바뀌게 된 것이었다. 향단이 자책하는 도학을 위로했다.

"이 또한 운명인 겁니다. 괴로워하지 마세요. 성 씨 아내는 만득이가 바다에서 죽었어도 자살했을 겁니다. 또 성 씨 역시 그런 사실을 알고는 온전한 삶을 살아가진 못했을 테지요."

"이제 사주풀이로 다른 사람의 운명은 봐주지 말아야겠다."

어쩌면 천기누설한 죄로 향단과 접신한 것인지도 몰랐다.

'결국, 향단이와 함께 하는 것이 업보란 말인가.'

천기누설은 반드시 당사자가 대가를 치르게 된다. 인간의 운명은 자연이 정해놓은 규칙인데 이 규칙이 깨져버렸으니 하늘이 그 죗값을 묻는 건 당연했다.

만득은 옥에 갇히고, 도학은 향단과 함께 남원으로 향했다.

"와. 멋지십니다, 변 도사님! 그런데 만득과 불륜 관계일 거라는 걸 어떻게 아셨나요?"

"갑자기 별주부전이 생각나더군."

"토끼 간을 구하러 간 거북이 이야기 말씀입니까?"

"그래. 그 별주부전. 혹시 별주부전의 성인용 원전을 아느냐?"

"성인용이요? 그런 게 있습니까?"

"아마 네가 알고 있는 것은 어린이를 위한 동화일 거다."

위중한 병을 얻게 된 수궁의 용왕은 토끼의 간을 먹으면 병이 낫는다는 이야기를 듣게 되었다. 하지만 신하 대부분은 토끼를 본 적조차 없었다. 바다 생물 중 유일하게 육지와 바다를 오고 갈 수 있는 자라는 자신이 토끼를 잡아 오겠다며 당당하게 나섰다.

토끼를 만난 자라는 토끼를 거짓말로 유혹해 수궁으로 데려오게 되고, 수궁으로 끌려간 토끼는 꾀를 내어 간을 육지에 두고 왔다고 용왕을 속였다. 또한, 자라탕이 용왕의 원기 회복에 좋을 것이라 하니, 용왕은 자라의 아내를 삶아 먹으려 했다.

"용왕님. 육지에서는 원기 회복에 자라탕이 최곱니다. 특히 수컷 보다는 암컷 자라탕이 더 효과가 좋습니다."

"그래? 여봐라. 암컷 자라탕을 먹어야겠다!"

이에 자라 부부는 토끼를 찾아가 목숨 구걸을 하게 되고, 토끼는 자라의 아내를 수청 들게 했다. 그런데 토끼와 잠자리를 한 자라의 아내가 토끼에게 반해버린다.

토끼는 다시 육지로 와서 수궁으로 돌아가지 않았고, 토끼를 사모했던 자라의 아내는 그만 상사병으로 죽고 말았다. 그리고 아내를 잃은 자라 역시 아내를 그리워하다가 미안한 마음에 자살하게 된다는 것이 진짜 별주부전의 내용이다.

"너무 슬픈 이야기네요. 자라가 너무 불쌍합니다."

"글쎄. 처음부터 간 때문에 죄 없는 토끼를 수궁으로 데려간 자라가 나쁜 거 아닌가? 토끼야 꾀를 내어 위기를 탈출한 것뿐이잖아. 오히려 나쁜 마음을 먹은 자라가 벌을 받은 것이라고 볼 수 있겠지."

"그런가? 하지만 자라는 용왕이 시키는 일을 한 것뿐이잖아요."

"하지만 그것이 어디 선의였겠느냐? 만약 토끼 간을 먹고 용왕의 병이 나았다면 자라는 큰 벼슬을 받았을 것이다."

"근데 용왕의 명령을 거역해도 자라는 죽는 거 아닙니까?"

"토끼 간을 구하지 못했다고 적당히 둘러댔다면 죄 없는 토끼가 죽는 일도 없었겠지. 자신이 죽지 않기 위해 다른 생명을 죽이는 것에 대한 부당함. 이 이야기가 주는 교훈은 바로 그 점이다."

"하지만 저는 여전히 자라의 아내가 불쌍합니다. 자라 아내 처지에서는 토끼가 나쁜 놈 아닙니까?"

"그러니까. 자라가 처음부터 나쁜 마음을 먹지 않았다면 아내가 죽는 일은 없었을 거 아니냐."

그렇게 도학과 향단은 티격태격하며 남원으로 향했다.

*　*　*

도학과 향단은 닷새 만에 남원 입구에 도착했다. 먼 길을 여행할 때는 산적의 위험이 크기 때문에 대규모 보부상단과 함께 이동해야 했다.

"드디어 남원이구나. 이제 누가 널 죽였는지 밝혀야겠다."

도학이 비장한 표정을 지으며 남원을 향해 발걸음을 뗐다. 그런데 입구에서 사람들을 하나씩 조사하던 나졸들이 도학의 앞을 막아 세웠다.

"혹시 네가 변도학이냐?"

"네, 그렇습니다만. 왜 그러십니까?"

종사관이 다가와 도학의 필사검을 빼앗아 확인했다.

"필사검이 맞군. 우리와 같이 가자!"

"아니, 이거 왜 이러시는 겁니까!"

도학이 나졸들의 손에 이끌려 강제로 말에 태워졌다.

말을 타고 도학이 도착한 곳은 전라도 관찰사가 직무를 보는 감영(監營)이었다. 종사관이 관찰사에게 도학의 필사검을 전달했다.

"필사검이 맞사옵니다."

"이게 그 필사검이군."

관찰사가 필사검을 감상하는 사이, 이유도 모른 채 끌려온 도학이 관찰사에게 따졌다.

"그것은 제 칼입니다. 제주 목사에게 하사받은 정당한 물건이란 말입니다! 그런데 왜 칼을 빼앗고, 여기까지 저를 데려온 겁니까?"

"알고 있네."

관찰사는 차분하게 설명을 시작했다.

"며칠 전 전주에서 살인사건이 있었지. 전주의 대부호 하나가 살해를 당했네. 그런데 살인에 사용된 칼이 바로 필사검일세. 이 검은 특별한 상처 자국을 남기거든."

필사검에 제대로 베이면 겉의 살가죽은 예리하게 잘리지만, 몸속 깊은 곳 혈관은 톱니에 잘린 것처럼 뜯기게 된다. 단순히 베는 차원이 아니다. 또 시간이 지나면 상처 부위는 금방 곪아 썩게 되는데 이 때문에 필사검에 한 번 베인 사람은 무조건 죽게 되는 것이었다.

"또 부호가 가지고 있던 진귀한 물건도 하나 사라졌네."

"하지만 얼마 전에 유배에서 풀려난 몸입니다. 저는 범인이 아닙니다!"

"그건 모르지. 어쨌든 필사검은 세상에 다섯 자루뿐이고, 그중에

- 225 -

하나를 자네가 가지고 있었다는 거야. 용의자 다섯 중 하나인 게지."

관찰사가 손짓하자 변학도가 나졸과 함께 감영 마당 안으로 들어왔다.

서로를 확인한 두 사람이 포옹하며 감격의 재회를 했다.

"아버지!"

"아들아!"

관찰사의 추문도 이어졌다.

"귀양도 아들이 아버지 대신 갔더군. 국법을 어겼으니 이 또한 처벌을 받아야 하네."

"아니, 그것을 어떻게….."

"변학도가 제주 목사로부터 필사검을 하사받았다는 소문이 있기에 변학도를 잡으러 갔다가 알게 되었지. 그리고 항구에서 자네의 최종 목적지가 남원이라는 것도 알았네."

"자식 된 도리로, 병든 아버지 대신 귀양살이한 것이 어찌 죄가 된단 말입니까? 국법도 중요하지만, 그보다 '효'가 먼저라고 생각합니다!"

"뭐 틀린 말은 아니다. 하지만 국법은 지엄한 법! 여봐라! 당장 이 자를 옥에 가두어라!"

"잠시만요! 저는 범인이 아닙니다. 억울합니다!"

도학은 필사적으로 매달렸다.

"잠깐!"

관찰사가 지엄한 목소리로 크게 외쳤다.

"제주에서 너는 살인사건을 네 건이나 해결했다지? 그래서 너에게 기회를 주마."

"기회라고요?"

관찰사의 얼굴에 근심이 가득 나타났다.

"내 애첩 하나가 실종되었네. 이름은 콩쥐. 그 아이를 찾아주면 억울함을 벗을 기회를 주지."

제안을 들은 도학이 향단의 얼굴을 바라보았다. 향단은 제안을 받으라는 듯 고개를 끄덕였다.

"하겠다고 하세요."

도학은 자신감 넘치는 목소리로 관찰사에게 외쳤다.

"예, 제가 반드시 찾아오겠습니다!"

도학의 륭륭한 우렛소리 같은 외침이 울려 퍼졌다. 지켜보던 사람들이 먹이를 기다리는 울타리 속의 돼지들처럼 웅성거렸다. 변학도와 관찰사는 놀란 눈으로 도학을 바라보았고, 도학은 고개를 돌려 향단을 바라보았다. 향단은 관찰사 옆에 서 있는 콩쥐의 영혼을 바라보고 있었다.

10. 콩쥐 실종사건

변학도는 아들 도학이 걱정되었다. 전라감사도 찾지 못한 애첩을 도학이 직접 찾겠다고 나섰기 때문이다. 학도가 아들 도학에게 타박하듯 물었다.

"감사가 거느리는 이 많은 관리와 사령들을 동원했음에도 찾지 못했는데 네가 무슨 수로 찾겠다는 것이냐?"

"걱정하지 마세요, 아버지."

도학은 향단을 바라보았다. 향단이는 도학에게 상황을 알려주었다.

"저기 감사 옆에 콩쥐의 영혼이 보입니다."

도학은 콩쥐가 사람인지 혼령인지 구분하지 못했으나 향단은 귀신인 콩쥐의 영혼을 알아보았다.

"세상에. 저것은 사람이 아니라 혼령이었구나."

둘의 눈이 마주치자 콩쥐가 손짓하며 선화당에서 행랑채 쪽으로 걷기 시작했다.

"콩쥐가 따라오라는 손짓을 하며 이동합니다!"

"따라가자! 놓쳐서는 안 된다."

"네."

향단과 도학이 콩쥐의 뒤를 따라나섰다.

한동안 걸어가던 콩쥐가 멈춘 곳은 마을의 연못이었다. 콩쥐는 손가락으로 자신을 한 번 가리키더니 다시 연못 안을 가리켰다. 향단은 망설임 없이 물속으로 뛰어들었다.

못 바닥에는 수초에 엉킨 콩쥐의 시신이 엎드려 있었다. 콩쥐의 얼굴을 확인한 향단은 바로 나와서 도학에게 사실을 알렸다. 도학은 뒤따라온 관찰사에게 이야기를 전했다.

"콩쥐의 시신이 마을 연못 안에 있는 것 같사옵니다."

"뭐라? 시신이 연못 안에?!"

콩쥐가 죽었다는 것도 모자라 시신이 연못 안에 있다는 도학의 말에 충격을 받은 감사는 서둘러 인력을 동원해 연못의 물을 뺐다.

그러자 정말로 바닥에서 콩쥐의 시신이 드러났다. 온몸이 수풀에 감겨 있어 사람들 눈에 띄지 않았다. 관찰사는 콩쥐의 시신을 부여안고 통곡했다. 콩쥐는 얼굴도 곱고 마음씨도 얼굴만큼 선했다. 그에게는 과분한 애첩이었다.

"감히 어떤 놈이 우리 콩쥐를 이렇게 만들었단 말이냐! 흑흑흑…."

시신을 부여잡고 통곡하는 관찰사의 모습에 모두가 숙연해졌다.

* * *

감정이 진정된 감사는 도학을 추궁하기 시작했다.

"콩쥐의 시신이 여기 있다는 걸 어찌 알았느냐?"

"저, 그게 다름이 아니옵고…."

"콩쥐를 죽인 놈과 연관이 있구나. 그렇지 않고서야 시신이 여기에 있다는 것을 어찌 알 수 있단 말이냐! 바른대로 불어라!"

도학은 할 수 없이 향단과 접신하게 된 사연을 모두 들려주었다.

"그래? 그렇다면 범인이 누구인지도 알 수 있겠군. 너의 몸주 신령에게 범인이 누구인지 당장 물어보거라, 당장!"

관찰사 김병기는 바로 범인을 찾아내 그의 목을 내려칠 분위기였다. 도학이 향단을 재촉했다.

"콩쥐에게 범인이 누구인지 물어보거라."

하지만 콩쥐의 혼령은 더는 보이지 않았다.

"그런데 콩쥐가 보이지 않습니다."

"뭐?"

망했다. 도학은 할 수 없이 상황을 그대로 알렸다.

"나리, 죄송하오나 지금은 콩쥐 마님의 혼이 보이질 않습니다."

"뭐라? 안 보여? 여봐라! 범인이 누구인지 실토할 때까지 이 자를 옥에 가두어라!"

화가 난 감사는 도학을 옥에 가두었다. 도학은 감사에게 따져 물었다.

"이건 약속과 다르지 않습니까? 분명 콩쥐 마님을 찾으면 기회를 주신다고 하셨습니다."

"그건 콩쥐가 살아 있을 때 얘기다. 콩쥐가 죽었으니 그 불쌍한 아이를 죽인 범인이 누구인지 알려줘야 기회를 줄 것이야!"

도학은 옥에 갇히게 되었다. 향단도 도학을 따라왔다. 향단은 쇠

창살 바깥쪽에 자리 잡고 앉았다.

"이거 난감하네."

"나리 잘못은 없는데 왜 여기 갇혀 있어야 합니까? 억울합니다."

"만약 범인을 찾지 못하면 내 모가지가 날아갈 수도 있다."

"예에?! 그럼 이를 어찌합니까?"

혼자 중얼거리는 도학을 수상히 본 죄수들이 다가와 말을 건넸다.

"어쩌다가 여길 오셨수?"

"관찰사가 애첩을 찾아달라 해서 연못에 빠져 죽은 시신을 찾아줬더니 나를 여기 이렇게 가두었습니다. 이거 너무한 거 아닙니까? 은혜를 이렇게 갚다니!"

"예에?! 콩쥐가 죽었다고요?"

"네. 안타깝지만 연못에 빠져 죽었습니다. 그리고 그 범인이 누구인지 알려달라는 것이고요."

옥에 갇혀 있던 죄인들이 서로 수군거렸다.

"역시 팥쥐가 죽인 거겠지?"

"암. 물론이지."

죄수들의 이야기를 엿들은 도학이 그들의 대화에 끼어들었다.

"팥쥐라고요? 그게 누굽니까?"

"그러니까, 팥쥐가 누구냐면…."

그들이 들려주는 콩쥐의 결혼 이야기는 이랬다.

퇴리(退吏) 최만춘은 아내 조 씨와의 사이에서 콩쥐를 낳았다. 하지만 아내 조 씨가 얼마 못 가서 병으로 사망하였고, 최만춘은 다시 과부 배 씨와 혼인하였다. 그리고 배 씨 사이에서 딸 팥쥐를 얻었는데 콩쥐와는 다르게 배 씨를 닮아 성격이 아주 괴팍하고 난폭했다. 배 씨는 콩쥐에게만 집안일을 많이 시켰고, 팥쥐는 콩쥐의 먹을 것이나 옷 등을 빼앗고 때리며 괴롭혔다. 이것은 최만춘이 없을 때만 이루어졌으며, 착한 콩쥐는 그것을 자신의 아비에게 이야기하지 않았다.

콩쥐에 대한 배 씨와 팥쥐의 학대는 그렇게 계속되었다. 어느 날 배 씨는 두 딸에게 호미를 주며 밭매는 법을 가르쳤다. 팥쥐에겐 쇠 호미를 주며 모래밭을 매라고 했고, 콩쥐에겐 나무 호미를 주면서 산의 돌밭을 혼자서 매라고 시켰다. 그렇게 콩쥐는 혼자서 돌밭을 나무 호미로 매다가 호미가 부러졌고, 계모에게 혼날 것을 두려워한 콩쥐는 울고만 있었는데 마침 그곳을 지나던 전라도 감사 김병기의 눈에 띄게 되었다.

"어찌 울고 있는 것이냐?"

"어머니가 밭을 매라고 하셨는데 호미가 부러져 버렸습니다. 어머니에게 혼날까 두려워 울었습니다."

"너의 모습이 마치 죽은 내 아내의 젊은 시절 모습 같구나. 내너를 후처로 맞이하고 싶다."

"후처요? 그게 무엇입니까?"

"그러니까 내가 너와 혼인을 하고 싶다는 얘기다."

전처가 사망하여 외로움과 그리움이 깊었던 감사는 콩쥐의 우는 모습에 반해 예쁜 콩쥐를 아내로 맞이했다.

콩쥐가 하루아침에 감사의 후처가 되어 잘 먹고 잘살게 되자 배 씨와 팥쥐는 매우 배 아파했다. 콩쥐가 감사를 만나게 된 것은 모두 자신의 덕이라며 배 씨와 팥쥐는 매일 콩쥐에게 찾아갔고, 착한 콩쥐는 그런 계모와 팥쥐를 반갑게 맞아주었다.

그렇게 매일 감사의 집을 드나들던 팥쥐는 감사와도 자주 만나면서 감사를 유혹하였고, 그런 팥쥐의 유혹에 넘어간 감사는 팥쥐 역시 자신의 첩으로 들이게 되었다는 것이다.

이야기를 모두 들은 도학이 말했다.

"결국, 콩쥐를 시기한 팥쥐와 배 씨가 후처 자리를 독차지하기 위해 콩쥐를 죽인 것이로군."

"그럼요. 배 씨와 팥쥐 이년들 어련하겠습니까. 분명 콩쥐를 죽였을 겁니다."

가설이 성립되자 도학은 향단에게 팥쥐와 배 씨를 염탐하라고 시켰다.

"향단이 너는 배 씨와 팥쥐를 염탐해줘. 내가 풀려날 증거가 필요해."

"네, 나리."

도학의 부탁에 향단은 팥쥐의 방으로 몰래 숨어들었다. 그런데 팥쥐와 배 씨는 자신들이 누명을 쓰게 될까 두려워하고 있었다. 팥쥐가 먼저 투덜댔다.

"이런 쌍! 걔는 왜 연못에 빠져 죽어서…. 혹시 이러다가 우리가 죽였다고 소문나는 거 아냐?"

"미치겠네. 누명 쓰는 날엔 너랑 나는 죽은 목숨이니까 그렇게 알고나 있어. 그러게, 첩이 되었으면 콩쥐에게 좀 잘해주지!"

"걘 처(妻)나 다름없고 난 첩(妾)이잖아! 나도 처가 되고 싶단 말이야!"

"그나저나 누가 콩쥐를 죽인 걸까?"

"그러니까. 정말 이상하지? 그 착한 게 뭔 죄가 있다고?"

"혹시 몹쓸 놈한테 겁탈당하고 살해된 거 아냐?"

"걘 예쁘니까 그럴 수도 있겠다."

향단이 팥쥐와 배 씨의 대화 내용을 도학에게 전했다.

"팥쥐와 배 씨도 자신들이 콩쥐를 괴롭힌 사실에 대해 잘 알고 있었습니다."

"그 때문에 자신들이 살인자로 몰릴까 봐 두려워하고 있다고? 그럼 배 씨와 팥쥐는 범인이 아니란 얘긴데…. 그럼 콩쥐는 누가 죽였을까?"

"그러게요. 그건 저도 모르겠습니다."

"진짜 난처하게 되었구나."

"혹시, 몹쓸 놈한테 겁탈당하고 살해된 건 아닐까요? 배 씨와 팥쥐가 그런 얘기도 하고 있었습니다."

"흠, 충분히 가능성 있다. 향단이 너는 나가서 소문을 뒤쫓아 보아라."

"네."

향단은 고을 여기저기를 떠돌아다니며 사람들의 이야기에 귀를 기울였다. 하지만 단서가 될 만한 정보는 알 수 없었다. 사실 감사도 그 부분을 고려하고 수사했을 터였다. 그런데 단서를 찾지 못했다는 것은 그건 아닐 가능성이 컸다.

* * *

다음 날, 나졸이 옥 안으로 들어와 도학의 손을 잡았다. 놀란 도학이 소리를 질렀다.

"나, 난 범인이 아니오! 억울하오!"

그러자 나졸이 도학의 수갑을 풀어주었다.

"범인이 잡혔으니 당신은 그만 가보슈."

"콩쥐를 죽인 범인이 잡혔다고요? 그게 정말입니까?"

도학과 향단은 관아 마당으로 달려갔다.

그런데 잡혀 온 범인은 바로 배 씨와 팥쥐였다. 이건 또 무슨 상황인가? 오히려 배 씨와 팥쥐는 범인이 아닌데 범인으로 누명을 쓰다니. 정말 지난 밤 배 씨와 팥쥐의 걱정대로 두 사람은 누명을 쓰게 되었다. 감사의 추문이 이어졌다.

"바른대로 말하지 못할까!"

"정말 억울합니다. 저희는 진짜 콩쥐를 죽이지 않았습니다! 정말입니다. 믿어주시어요."

"정말입니다. 저희는 죽이지 않았습니다!"

"뻔뻔하구나. 여봐라! 나의 장인인 최만춘을 모셔오너라!"

콩쥐와 팥쥐의 부친이자 배 씨의 남편인 최만춘이 들어왔다. 최만춘은 그동안 배 씨와 팥쥐가 콩쥐를 어떻게 괴롭혔는지 소상히 알렸다.

"처음엔 저도 그런 사실을 몰랐습니다. 그러다가 어느 날 팥쥐와는 다르게 허름한 옷을 입고 있는 콩쥐를 발견하게 되었고, 유난히 손이 거친 것도 알게 되었지요. 또 알 수 없는 그늘도 느껴졌습니다. 그래서 날을 잡아서 몰래 염탐하게 되었는데, 아내가 콩쥐만 학대하는 장면을 목격하게 된 것입니다. 이에 저는 아내와 헤어질 것을 마음먹었는데 마침 그때 콩쥐가 감사 나리와 만나 혼인이 이루어져서 아내와 이혼할 때를 놓치게 된 것입니다."

최만춘의 이야기를 들은 감사가 되물었다.

"그렇군요. 그럼 콩쥐를 누가 죽였다고 생각하십니까?"

"유독 시기심이 많던 팥쥐가 콩쥐를 연못에 빠뜨려 죽였을 거로 생각합니다. 콩쥐는 본처고, 자신은 첩이었기 때문이죠. 그것을 그냥 참고 넘어갈 아이가 아닙니다."

팥쥐가 눈앞에서 자식을 잃은 어미처럼 발광했다.

"아닙니다, 아버지! 그건 오해십니다! 저는 절대 죽이지 않았습니다!"

이에 마을 이장도 최만춘의 주장에 힘을 실었다.

"만춘의 말이 맞습니다. 저 역시 배 씨와 팥쥐가 콩쥐를 학대하는 걸 목격한 적이 있습니다."

팥쥐와 배 씨가 범인이 아니라는 사실을 알고 있는 도학은 당황했다.

"이거 참, 난감하구나."

향단은 도학과 생각이 달랐다.

"어차피 배 씨와 팥쥐는 나쁜 짓을 했는데 다 뿌린 대로 거두는 거 아니겠습니까? 나쁜 짓을 했으면 그 대가를 치러야 하니까요."

"아무리 못된 계모와 여동생이라도 살인 누명을 씌울 수는 없다. 학대를 한 건 따로 처벌을 받아야겠지만 하지도 않은 살인에 대한 처벌은 그녀들의 몫이 아니다."

도학은 수사에 들어갔다. 먼저 감사에게 요청하여 콩쥐의 시신을 확인했다. 전형적인 익사체였다. 검시해도 타살의 흔적은 나오지 않았다.

도학과 향단은 시신이 발견된 연못으로 향했다.

그런데 뭔가 이상했다. 연못이 좀 깊긴 하지만 그렇다고 해서 사람이 빠져 죽을 만한 곳인지 의문이 생겼다. 콩쥐와 키가 비슷한 향단이 물을 뺀 연못 가운데 서자 간당간당하게 물의 깊이는 머리를 넘기지 않았다.

즉, 수영을 못하는 사람도 스스로 연못 바닥을 차면 수면 위로 머리를 내밀 수 있는 깊이였다.

"허, 참. 시신은 전형적인 익사체인데 물은 깊지 않다니…."

도학의 혼잣말에 향단이 물었다.

"그럼 타살 아닙니까? 누군가 콩쥐가 연못에서 나오지 못하도록 한 거 아닐까요?"

"만약 콩쥐가 물 밖으로 나오지 못하도록 눌렀다면, 콩쥐의 몸엔 저항한 흔적이 남아있어야 한다. 그런데 그런 흔적은 없었다."

"심청의 경우처럼 약을 먹여서 정신을 잃게 만든 다음 물에 빠뜨렸는지도 모릅니다."

"흠. 결국, 콩쥐를 살해한 범인을 잡아야 사망 원인이 밝혀지겠군."

도학과 향단은 콩쥐의 방으로 향했다. 콩쥐의 방 안에는 여기저기 꽃문양이 많았다.

도학이 안내한 노비에게 물었다.

"꽃을 유난히 좋아했나 봅니다. 노리개부터 옷, 베개, 문갑 할 거 없이 꽃문양이 있네요?"

"네. 꽃처럼 마음도 착한 분이었습니다."

"혹시 원한을 살만한 사람은 없었습니까?"

"아이고, 원한이라뇨. 마님은 너무 착해서 문제였지, 원한 같은 건 가능하지도 않습니다."

"그럼 혹시 콩쥐를 몰래 연모했던 사내는 없었습니까?"

"연모요? 그랬다가 감사 나리가 아시게 되면 벼락을 칠 텐데 감히 누가 그러겠습니까?"

"그렇다면 겁탈을 저지를만한 사내는요? 의심이 가는 사람은 없습니까?"

"세상에나. 겁탈이라뇨? 이 동네에서 그런 범죄는 잘 일어나지 않습니다."

'콩쥐는 착해서 원한 살만한 사람이 없다. 즉, 타살이 아닐 가능성이 크다. 그런데 연못은 발을 헛디뎌 빠져 죽기에는 깊지 않다. 도대체 나는 무엇을 놓치고 있는 것인가.'

도학은 고민에 빠졌다. 그런 도학을 본 향단이 말했다.

"혹시 외지인의 범행이 아닐까요?"

"이곳에 외지인이 돌아다녔다면 눈에 잘 띄었을 것이다. 그럼 감사가 진작 범인을 잡아냈겠지."

"그럼 자살은요? 자살했을 수도 있잖습니까?"

"콩쥐가 쓴 일기를 봤다. 자살할만한 원인은 없었다. 오히려 너무 낙천적이더구나."

"그럼 왜 죽은 걸까요?"

"그러게, 왜 죽었는지조차 알 수가 없으니….'"

도학이 콩쥐의 방에서 나와 대문 앞 섬돌에 걸터앉았다.

감영 앞에서는 동네 아이들이 '콩쥐·팥쥐 놀이'를 하고 있었다. 아이들끼리 콩쥐와 팥쥐, 계모, 감사 역할을 나누어서 소문으로 떠도는 사건의 내용을 재연했다.

그런데 콩쥐 역을 맡은 아이가 한쪽 다리를 저는 것이 아닌가.

'원래 장애가 있나'하고 생각하던 찰나, 아이는 순식간에 정상 걸음으로 걸었다. 이를 보고 이상하게 생각한 도학이 아이에게 물었다.

"어찌하여 절다가 제대로 걷는 것이냐?"

"콩쥐는 원래 오른쪽 다리를 절었는데요."

도학이 놓쳤던 마지막 단서는 그렇게 맞추어졌다. 콩쥐는 어릴 때 소아마비를 앓아서 오른쪽 다리를 제대로 사용하지 못했다.

"콩쥐가 왜 죽었는지 이제 알겠다!"

도학은 콩쥐의 시신이 있는 곳으로 달려갔다.

11. 무덤 안의 귀신

도학은 바로 콩쥐의 시신부터 확인했다. 양쪽 다리의 두께가 달랐다. 더군다나 왼쪽 발목은 약간 부어있었다.

'확실히 왼쪽 발목이 좀 부어있구나. 더군다나 양쪽 다리 두께도 다르다. 왜 이걸 발견하지 못했을까?'

도학은 추문 중인 감사에게 달려가 수사 결과를 보고했다.

"감사 나리, 어떻게 된 일인지 전부 알았습니다."

"그래? 어디 이야기해보아라."

"유난히 꽃을 좋아했던 콩쥐 마님은 연꽃을 따려다가 연못에 빠졌고, 연못에 빠질 때 왼쪽 발목이 접질렸으며, 왼쪽과 오른쪽 다리 모두 사용할 수 없게 되자 수면 위로 올라오지 못하고 익사를 당한 것입니다. 콩쥐 마님의 시신에서 다친 발목을 확인하였습니다. 즉, 살인이 아닌 사고사입니다. 물론 배 씨와 팥쥐는 범인이 아닙니다."

"그렇군. 살인이 아니라 사고사였군."

도학의 이야기를 들은 관찰사 김병기의 표정엔 변함이 없었다.

'어라? 의외로 쉽게 받아들이네?'

도학은 뭔가 불길한 예감을 느꼈지만 배 씨와 팥쥐는 이제 억울함이 풀렸다는 듯 표정이 밝아졌다.

"하지만 배 씨와 팥쥐는 콩쥐를 학대한 죄가 절대 가볍지 않다. 더군다나 착한 콩쥐에게 행해진 계모의 괴롭힘은 일반적인 통념상 매우 부도덕하다고 볼 수 있다. 이에 계모에게는 태형 1백 대, 팥쥐에게는 9십 대를 명한다. 여봐라! 당장 태형을 집행하라!"

태형 선고에 계모와 팥쥐는 기겁하여 소리를 지르며 발악을 했다.

태형은 그대로 집행되었고, 배 씨와 팥쥐 모두 장 이십 대를 넘기지 못하고 기절했다. 두 모녀의 엉덩이는 벌써 피떡으로 범벅되어 엉망이었다. 그러자 감사가 소리쳤다.

"물을 끼얹어 죄인들을 깨우고 다시 치도록 하라!"

원래 죄인들이 기절하면 며칠 쉬었다가 다시 때리는 게 정석이었지만 감사는 그대로 형 집행을 명령했다.

향단이 도학에게 물었다.

"저렇게 맞아도 괜찮을까요?"

"일백 대와 구십 대를 모두 채우기 전에 두 사람은 죽게 될 것이다. 혹여 살아남는다고 해도 결국 상처의 후유증으로 죽게 되겠지."

"너무 끔찍합니다."

"결국, 배 씨와 팥쥐가 저지른 폭력이 그대로 자신들에게 되돌아온 것이구나. 그 때문에 다른 사람을 괴롭히지 말아야 한다."

도학이 콩쥐의 사망 원인을 밝혀냈으나 계모와 팥쥐가 보복 처벌받는 것은 피하지 못했다.

간신히 최만춘의 만류에 태형이 중지되고 계모와 팥쥐는 옥에 갇히는 신세가 되었다.

감사는 도학을 불러 처분을 내렸다.

"콩쥐의 시신을 찾고, 사망 원인까지 밝혀냈으니 아비를 대신하여 귀양살이를 한 죄는 용서해주겠다."

"고맙습니다, 감사 나리."

"하지만 너는 아직 필사검 살인사건의 용의자다. 정말 네가 죽인 것이 아니라면, 진범을 잡아 오너라. 그럼 이 칼도 다시 너에게 돌려주마."

도학은 비로소 눈치를 챘다. 감사는 도학을 용의선상에 놓고 수사를 하다가 그의 약점이 발견되자 그것을 이용하여 두 사건을 쉽게 해결하려는 속셈이었다.

'녀석은 근래 보기 드문 뛰어난 능력자다. 분명 어려운 살인사건도 해결할 수 있을 거야.'

김병기는 속으로 도학을 신뢰하고 있었다. 여러 차례 살인사건을 해결하면서 도학의 명성은 이미 여기까지 미치고 있었다.

"너의 아비인 변학도는 네가 돌아올 때까지 이곳에서 지내게 될 것이다. 일종의 인질인 셈이지."

상황을 파악한 도학의 도발이 시작되었다.

"좋습니다. 제가 진범을 잡아 오도록 하겠습니다. 대신 필사검은 다시 돌려주십시오. 필사검을 가진 자와 대결을 하려면 저에게도 필사검이 꼭 필요합니다."

잠시 고민을 하던 관찰사가 도학에게 필사검을 내주었다.

"일리 있는 말이다. 대신 최대한 빨리 범인을 잡아 와야 한다!"

변학도는 도학이 걱정되어 말렸다.

"도학아, 안 된다! 그런 위험한 수사를 하다가 다치거나 잘못되면 어쩌려고 그러느냐?!"

"괜찮습니다, 아버지. 저는 혼자가 아니거든요. 분명 돌아가신 어머니가 저를 지켜줄 것입니다."

도학은 변학도에게 큰절을 올리고는 감영 문을 나섰다. 그런 도학의 뒷모습을 지켜보던 변학도는 하늘을 보며 기도를 올렸다.

"여보, 정말 당신이 보고 있다면 우리 아들 좀 지켜주오."

감영을 위풍당당하게 나서는 도학에게 향단이 물었다.

"정말 돌아가신 어머니가 지켜줄 것으로 생각하십니까?"

"아니."

"그럼 왜 그런 말씀을 하신 겁니까?"

"난 네가 지켜주고 있으니까. 그래서 걱정하지 않는다."

도학의 입가에 연한 미소가 번졌다. 향단은 도학의 말에 가슴이 뭉클해졌다.

"저를 믿고 의지하신다는 말씀이군요."

"당연하지. 넌 내 몸주 신령이지 않으냐. 우리 둘이라면 분명 해낼 수 있을 것이다."

"저도 어쩐지 우리가 해낼 수 있을 것만 같습니다."

두 사람은 위험한 임무라는 것을 알면서도 서로를 의지한 채 앞으로 나아갔다.

*　　*　　*

함께 걸어가는 도학과 향단의 뒷모습은 다정해 보였지만 일반인들의 눈에는 도학만이 보였다. 마을을 벗어나자 향단이 도학에게 궁금한 것을 물었다.

"그런데 '필사검 살인사건'의 범인을 어떻게 찾으려고 하십니까?"

"필사검은 총 다섯 자루뿐이야. 하나는 내가 가지고 있으니 네 자루의 행방만 알면 되는 것이지."

"그걸 누가 가졌는지는 아세요?"

"감영에서 종사관을 통해 두 자루의 행방은 전해 들었다. 우선 거기부터 가보자꾸나."

"그런데 아까부터 수상한 사람 셋이 저희 뒤를 따라오고 있습니다."

보부상으로 위장한 무사 세 명이 멀지 않은 거리에서 도학의 뒤를 따라오고 있었다.

감사가 도학을 감시하기 위해 붙인 사람들이었다.

"너무 신경 쓰지 말아라. 우리를 지켜주는 호위 무사 정도로 생각하면 편할 것이야."

"그나저나 정말 대단하십니다. 콩쥐의 사망 원인은 직접 해결하신 것 아닙니까?"

향단이 엄지를 세우며 도학을 추켜세웠다.

"후후. 제주도에 가기 전까지는 과거 시험 준비를 하던 선비였다. 자질은 일반 수령들에 뒤지지 않지. 음-하하하."

지켜보던 무사 셋이 혼자 웃는 도학을 수상한 눈초리로 바라보았다.

"혼자 말하고, 혼자 웃고 있습니다. 정말 이상한 놈입니다."

"혹시 미친 거 아닐까요? 제주에서 1년이나 있었다고 하지 않습니까?"

"아냐. 귀신과 접신했다고 하니 아마 신령과 얘기하는 중일 걸세."

"예에? 신령이라고요? 그럼 정말로 귀신과 접신했단 말입니까?"

"오싹합니다."

"에이, 설마. 요즘 세상에 귀신이 어디 있습니까? 저건 아마 그냥 미친 것일 겁니다."

도학과 향단이 도착한 곳은 왜란 때 의병을 일으켜 큰 공을 세웠다는 장군의 종가였다. 커다란 저택의 검은 기와지붕이 위용을 뽐냈다. 장군은 원래 문반 출신의 전직 현령이었는데 왜란이 발발하자 의병을 일으켜 스스로 의병장이 되었다. 지역에서 가문이 가지는 의미와 영향력은 대단했다.

외지인인 도학이 장군의 종가를 찾기 위해 마을 사람들에게 집의 위치를 묻자 표정부터 달라졌다. 감히 누구기에 우리 장군님 집을 찾느냐는 표정이었다.

집 안으로 들어서자 종손으로 보이는 선비가 나와 도학을 맞았다.

"뉘시기에 선대의 검을 찾으시는 겁니까?"

"저도 같은 검을 가지고 있사온데 억울하게도 저 또한 살인범으로 의심을 받는 처지입니다. 범인을 잡기 위한 것이니 부디 검의 행방을 알려주시면 고맙겠습니다."

"전라 감영에도 똑같이 이야기하였습니다만, 검은 저희 조부님과 함께 무덤 안에 묻혔습니다. 따라서 검은 보여드릴 수가 없습니다."

"그럼 묘소의 위치를 알 수 있을까요? 혹시나 도굴 흔적은 없는지 확인해보겠습니다."

"이미 관원들이 확인했습니다만, 정 궁금하시다면 같이 가시지요."

종손은 도학과 함께 집 뒤쪽에 있는 가문의 선산으로 향했다.

멀지 않아 금방 묘지에 도착했다.

종손이 예를 갖추고 절을 하자 도학 역시 종손을 따라 정중하게 절을 올렸다. 종손은 불필요한 수고를 했다는 듯이 한숨을 내쉬며 말했다.

"보시다시피 무덤은 아주 멀쩡합니다. 도굴 흔적이 있었다면 저희가 먼저 난리 났겠지요."

무덤의 위치도 종가에서 다 보이는 곳이라 감히 누가 몰래 도굴할 수 없어 보였다. 하지만 그래도 확실하게 확인은 해야 했다.

도학은 종손이 눈치채지 못하도록 등을 돌려 향단에게 조곤조곤 작은 목소리로 설명했다.

"향단아. 네가 무덤 안으로 들어가서 검이 제대로 있는지 확인해다오."

"네?! 제가 여길 들어가라고요?"

"응. 넌 귀신이니까 굳이 무덤을 파지 않고도 들어갈 수 있지 않으냐."

"아무리 그래도 어떻게 여길 들어갑니까?"

놀란 향단이 눈을 동그랗게 뜨며 도학의 명령을 거부했다.

"아무리 귀신이라도 다른 사람의 무덤 안에 들어가는 건 큰 실례입니다! 더군다나 다시 못 나오거나 무덤 주인에게 잡혀 괴롭힘이라도 당하면 어쩌려고요."

"이미 넌 죽었는데 설마 죽기야 하겠냐? 그리고 장군은 돌아가신 지 오래되었다. 설마 그분의 넋이 지금까지 여기 있으려고…. 그냥 무덤 안으로 들어가서 필사검이 제대로 있는지만 보고 나오면 된다."

"무덤 안에는 해골도 있을 터인데…."

향단은 들어가기 싫다며 입을 내밀고는 징징거렸다. 도학이 생각해도 무덤 안에 들어간다는 건 쉬운 일은 아니었다. 하지만 방법이 없었다.

"좋다. 만약 들어가서 확인해준다면 내 너의 소원 하나를 들어주마."

"정말입니까?"

향단은 소원 하나를 들어준다는 말을 듣고는 생각에 잠겼다.

"좋습니다! 들어가서 확인하고 오겠습니다."

자신 있게 대답했지만, 향단의 입술은 파르르 떨렸다. 아무리 귀신이라도 남의 무덤 안에 들어갔다 나오기는 쉽지 않은 일이었다. 하지만 향단은 심호흡을 깊게 한 번 하고 나서 무덤의 봉분 안으로 빨려 들어가듯이 들어갔다.

무덤 안은 완전히 어두웠다. 빛 한줄기조차 없으니 너무나 당연했다. 아무리 귀신이라도 어둠 속에서는 아무것도 볼 수 없었다. 향단은 여기저기 더듬거렸다. 시신의 뼈대가 만져졌다. 향단은 놀랐지만 마음을 다잡고 계속 더듬으며 검을 찾았다. 시신의 중앙에서 검의 집으로 보이는 기다란 것이 만져졌다. 하지만 어두워서 그것이 필사검인지 확인할 수 없었다.

'난감하네. 이게 필사검인지 어떻게 확인하지?'

한참이 지나도 향단이 무덤에서 나오지 않자 도학은 초조해졌다.

'왜 안 나오지? 뭔가 잘못된 건가?'

불안감은 커지는데 종손은 그만 내려가자며 도학을 재촉했다.

"다 보셨으면 인제 그만 내려가시죠? 아직도 더 살펴볼 것이 남았습니까?"

"아, 예. 그게…. 또 귀찮게 해드릴 수는 없으니 최대한 꼼꼼히 살펴보고 내려가겠습니다."

"그럼 그렇게 하시지요."

종손은 충분히 살펴보라는 손짓을 했고, 도학은 무덤 주위를 돌아다니며 자세히 살피는 시늉을 했다.

'아씨. 왜 안 나오는 거야. 괜히 들여보냈나? 미치겠네.'

도학은 향단이에게 무슨 일이 생긴 것 같은 예감이 들었다.

향단은 여전히 검의 집을 더듬고 있었다. 하지만 필사검인지는 확인할 수 없었다. 그때, 갑자기 검에서 푸른빛이 뿜어져 나왔다. 검에서 나오는 빛 때문에 검 아래에 있는 시신의 모습까지 확인할 수 있었다.

'뭐지? 설마 이것이 <살기>라는 것인가?'

검의 손잡이 부분에는 분명 '必死劍'이라는 한자가 새겨져 있었다.

'이것이 필사검이구나!'

그런데 갑자기 시신 아래쪽에서 푸른빛을 내는 귀신의 얼굴이 미소 짓는 향단이 얼굴 앞으로 불쑥 튀어나왔다. 놀란 향단은 비명을 지르며 무덤 위로 튕겨 나갔다.

향단이 비명을 지르며 무덤 앞으로 튀어나오자 도학 역시 놀라 향단에게 뛰어갔다.

"향단아! 무슨 일이냐!"

도학이 향단이의 이름을 부르며 달려오자 종손도 놀라며 반문했다.

"향단이라고 하셨습니까?"

"네? 네."

"흠, 그러니까 향단(향을 피워 올리는 돌로 된 제단)을 들어서 땅을 파 가져갔을 수도 있다는 말씀이시죠? 향단은 생각하지 못했습니다.”

당황한 도학은 종손의 말에 고개를 끄덕였다.

“아, 예. 그 아래를 좀 살펴봐 주시겠습니까?”

“예. 그렇게 하겠습니다.”

종손은 노비들을 불러 향을 올리는 제단 석 아래를 꼼꼼하게 살펴보았다.

도학은 묘지 구석으로 향단이를 데리고 가서 모습을 살폈다. 다행히 큰 이상은 없어 보였다. 도학은 놀란 표정으로 향단의 표정을 살폈다.

“무슨 일이야? 괜찮느냐? 너무 오래 걸려서 걱정했다.”

“필사검이 확실한지 확인하느라 늦었습니다. 안이 완전히 어두워서 아무것도 안 보였거든요. 분명 필사검이 있었습니다.”

“그런데 어떻게 확인한 거야?”

“갑자기 검에서 푸른빛이 뿜어져 나왔습니다. 저는 그게 <살기>인 줄 알았는데 알고 보니 살기가 아니라 어느 귀신이 내는 불빛이었습니다.”

“귀신? 장군의 혼이 아직 있었다고?”

“아뇨. 장군이 아니라 여자였습니다. 젊은 여자. 머리가 이렇게 헝클어져 있었지만 분명 여자의 혼령이었습니다.”

“뭐, 여기 주위에 무덤이 많으니 이상한 일도 아니다. 다른 해코지는 없었니?”

“네. 바로 무덤 밖으로 튕겨 나와서….”

도학은 다시 향단의 모습을 꼼꼼히 살펴보았다. 무사하다는 것이 확인되자 도학은 안심의 미소를 지으며 향단을 꽉 끌어안았다. 도학은 인간이고 향단은 귀신이었지만 도학의 온기가 향단에게 느껴졌다. 향단에게는 표현할 수 없는 감정의 파도가 밀려왔다. 당혹스러웠다. 죽어서 귀신이 되었음에도 감정이 느껴졌다. 도학이 자신을 아껴준다는 사실에 놀랐고, 자신 역시 도학의 그런 마음에 심장이 뜨거워짐을 느꼈다. 죽었는데 심장이 반응하다니. 하지만 이내 향단 앞에 나타난 귀신 때문에 둘은 떨어져야만 했다. 향단이 무덤 안에서 보았던 그 젊은 여자 귀신이 향단 앞에 나타나 두 사람을 노려보고 있었다.

"나리, 그… 귀신입니다. 무덤 안에서 보았던 그 혼령이요."

뒤돌아보자 도학의 눈에도 귀신이 보였다. 귀신이 둘에게 부탁했다.

"검을 확인할 수 있도록 제가 도와주었으니 이번에는 두 분이 저를 도와주시지요."

마침 향을 올리는 돌을 들어서 아래 확인을 끝낸 종손이 도학에게 외쳤다.

"선비님, 향단 아래는 무사합니다! 도굴 흔적은 보이지 않네요."

도학도 종손에게 대답했다.

"아, 다행입니다! 묘지 외곽도 깨끗한 듯합니다!"

"그럼 이만 내려가시지요."

"예!"

도학은 잠시 망설이더니 귀신에게 전했다.

"날이 저문 후 장군의 종가에 있는 사랑채로 오시지요. 기다리고 있겠습니다."

말을 남기고는 도학과 향단은 종손을 따라 산에서 내려왔다. 붉은 노을 아래로 해가 저물어가고 있었다.

*　　*　　*

"오늘은 늦었으니 사랑채에서 하룻밤 묵고 가시지요."

종손의 배려에 도학은 고마움을 표시했다.

"고맙습니다. 대신 더는 이 사건 때문에 다른 사람들이 오지 않도록 조치하겠습니다."

향단이를 통해 필사검의 존재가 확인되었으니 다른 사람들이 이곳을 또 확인할 필요는 없었다. 종손에게는 귀찮은 손님이 줄어드는 것이니 그것만으로도 괜찮은 보답이 되었다.

저녁 식사 후, 방 안에 마주 앉은 향단과 도학. 둘 사이에 어색한 공기가 흘렀다. 향단이는 아까부터 뭔가 말하고 싶었던 것을 꾹 참고 있었다. 그러다가 간신히 입 밖으로 내뱉었다.

"저…. 아까 저를 왜 안아주신 겁니까?"

"응? 글쎄. 그냥 너무 반가워서? 들어갔는데 한참이 지나도 안 나오니까 뭔가 큰일이 난 줄 알았거든. 근데 무사히 나와서 얼마나 기쁘던지…."

도학의 얼굴에 미소가 번졌다. 그 상황을 진심으로 좋아하고 있었다.

"그렇군요. 그럼 혹시…."

향단이가 뭔가를 더 말하려 할 때 낮에 보았던 귀신이 사랑채 안으로 들어왔다. 놀란 도학과 향단의 표정이 굳어졌다. 귀신이 도학에게 절을 한 뒤 앉았다. 향단이 귀신에게 먼저 물었다.

"그 무덤 안에는 왜 있었던 겁니까?"

"저는 억울한 죽임을 당했사온데 아마도 두 분이 제 원한을 풀어주실 수 있을 거 같아 그랬습니다. 놀라셨다면 죄송합니다."

"어쨌든 도와줘서 고맙습니다. 그런데 원한이 무엇입니까?"

도학이 되물었다.

"저는 아랫동네 무실촌의 박무영에게 시집온 김연화라고 합니다. 시집은 이 근방에서 가장 잘사는 부자였습니다. 시아버지 되시는 분은 아들인 남편이 과거 시험에 급제하여 관직에 나가길 바라셨습니다. 그래서 아들을 산속의 절로 보냈지요. 하지만 남편은 저를 잊지 못해 집에 자주 오곤 했습니다."

어두웠던 연화의 표정이 밝아졌다가 다시 심각해졌다.

박무영의 아버지 박 씨는 아들이 집에 자주 오는 것이 못마땅했다. 재물은 많이 모았으나 항상 가문의 위엄이 아쉬운 그였다. 어딜 가든 양반들로부터 멸시를 당했기 때문이다. 집안에서 고위 관직을 배출하여 양반사회로 진입하는 것은 박 씨의 마지막 꿈이자 인생의 목표였다.

그런데 하나뿐인 아들이 자기 색시를 보겠다며 사흘이 멀다고 집에 오니 환장할 노릇이었다. 죽기 살기로 공부에 매달려도 될까 말까인 것을, 며느리 때문에 실패할까 두려워지기 시작한 것이다.

그리하여 시아버지 박 씨는 꾀를 냈다. 며느리가 있는 방의 입구에 자신의 신발과 지팡이를 세워 놓았다. 시아버지가 며느리와 함께 있는 것처럼 꾸민 것이다.

늦은 밤에 집으로 돌아온 아들 박무영은 그것을 보고는 충격을 받았다. 분명 방 안의 불은 꺼져 있는데 자신의 아버지와 아내의 신발이 나란히 놓여 있었기 때문이다.

결국, 크게 실망한 박무영은 그대로 집을 아예 나가 잠적해버렸다. 몇 년이 지나도 아들이 돌아오지 않자 박 씨는 자신의 동생에게 돈을 주고 아들을 찾게 했다.

그런데 동생은 형인 박 씨에게 원한이 많았다. 박 씨는 부지런하여 부자로 성공했지만, 동생은 게을러서 형편이 넉넉하지 못했다. 박 씨는 그런 동생을 종종 구박하였으며, 동생은 형에게 열등감을 느꼈다.

'평소 나한테 시간 아까운 줄 알라며 훈계를 하더니 꼴좋다. 돈 많은 걸 그렇게 자랑하더니 별거 없구나. 내가 왜 자기 아들을 찾아줘야 하는 건데?'

박 씨의 동생은 그 돈으로 술을 퍼마시며 한참을 놀다가, 비렁뱅이 중에 박무영과 비슷하게 생긴 사람을 잘 씻겨서 박 씨의 아들이라며 데리고 갔다.

집안 식구들은 모두 소식이 끊겼던 아들이 돌아왔다며 다들 반가워했다. 박 씨도 아들을 반갑게 맞이했다. 하지만 며느리 연화만은 달랐다. 그녀가 보기에 그는 자신의 남편과 외모가 비슷했지만, 남편은 아니었다. 남편이 아닌 사람을 남편이라고 부르며 한방에서 잘 수는 없는 노릇이었다. 며느리는 목소리를 높이며 완강하게 거부했다.

"저 사람은 제 남편이 아닙니다! 다들 자세히 보십시오! 저자가 어떻게 제 낭군이란 말입니까?"

"어허! 몇 년간 외지를 돌며 고생하느라 몸이 상해서 달리 보이는 것뿐이다. 자세히 보아라. 분명 너의 신랑이 맞을 테니. 설마 평생을 길러온 내가 아들을 못 알아보겠느냐?"

하지만 최근 노안이 온 박 씨의 시력은 많이 떨어져 있었다. 백내장 증상까지 나타나 사람이나 물건의 모습을 알아보는 데에 큰 어려움이 있었다. 더군다나 박 씨는 원래 사람을 알아보는 능력이 남들보다 많이 떨어졌다. 일종의 장애였는데 그것을 잘 알고 있던 박 씨의 동생은 엉뚱한 사람을 아들로 내세우는 사기를 친 것이었다.

집안의 식구들이 수군거렸다. 모두 며느리를 이상한 눈초리로 쏘아보았다. 다들 박무영이 맞다 하는데 오직 며느리만 아니라고 강하게 우겼기 때문이다.

"절대 아닙니다! 저자는 제 남편이 아니란 말입니다!"

"한 방에서 같이 지낼 수 없다는 말이냐?"

"예. 죽어도 그렇게는 못 하겠습니다."

잠시 생각에 잠긴 박 씨가 불호령을 내렸다.

"왜 그런가 가만 생각해보니 너는 필시 다른 남자를 끼고 있는 것이구나!"

"예에? 천부당만부당입니다. 맹세코 그런 일은 없습니다!"

"거짓말 마라! 몇 년간 독수공방 신세였으니 정조를 지키지 못하고 다른 남자와 정을 통한 것이 분명하다! 여봐라! 이 년을 당장 관으로 끌고 가거라."

'뭐 눈엔 뭐만 보인다더니. 딱 형님 수준의 착각이구먼. 크크크.'

모든 진실을 알고 있던 박 씨의 동생은 속으로 형을 비웃고 있었다.

관가로 끌려온 며느리 연화는 원님의 재판을 통해 사형에 처해졌다. 연화는 억울함에 눈물로 하소연해보았으나 소용이 없었다. 박 씨의 동생은 형님 집안이 아주 풍비박산 났다며 고소해했다.

이것이 김연화가 억울하게 죽은 사연이었다.

"시아버지가 돌아가시게 되면 집안의 재산은 모두 가짜 아들이 상속받게 됩니다."

"결과적으로는 그 박 씨의 동생이 전부 차지하게 되겠군."

"네. 맞습니다."

연화는 도학에게 다시 한번 부탁했다.

"저의 억울함을 꼭 풀어주시어요."

"흠, 이 문제를 해결할 방법은 오직 하나. 그대의 남편 박무영을 찾는 것뿐입니다."

"두 분은 곧 저의 남편을 만나게 될 것입니다. 부디 제 남편에게 소식을 전해주십시오."

도학은 향단을 바라보았지만, 향단 역시 별다른 방법이 없다며 고개를 가로저었다.

"돌아다니며 수소문해보는 수밖에요."

도학은 연화를 달랬다.

"알겠습니다. 최선을 다해 알아보도록 하지요."

"정말 고맙습니다. 분명 인연이 우리를 다시 묶어줄 것입니다. 머지않아 제 남편을 찾게 될 터이니 꼭 소식을 전해주십시오."

연화는 눈물을 흘리며 다시 한번 도학에게 절을 하고는 방을 나갔다. 향단이 도학에게 물었다.

"박무영은 왜 집을 나간 걸까요?"

"생각해보아라. 박무영은 아내와 아버지 두 사람 모두에게 배신을 당한 것이다. 아마도 삶의 의지를 모두 잃었을 테지. 이건 아버지 박 씨가 매우 잘못한 일이야."

"그 자리에서 아버지와 아내에게 따졌어야죠?"

"박무영의 심성은 매우 바른 사람일 것이다. 차마 아버지를 고발하거나 비난하는 일은 할 수 없었던 게지. 아버지가 원해서 저지른 일이라고 생각했을 테니까."

"그럼 이제 박무영을 어떻게 찾지요?"

"돌아다니며 수소문해보는 수밖에."

"정말 그렇게 찾으시려고요?"

"부디 죽지 않고 살아 있기만을 빌자. 살아 있다면 분명 찾을 수 있을 게야."

도학과 향단은 잠을 자기 위해 나란히 누웠다. 방안은 어두웠으나 달빛 때문에 곧 서로의 얼굴 모습이 드러났다. 향단이 고개를 돌려 눈을 감고 있는 도학의 얼굴을 가만히 바라보다가 입을 열었다.

"저는 도사님이 좋습니다."

아직 잠들지 않은 도학의 입꼬리가 올라갔다.

"왜 좋으냐?"

"음, 얼굴도 미남이고, 저를 아껴줘서 좋습니다."

"내가 널 아껴주었다고?"

"네. 아까 낮에 무덤에서 나온 저를 따뜻하게 안아주셨잖습니까?"

도학이 깊은 한숨을 내쉬었다.

"그땐 네가 무덤에서 나오지 않아 정말 큰일 난 줄 알았다. 어찌나 놀랐던지."

"혹시 저에게 딴마음이 있으신 겁니까?"

"에이, 설마! 아니다. 그땐 너무나 반가워서 그랬던 게지. 내일 가야 할 길이 머니 그만 자라. 나도 자야 내일 또 걸을 수 있다."

도학이 향단이 쪽으로 등을 돌려 누웠다.

도학의 심장에서 '찌릿'한 떨림이 느껴졌다. 참 이상한 일이었다. 향단이는 분명 귀신인데 여자로 느껴지기 시작한 것이다.

                              *   *   *

　다음 날, 도학과 향단은 다른 필사검이 있는 곳으로 향했다.

　"두 번째 목적지는 어딥니까?"

　"지리산에 있는 화선사라는 절이다. 삼국시대 때 지어진 유명한
사찰이지. 왜란 때 이곳의 스님 중 한 분이 의병장이 되어 큰 공
로를 세우셨다."

　절에 도착하자 주지가 도학을 맞이했다. 도학은 자신이 온 목적
을 설명했다.

　"그리하여 살인사건에 사용된 필사검이 무엇인지 확인하고 있습
니다. 이곳에 보관 중인 필사검을 보여주실 수 있으십니까?"

　"혹시, 뒤에 메고 있는 것도 필사검입니까?"

　"예, 맞습니다. 다섯 자루 중 하나는 제가 가지고 있습니다."

　스님은 도학을 자세히 살펴보았다. 그리고는 다시 이야기를 이어
나갔다.

　"필사검은 우리 절에서 안전하게 보관되고 있습니다. 전에도 관
에서 확인차 나왔기에 직접 검의 상태를 확인하였더랬지요. 칼은
누가 만진 흔적 없이 그대로였습니다."

　도학이 보기에 주지는 거짓말을 할 사람으로 보이지 않았다.

　"살인범을 찾느라 고생이 많으시군요. 잠시라도 이곳에서 편히
쉬었다 가시지요. 무영아!"

　주지는 도학을 대접하기 위해 젊은 중을 불렀다. 그의 이름은
무영이었다.

　"예? 방금 무영이라고 하셨습니까?"

무영이라는 이름의 젊은 남자 중이 도학 앞에 모습을 드러냈다.
도학이 그에게 물었다.

"혹시 당신이 무실촌에 살던 박무영입니까?"

자신을 알아보는 도학 때문에 무영은 어리둥절해졌다.

"예, 그렇습니다만 뉘신지요?"

놀란 도학과 향단이 휘둥그레진 눈으로 그를 바라보았다.

12. 화선사에서

'그래서 김연화가 남편과 만날 거라 말한 것이군.'

김연화는 도학과 향단 일행이 남편이 있는 화선사에 오게 될 것을 알고, 미리 이들과 접촉하여 남편에게 진실을 알려 달라고 부탁한 것이었다.

"김연화는 죽은 후에도 남편을 찾아다녔나 봅니다."

향단이 시선이 아래로 떨어졌다.

'그리고 결국 이곳에 있는 그를 찾았겠지.'

도학의 입에서 한숨이 뿜어져 나왔다.

도학은 무영에게 아내의 사망 소식을 전했다.

"당신의 삼촌이 당신과 비슷한 가짜를 내세워 가족 모두를 속였고, 당신이 아님을 알아본 당신의 아내만이 남편이 아님을 주장하다가 부정한 것으로 오인되어 사형을 당하고 말았습니다."

무영의 얼굴이 일그러졌다. 모든 것이 복잡하여 혼란스러운 표정이었다.

"아내는 저의 아버지와 이미 부정을 저질렀습니다. 그 때문에 제가 집을 나와 절로 들어오게 된 것이고요."

"역시 그렇게 오해를 하고 계셨군요. 당신의 아내는 시아버지와 부정을 저지르지 않았습니다. 방문 앞에 놓여 있던 아버지의 신발과 지팡이는 당신을 속이기 위함이었습니다. 공부에만 집중하도록 만들려고 그랬던 것이지요. 그런데 당신은 그 때문에 잠적을 해버렸고, 몇 년간 독수공방으로 지내던 당신의 아내는 억울한 누명을 쓰고 그리된 것입니다. 그러니 당장 집으로 돌아가 오해를 풀고 모든 것을 바로 잡아 아내의 억울한 원한을 풀어주십시오."

도학의 이야기를 들은 무영의 눈이 충격으로 커지고 입이 벌어졌다.

"그, 그게 정말입니까?"

"네. 모두 사실입니다."

"그것을 어떻게 아신 겁니까?"

"저는 제주에서 박수(남자무당)였습니다. 그래서 종종 죽은 혼령의 원한을 들어주기도 하지요."

"무당이시라고요?"

"네."

도학이 무당이라는 말에 무영이 당황했다.

"그래서 그랬던 것이군요."

중간에 끼어든 주지의 목소리가 정적을 깼다.

"무엇이 말입니까?"

"처음 봤을 때 무당에게서나 느껴지는 기운을 느꼈지요."

못을 박는 주지의 말에 무영은 밖으로 뛰쳐나가 서럽게 울기 시작했다. 자신의 경솔한 판단 때문에 아내가 죽고, 집안이 풍비박산 났기 때문이다.

주지는 의아한 표정으로 도학에게 물었다.

"도대체 그 모든 걸 어떻게 아신 겁니까? 누가 이야기를 해준 건가요?"

도학은 난감했으나 스님에게는 모두 말하는 것이 좋다고 판단했다.

"사실 저는 신의 기운이 없었으나 우연히 신내림 받게 되었습니다. 그리고 그 처녀 귀신 덕에 박무영 씨의 아내인 김연화 씨의 혼령과 만났고, 그녀를 통해 모든 것을 전해 들었습니다."

"잠깐, 방금 처녀 귀신이라고 하셨습니까?"

"네."

당황한 주지의 눈동자가 흔들렸다.

"이럴 수가. 그럼 그 처녀 귀신이 옆에 있는 겁니까?"

"스님 눈에는 보이지 않지만 제 바로 옆에 앉아 있습니다."

"그럼, 그 처녀와 매일 잠도 같이 잡니까?"

"네. 남사스럽지만 그런 처지입니다."

"혹시 그 처녀는 원한이 있습니까?"

"네. 억울하게 죽은 원혼입니다."

주지는 심호흡을 한 뒤 심각한 표정으로 이야기했다.

"선대 주지 스님께서 살아생전 남긴 유언입니다. 운달의 보름날, 아름답고 총명한 청년이 필사검을 가지고 함께 지내는 처녀와 이곳을 방문했을 때, 보관 중인 필사검을 내어주라고 하셨습니다. 그리고 그 처녀는 깊은 원한이 있을 거라 하셨지요. 처음에는 처녀가 보이지 않아 아닐 것으로 생각했는데 아무래도 선비님이 검의 주인 같군요. 따라오시지요."

주지는 자리에서 일어나 기다란 연장을 가지고 대웅전으로 향했다. 다른 스님들을 불러 가운데 있는 불상을 치우게 하더니 바닥을 연장으로 뜯었다. 그리고는 아래 묻혀있던 커다란 나무 상자의 뚜껑을 열자 그 안에서 낡은 깃발에 꽁꽁 싸여있던 필사검의 모습이 드러났다. 검의 손잡이는 도학의 것과 달랐지만 검의 날에는 분명 필사검(必死劍)이라는 글자가 똑같이 새겨져 있었다. 주지는 검을 도학에게 건네주었다.

"이제 이 검은 당신의 것입니다. 무영이와 함께 무실촌에 다녀오시면 그때 세 번째 필사검의 주인을 알려드리겠습니다."

도학은 전혀 예상하지 못한 상황이었다. 졸지에 필사검을 하나 더 얻다니. 도학은 칼을 X자로 둘러멨다. 이제 쌍검의 주인이 되었다.

"선대 주지 스님께서는 제가 이곳에 온다는 것을 언제 예언하신 겁니까?"

"글쎄요. 처음 말씀하신 게 아마 30년도 넘었을 겁니다."

신묘한 일이었다. 도학이 태어나기도 전에 선대 주지 스님이 오늘의 일을 예언했다.

'그런데 이 칼을 왜 나에게 주라고 한 것일까?'

"왜 저에게 검을 주라고 하셨을까요?"

"글쎄요. 그 이유는 말씀해주지 않으셨습니다. 분명 선비님에게 꼭 필요한 것이니 주라고 하셨겠지요."

주지는 마치 오래 묵은 임무를 끝낸 사람처럼 밝은 표정을 지어 보였다.

"다행입니다. 제가 죽기 전에 유언을 완수할 수 있어서요."

주지는 밖으로 나가 무영을 찾았다. 무영은 그때까지도 땅을 자신의 주먹으로 치며 울고 있었다.

"무영아, 이 모든 것이 너의 업보이거늘. 그만 울고 선비님 기다리시게 하지 말고 집으로 가보거라."

무영은 땅바닥에서 간신히 일어났다.

"흑흑… 네, 스님."

* * *

도학은 박무영과 함께 무실촌으로 향했다.

"저, 선비님. 혹시 지금 여기에도 아내 영혼이 있습니까?"

"아뇨. 지금은 보이지 않습니다."

"그럼, 제 아내는 어떤 모습이었나요? 혹시 험한 모습을 하고 있었습니까?"

잠시 어떤 대답을 해야 할지 몰라 망설인 도학은 단호하게 대답했다.

"무엇보다 중요한 건 부인의 원한을 풀어드리는 겁니다."

"아, 그렇군요."

눈썹에 힘을 주며 이야기하는 도학의 표정에 기가 눌린 무영은 고개를 아래로 숙였다. 도학의 입장에서 무영은 아내를 죽게 만든 죄인이었다.

박 씨의 집에 무영이 들어서자 집안의 노비들은 승려가 시주를 얻으러 온 줄 알고 무심히 반응했다.

"여보, 가서 곡식 아무거나 한 바가지 퍼 오시구려."

자신을 못 알아보는 노비에게 무영은 인사를 건넸다.

"장수 아범, 오랜만일세. 귀하게 얻은 아들은 잘 크고 있나?"

무영의 목소리에 노비의 몸이 굳어졌다.

무영이 승려의 모습으로 서 있었기 때문이다.

그제야 무영을 알아본 노비는 소리를 지르며 안방에 있는 무영의 아버지 박 씨에게 뛰어갔다.

"으아아아악~! 마, 마님! 큰일 났습니다!"

"웬 소란이냐?"

"다른 무영 도련님께서 오셨습니다요!"

"그게 무슨 소리야?"

"그러니까 지금 안채에 계신 도련님이 아니라, 스님의 모습을 한 무영 도련님이 마당에 와 계십니다!"

노비의 설명을 들은 박 씨가 마당으로 나왔다. 박 씨는 앞이 잘 보이지 않아 지팡이에 의존했다. 당연히 무영의 모습을 정확히 확인하지 못했다. 그저 승려 한 명이 서 있을 뿐이었다.

소식을 들은 가짜 무영과 그의 삼촌도 박 씨의 집으로 달려왔다. 가짜 무영이 귓속말로 삼촌에게 물었다.

"저 스님이 진짜 무영이 맞습니까?"

"이런, 난감하게 됐구나."

집안의 노비들도 당황하여 어쩔 줄 몰라 했고, 일부는 손뼉을 치며 안타까운 표정을 지었다.

"난감하구나. 내 눈이 보이질 않아 누가 내 아들인지 모르겠다."

박 씨의 말에 무영이 제안을 하나 했다.

"어머니가 돌아가셨을 때를 기억하시는지요? 장지에 어머니를 묻고 돌아오는 길에 제가 아버지께 꽃을 하나 꺾어 드렸습니다. 어머니가 좋아하셨던 꽃이었지요. 이자에게 그 꽃이 무엇인지 물어보시면 될 겁니다."

"그래, 기억난다. 대답해 보아라. 그 꽃이 무엇이었더냐?"

박 씨가 가짜 아들을 다그쳤다.

물론 그것이 무엇인지 모르는 가짜 아들은 당황했다.

"그, 그게…. 진달래였나? 아, 아니지. 개나리였나 봅니다."

"분명하냐? 분명 진달래 아니면 개나리였느냐?"

"그것이… 너무 오래되어 기억이 나질 않습니다."

"꽃인 건 확실하다는 거지?"

"예."

가짜 무영의 대답에 진짜 무영이 반박했다.

"그때 아버지께 내가 드린 건 꽃이 아니었다. 산딸기였다!"

무영의 폭탄선언에 박 씨의 눈시울이 붉어졌다.

"네가 진짜 내 아들이구나."

가짜 무영에게는 호통이 떨어졌다.

"감히 거짓으로 내 아들 행세를 하며 날 속이다니! 장수 아범! 당장 이 자를 포박하게!"

"예!"

마을 노비들이 달려들어 가짜 아들의 몸을 밧줄로 감았다. 무영은 울먹이며 진실을 폭로했다.

"아버지, 이 모든 것은 숙부가 꾸민 일입니다."

"뭣이라?"

박 씨의 시선이 마당에 서 있는 자신의 동생을 향했다.

"아니, 어쩌자고 이런 천인공노할 일을 벌였단 말이냐!"

그의 분노를 무영의 삼촌이 받아쳤다.

"형님은 항상 그 잘난 돈으로 나를 무시하고 깔보았잖소. 그래서 형님도 한 번 당해보라 그랬수!"

박 씨의 동생도 큰 소리로 자신의 원한을 토해냈다.

"니가 사람이냐! 네 이놈을 그냥!"

"아주 고소합니다!"

박 씨가 지팡이를 던지자 동생은 집 밖으로 달아나 버렸다. 마당으로 내려온 박 씨는 무영의 얼굴을 쓰다듬으며 물었다.

"어찌 스님이 된 것이냐?"

"아내가 아버지와 정을 통한 것으로 오해하였습니다."

박 씨는 그 자리에 주저앉아 통곡했다.

"아이고! 내가 괜한 짓을 해서 아들을 중으로 만들고 며느리를 죽게 했구나. 모두 내 탓이다. 내 잘못이야!"

"아닙니다. 제가 그날 방 안을 확인만 했어도 이런 일은 벌어지지 않았을 텐데…. 흑흑. 못난 제가 아버지와 아내를 오해하고, 집을 가출하는 바람에 이 사달이 난 것입니다."

무영은 아버지 박 씨를 끌어안고 오랫동안 흐느꼈다. 그 모습을 지켜보던 도학이 향단에게 말했다.

"모든 불행은 욕심에서 비롯된다. 자식을 과거급제시키려는 아버지의 욕심이 이 모든 불행의 씨앗이 된 셈이지."

"참으로 어리석군요. 아들에게 행복은 아내였는데 말입니다. 아버지는 아들의 행복을 깼고, 그에 대한 복수로 아들은 아버지의 행복을 부순 거네요."

"그러게. 전부 뿌린 대로 거두는 거지, 뭐."

도학과 향단은 다시 화선사로 향했다.

*　　*　　*

화선사에서는 주지가 도학을 기다리고 있었다.

"일은 잘 마무리하셨습니까?"

"네. 주지 스님 덕분입니다."

"아이고, 무영이의 원한을 풀어주신 은혜가 고맙지요. 이제 미련

없이 원하시는 것을 말할 수 있겠습니다."

주지는 도학에게 세 번째 필사검의 주인을 알려주었다.

"안동의 권 생원이란 자가 가문의 가보로 소유 중입니다."

"안동의 권 생원이요?"

"그런데 그 권 생원이란 자는 사악하기로 악명이 높습니다."

도학의 눈빛이 빛났다.

"그럼 권 생원이 범인이라는 겁니까?"

"그보다는 검을 다른 사람에게 빌려주었을 가능성이 있습니다. 그런데 검을 정말 가졌는지, 다른 사람에게 빌려주었는지 확인하기가 매우 어렵다는 것이죠."

"혹시 도난당한 건 아니겠지요?"

"자신의 가보를 도난당하고 가만있을 위인이 아닙니다."

"알려주셔서 고맙습니다."

"위험한 인물입니다. 부디 몸조심하십시오."

주지는 두 손을 합장하며 도학에게 경고했다.

* * *

도학과 향단은 절에서 하룻밤 묵어가기로 했다.

달빛은 화선사를 밤새 하염없이 비추었다. 익숙한 소쩍새 울음소리만이 깊은 밤 정적 사이에서 울려 퍼졌다.

"도사님은 저와 함께 누우면 아무 느낌이 없으십니까?"

도학과 나란히 누워있던 향단의 도발에 도학이 당황했다.

"느낌이라니?"

"제가 혼령이라도 여자인데 이렇게 늦은 밤에 함께 누워있으면 딴생각이 안 드시냐는 거죠."

"어험, 넌 옥단이랑 똑같이 생겼는데 딴마음이 생기겠느냐?"

"참, 옥단이랑 함께 살면서 정분은 왜 안 나신 겁니까?"

"옥단이는 내 보수주인일 뿐이다. 그만 자라."

하지만 도학은 알고 있었다.

옥단이는 단순히 보수주인만은 아니었다. 1년간 함께 생활한 식구고 가족이었다.

도학이 눈을 감고 잠이 들려는 찰나, 밖이 소란스러워졌다.

"불이야!"

불이라고?

깜짝 놀란 두 사람은 서로의 얼굴을 마주친 후 서둘러 자리에서 일어나 밖으로 뛰어나갔다.

도학이 밖으로 나와 보니 절 마당 가운데 있던 탑이 불길에 휩싸여 있었다. 한밤중에 활활 타오르는 불이 뿜어내는 빛은 절 전체를 삼킬 듯하였다. 순식간에 뛰어나온 스님들이 물을 길어와 불을 껐다. 화재가 진압되자 불에 탄 시신의 모습이 사람들 눈앞에 드러났다.

"도사님, 저기 보세요. 사람의 시신입니다!"

"맙소사! 나도 보았다."

주지와 도학은 물론 절에 있던 사람들 모두가 탑 주위로 몰려왔다. 시신은 탑에 기댄 채로 앉아 있었다.

"갑자기 불이라니. 더군다나 불에 탄 시체까지. 아니, 도대체 이 무슨 변괴란 말인가."

주지가 황당한 현장의 광경을 보고는 말을 잇지 못했다. 도학이 불에 탄 시신을 자세히 살폈다. 시신은 자신의 가슴에 팔찌 하나를 품고 있었다.

'도대체 이게 어찌 된 일이란 말인가?'

"이 사람이 누구인지 아시는 분 계십니까?"

그러자 젊은 스님 한 명이 나와 이야기했다.

"어제 처음 본 남자였는데 누군가를 기다린다고 하였습니다. 탑 앞에 앉아 온종일 기다리다가 늦은 오후쯤 그대로 잠이 들었는데, 갑자기 불이 나서 나와 보니 이런 상황이었습니다. 시신은 아마도 그 사람 같습니다."

"누구를 기다린다고 하였느냐?"

"그것까지는 모르겠습니다."

"이런…."

주지는 난감한 표정을 지었다. 도학의 의문이 시작되었다.

'도대체 이 사람은 누구이며, 왜 불에 타 죽은 것인가.'

"향단아, 근처에 죽은 사람의 영혼이 보이니?"

"아뇨. 보이지 않습니다."

도학은 걱정하는 주지에게 다가갔다.

"스님, 이 사건은 제가 조사해보겠습니다."

"그렇게 해주신다면 정말 고마운 일입니다, 나무아미타불."

*   *   *

날이 밝자 도학은 죽은 남자가 품고 있던 팔찌를 가지고 인근 마을로 향했다. 불에도 녹지 않은 것으로 봐선 꽤 비싼 물건임이 분명했다.

"팔찌 하나로 사람을 찾을 수 있을까요?"

"이런 장신구는 가지고 있는 사람이 제한적이다. 분명 단서가 되어줄 것이야."

마을은 마침 오일장이 열렸다. 도학은 장터에서 제일 큰 장신구 상인에게 물어서 팔찌가 지역 태수 부인의 것이라는 사실을 알아냈다.

"이런 건 태수 마님 정도나 가지고 있을 법한데….."

"맞네, 맞아! 태수 마님이 차고 있는 걸 본 적 있구먼!"

마을 사람들은 팔찌가 태수 부인의 것이 확실하다고 확인해주었다.

"태수 마님이라고요?"

"예. 이건 태수 마님의 것이 확실합니다!"

"도대체 태수 마님과 그 청년은 무슨 관계인 걸까요?"

그러자 단어 하나가 도학의 뇌를 스쳤다. 혹시, 외도?

'태수 마님은 외간 남자와 불륜을 저지르고 있었단 말인가.'

순간, 도학에게 걱정이 몰려왔다.

"이거 잘못하면 우리가 엄한 봉변을 당하겠구나."

"왜요?"

"그 남자가 태수 마님의 상간남이라면 우리 입장도 매우 곤란해질 수 있다."

"상간남이라고요?"

"그래서 죽인 건가?"

도학은 남녀의 불륜 사건을 의심했다. 그것은 인간사에서 가장 흔한 범죄 원인이기도 했다.

"그럼 태수가 탑의 남자를 죽인 거라는 말입니까?"

"그건 아직 모르지. 태수에게 그 사실을 들킬까 봐 부인이 미리 손을 쓴 것일지도."

"우리가 건드리기엔 너무 큰 사건 아닙니까?"

"그러니 신중하게 조사해보자."

도학도 배후가 두려웠지만, 그렇다고 주지와의 약속을 포기할 수는 없었다.

도학은 태수의 집으로 향했다. 하지만 태수 부인을 준비도 없이 만날 수는 없었다.

"도사님, 왜 안 들어가십니까?"

"확실한 증거도 없이 고관대작 부인을 용의자로 몰았다간 큰일을 당할지도 모르는 거거든. 또 증거도 없이 추문에 들어갔다가 상대가 오리발을 내밀거나 증거를 조작해버리면 낭패니까."

고민하던 도학은 길손으로 위장하여 집 안으로 들어갔다.

(- Tip : 조선 시대에는 숙박시설이 흔하지 않아 여행하는 손님이 마을의 부자를 찾아가 잠자리를 청하기도 하였다)

"지나가는 점쟁이 길손인데 하룻밤 묵어갈 수 있겠습니까?"

점쟁이라는 말에 노비는 도학을 태수 앞으로 데려갔다.

태수는 길손의 직업이 점쟁이라는 말에 흥미를 보였다. 그의 입꼬리가 살짝 올라갔다.

"점쟁이라면 어디 한 번 재미로 점이나 쳐봅시다."

"태수 님의 사주를 알려주시겠습니까?"

도학은 제주에서 수없이 봐주었던 사주팔자 풀이로 태수의 환심을 샀다.

"갑신년에 혼인하여 아들 둘과 딸을 하나 두고 계시고, 혼인한 지 3년 뒤에 부친상을 당하셨군요. 작년에는 노비 중에 배신한 자가 있었을 겁니다. 그리고⋯."

도학은 잠시 생각에 잠겼다.

"부인께서 매우 아름다운 분이시군요."

태수는 감탄했다.

"허, 참. 기막히게 잘 맞는군. 그렇소."

"혹시 부인께서는 팔찌를 하나 잃어버리지 않으셨습니까?"

"팔찌라⋯. 지금 아내에게 확인해봅시다."

태수는 아내 덕선을 불렀다.

덕선이 방 안으로 들어오자 그녀의 얼굴을 본 도학과 향단은 숨이 멎었다.

'정말로 아름답구나!'

덕선의 미모를 확인한 두 사람이 속으로 감탄사를 내질렀다. 태수가 덕선에게 물었다.

"혹시 팔찌를 잃어버렸소?"

"잃어버린 것은 아니고⋯."

잃어버린 것이 아니다? 그렇다면 주었다는 얘기인데⋯ 그럼 결국 남는 것은 불륜뿐이었다.

'어차피 우리는 팔찌를 발견한 사람일 뿐. 할 수 없다. 사건을 해결하려면 정면 독파다!'

덕선이 머뭇거리자 도학은 팔찌를 꺼내 보여주었다. 자신의 팔찌임을 알아본 덕선이 깜짝 놀랐다.

"그 팔찌는 어제 제가 어느 청년에게 준 것인데 어찌 선비님이 가지고 계신 겁니까?"

"그 청년은 지난밤 화선사 마당에서 불에 타 숨졌습니다. 그리고 그의 가슴에는 이 팔찌만이 남아있었지요."

도학의 이야기를 듣고는 놀란 덕선의 표정에 상심이 채워졌다.

"불에 타 숨졌다고요?"

도학은 팔찌를 덕선에게 건네주었다. 태수가 물었다.

"이게 무슨 일입니까?"

"그건 부인께서 설명해주셔야겠습니다. 저는 아는 것이 없습니다."

도학은 덕선에게 대답을 미뤘다. 한동안 그것을 만지작거리던 덕선이 자세한 사연을 풀어놓았다.

"사실은 다른 곳에서 온 청년 하나가 길을 지나던 저의 모습을 보고 첫눈에 반해 상사병이 났습니다."

그녀의 말에 태수가 거들었다.

"아내의 외모가 아름다워 종종 있는 일입니다."

덕선은 청년과의 일을 담담하게 풀어 놓았다.

"그 청년은 제가 불공을 드리러 가는 절까지 따라왔지요."

청년의 이름은 지귀. 덕선을 보고 첫눈에 반한 지귀는 그녀에게 자신의 마음을 전했다.

"혹시 하늘에서 내려온 선녀십니까? 마님처럼 아름다운 분은 태어나서 처음 봅니다."

덕선을 향한 지귀의 눈빛은 이미 사랑이 넘쳐흘렀다. 자신의 미모 덕에 남성들로부터 수없이 많은 고백을 받아온 덕선은 당황하지 않았다.

"마님과 잠시만이라도 이야기를 나눌 수 있을까요?"

"그럼 기도가 끝날 때까지 기다리세요."

덕선에겐 불공을 드리는 일이 먼저였다. 덕선이 몇 시간 불공을 드리는 사이, 지귀는 그만 여독 때문에 피곤하여 탑 아래에서 잠이 들어버렸다. 이곳 사람이 아니었던 지귀는 여행 중에 덕선과 만난 것이었다.

덕선이 불공을 끝내고 나와 보니 지귀는 탑에 기대어 잠을 자고 있었다.

"너무나 행복한 표정으로 곤히 자기에 저는 그를 깨우지 않고, 그의 가슴 위에 제 팔찌 하나를 빼서 올려놓고 왔습니다."

그런데 밤사이 지귀가 그리된 것이었다.

"그런데 왜 그 청년이 불에 타서 죽은 걸까요? 여보, 범인을 꼭 잡아주세요."

덕선은 슬픔에 잠긴 눈빛으로 남편을 바라보았다.

'다행이다. 불륜이 아니었어.'

도학은 안도의 한숨을 쉬었다.

"흠, 안타까운 일이군. 걱정하지 마시오. 내가 무슨 일이 있더라도 범인을 꼭 잡아주겠소."

태수는 아랫사람에게 일러 사령들을 모두 모으라고 명령했다.

"여봐라! 사령과 나졸들을 모두 불러 모으거라!"

하지만 도학의 생각은 달랐다.

"잠시만요, 태수 나리. 그럴 필요는 없을 듯합니다."

"무슨 얘기요? 그럴 필요가 없다니?"

"이것은 살인사건이 아니라 드물지만 인체 자연 발화 현상 같습니다."

"인체 자연 발화 현상?"

도학은 어느 책에서 본 것을 떠올렸다.

"잠에서 깨어난 지귀는 마님이 놓고 간 팔찌를 보게 되었고, 그 것을 가슴에 품자 마님에 대한 지귀의 뜨거운 사랑이 심장에서 발화되어 온몸을 불타오르게 만든 것으로 추정됩니다. 실제로 시신은 심장 부위가 가장 많이 타 있었습니다."

짝사랑의 열정이 심장에서부터 인체 발화 현상을 일으켜 청년을 집어삼킨 것이었다.

"이럴 수가. 그야말로 불타오르는 사랑이었군."

유부녀를 애타게 사모한 청년의 이야기에 남편인 태수는 기분이 나쁠 법도 하지만 그는 화를 내지 않았다.

"평소에는 익숙하여 아내의 소중함을 느끼지 못하고 살았는데 누군가에게는 아내의 존재가 자신의 생명과 맞바꿀만한 것이었구려."

덕선은 자신 때문에 젊은 청년의 목숨이 사라졌음을 너무나 괴로워했다.

"결국, 제 외모 때문에 젊은 청년이 죽게 된 것이군요."

"마님, 너무 마음 쓰지 마십시오. 인간의 명은 모두 하늘의 뜻에 달린 것입니다."

점쟁이의 말이라, 태수와 덕선에겐 위로가 되었다. 도학은 태수 부부에게 작별 인사를 하고는 향단과 함께 다시 길을 나섰다.

"정말 가슴이 뭉클했습니다. 사모하는 마음 때문에 정말로 심장이 불타오르다니요."

한참이 지났으나 향단은 그 사건의 충격에서 벗어나지 못하고 있었다.

"너는 그런 사랑을 해본 적 있느냐?"

도학의 질문에 향단의 표정이 굳어졌다. 향단은 몽룡과의 사랑을 떠올렸다.

"그럼 저 역시 그런 사랑의 희생양이었을까요?"

"지귀와 네가 다른 점은, 지귀는 스스로 불타오른 것이고, 너는 누군가에 의해 살해되었다는 점이지. 걱정하지 마라. 내가 꼭 범인을 잡아줄 테니."

도학의 다짐에 향단의 가슴에서는 단단한 신망이 피어올랐다.

*   *   *

얼마나 걸었을까? 도학과 향단이 한참 산을 넘는데 어디선가 메아리가 울렸다.

"거기 누구 없소! 사람 좀 살려주오!"

13. 저울의 추

향단이 먼저 소리가 나는 곳으로 달려갔다. 메아리는 절벽 아래에서 들려오고 있었다.

"도사님, 절벽 아래에 남자가 있습니다!"

도학이 절벽 아래를 내려다보니 정말로 절벽 중간에서 한 남자가 간신히 몸을 기댄 채 살려 달라 소리를 지르고 있었다.

"선비님, 제발 저를 버려두고 가지 마시어요! 저는 아직 혼인도 못 한 총각입니다!"

주위를 둘러보니 식물 줄기로 만든 밧줄이 보였다. 도학은 그것을 내려보내 절벽 아래에 있던 총각을 구해주었다.

"어떻게 절벽 아래에 있게 된 겁니까?"

위로 올라온 총각은 도학에게 차근차근 이야기를 시작했다.

총각은 친구 둘과 함께 산길을 지나던 중 절벽 아래에서 산삼 무더기를 발견하게 되었다. 이에 총각과 친구 둘은 식물 줄기로 밧줄을 만들었고, 총각이 절벽 아래로 내려가 산삼을 모두 캐어 올려 보냈다. 그런데 친구 둘은 욕심에 총각을 버려두고 둘이서만 산삼을 가지고 도망친 것이었다. 산삼을 셋이 아닌, 둘이서만 나눌 수 있기 때문이었다.

"그래서 위에 버려진 밧줄이 있었던 것이로군. 이런 고얀!"

"흑흑. 둘은 산삼을 팔아 큰 부자가 될 것입니다."

도학은 총각을 위로하며 산에서 내려왔다.

그런데 내려오던 중 비탈 아래에서 신음이 들려왔다. 총각의 친구 둘이었다.

"애고고, 나 죽네."

총각의 친구 둘은 산에서 내려가던 도중 역시 욕심이 생겨 산삼을 서로 더 갖겠다고 싸우다가 그만 산비탈 아래로 굴러떨어진 것이었다. 도학이 살펴보니 부상 정도가 심해 목숨을 부지하더라도 불구가 될 상황이었다. 도학이 이들을 도우려고 하자 화가 난 총각이 말렸다.

"선비님, 내버려 두십시오! 아주 쌤통입니다. 죽든 살든 자기들 팔자입니다!"

총각은 산삼 보따리를 챙긴 뒤 한 뿌리를 꺼내어 도학에게 주었다.

"작지만 제 목숨을 구해준 답례입니다."

"아니, 이 귀한 산삼을! 그나저나 정말로 친구들을 죽게 내버려 둘 겁니까?"

"아뇨. 우선은 산삼부터 전부 팔고 나서 마을 사람들과 함께 다시 올라와 구해주도록 하겠습니다."

총각은 그렇게 산삼 꾸러미를 품에 안고 기쁜 표정으로 마을을 향해 달려갔다.

"나쁜 마음이 복을 걷어 차버린 것이군요."

향단의 말에 도학이 대답했다.

"응. 악한 마음은 반드시 벌을 받는 법이지. 이들은 단지 조금 더 빨랐을 뿐이야."

* * *

도학은 안동의 권 생원 집 앞에 섰다. 거대한 기와집이 권세를 뽐내고 있었다. 혼령인 향단조차 그 위세에 주눅이 들었다.

"도사님, 굉장한 가문인가 봅니다."

"권 생원은 어떤 사람인지 들어가서 확인해보자."

도학이 집 안으로 들어가 방문 목적을 말하자 집안 노비들의 우두머리인 수노(首奴)가 권 생원에게 달려가 보고했다. 이어 정자관을 쓴 권 생원이 도포 자락을 펄럭이며 안방에서 나왔다. 찢어진 눈, 회색빛의 가는 수염, 창백한 피부, 날카로운 목소리는 고막을 찔렀다. 마른 체형은 그의 성격이 예사롭지 않음을 보여주었다. 얼굴도 날카로운데 머리에는 커다란 정자관까지 쓰고 있어서 공포감을 더했다.

도학을 관찰한 권 생원이 노려보며 입을 열었다.

"그대는 선비인가 아니면 무사인가?"

"저는 변 도사라고 합니다. 전해드렸다시피 필사검이 이용된 살인사건을 조사 중입니다."

"흠, 혹시 자네 등에 메고 있는 것도 필사검인가?"

"맞습니다."

"무려 두 자루나? 굉장하군."

권 생원의 눈빛이 반짝였다. 그것을 어떻게 구했는지 알려달라는 눈치였지만 도학은 무시하고 자신이 온 목적부터 말했다.

"저는 관찰사의 명으로 수사를 하고 있습니다. 소장하고 계신 필사검을 보여주시겠습니까?"

"내가 왜 우리 집 가보를 보여줘야 하지?"

"사건 수사를 위해 검의 확인이 필요합니다."

"검은 잘 있네. 그러니 그만 가보시게."

"죄송하오나 직접 제 눈으로 확인하는 것이 가장 확실하오니, 부탁드립니다."

권 생원이 잠시 고민을 하더니,

"그럼 보여줄 테니 자네의 그 필사검 한 자루를 내놓으시게."

"예?"

"자네의 필사검 두 자루 중에 한 자루를 나에게 달란 말일세. 그럼 보여주지."

집안의 분위기가 싸늘하게 얼어붙었다. 향단은 권 생원의 압박이 무서워 눈물이 나올 지경이었다. 도학은 오기가 올라왔다.

"죄송하지만 그럴 수 없습니다. 그럼 이만 물러가 감사 나리께 그리 보고를 올리겠습니다."

도학의 도발에 권 생원이 호탕한 웃음을 터뜨렸다.

"와하하! 이런 사람하고는. 농담일세. 배포가 아주 큰 젊은이로세. 들어오시게. 우리 가문의 필사검을 보여줄 테니. 대신 자네의 그 필사검도 보여주게나. 물론 그냥 보여주기만 하면 되네."

"네, 좋습니다."

향단이 크게 안도의 한숨을 쉬었다.

"하이고! 저는 어떻게 되는 줄 알았습니다."

하지만 도학은 긴장을 늦추지 않았다. 권 생원의 얼굴은 마귀의 모습을 떠오르게 했다.

도학이 권 생원을 따라 안방으로 들어갔다. 권 생원의 필사검은 안방 한쪽에 장식품처럼 놓여 있었다. 권 생원이 검을 들어서 도학에게 건네주었다. 도학은 천천히 검을 살폈다. 검은 분명 오랜 기간 사용된 흔적이 없었다.

"보면 알겠지만, 우리 집의 검은 최근에 사용된 적이 없네."

"정말 그러네요. 손잡이 부분과 칼집 모두 사용한 흔적이 없어 보입니다."

"그럼 이번엔 자네 차례일세."

검의 상태를 확인한 도학이 권 생원에게 자신의 필사검 두 자루를 보여주었다. 도학의 필사검을 확인한 권 생원이 감탄사를 내뱉었다.

"이럴 수가. 진짜 두 자루 모두 필사검이군. 하나는 계속 사용되었던 검이고, 하나는 우리 집의 검보다 더 관리가 안 된 검이로세. 혹시 이건 화선사의 필사검인가?"

"예, 맞습니다."

"그렇구먼. 화선사의 필사검이 세상에 나온 게로군."

권 생원의 시선이 화선사의 필사검에 계속 머물렀다.

"이것을 어찌 얻었는지 물어도 되겠는가?"

"선대 주지 스님의 예언에 따라 저에게 맡겨지는 거라 하셨습니다."

"흠, 그렇군. 그럼 나머지 하나는 어찌 얻었나?"

"제주 목사의 목숨을 구해준 대가로 받은 것입니다."

"그렇구먼."

권 생원은 더 묻지 않았다. 도학의 필사검을 한 참 감상하던 권 생원이 도학에게 다시 검을 돌려주었다.

"칼 구경 잘했네. 대신 오늘 밤은 우리 집에서 편히 쉬고 떠나시게."

검을 확인한 권 생원의 태도가 더 부드러워졌다.

　　　　　*　　*　　*

　도학은 저녁 식사 후 사랑채로 이동했다. 향단은 의외라는 반응이었다.

　"처음엔 무서웠는데 지금은 너무 잘해주네요. 우리가 선입견을 품었었나 봅니다."

　"아니. 권 생원은 독사 같은 인간이다. 향단이 너는 지금 권 생원에게 가보아라. 분명 뭔가 꿍꿍이를 꾸미고 있을 테니."

　"정말요?"

　향단은 반신반의하며 권 생원이 있는 안방으로 들어갔다. 권 생원은 비밀 자객을 불러 음모를 꾸미고 있었다.

　"녀석이 잠들면 새벽녘에 몰래 들어가 죽이고 검을 모두 가져오너라."

　"예!"

　"필사검은 부르는 게 값이다. 그런데 그게 두 자루나 내 수중에 들어오다니!"

　"전라감사가 눈치채지 않겠습니까?"

　"녀석은 종사관도 아닌 듯하니 증거만 안 남기면 된다. 걱정하지 마라."

　향단은 급히 도학에게 돌아와 엿들은 대화 내용을 전했다.

　"정말로 도사님을 죽이려 음모를 꾸미고 있었습니다!"

　"내 그럴 줄 알았지. 오늘은 편히 쉬긴 틀렸다. 너는 방문 앞을 지키고 있다가 수상한 움직임이 발견되면 나에게 알려줘야 한다."

　"예."

사랑채의 호롱불이 꺼지고, 4경(새벽 1시~3시 사이)이 되자 자객이 움직이기 시작했다. 향단은 서둘러 사랑채 안으로 들어가 도학에게 자객이 움직였음을 알렸다.

자객은 소리 없이 방문을 열고 들어와 어둠 속에서 이불을 덮고 누워있는 도학의 목 부분을 정확히 찔렀다. 하지만 그것은 도학이 베개와 옷 등으로 미리 만들어놓은 거짓 형체였다. 그 순간 도학은 병풍 뒤에서 뛰쳐나와 칼을 들고 있는 자객의 손목을 필사검으로 내리쳤다.

"으윽!"

자객이 짧은 비명을 지른 후 손목과 칼이 떨어지자 바로 자객의 발목을 그었다.

도망치지 못하도록 만들기 위해서였다. 도학의 필사검이 자객의 목을 노렸다.

"누가 보냈는지 바른대로 말하지 않으면 당장 목을 잘라주마!"

하지만 자객은 입을 열지 않았다. 도학은 자객을 끌고 마당으로 나갔다. 그리고는 소리를 질러 노비와 권 생원이 나오도록 만들었다.

"이 집에 자객이 들었습니다!"

"아니, 내 집에서 이게 다 무슨 일인가?"

권 생원이 시치미를 떼고는 도학에게 물었다.

"마지막 기회를 주겠다. 누가 시킨 것인지 바른대로 말하라. 그렇지 않으면 지금⋯."

향단의 다급한 경고가 이어졌다.

"도사님! 화살입니다. 피하십시오!"

도학이 상체를 살짝 뒤로 돌리자 화살이 날아와 기둥에 꽂혔다. 도학은 화살이 날아온 쪽으로 고개를 돌렸다. 어두워서 범인의 모습은 형체만 보였다. 그리고 두 번째로 날아온 화살은 자객의 가슴을 정확히 관통했다.

"웬 놈이냐!"

도학이 서둘러 뒤쫓았으나 화살을 쏜 자객의 모습은 보이지 않았다.

'보기와는 다르게 만만한 놈이 아니군.'

권 생원은 입술 꼬리를 씰룩거렸다.

"내 집에서 이런 불미스러운 일이 생기다니. 사과함세."

도학은 분했다. 권 생원이 시킨 일이라는 것을 알고 있었지만, 증거가 남지 않았기 때문이다.

"생원 나리도 가보를 도난당하지 않도록 조심하시지요."

두 사람의 눈에서 살기가 쏟아졌다.

"저는 날이 밝는 대로 떠나겠습니다."

도학은 사랑채의 마루 끝에 걸터앉아 권 생원을 노려보았다. 권 생원도 그런 도학의 눈빛을 읽었다.

'저 녀석 역시 날 의심하고 있군. 그대로 돌려보내면 안 되겠어.'

향단은 불안했다.

"도사님, 어차피 우리 목적은 달성했으니 그냥 떠나요."

"글쎄다. 권 생원이 우리를 그냥 놓아줄지 의문이구나."

권 생원은 다시 안방으로 들어가고 노비들은 자객의 시신을 치웠다.

도학은 경계의 눈초리로 주위를 살피며 그렇게 밤을 새웠다. 날이 밝자 도학은 아침 식사도 거부한 채, 권 생원의 집을 나섰다.

도학과 향단은 마을을 벗어나 산길에 접어들었다.

"권 생원 진짜 나쁜 사람입니다. 화선사 주지 스님이 괜히 경고한 것이 아니었네요."

"권 생원은 쉽게 포기할 사람이 아니야. 그러니 향단이 너도 긴장하거라."

놀란 향단은 주위를 두리번거렸다.

"그래서인지 누군가 우리를 미행하는 느낌입니다."

얼마 가지 않아 정말로 4명의 괴한이 칼을 들고 도학 앞에 나타났다.

"검을 순순히 내놓으면 목숨만은 살려주마."

도학은 기죽지 않고 더 큰 목소리로 외쳤다.

"내가 할 소리! 누가 보냈는지 자백한다면 목숨만은 살려주마!"

괴한 중 우두머리로 보이는 자가 황당하다는 눈빛으로 도학에게 말했다.

"당신, 좀 모자란 사람인가? 웬만한 고수가 아니면 우리 넷을 당해낼 수 없다. 보아하니 검술도 그다지 뛰어나 보이지 않는데 도대체 무슨 깡이냐?"

도학은 입술 꼬리를 올리며 대답했다.

"글만 읽는 선비 맞지만 난 혼자가 아니거든."

"혼자가 아니라니?"

도학의 말이 끝나기가 무섭게 사방에서 초립과 패랭이를 쓴 사내들이 나타나 괴한들을 에워쌌다.

관찰사가 도학에게 붙인 호위 무사들이었다. (사실 감시가 목적이긴 했지만)

"4 대 4. 이제 해볼 만하군."

도학이 미소 지으며 필사검을 빼 들었다. 놀란 괴한의 우두머리가 소리쳤다.

"새로 나타난 무사 셋은 상당한 고수다! 더군다나 실전에서 연마된 필사검이니 다들 정신 차려!"

누가 먼저랄 것도 없이 8명이 동시에 검을 휘두르며 서로에게 달려들었다. 칼이 서로 부딪치는 날카로운 금속 파편 음이 산 전체를 울렸다. 숲속에서는 칼 소리에 놀란 새 수십 마리가 날아올랐다.

"죽으려고 환장했구나! 이건 필사검이다!"

도학이 있는 힘껏 소리를 지르며 검을 휘두르자 상대의 검이 부러져 나갔다. 잘린 상대의 검날이 그대로 세 장(약 9m)을 날아가 땅에 꽂혔다.

그것을 보고 놀란 괴한들이 순간적으로 겁을 먹고 주춤거렸다. 도학은 검에서 알 수 없는 강력한 힘이 순간 뿜어져 나온 것을 느꼈다.

필사검은 '의지의 검'이라는 말이 있다. 검을 휘두르는 사람의 의지가 그대로 검에 전달되어 강력한 힘이 발현되기에 붙여진 별명이다.

무관이 그런 기회를 놓칠 리 없었다. 호위 무사로 위장한 종사관은 괴한의 팔과 다리에 상처를 내며 동시에 모두를 제압했다. 챙!

"으악!"

"당장 칼을 버려라!"

괴한들도 상당한 고수였지만 필사검의 위력 앞에 사기가 떨어지자 훈련받은 무관의 상대가 되지 못했다. 괴한들은 검을 버리고 종사관 앞에 무릎을 꿇었다.

"제기랄! 검을 제대로 다룰 줄 모르는 애송이라더니!"

"누구의 지시를 받은 것이냐?"

"…."

종사관이 물었으나 괴한은 입을 열지 않았다.

"아마 권 생원의 짓일 겁니다. 제 필사검을 탐냈거든요."

도학이 종사관에게 설명했다.

"이 자들은 가까운 관아로 연행하여 문초하겠네."

종사관이 괴한을 밧줄로 묶어서 인근의 관아로 데리고 갔다.

"나리, 정말 대단하십니다!"

"이건 내 실력이 아니다. 검의 위력이었을 뿐이야."

도학은 자신이 들고 있는 필사검을 다시 내려다보았다. 단칼에 상대의 검이 부러진 건 도학도 예상하지 못한 결과였다.

'이 검은 정말 신물이란 말인가?'

"관아에서 문초하면 권 생원의 명령이라는 게 드러나겠죠?"

향단은 흥분한 마음을 가라앉히며 도학에게 물었다.

"아니. 가까운 관아로 연행한다고 하니, 괴한 중 하나가 미소를 짓더구나."

"미소요?"

"권 생원은 이 지역 최고의 유지이니 아마 이곳 관아의 수령도 권 생원 손아귀에 있겠지. 저들은 며칠 옥에 편히 갇혀 있다가 자신의 집으로 돌아가게 될 게다."

"그럼 권 생원은 처벌하지 못하는 겁니까?"

"응. 가진 권력이 대단하구나."

도학이 돌아서려는데 어디선가 목소리가 들려왔다.

"방법이 있습니다!"

여성의 목소리였지만 향단의 것은 아니었다. 도학과 향단 모두 어리둥절한 표정으로 주변을 둘러보았지만 아무도 없었다.

"여깁니다!"

소리가 나는 쪽으로 몇 걸음 옮기자, 작은 무덤 하나가 나타났다.

* * *

무덤 봉분에서 희미한 연기가 피어오르는 듯하더니 어느새 젊고 아름다운 여인의 영혼이 두 사람 앞에 모습을 드러냈다. 이미 귀신과 몇 번 마주친 도학은 움찔하긴 했지만 당황하거나 놀라지 않았다.

"정말 제가 보이시나 보군요?"

"그렇다. 그런데 무슨 소리냐? 방법이 있다니?"

"우선, 제 소개부터 올리겠습니다. 저는 이 산의 아래 동네에 살던 박순영이라고 합니다."

여인은 차분히 자신의 사연을 털어놓았다.

순영은 권 생원의 동네에 시집을 오게 되었다. 그렇게 알콩달콩 신혼생활을 하고 있었는데 권 생원이 아름다운 순영의 외모에 반한다. 결국, 권 생원은 음모를 꾸미고, 마을 무당을 매수하여 순영을 함정에 빠뜨렸다. 무당은 순영에게 찾아가 불길한 기운이 곧 닥친다며 경고했다.

"이런, 이런…. 자네 지금 이러고 있을 때가 아니네. 과부 되기 싫으면 반드시 내가 시키는 대로 하게나."

"과부라고요?!"

늙은 무당은 그녀에게 술을 한 병 주면서 단단히 일렀다.

"자시(밤 11시~1시 사이)가 넘으면 혼자 뒷산의 동굴로 가서 정성껏 기도를 올리고 이 병 안에 있는 술을 모두 마시게."

순영은 혹여 남편이 사고를 당할까 두려워 무당이 시키는 대로 뒷산의 동굴로 가서 치성을 드린 뒤 무당이 건넨 술을 모두 마셨다. 술은 매우 독한 것이었고, 순영은 술에 취해 그 자리에서 정신을 잃게 되었다. 그러자 어둠을 뚫고 나타난 권 생원이 순영을 겁탈하려고 하였다. 당하기 직전, 간신히 정신을 차린 순영은 권 생원을 밀치고는 있는 힘껏 도망쳤다. 하지만 술에 취한 순영이 어둠 속에서 길을 제대로 찾을 리 없었다. 순영은 결국 도망치다가 절벽 아래로 떨어져 죽고 말았다.

"너무 안타깝습니다."

향단의 눈에 눈물이 고였다.

"이 악마 같은 영감탱이! 당장 끝장을 내고 싶으나 방법이 없구나!"

"방법이 있습니다."

순영이 비장하게 말했다. 드디어 복수의 시간이 찾아온 것이다.

"방법이 뭡니까?"

"늙은 무당은 곧 죽게 됩니다. 제 원한이 무당의 심장에 닿아 멈추게 할 거예요. 그럼 무당의 입에 독을 묻히고 그녀의 손에 권 생원의 노리개를 쥐여 주세요. 그렇게 되면 내일 무당의 세 아들이 찾아와서 보고는 무당을 권 생원이 죽인 것으로 오인하게 될 겁니다. 무당의 세 아들은 성미가 매우 포악합니다. 아마 권 생원은 무사하지 못할 겁니다."

꽤 그럴듯한 작전이었다. 도학이 직접 죽이지 않고도 악인 권 생원을 심판할 수 있으니 말이다. 하지만 문제는 권 생원의 노리개였다.

"그런데 권 생원의 노리개는 어떻게 구한답니까? 권 생원의 집은 방비가 삼엄하여서 몰래 들어가 노리개를 가지고 나오기 어렵습니다."

도학이 난감하다는 말투로 순영에게 이야기했다.

"그건 걱정하지 마십시오. 제가 권 생원에게 겁탈을 당하려고 할 때 몸싸움을 하면서 그자의 몸 안에 있던 노리개를 뜯어서 꼭 쥔 채 달렸습니다. 저도 권 생원에게 당했다는 것을 증명할 증좌가 필요했으니까요."

"그럼 그것이 어디에 있습니까?"

"절벽 아래, 제가 떨어져 죽은 곳 근처에 있습니다. 그것을 찾아서 가져와 주세요."

　도학과 향단은 순영을 따라 그녀가 떨어져 죽은 절벽 아래로 향했다. 순영이 가리킨 곳에 정말로 보기 드문 고급 노리개가 황금빛을 발하고 있었다.

　"정말로 노리개가 있습니다!"

　도학은 그것을 주워 챙기며 이를 악문 뒤 말했다.

　"이제 심판의 시간이다!"

＊　　＊　　＊

　술시(저녁 7~9시)가 되자 앉아서 기도를 올리던 무당에게 정말로 심장마비가 찾아왔다. 아주 짧은 시간이었지만 무당의 얼굴에 엄청난 고통이 지나갔다. 순영의 깊은 원한이 날카로운 송곳이 되어 그녀의 심장을 찌른 것이다.

　상 위로 상체가 쓰러졌다. 무당은 그렇게 죽었다. 무당의 영혼이 집 밖으로 나와 떠나는 것이 보였다. 그녀의 모습이 눈에서 완전히 사라지는 것을 확인한 도학은 방 안으로 들어갔다.

　도학은 작전대로 무당의 왼손에 권 생원의 노리개를 쥐여 주었다. 그리고 입에 짐승의 피를 묻힌 뒤 독을 묻힌 술잔을 방바닥 구석에 던져 놓았다. 그다음 방을 나가려는데 제단 위에 저울의 추가 놓여 있는 것이 보였다. 사주단자 같은 것이 날아가지 않도록 저울추로 눌러 놓은 것이었다. 도학은 무당의 오른손 검지를 펴서 저울추를 가리켰다. 무당의 시선도 그쪽을 향해 돌려놓았다.

"무당의 아들들이 눈치챌 수 있을까요?"

"그러기를 바랄 수밖에."

다음 날이 되자 무당의 아들 셋이 그녀의 집에 찾아왔다.

"엄니, 우리 왔어유!"

방에 먼저 들어갔던 막내아들이 소리를 질렀다.

"엄니!"

무당이 죽은 것을 확인한 세 아들은 큰 소리로 울음을 터뜨렸다. 통곡 소리를 들은 마을 사람들이 하나, 둘 모여들었고, 도학 역시 그들 속에 섞여 그 모습을 지켜보았다.

입에서 흘러나온 피. 막내아들은 방바닥에 뒹굴고 있는 술잔의 냄새를 맡았다.

"이건 분명 독살이여!"

"도대체 누가 우리 엄니를?!"

둘째는 무당의 손가락이 가리키고 있는 것을 보았다. 그곳에는 저울추에 눌려 있는 사주단자들이 보였다.

"이건 무슨 의미지? 이 사주단자 안에 범인이 있다는 건가?"

"이, 이건 뭐여?"

권 생원의 노리개를 발견한 건 큰아들이었다.

"왜 이걸 쥐고 있는 거여?"

그러자 밖에서 지켜보고 있던 노인 하나가 말했다.

"그 노리개는 권 생원님의 물건 같은디?"

"맞어. 나도 봤구먼!"

구경하던 마을 사람들 상당수가 그렇다며 맞장구를 쳤다.

"권 생원이요?"

다시 무당의 손가락이 가리키는 저울추를 바라보던 둘째 아들이
외쳤다.

"이, 이건! 맞어! 범인은 권(權) 생원이구먼!"

둘째 아들이 저울추를 들어 보였다.

"저울추 권(權)! 엄니는 범인을 알려주고 돌아가신 거여!"

아들 셋의 눈이 뒤집혔다. 아들들은 맨발로 뛰쳐나와 낫과 곡괭
이, 부엌칼을 들고는 권 생원 집으로 달려갔다. 마을 사람들은 이
들의 살기에 놀라 말리지 못하고 모두 몸을 피했다.

"아이고, 사람 여럿 죽어 나가겠구먼!"

노인 하나가 혀를 찼다.

아침이라 청소를 위해 권 생원 집의 대문이 열려 있었다. 집안
의 노비들은 다른 날처럼 청소 중이었다. 그런데 갑자기 무당의 세
아들이 낫과 곡괭이를 들고 마당 안으로 뛰어 들어왔다. 노비들이
말릴 틈도 없었다. 세 아들은 권 생원이 있는 안방으로 쳐들어가
안에서 방문을 잠갔다. 놀란 권 생원이 소리쳤다.

"웬 놈이냐?"

"네 놈이 우리 엄니를 죽였지?"

"무슨 소리야? 너희들은 무당 아들들이 아니냐? 무당이 죽었다고?"

"쳇! 시치미 떼지 마라!"

큰아들이 가지고 온 노리개를 권 생원 앞에 던졌다. 그것을 알아본 권 생원이 놀란 표정을 지었다.

"이, 이것은! 이게 왜 네 손에 있는 것이냐?"

"자기 물건이 맞나 보군. 돌아가신 엄니가 이걸 꼭 쥐고 계셨다!"

권 생원의 눈동자가 흔들렸다.

"오, 오해다. 이, 이건 죽은 순영이가 가져갔던 물건이야!"

"아, 이제야 이해가 되는군. 우리 엄니는 순영이가 자신 때문에 그리되었다며 괴로워하셨지. 결국, 순영이가 죽은 것도 네 놈과 연관이 있고, 그것을 알고 있던 우리 엄니의 입을 막기 위해 독살을 사주한 것이로구나!"

"그게 무슨 소리야? 난 모르는 일이다!"

당황한 권 생원은 아들들의 살기를 강하게 느꼈다. 오른쪽 창가에는 자신의 필사검이 놓여 있었다. 권 생원은 몸을 날려 필사검을 잡았다. 하지만 무당의 아들들이 더 빨랐다. 낫과 곡괭이가 권 생원의 등을 뚫고 그의 허파를 찔렀다.

"으악! 네놈들이 감히 나를! 이러고도 무사할 줄 아느냐?"

"불구대천(不俱戴天)의 원수를 죽이는 건 이 나라 조선에선 죄가 아니다! 그것도 모르느냐? 부모 원수를 갚는 건 용서 받을 수 있어!"

권 생원은 자신이 죽인 게 아니라고 말하려 했다. 하지만 막내 아들이 들고 온 부엌칼이 권 생원의 숨통을 끊어 놓았다. 밖에서는 노비들이 방 안으로 들어가려고 애를 쓰고 있었다.

이내 방문이 열리며 무당의 세 아들이 나왔다. 몸 여기저기에는 피가 튄 자국이 선명했다. 놀란 노비들이 안방으로 들어가자 이내 큰 통곡 소리가 터져 나왔다.

"아이고, 생원 나리!"

"우리 마님 워쩐댜!"

방 밖으로 나온 세 아들은 칼과 곡괭이, 낫을 던지고는 마루에 걸터앉아 관원이 오기만을 기다렸다.

"권 생원이 왜 무당을 죽였을까잉?"

"그러게. 참말로⋯."

마을 사람들은 대문 밖에서 구경하며 수군거렸다.

"그럼 이제 아들들은 어떻게 되는 겁니까?"

향단이 도학에게 물었다.

"관아에서 무당을 권 생원이 죽인 것으로 판단한다면 이들은 유배형으로 끝나겠지만 독살당한 것이 아니라 심장마비로 자연사한 것을 밝혀낸다면⋯."

아차 싶다. 도학도 여기까지는 생각하지 못했다.

"⋯얘기는 달라진다."

"어떻게요?"

"누군가 고의로 짐승의 피를 입에 바르고 타살당한 것으로 위장했다는 사실도 밝혀내겠지. 심장마비로 자연사한 것이니 무당은 살해를 당한 것이 아니다. 그러므로 아들들은 양반을 살해한 것에 대한 처벌로 능지처참을 당하게 될 것이야."

"죄는 무당이 지었는데 아들들까지 벌을 받는 건 너무하지 않습니까?"

도학이 순영을 바라보았다. 그러자 순영이 변호했다.

"저들은 근방에서 유명한 모리배들입니다. 아주 악질 깡패들이지요. 저는 무당의 후사가 없기를 바랍니다. 그 때문에 제 원한을 온전히 풀기 위해서는 저들이 죽어야만 합니다."

무당의 세 아들까지 죽는 게 순영이 바라던 것이었다.

그런데 심판은 이들의 생각보다 빨리 찾아왔다. 권 생원의 아들이 나타났다. 안방에 죽어있는 권 생원을 목격한 그의 아들이 마루로 나와 무당의 아들들에게 물었다.

"어찌 내 아비를 죽인 것이냐?"

"당신의 아버지가 우리 어머니를 죽였소. 내 부모를 죽인 원수는 하늘 아래 함께 할 수 없는 법! 그래서 우리가 당신 아버지를 죽인 것이오."

무당의 세 아들은 당당했다. 그러자 권 생원의 아들이 안방으로 들어가더니 창가에 놓여 있던 필사검을 가지고 나왔다.

"그렇다면 나 역시 내 부모를 죽인 원수를 죽여야겠구나!"

그렇게 외치고는 필사검을 휘두르자 큰아들이 먼저 비명을 지르며 마당으로 고꾸라졌다. 둘째와 셋째 아들도 얼른 일어나 도망쳤지만 이내 권 생원의 아들이 휘두르는 필사검에 의해 죽임을 당했다.

그것을 지켜본 순영의 표정이 밝게 바뀌었다. 얼굴 가득 드리웠던 어두운 원한이 모두 사라진 것이다.

"이제야 제 원한이 풀렸습니다. 도와주셔서 정말 고맙습니다."

도학에게 감사의 절을 올린 순영의 영혼이 눈 부신 빛 속으로 사라졌다.

"우리가 이용당한 겁니까?"

한숨 섞인 향단의 질문이었다.

"그러게. 원한은 풀었지만 이게 순리인지는 나도 잘 모르겠다."

도학은 권 생원 아들이 들고 있는 필사검을 보면서 생각에 잠겼다.

'정말 살인을 부르는 검이란 말인가.'

살인을 부르는 검. 검이란 살인을 목적으로 만들어지기는 하지만 필사검은 유독 살인을 부르는 검으로 유명했다.

"그럼 이제 마지막 필사검은 어찌 찾습니까?"

심학규의 필사검과 화선사의 필사검은 도학이 가지고 있다. 무덤 안의 필사검과 권 생원의 필사검도 확인했다. 결국, 마지막 필사검의 주인이 살인사건의 범인이다. 그런데 이 마지막 필사검의 행방을 알 길이 없었다.

"한양으로 가자. 전국의 모든 소식은 한양으로 모이니 그곳에 가서 소문을 추적하면 알 수 있을 것이다."

그렇게 도학과 향단은 한양으로 향했다.

14. 천자문을 떼지 못한 노인

도학은 이동하는 보부상단을 따라 수원까지 올라왔다.

여기저기 돌아다니며 필사검에 대한 정보를 수소문했지만 도움이 될 만한 이야기는 얻지 못했다.

우물가에 많은 아낙네가 모인 것이 보였다. 도학은 똑같은 질문을 반복해서 물었다.

"혹시 필사검이라고 아십니까?"

"예? 그게 뭡니까?"

여인들은 대부분 필사검에 관한 이야기를 알지 못했다. 그나마 일부 사내들만 이름을 들어봤을 뿐이었다. 그런데 곱게 생긴 30대 여인 하나가 아는 체를 했다.

"어쩌면 제 남편이 알지도 모릅니다."

"정말입니까?"

"제 남편은 박식한 편이라 많은 것을 알고 있으니 어쩌면 원하시는 정보를 얻으실지도 모르겠네요."

"맞아. 저이 남편이 박식하다우."

주위의 아낙들도 그녀의 서방이 박식하다며 맞장구를 쳤다. 도학은 반가운 마음에 그녀의 물동이를 대신 들어주며 여인의 집으로 향했다.

여인의 집은 지은 지 오래지 않은 깨끗하고 아담한 초가집이었다. 넓지 않은 마당에 작은 평상과 장독대가 놓여 있는 평범한 가

정집 모습이다. 도학은 집 안에 농기구가 없는 거로 봐서 남편이 농부는 아닐 거란 생각이 스쳤다. 깔끔한 집안 모습만으로도 부부의 성격이 보였다.

'부지런한 사람들이군.'

"잠시만 기다리세요. 곧 남편이 올 겁니다."

도학이 마루에 앉아 한숨 돌리는데 얼마 지나지 않아 남편이라는 사람이 집으로 돌아왔다. 탕건을 쓴 풍채 좋은 40대 중반의 선비였다.

"여보, 손님이 오셨어요."

"뭐? 내일 오신다는 손님이 벌써 오셨어?"

"아뇨. 그분이 아니에요. 제가 우물가에서 만난 분이에요."

눈치를 보던 도학이 먼저 나섰다.

"죄송합니다. 지나가는 객이온데 부인의 부군께서 박식하시다기에 도움을 얻고자 무례를 무릅쓰고 이렇게 따라왔습니다."

"그러시군요. 괜찮습니다. 저는 송, 민훤이라고 합니다."

"변, 도학입니다."

"그런데 무엇을 도와드릴까요?"

"혹시 필사검에 대해서 아십니까?"

"아, 필사검이요? 세상에 다섯 자루만 있다는 검 아닙니까? 왜란 때 만들어졌다고 들었습니다."

"맞습니다. 혹시 그 검을 가지고 있는 사람에 대해서도 아십니까?"

"글쎄요. 하나는 화선사라는 절에 보관되어 있다는 얘기만 들어봤습니다.”

결과는 역시였다.

“혹시 필사검의 소유자를 알 방법이 있을는지요?”

민훤은 잠시 생각을 하더니 미간을 찌푸리며 고개를 저었다.

“죄송합니다. 도움 드릴만 한 것이 떠오르지 않네요.”

“아닙니다. 고맙습니다.”

도학이 마루에서 일어나 집을 나서려는데 갑자기 천둥이 치며 비가 쏟아지기 시작했다.

“아이고, 소나기인가 봅니다. 비가 그칠 때까지 잠시 기다렸다 가시지요.”

“죄송합니다. 민폐를 좀 더 끼치겠습니다.”

*　　*　　*

도학과 민훤은 마루에서 차를 사이에 두고 앉아 시원하게 쏟아 지는 소나기를 보고 있었다.

“필사검의 행방을 찾으려면 보부상단 쪽에 알아보심이 나을 겁 니다.”

“아, 예.”

사실 도학이 가장 먼저 방문한 곳이 보부상단이었다.

“그런데 내일 오신다는 손님은 누굴까요? 궁금합니다.”

향단이가 옆에서 재잘거렸다.

'귀찮군.'

"저, 갑자기 궁금해져서…. 아까 들어오시면서 내일 손님이 오신다고 하셨는데 어떤 분이신가요?"

"아, 그분과 약속이 말이죠…."

민휜은 며칠 전에 있었던 일을 꺼내 놓았다.

민휜이 이웃 마을의 친구를 만나고 돌아오던 길이었다. 산을 넘는 길에 머리가 허연 노인이 서럽게 울고 있었다. 민휜은 노인에게 왜 울고 있느냐고 물었다.

"제가 일곱 살 때부터 칠십이 된 지금까지 글을 가르쳐주던 스승님이 계셨는데 얼마 전 그분이 돌아가셨습니다. 아직 천자문을 다 떼지 못했는데 말입니다."

민휜은 사서삼경까지 공부한 선비였기에 노인을 도와주어야겠다고 생각했다.

"그것이라면 걱정하지 마십시오. 제가 가르쳐드릴 테니 우리 집으로 오시기 바랍니다."

"정말입니까? 그럼 그믐날 아침에 방문 드리겠습니다."

민휜은 선을 베풀고 다른 사람과 인연 맺는 것을 중요하게 생각하는 사람이었다.

"그 노인분께서 오신다고 하신 날이 바로 내일입니다."

"그렇군요. 선을 베푸시니 복 받으실 겁니다."

도학은 민휜에게 덕담을 건넸다. 하지만 향단의 표정은 좋지 않왔다.

"도사님, 뭔가 이상합니다. 일곱 살 때부터 천자문을 배웠다는데 칠십이 되도록 다 못 배웠다는 게 말이 됩니까?"

"응?"

도학이 생각하기에도 뭔가 이상했다. 천자문을 육십 년 넘게 배운다는 게 말이 되는가.

"그 노인분은 왜 칠십이 되도록 천자문을 다 못 뗐답니까?"

"글쎄요. 그 이유는 듣지 못했습니다."

"그럼 노비거나 농부였던 겁니까?"

신분이 하층민이라면 하는 일이 많아 그럴 수도 있겠다 싶었다.

"그렇지는 않을 겁니다. 깨끗한 도포 차림에 머리에는 복건을 쓰고 계셨거든요. 하얀 수염도 길게 늘어뜨린 것이, 모르는 사람이 보면 제 스승인 줄 알 겁니다."

민휘의 대답에 향단의 표정이 굳어졌다.

"도사님, 큰일입니다!"

도학이 향단을 보며 '왜?' 하는 입 모양을 해 보였다.

"선비께서 만난 노인은 사람이 아니라 요괴나 도깨비일 겁니다. 어릴 때 할머니에게 이야기를 들었는데 도깨비는 사람과 대결하는 걸 좋아한다고 그랬습니다. 어떤 도깨비는 힘을 자랑하고, 어떤 도깨비는 자신의 지식으로 대결하여 이기는 것을 즐긴다고 하더군요."

"에이, 도깨비라니? 요즘 세상에 도깨비가 어디 있다고."

"처녀 귀신도 이렇게 있는데 설마 도깨비가 없겠습니까?"

향단이 도학을 다그쳤다.

그러고 보니 처녀 귀신도 있다면 도깨비도 있겠다 싶다.

"그럼 도깨비가 왜?"

향단은 단아한 외모의 안주인을 바라보았다.

"그 도깨비는 대결에서 이긴 뒤 대가로 부인을 요구할 겁니다."

"도깨비라뇨?"

민훤이 도학에게 물었다. 도학은 민훤과 그의 아내에게 향단이 해준 이야기를 모두 들려주었다.

"아무래도 그 노인은 사람이 아니라 도깨비 같습니다."

민훤과 부인의 표정이 굳어졌다. 도학이 설명을 이어갔다.

"아마 그 노인을 가르치다가 죽었다는 스승도 선비님처럼 도깨비에게 홀려 평생 글을 가르치다가 다 끝내지 못하고 죽은 것이겠지요."

겁에 질린 민훤의 부인이 남편의 팔을 잡고는 울먹이며 매달렸다.

"여보, 도깨비의 부탁을 거절하세요!"

"이미 약속했기 때문에 그건 어려울 거요. 해코지라도 하면 어쩌오?"

"뭐라도 변명을 만들면 되지 않습니까?"

"진짜 도깨비라면 그런 변명에 포기하겠소?"

걱정에 잠시 고민을 하던 민훤이 도학에게 떠오른 생각을 제안했다.

"천자문을 모두 가르쳐서 돌려보내면 어떨까요?"

"도깨비가 가르쳐달라는 건 단순히 그런 게 아닐 겁니다. 글자 각각에 담긴 이치와 원리를 집요하게 따지고 물을 테지요. 선비님 께서도 평생을 그 도깨비와 대결하면서 생을 마감하게 될 겁니다."

"그냥 포기하면요? 내 능력이 부족하다고 인정하는 겁니다."

"그럼 도깨비는 약속을 지키지 못한 책임을 물어 무리한 요구를 해올 겁니다. 선비님이 줄 수 없는 것을 요구할 테지요."

"제가 줄 수 없는 거요?"

도학은 민훤의 부인을 바라보았다. 민훤과 부인이 탄식하며 자리에 주저앉았다.

"그럼 이제 어찌합니까? 내일이면 우리 집에 도깨비가 올 텐데요?"

민훤은 순간적으로 꾀가 떠올랐다.

"가묘! 가묘를 만들고 그 노인에게는 내가 얼마 전에 죽었다고 하시오. 그럼 도깨비는 그냥 돌아갈 것이오!"

"과연 도깨비가 속아줄까요?"

민훤이 생각하기에도 도깨비가 속아줄지 의문이었다.

"산삼 한 뿌리만 있다면 해결될 텐데…."

"산삼이라뇨?"

"산삼을 땅에 묻고 묘를 만들면 귀신도 속일 수 있다는 이야기를 들은 적이 있습니다. 산삼의 모양이 사람의 형상을 하고 있고, 또 산삼은 영물이라 사람과 같은 기운을 뿜어낸다고 합니다."

그럴듯했다. 도학은 자신이 가지고 있는 산삼을 꺼내 놓았다.

산속에서 사람을 구해주고 받았던 산삼이었다.

"저에게 산삼이 한 뿌리 있습니다. 이걸 사용하시지요."

민훤이 산삼을 살펴보았다. 정말로 수십 년은 묵은 산삼이었다.

"아니, 이런 귀한 것을! 정말 다행입니다. 그대로 땅에 묻었다가 도깨비가 가면 다시 돌려드리겠습니다."

민훤은 사촌의 도움을 받아 서둘러 뒷산에 땅을 팠다. 그리고 산삼을 민훤의 옷으로 감싼 뒤 사람처럼 누이고는 흙을 덮고 봉분을 만들었다. 나무로 된 임시 묘비를 앞에 세우자 그럴듯한 묘지가 만들어졌다.

"도깨비가 속아줄지 모르겠군요."

"이제 선비님은 다른 곳으로 몸을 피하시지요. 도깨비의 눈에 띄면 안 됩니다."

"그럼 이후의 일을 부탁드리겠습니다."

민훤은 이웃 마을의 친척 집으로 향했다. 향단이는 만약을 위해 민훤과 함께 있도록 했다.

"향단이 너는 선비님을 따라가거라. 만약 거기서 무슨 일이 생기면 바로 와서 알려주어야 한다."

도학은 남은 친인척들과 함께 민훤의 집으로 와서 상복으로 갈아입었다. 민훤의 부인은 이웃 사람들에게 자신의 남편이 죽었다는 소식을 전했다.

"장례는 이미 가족장으로 간단하게 치렀습니다."

가짜로 만든 무덤이고 장례였지만 마을의 소문은 진짜여야 했다. 민훤의 부인은 뜬눈으로 밤을 새웠다.

* * *

날이 밝자 여기저기서 새의 지저귀는 소리가 유난히 많이 들려왔다. 날씨는 맑아서 파란 하늘에 구름 한 점이 없었다.

진시(오전 7시~9시 사이)를 넘기자 정말로 하얀 수염에 머리에는 복건을 쓴 마른 노인 하나가 민훤의 집을 방문했다. 입고 있는 도포는 비단으로 만들었는지 구슬처럼 반짝반짝 빛났다.

"이 집이 송민훤 선생님 댁입니까?"

노인의 모습에서 광채가 뿜어져 나왔다. 도학도 신비한 기운을 느낄 수 있었다.

'정말로 예사롭지 않은 노인이구나. 저건 사람이 아니다!'

"네, 맞습니다."

민훤의 아내가 노인을 맞이했다. 노인이 마당 안으로 들어오자 기이한 현상이 일어났다. 시들고 죽어있던 꽃과 나무의 잎새에 생기가 돌기 시작한 것이다. 싸리 대문과 빗자루에서 푸른 싹이 올라왔다. 그것을 눈치챈 도학은 더더욱 노인이 요괴나 도깨비일 것이라는 확신이 들었다.

민훤의 부인이 노인에게 남편의 부고를 알렸다.

"사실 남편은 며칠 전 갑자기 쓰러져 죽었습니다."

"아이고, 선생님이 돌아가셨단 말입니까?"

민훤의 아내가 울먹이며 소식을 전하자 노인은 매우 놀란 표정을 지었다.

'다행이다. 부인의 연기 덕인지 속는 거 같아.'

"어제 뒷산에 묻었답니다."

"그러시군요. 고인의 명복을 빌겠습니다."

노인은 두 손으로 합장하여 예를 보인 뒤 이어서 부탁을 해왔다.

"그래도 스승님으로 모시려던 분이 돌아가셨으니 산소에 가서 마지막 인사라도 올리도록 해주십시오."

"예, 따라오시지요."

민훤의 부인과 도학, 노인이 마을 뒷산으로 향했다. 부인이 앞장을 서고 노인이 바로 뒤를 따랐다. 도학은 그 노인의 뒤에서 따라갔다. 그런데 신기하게도 많은 새 역시 이들의 뒤를 쫓아왔다. 마치 마을의 모든 새가 모인 것 같았다. 나무 위에서는 새들이 쉬지 않고 드나들며 시끄럽게 짖어댔다.

'도대체 이 노인의 정체가 뭐기에 날짐승들까지 이리 난리를 피운단 말인가.'

도학은 지팡이처럼 디디고 있는 심학규의 필사검을 살폈다. 심학규의 필사검은 원래 지팡이로 위장되어 있어서 다른 사람의 의심을 받지 않았다.

'과연 필사검의 위력이 이 노인에게도 통할 수 있을는지….'

노인은 사람이 아닌 것이 분명했기에 도학도 서서히 걱정이 몰려왔다.

민훤의 아내가 가지고 온 술을 따르자 노인이 묘비 앞에 잔을 놓고 절을 했다.

"선생님의 그 따뜻한 마음은 잊지 못할 겁니다. 흑흑⋯."

노인은 묘비 앞에 무릎을 꿇고 흐느끼며 울었다.

민훤의 아내는 노인이 속았다는 눈빛을 도학에게 보내며 안도의 한숨을 내쉬었다. 도학도 한시름 놓으려던 찰나, 노인의 표정이 갑자기 변했다.

"그런데 엉뚱한 고생을 하셨군요. 사실 제가 진짜 만나려던 사람은 부군이 아니라 바로 여기 옆에 서 있는 젊은 친구인데 말입니다."

"네?"

분위기가 갑자기 바뀌었다. 도학과 부인은 동그랗게 커진 눈으로 노인을 바라보았다.

"아니, 멀쩡한 산삼을 왜 땅에 묻으셨습니까?"

노인은 모든 것을 알고 있었다. 민훤의 부인은 다리에 힘이 풀려 그 자리에 주저앉고 말았다. 노인은 묘한 미소를 지으며 날카로운 눈빛의 곁눈질로 도학을 쏘아보았다. 순간, 도학에게 엄청난 공포심이 한겨울 밤바람처럼 밀려왔다.

'위, 위험하다!'

도학은 즉시 필사검을 칼집에서 꺼내어 노인의 목을 겨누었다.

"네가 인간이 아니라는 것을 우리도 알고 있다! 너의 정체는 요괴냐, 아니면 도깨비인 거냐!"

하지만 노인의 표정은 변함이 없었다.

시선을 다시 중앙으로 옮긴 노인은 차분하게 이야기를 이어갔다.

"좋은 검을 가지셨소. 하지만 조심하시오. 그 검은 귀신도 다치게 할 수 있으니….."

"너의 정체를 물었다!"

"둘 다 아니외다."

"뭐?"

"난 요괴도, 도깨비도 아니오. 그보다는 좀 더 대단한 존재지."

도학의 손이 떨리기 시작했다.

"왜 날 만나려 하는 것인가? 혹시 이 검 때문인가?"

"검이 아니라 여기 땅 밑에 묻힌 산삼이 필요하오."

"산삼? 산삼은 왜?"

"두 사람을 짝지어주던 때가 생각나는군."

노인은 따뜻한 눈빛으로 부인을 바라보았다.

"송민훤 선생과 여기 부인 되시는 분은 인자한 품성으로 사람들을 도와주며 많은 선행을 베푸셨소. 음덕은 많이 쌓았지만 정작 본인들은 자식이 없지 뭐요? 불임의 원인은 여기 부인의 아기집 때문이라오. 그런데 그대가 가지고 있는 산삼을 부인께서 드시면 아기집이 힘을 받아 건강한 아들을 임신하게 되오. 그 아이의 후손은 나중에 이 나라를 위해 큰일을 하게 될 거요. 그래서 그대의 산삼을 주십사고 부탁드리려던 참이었소."

노인의 설명은 꽤 그럴듯했다. 도학은 민훤의 부인에게 물었다.

"정말로 아이가 없으십니까?"

"네. 없습니다."

하지만 그렇다고 노인의 말을 그대로 믿을 수는 없었다. 도학은 필사검의 날을 노인의 목에 겨눈 채 고민에 빠졌다.

"왜? 산삼이 아까우시오?"

"그것 때문이 아니다."

"아니긴. 당장 팔아도 오백 냥은 족히 받을 수 있을 텐데…. 만약 저 산삼을 여기 부인에게 주신다면 당신의 부탁 한 가지를 들어주겠소."

"내가 망설이는 건 너의 정체를 신뢰할 수 없기 때문이다."

"아, 그랬던 거요? 나는 월하(月下)라고 하오."

월하?

월하노인?

하지만 뭔가 이상하다. 월하노인은 출산이 아니라 부부 연을 맺어주는 신이 아니던가?

"그런데 아기는…. 삼… 삼신(三神)할미 아니에요?"

"내 그 망할 할망구랑 요즘 사이가 별로 좋지 않아서 삼신에게 부탁할 처지가 아니오. 그래서 그대에게 직접 도움을 요청하는 거요. 하하하."

"그럼… 어르신은 '신'이란 말입니까?"

"그 어르신이라는 말이 '어린 신'이라는 뜻이라오. 그러니 노인은 모두 어린 신인 게지요. 죽으면 다 신이 되는 거요. 어쨌든, 산삼을 줄 거요, 말 거요?"

노인은 일어서며 마지막 제안을 했다.

"산삼을 준다면 대신 마지막 남은 필사검을 누가 가졌는지 내 알려주리다."

15. 천하의 사기꾼, 전우치

노인은 하얀 손으로 허연 수염을 쓸어내렸다.

"그대가 원하던 게 그거 아니요? 그것과 같은 검으로 살인을 저지른 사람!"

도학은 필사검을 거두었다. 처지가 바뀐 두 사람이다.

"네, 그렇…습니다. 그가 누구인지 알려주신다면 산삼을 부인께 드리겠습니다."

"좋소. 그럼 알려주지. 마지막 남은 필사검을 가지고 있는 건 '이자영'이라고, 전우치라는 도사가 데리고 다니며 부리는 자요."

"이자영이요? 전우치? 그들은 지금 어디에 있습니까?"

"일부러 찾으려고 하지 마시오. 곧 만나게 될 테니."

"곧 만난다는 건 그들이 저를 찾아온다는 뜻입니까?"

"아니, 그건 아니고. 아무튼, 인연이 양쪽을 서로 이끈다는 얘기요. 그리고 그 두 사람을 조심하시오. 전우치는 도술을 부릴 줄 아는 도사이고, 이자영은 검술에 상당히 능한 자객이니."

도술을 부릴 줄 아는 도사와 검술이 뛰어난 자객이라니. 도학은 쓴 입맛을 다셨다.

사람들을 불러 봉분을 파낸 도학은 산삼을 민횐의 부인에게 주었다.

"부디 이것으로 건강한 아들을 득남하시길 바랍니다."

부인은 여전히 노인을 의심하는 눈치다.

"정말로 이 산삼을 먹으면 아이가 생길까요?"

"월하노인께서 그리 말씀하셨으니 믿으시지요."

"그래도 오백 냥이나 하는 산삼인데…. 너무 부담됩니다."

"아뇨. 저 역시 두 분께서 훌륭한 아이를 낳으셔서 이 나라에 이바지하는 큰 인물로 키워주셨으면 합니다."

월하노인은 그 모습을 흐뭇한 표정으로 바라보았다.

"그럼 이제 내 할 일은 끝났으니 그만 가봐야겠군. 그런데 자네는 내가 분명 짝을 지어주었는데 그 짝은 지금 어디에 있나?"

월하노인이 묻자 도학이 당황했다.

"짝… 이라뇨?"

"자네 색시 말이야. 색시!"

"저는 아직 혼인하지 않았는데요."

"쯧쯧. 한심하군. 마음 깊이 사랑하게 되는 사람이 바로 내 짝이라네."

월하노인은 도학에게 미소를 한 번 짓고는 돌아선 뒤, 산에서 내려가기 시작했다.

"송 선생에게 안부나 전해주시오!"

월하노인은 손을 들어 도학과 민훤의 부인에게 작별 인사를 했다. 그리고는 순식간에 눈앞에서 노인의 모습이 사라져버렸다.

* * *

집으로 돌아온 민훤은 이야기를 전해 듣고는 놀라움에 입이 벌어졌다.

"맙소사! 내가 만난 사람이 월하노인이었다니!"

민훤의 아내는 남편과 친인척들에게 노인과 있었던 일을 자세하게 들려주었다.

그 사이, 도학과 향단은 조용히 집을 빠져나왔다.

"우리가 왜 도둑고양이처럼 몰래 떠나야 하는 겁니까?"

"남편은 성격상 산삼을 그냥 받지 않으려 할 거야. 이렇게 몰래 떠나는 게 맞다."

"와, 도사님 정말 명석하십니다."

"명석하긴. 월하노인을 도깨비로 오해했었다. 지금 생각하니 너무 민망하구나."

"그거야 저 때문 아닙니까?"

"아니다. 분명 이상하긴 했으니까. 사람이 아닌 건 맞았구나."

도학은 월하노인의 마지막 말이 계속 걸렸다.

'혹시 향단이를 말하는 건가?'

향단은 귀신이었지만 도학의 눈에는 한창 예쁠 나이의 처녀였다. 도학이 향단을 바라보았다. 분명 사랑스러운 아이였다.

'그럼 내가 귀신을 사랑하고 있단 말인가?'

무당은 자신의 몸주 신령과 항상 함께하기에 사랑에 빠지는 경우가 종종 있다는 얘기를 들은 적 있었다. 도학은 자신도 향단에 대한 특별한 감정이 생겨나고 있음을 느꼈다.

도학은 혼자 산을 넘기로 했다. 물론 옆에 향단이 함께였지만 다른 사람들 눈에는 도학 혼자였다.

"보부상단 없이 혼자서 산을 넘어도 될까요?"

"이 산만 넘으면 바로 읍이다. 거기까지만 가면 산을 넘는 다른 사람들을 만날 수 있을 거야. 거기서 산 하나만 더 넘으면 바로 한양이다."

하지만 말이 끝나기 무섭게 도학 앞에 식칼을 든 산적이 나타났다.

"어디 겁도 없이 이렇게 혼자 산을 넘으실까? 가진 거 다 내놓으셔!"

행색을 보아하니 나 홀로 도둑질을 하는 산적이다. 도학 혼자 지나가니 칼이 있는 자신이 유리할 것으로 생각하여 덤빈 것이었다.

화선사의 필사검은 천에 둘둘 말아 어깨에 짐처럼 메고 있었고, 심학규의 필사검은 지팡이 삼아 짚고 있었기에 무기가 없으리라 생각한 것이었다. 도학은 가지고 있던 필사검을 빼 들었다.

"그 칼 믿고 그러는 거요? 칼이라면 나도 있소이다!"

날이 시퍼렇게 선 자객용 검을 본 산적이 필사검의 기운에 놀라 식칼을 놓치고 말았다. 장검은 아무나 가지고 다니지 않는다. 도학을 검객이라고 생각한 산적은 살려달라며 무릎 꿇고 빌기 시작했다.

"저는 사실 농민이었는데 흉년으로 빚만 더 늘었습니다. 그 때문에 노비가 되기 싫어 혼자 산적 질에 나선 것입니다. 산속 움막에 가면 처와 자식이 셋이나 있습니다. 부디 저를 용서해주십시오."

도학과 향단이 듣기에 사연이 너무나 안타까웠다.

"먹여 살려야 하는 가족이 있다니…. 내 이번만은 용서해주마. 대신 산적 질은 그만두어라."

"아이고, 감사합니다요 나리!"

산적이 뒤돌아서 달아나는데 마침 이곳을 순찰하던 포졸들과 딱 마주쳤다.

"어라? 덕만이 아냐? 산적질을 하고 있었나 보군!"

도학이 나서서 포졸들을 말렸다.

"자식을 셋이나 먹여 살려야 한다고 합니다. 그냥 보내주는 것이 좋지 않겠습니까?"

"예? 무슨 얘기십니까? 이 녀석에겐 가족이 없습니다. 다른 산적 소굴에서도 눈 밖에 나서 쫓겨난 놈인걸요."

산적이 도학에게 거짓말을 한 것이었다.

"그래요? 괘씸하군. 거짓말로 나를 농락하다니! 당장 잡아가시오! 나에게 식칼을 들이밀었소!"

하지만 도학도 칼을 가지고 있기는 마찬가지였다.

"근데 선비님은 뉘시기에 그런 무시무시한 무기를 가지고 계신 겁니까?"

"나는 전라도 관찰사의 명으로 필사검 살인사건을 추적하고 있습니다."

"그럼 혹시 그 유명한 변 도사 나리십니까? 제주에서 올라오셨다는?"

"아, 예. 맞습니다."

"그럼 저희와 함께 가주셔야겠습니다."

"함께요? 왜요?"

"모르셨습니까?"

"뭘요?"

"최근 한양에서는 홍길동이란 도적이 출몰하여 큰 골칫거리가 되고 있습니다. 이에 전하께서는 홍길동을 잡기 위해 전국의 인재를 불러 모으고 있습니다. 도사님도 그 명단에 계십니다."

"제가 명단에 있다고요?"

"제주에서 해결한 사건이 모두 장계에 기록돼 한양으로 올라갔고, 궐에서는 변 도사님이 명탐정이라며 화제가 되었습니다. 아마도 대신들이 홍길동 문제를 해결할 인물로 변 도사 나리를 추천한 모양입니다."

도학이 사건을 해결할 때마다 제주 목사 탁종립이 모든 내용을 자세하게 장계에 기록하여 중앙으로 보고되었고, 그 내용을 알고 있던 조정의 관리들이 변학도를 임금에게 적극적으로 추천한 모양이었다.

"어명이니 어쩔 수 없군요."

도학이 포졸들의 뒤를 따라나섰다.

향단은 갑작스러운 상황에 걱정이 되었다.

"도사님, 우리 이렇게 따라가도 될까요?"

"지금은 어쩔 수가 없구나."

도학은 포졸들과 함께 한양의 궁궐로 향했다.

* * *

"우와! 궁궐은 처음 와봅니다!"

"그건 나도 마찬가지다."

도학과 향단은 처음 대면하는 웅장함에 정신없이 궁궐을 둘러보았다. 광화문(光化門)을 지나 홍례문(弘禮門) 앞마당에 들어서자 전국에서 내로라하는 인재들이 모여 있었다. 무술이 뛰어난 사람, 도둑 체포의 달인이 된 포졸, 전국의 유명한 무당과 책략의 천재 선비 등. 그리고 그 가운데 '명탐정'으로 도학이 있었다.

옆에서 도학 또래로 보이는 남자가 다가와 말을 걸었다.

"나는 남원에서 온 구룡 도사요. 반갑수."

"남원이라고요?"

"당신은 이름이 뭐요?"

"저는 변도학이라고 합니다."

"아~ 가는 곳마다 살인사건을 해결한다는 변 도사가 당신이로군? 나도 박수라오."

나도라고?

"제가 박수라는 걸 알고 계셨습니까?"

"풋! 당연하지. 옆에 따라다니는 처녀 귀신이 당신의 몸주 신령 아니오?"

"어머나!"

향단과 도학은 깜짝 놀랐다.

"헉! 제 몸주 신령이 보이십니까?"

"당연하지 않소. 나도 신내림 받은 무당인데…."

"저는 사실 제대로 신내림 받은 건 아니고, 내림굿 현장에 있다가 잘못하여 그만…."

"엥? 아이고야. 내림굿 사고가 났구먼. 쯧쯧. 그래도 뭐 몸주 신령 덕에 살인사건도 여럿 해결하고 나쁘지는 않지요?"

"하, 그게…."

마침 나이 지긋한 환관이 나타나 큰소리로 외쳤다.

"조용히 하시오! 지금 전하께서 나오십니다."

임금이 나타나자 모두가 바닥에 엎드려 절을 했다. 근엄한 왕의 목소리가 궁궐 안에 울려 퍼졌다.

"다들 알겠지만 지금 홍길동이란 자가 나타나 전국을 유린하여 매우 혼란스럽다. 혹시 이곳에 이 자를 잡아 올 영웅이 있는가?"

홍길동. 도술은 물론 변신술까지 부린다는 천하의 대도(大盜)다. 도학에게도 그는 두려운 존재였다. 그런데 젊은 선비 하나가 일어났다.

"전하! 저는 도술을 부리는 전우치라고 하옵니다. 여기 다른 사람들은 필요 없습니다. 제가 직접 잡아 오겠나이다."

전우치라는 말에 도학의 시선이 그에게로 향했다. 월하노인이 만나게 될 거라 알려준 그 전우치였다.

'저자가 전우치구나!'

도학이 잡아야 할 상대는 전우치의 부하, 이자영이다. 도술을 부린다면 홍길동과 막상막하의 재주를 가지고 있을 터였다.

"도술이라…. 그대는 도사로군?"

"예. 도사 전우치, 어명을 받들어 홍길동을 꼭 잡아 오겠습니다."

"그래도 혼자서는 힘들지 않겠소?"

"제가 함께 움직이는 무리가 있사옵니다. 손발이 잘 맞으니 모르는 사람들과 움직이는 것보다는 훨씬 이로울 것입니다."

"그렇군. 그럼 자네 실력을 좀 보세."

구룡이 학도의 귀에 대고 소곤거렸다.

"내가 보기엔 저자도 분명 무당인데 도사 흉내를 내는 것 같군요."

"그렇군요. 무당이 도사 흉내를 낼 수 있겠네요."

"저자는 어째 사기 냄새가 납니다."

구룡은 전우치를 사기꾼으로 의심했다. 도학 역시 전우치의 언행에 믿음이 가지 않았다.

전우치는 임금 앞에서 여러 가지 마술을 부렸다. 처음에는 작은 공 여러 개가 나타났다가 사라지게 하더니, 지팡이를 비둘기로 바꾸어 놓았다. 또 갑자기 꽃다발이 나타나 그것이 꽃잎 별로 퍼져 공중에 흩어지게 했다. 갑자기 하얀 연기가 펑~! 하자 전우치는 사라지고 토끼 한 마리만 남았다. 그리고 다시 펑~! 하고 연기가 터지자 토끼가 전우치로 변했다.

'아니, 이건 그냥 마술 아닌가?'

도학은 제주에서 외국 상인들의 마술을 본 적이 있었다. 임금은 물론 그곳에 모여 있던 사람들 모두 전우치의 도술에 감탄하는데 갑자기 한 관원이 나타나 소리치며 주장했다.

"저것은 도술이 아니라 그냥 마술이오! 전하, 이것은 그저 눈속임에 불과하옵니다!"

"눈속임이라고요?"

전우치는 비웃으며 임금에게 청했다.

"전하, 경회루의 연못에서 눈속임이 아님을 증명하겠나이다."

"그리하도록 하라."

임금을 앞세우고 모든 사람이 경회루로 향했다.

임금과 대신들은 경회루 위에 올랐다. 전우치를 비롯한 왕명을 받고 온 방문자들은 호수 건너편에 늘어섰다.

"모두 똑똑히 보시오!"

전우치는 자신과 임금 사이에 있는 인공 연못의 물 위를 자연스럽게 걸어서 건넜다. 모든 사람의 탄성이 터져 나왔다. 도학과 구룡 역시 믿을 수 없다는 표정을 지었다.

"이것도 분명 속임수일 거요!"

마술이라고 외쳤던 관원이 전우치의 뒤를 따라 호수 위로 뛰어들었다.

풍덩!

하지만 관원은 물속에 그대로 빠져 허우적거렸다. 그것을 본 일부 사람들은 웃음이 터졌지만, 나머지 사람들은 연못 위를 걷는 전우치의 도술이 진짜라는 사실에 자기도 모르게 낮은 탄성을 터뜨렸다.

"그대라면 홍길동을 잡아 오겠군. 원하는 것이 있다면 말해 보아라."

임금 역시 감탄하며 전우치를 치하했다.

"홍길동이란 자는 날쌔고 기술이 좋아서 저 역시 그를 잡으려면 군사를 부릴 수 있어야 합니다. 저에게 군사를 부릴 수 있는 관직을 하나 내려주옵소서."

"지금 홍길동이 한양에 출몰하고 있으니 전우치를 종2품 한성부 좌윤에 임명한다!"

(한성부 좌윤 : 지금의 서울시 부시장)

"망극하옵니다."

전우치가 임금 앞에 엎드려 절을 했다. 구룡과 학도는 작은 소리로 수군거렸다.

"맙소사. 저리 쉽게 고위 관직 하나를 얻다니."

"도대체 물 위를 걷는 건 어떻게 한 걸까요? 저건 본적이 없는 마술입니다."

"그러게나 말입니다. 신기하네요."

정말 월하노인의 예언처럼 전우치가 도학 앞에 나타났고 그는 도술을 부릴 줄 알았다. 그렇다면 마지막 필사검을 가지고 있다는 이자영이라는 자객도 전우치와 함께 있을 것이다.

"향단아, 전우치를 감시해다오. 분명 이자영이라는 자객과 만날 것이야."

"예, 도사님."

향단이 전우치를 따라나섰다.

"이제 홍길동 추포는 여기 한성부 좌윤 전우치가 맡게 될 것이오. 다른 분들은 별도의 지시가 있을 때까지 도성 안의 정해진 숙소에 머물도록 하시오."

방문자들은 담당 관원에게 가서 머물게 된 숙소를 확인했다. 구룡은 도학과 다른 숙소였는데 구룡이 관원에게 부탁하여 도학과 같은 숙소에 머물게 되었다.

*　　*　　*

임금과의 알현이 끝나고 방문자들은 자신의 거처로 향했다. 구룡과 도학이 지내게 된 숙소는 궁궐 인근의 아담한 여관이었는데 주막도 겸하고 있었다. 둘은 술잔을 나누며 서로에 대한 사정을 풀어놓았다. 도학은 남원과 관련된 자신의 이야기를 해주었다.

"아하, 그래서 내가 남원 이야기를 했을 때 그대의 눈빛이 흔들렸던 것이로군. 그대가 변학도의 아들이라니…. 아무튼 다시 반갑소! 역시 우리는 친구가 될 운명인가 보오. 하하하!"

"처음에 왜 날 선택한 겁니까?"

"잘생겨서?"

"예에?"

순간, 화장한 구룡의 얼굴과 화려한 옷차림 때문에 도학은 그의 성적 취향이 남들과는 다른 것인가 하는 오해를 했다.

"그래서 숙소도 일부러 바꾼 거요?"

"푸웁. 그건 농담이고⋯. 그냥 운명이 끌어당겼다고 할까. 어쩐지 당신이 낯설지 않았소. 아마 나와 같은 박수여서 그랬을지도 모르지만⋯."

도학은 구룡의 말에서 연민이 느껴졌다. 그동안 남자 무당으로 멸시와 천대를 받으며 살아왔을 것이다.

"그럼 그대의 목적은 홍길동이 아니라 몸주 신령을 통해 이자영이라는 자객과 살인의 증좌를 찾는 것이로군?"

"그렇소. 그럼 그대는 홍길동을 잡으러 오셨소?"

"아니. 홍길동은 무슨⋯. 그냥 나라에서 오라 해서 왔을 뿐이오."

나라에서 찾을 정도면 구룡은 상당히 실력 있는 무당이 아닌가. 도학은 구룡의 모습을 자세히 살폈다.

"참, 그쪽 몸주 신령을 보는 눈빛이 예사롭지 않던데 몸주 신령과 사랑에 빠지지는 마시오."

"예?"

"나 역시 같은 경험이 있어서 그렇소."

구룡의 눈에 물기가 차올랐다.

"나도 내 몸주 신령과 사랑에 빠졌었지. 하지만 그녀는 산 사람이 아니잖소. 결국, 머지않아 이승을 떠날 거요. 정해져 있는 이별이지. 그러니 그녀에 대한 마음은 빨리 접도록 하오."

"…."

도학은 구룡의 말을 부정할 수 없었다. 분명 어느 순간부터 향단이가 연인처럼 느껴졌기 때문이다.

"참, 그리고 오늘부터 팔굽혀펴기를 하루 2백 개씩 해서 부지런히 팔 힘을 기르시오."

"팔 힘은 왜?"

"그것이 당신의 목숨을 구해줄 거요."

"갑자기 팔굽혀 펴기를 하라니, 참…."

"어어? 당장!"

'농담이 아닌 거 같다.'

소문난 박수무당의 예언이라 무시할 수 없었다. 도학은 그의 말에 따라 팔굽혀펴기를 시작했다. 하나, 둘, 셋, 넷, 다섯….

"흠, 팔뚝을 보니 원래 운동을 열심히 하는가 보군. 최소한 죽지는 않겠소."

구룡은 알 수 없는 말만 계속했다.

* * *

전우치는 거처에서 동패(同牌)들과 술판을 벌였다. 전우치의 등관(登官)을 축하하는 자리다.

"과연 천하의 전우치다! 하루아침에 한성부 좌윤이라니!"

"그럼, 이제 홍길동은 어떻게 잡을 건데?"

패거리 중 하나가 전우치에게 물었다.

"홍길동을 왜 잡아? 이제 해야 할 일은 최면술로 공주를 유혹해서 임금의 부마(사위)가 되는 것이지."

"그다음엔?"

"그다음엔 임금에게 최면을 걸어서 왕위(王位)를 나에게 물려주게 만들면 내가 왕이 되는 거야!!! 음-하하하!"

'이럴 수가! 전우치는 왕이 되려는 게 목적이구나!'

향단은 전우치의 대담한 계략을 모두 엿듣고 있었다.

"자영아, 너도 한성부에 같이 들어가자. 이제 한성부의 포졸들은 네가 부리거라."

"네, 그리하겠습니다."

전우치의 옆에서 머리를 길게 늘어뜨린 남성이 가슴에 검은 검을 품은 채로 대답했다. 오른쪽 눈은 감은 채로 있어서 눈동자가 보이지 않았는데, 칼에 베인 상처가 눈 위를 지나 길게 나 있었다. 향단이 보기에도 자영이 들고 있는 검은 '필사검'이었다.

'이 자가 이자영이 확실하구나!'

향단은 이자영을 확인하고는 거처를 나서려고 돌아섰다. 그 순간, 전우치가 향단을 불러 세웠다.

"잠깐 기다려! 네 주인에게 가서 보고할 참이더냐?"

놀란 향단이 뒤돌아 전우치에게 물었다.

"제, 제가 보이십니까?"

"물론이지. 사실은 나도 무당이거든."

전우치는 품에서 부적을 하나 꺼내더니 향단이를 향해 날렸다. 부적이 향단의 이마에 붙자 향단은 몸을 움직일 수 없게 되었다. 전우치가 같은 부적이 붙어있는 호리병을 꺼내 뚜껑을 열자 향단이의 영혼은 그대로 호리병 안으로 끌려 들어갔다. 이제 향단은 호리병 안에 갇힌 신세가 되었다.

"처녀 귀신 영혼이라…. 이걸 어디에 쓰지?"

"총각 귀신 퇴치할 때?"

"아하. 그거 재미있겠다! 움-하하하!"

*　　*　　*

다음 날 아침이 되도록 향단이 돌아오지 않자 도학은 불안해졌다.

'뭔가 잘못된 거 같다!'

구룡도 도학에게 향단의 안부를 물었다.

"그대의 몸주 신령은 아직도 안 온 거요?"

"그렇소. 뭔가 불안함을 떨칠 수가 없구려."

"같이 전우치의 거처로 가봅시다. 뭔가 문제가 생긴 게 분명하오."

의기투합한 둘은 향단을 찾기 위해 전우치의 거처에 몰래 숨어들었다. 다행히 전우치와 그 패거리들은 모두 어디에 간 모양이었다. 여기저기 붙어있는 부적과 신물들, 진법 표식이 두 사람의 눈을 어지럽혔다.

"맙소사. 전우치는 무당이 맞았군. 무당도 그냥 무당이 아닌 거 같소."

열심히 거처를 뒤지던 구룡은 부적이 붙어있는 호리병을 발견했다.

"앗, 이것은…. 설마 여기에?!"

구룡이 호리병의 부적을 떼고 뚜껑을 열자 두 사람의 눈앞에 향단이가 나타났다.

"후아~ 답답해서 혼났네!"

"향단아!"

반가움도 잠시, 향단은 도학에게 자신이 보고 들었던 것을 알려주었다.

"도사님! 전우치는 홍길동 잡는 일에는 관심이 없고 최면술로 공주를 유혹하여 임금의 사위가 되려 하고 있습니다!"

"역시 그랬군!"

"그리고 임금님에게 최면을 걸어서 자신이 왕이 되려 하고 있습니다."

"내가 알게 된 이상 이제 그것은 어림없다!"

부적을 보고 있던 구룡의 표정이 심각해졌다.

"이 부적과 호리병! 전우치는 상당한 고수임이 틀림없소. 우리 조심합시다."

*　　*　　*

그 시각, 전우치는 패거리들을 한성부로 보낸 뒤 자신은 궁 안으로 들어왔다. 한성부 좌윤이라 궁에 들어오는 것이 어렵지 않았다.

'시간 끈다고 좋을 건 없지.'

공주의 오전 일정을 모두 알고 있던 전우치는 공주가 지나갈 길목에 미리 서 있었다.

시간이 되자 공주가 지나갔다. 전우치의 몸에서 은은하고 향긋한 냄새가 났다. 젊은 여성을 유혹하는 향기였다. 공주뿐만 아니라 뒤를 따르던 상궁과 궁녀들 모두 술렁거렸다. 공주가 멈춰 서서 전우치에게 말을 걸었다.

"그대는 뉘시오?"

"저는 전우치라 하옵니다."

"어제 경회루의 연못 위를 걸었다는 그 도사이옵니다."

옆에 있던 상궁 하나가 전우치를 소개했다.

"아, 그렇군. 반갑소."

공주가 환한 미소로 전우치를 반겼다.

"황공하옵니다, 공주마마."

"그대는 도사라 들었소. 혹시 내가 언제, 누구와 혼인하게 될지 알 수 있소?"

이제 막 열일곱에 접어든 공주의 최대 관심사는 자신의 결혼이었다.

"물론이옵니다."

"정말? 빨리 알려주오! 빨리!"

공주는 흥분하여 펄쩍펄쩍 뛰었다. 전우치는 공주 옆 상궁의 눈치를 보았다. 상궁 역시 궁금하다는 표정을 지어 보였다.

"그럼 알려드리겠습니다. 대신 다른 궁인들이 없는 곳으로 가시지요."

"따라오시게."

공주와 단둘이 그녀의 방 안으로 들어간 전우치는 품에서 거울을 꺼냈다. 회오리 문양이 양각으로 되어 있는 둥근 원형의 거울이었다. 공주가 그것을 신기한 듯 바라보았다.

"접시처럼 생긴 그건 뭐요?"

"이것을 들여다보시면 미래의 남편감이 보일 것입니다."

"정말?"

공주는 전우치가 들고 있는 거울을 바라보았다. 전우치는 들고 있는 거울을 살살 돌리기 시작했다. 그것을 보고 눈동자를 함께 굴리던 공주는 그만 최면에 빠지고 말았다.

"그대의 남편감은 바로 나 전우치요."

"그렇군요. 제 남편은 전우치군요."

"이제 전하께 가서 나와 결혼시켜 달라고 조르시오."

"네."

눈이 풀린 공주는 전우치의 꼭두각시가 되어버렸다.

공주는 그대로 일어나 방을 걸어 나갔다.

'후훗. 이제 난 한성부로 가서 임금의 부름을 기다리면 되겠군.'

최면에 걸린 공주는 임금을 찾아가서 전우치와 결혼을 시켜 달라며 졸랐다.

"아바마마. 전우치와 혼인시켜주세요. 이런 능력 있는 도사를 부마로 맞으신다면 아바마마 역시 왕권을 위협하는 무리로부터 큰 도움이 되실 겁니다!"

"이런. 네가 전우치에게 단단히 빠졌구나. 이번에 홍길동 문제를 해결하는 것을 보고 너와의 혼인을 결정하마."

"그러다가 홍길동만 잡아놓고 멀리 떠나면 어찌합니까? 원래 떠도는 것을 좋아한다고 합니다. 지금 당장 제 낭군으로 만들면 분명 쉽게 떠나지는 못할 것입니다."

공주의 입에서는 거짓말이 술술 나왔다.

"흠. 네 말도 맞다."

"그럼 이제 전우치 도사와 혼인하는 겁니까?"

"허허허, 전우치가 그리 좋으냐?"

"네, 빨리 혼인하고 싶습니다!"

"네가 이렇게 흥분한 건 처음 본다."

* * *

도학과 구룡은 급히 궁궐 안으로 들어왔으나 임금을 만날 방법

이 없었다. 임금은 만나고 싶다고 해서 바로 만날 수 있는 존재가
아니었다.

발을 동동 구르던 도학과 구룡은 아는 얼굴을 발견했다. 바로
어제 전우치의 도술을 의심했다가 경회루의 연못에 빠졌던 그 관
원이었다.

"안녕하십니까? 어제 전우치를 고발했던 분 맞지요?"

"놀릴 거라면 저리 가시오!"

관원은 뿔을 냈다.

"아뇨! 그게 아닙니다. 나리의 말이 맞았습니다! 그자는 사기꾼
입니다!"

"정말이오?"

"예! 증좌가 있으니 저희를 전하와 만나게 해주십시오."

그 관원에게는 어제의 망신에서 자신의 명예를 회복할 기회이기
도 했다. 이리저리 눈동자를 돌리던 관원은 결심했다는 듯 둘에게
약속했다.

"만나게 해주겠소. 따라오시오."

관원은 둘을 데리고 내시부로 향했다.

마침 내시부에는 내시 부사를 수행하는 상선(종2품)이 자리를
지키고 있었다. 도학은 상선에게 위급함을 강조했다.

"전라도 관찰사의 특명을 수행하고 있는 변도학이라고 합니다.
전우치가 수상하여 뒤를 캐던 도중 그가 왕권을 침탈하려 한다는
이야기를 듣게 되었습니다."

놀란 상선이 벌떡 일어나 반문했다.

"증좌가 있는가?"

"전하를 뵙게 해주신다면 저희가 설득하겠습니다."

어제 전우치가 경회루에서 보여준 도술은 궁궐 안에서 대단한 화젯거리였다. 모두 자신이 본 장면에 대해 충격을 받았고, 정말로 도술을 부리는 도사가 존재한다는 사실도 궁인들을 흥분하게 만들었다. 궁 안에서는 벌써 전우치를 신봉하는 사람들까지 나타났다. 하지만 고위 관료들이나 내시부의 상선 같은 사람들은 그것을 위기로 느꼈다. 홍길동은 궁 밖의 위기였고, 전우치는 궁 안의 위기였다. 전우치의 정치적 권력에 힘이 실린다면 반정(反正)이 일어나기 때문이다.

도학과 구룡을 데려온 관원은 상선 옆으로 다가가 귓속말을 나누었다. 두 사람은 전우치가 위험한 인물이라는 사실에 공감하고 있었다. 상선이 한숨을 쉬며 움직였다.

"그럼 전하께 가봅시다."

"전하, 변 도사와 구룡 도사라는 자들이 급히 뵙기를 청하였사옵니다."

"무슨 일이냐?"

"전우치와 관련된 일이라 하옵니다."

"들라 하여라."

도학과 구룡이 고개를 숙이고 들어와 임금에게 큰절했다. 임금 옆에는 여전히 공주가 앉아 있었다. 구룡이 공주를 살펴보니 눈빛이 정상이 아니었다.

'전우치가 벌써 공주에게 수를 썼구나. 오히려 그것은 큰 실수다!'

도학이 임금에게 전우치의 정체를 알렸다.

"전하, 혹시 전우치가 공주마마와의 혼인을 요구하지 않았습니까?"

"으응? 그건 아니고 공주가 직접 와서 전우치를 부마로 삼아달라고 조르고 있었는데….."

임금은 어리둥절한 표정을 지었다. 구룡은 도학에게 귓속말로 공주가 최면에 걸렸음을 알려주었다.

"전하, 전우치는 간교한 사기꾼으로, 지금 공주마마에게 최면을 걸어 공주마마의 정신을 조종하고 있사옵니다."

"뭐라? 그게 무슨 소리더냐?"

"전우치의 목적은 홍길동을 잡는 것이 아니라 공주마마와 혼인하여 전하의 부마가 되는 것입니다. 그리고 이후에 전하의 자리를 차지하는 것이 그자의 속셈입니다."

임금의 얼굴빛이 붉게 달아올랐다.

"내가 너의 말을 어찌 믿느냐?"

"만약 제 말에 거짓이 있다면 전하께 제 목을 내놓겠습니다."

도학은 자신의 판단이 확실함을 주장했다. 이에 구룡도 나섰다.

"전하, 제가 공주마마의 최면 푸는 방법을 알고 있사오니, 기회를 주시옵소서."

"만약 엉뚱한 짓을 한다면 내 가만두지 않을 것이다!"

구룡은 공주에게 다가갔다.

"이제 손뼉을 치면 당신은 잠에서 깨어나 현실로 돌아오게 됩니다."

짝! 구룡이 박수를 한 번 치자 공주의 눈빛이 정상으로 돌아왔다.

눈을 깜빡이던 공주가 어리둥절하며 말했다.

"아니, 아바마마. 제가 어찌 이곳에 있는 겁니까?"

"조금 전까지 전우치와 혼인시켜 달라고 하지 않았느냐?"

"예에?! 제가 말입니까? 그럴 리가요. 방금 전우치란 자와 만나 얘기를 나누고 있던 참이었습니다. 오늘 처음 봤는데 어찌 혼인한단 말입니까?"

"이럴 수가. 우리 공주에게 최면을 걸어 나를 속이려 했군. 여봐라! 당장 전우치를 잡아 오너라!"

진노한 임금의 지시가 떨어지자 의금부도사가 전우치를 추포하기 위해 한성부로 달려갔다.

"전우치는 당장 오라를 받아라!"

전우치와 이자영 등 동패 여섯은 포승줄에 묶여 의금부로 끌려왔다. 임금은 직접 전우치를 추문 했다.

"감히 날 속이려 하다니. 공주에게 최면을 걸어 나의 부마가 되고, 나중에는 나에게도 최면을 걸어 이 왕좌를 차지하려 했겠다!"

"천부당만부당한 주장입니다! 어느 간신의 꾐에 속으신 건지는 모르겠으나 당장 홍길동을 잡아 와서 전하에 대한 충성이 변함없음을 증명하겠나이다!"

"그만하거라! 우리가 공주마마의 최면을 풀었다!"

도학이 숨어 있다가 소리치며 구룡과 함께 앞으로 나왔다. 도학 옆에는 향단도 함께였다. 도학과 향단을 확인한 전우치의 표정이 변했다.

"이런, 역시 너희들이 결국 나의 대망(大望)을 망쳐놓았구나."

전우치의 차가운 시선이 도학과 향단에게 꽂혔다. 의금부도사가 임금에게 옥으로 만든 작은 도자기 하나를 건넸다.

"전우치의 몸 안에서 이런 것이 나왔사옵니다."

"이게 무엇이냐?"

옆에서 보고 있던 구룡이 물건을 알아보았다.

"아니, 이것은 염화수리병(染化修理甁)!"

"이것이 뭔지 알고 있느냐?"

"예, 전하. 이것은 인간이 신의 영생을 얻는 데 필요한 신물 중 하나이옵니다."

도학도 염화수리병에 관한 이야기를 덧붙였다.

"이것은 전주의 대부호가 가지고 있던 보물이온데 저기 전우치의 패거리가 필사검으로 물건의 주인을 살해한 뒤 빼앗은 것입니다. 저는 전라도 감사의 명으로 이 사건의 범인을 추적하고 있었사옵니다."

"우리 공주에게 최면을 건 것도 모자라 살인까지 저지르다니! 우상은 당장 사실관계를 확인하고, 이 자들의 죄가 증명되면 지체 없이 거열형(車裂刑)에 처하도록 하라!"

"예, 전하!"

하지만 전우치는 큰소리로 웃기 시작했다.

"하하하! 가소롭구나. 겨우 인간인 주제에 도술을 부리는 나를 처형하려 들다니!"

전우치와 그의 부하 다섯이 무릎 꿇고 있다가 전우치를 따라 일어섰다. 그리고 전우치가 발로 바닥을 두 번 차자 이들의 오랏줄이 모두 풀려 아래로 떨어졌다. 놀란 호위 무사들이 임금 앞을 막아섰다. 하지만 전우치가 노리는 건 임금이 아니었다.

"염라환혼술(閻羅還魂術)!"

전우치는 그렇게 외치며 향단을 향해 부적을 하나 날렸다.

"나의 대망을 망친 대가다!"

표창처럼 날아간 부적은 향단의 가슴에 꽂히고 말았다. 너무 빨라 도학이 막을 수 없었다. 그것을 본 구룡이 소리쳤다.

"안돼!"

향단 뒤에서 검은 기운이 열리더니 그 안에서 저승의 차사 둘이 튀어나와 향단의 양쪽 팔을 잡고는 검은 기운 안으로 데리고 들어가 버렸다. 너무나 순식간에 일어난 일이라 도학은 넋 놓고 지켜볼 수밖에 없었다.

"햐, 향단이가 사라졌어…."

그 사이, 전우치와 그의 부하들이 바닥에 무엇인가를 던지자 '펑!' 하는 소리와 함께 자욱한 연기가 주변을 가득 채웠다. 앞이 전혀 보이지 않았다. 여기저기서 낮은 기침 소리만이 들려왔다. 연기가 사라지자 그 자리에는 여섯 마리의 토끼만 남아있었다.

16. 도학, 저승에 가다

"여봐라! 저 토끼들을 잡아서 펄펄 끓는 기름에 삶도록 하라!"

"예, 전하!"

사람들의 시선이 모두 토끼로 모였다. 하지만 도학은 속지 않았다.

"이것은 속임수입니다! 주위를 살피십시오!"

도학의 말에 사람들이 모두 주변을 두리번거렸다. 그리고 누군가 외쳤다.

"앗! 저기다!"

"한성부 방향입니다!"

전우치와 그의 패거리들이 궁궐의 담을 넘고 있었다. 의금부도사와 겸사복(兼司僕)들이 전우치 패거리를 쫓아 달려 나갔다. 도학도 입구 쪽으로 뛰어가서 들어올 때 맡겨놓았던 두 자루의 필사검으로 무장을 한 뒤 전우치의 뒤를 쫓기 시작했다. 전우치와 그의 부하들은 한성부에 있던 자신들의 무기를 챙긴 뒤 말을 타고 달아났다.

포졸과 의금부의 도사(都事), 겸사복(兼司僕)들도 말을 타고 이들의 뒤를 따랐다. 전우치의 뒤를 따르던 동패들은 쫓아오는 관원들을 향해 표창을 던졌다. 그러자 포졸 세 명이 고꾸라졌다. 또 하나는 뒤를 돌아 화살을 날렸다. 그러자 겸사복도 말에서 떨어졌다. 하지만 뒤쫓는 포졸과 겸사복의 숫자가 훨씬 더 많았다. 표창과 화살은 곧 바닥이 났다.

길이 좁아지자 전우치의 부하들은 길을 막고 칼을 뽑아 들었다. 전우치는 아랑곳하지 않고 홀로 말을 달려 도망쳤다.

"아무도 이곳을 지날 수 없다!"

이자영이 필사검을 빼 들며 외쳤다. 도사와 겸사복들도 칼을 뽑아 이들과 맞섰다.

"반항하는 자는 모두 베어라!"

현란한 검투(劍鬪)가 벌어졌다. 금속의 날카로운 충돌 소리가 계곡에 울려 퍼졌다. 전우치 패거리들은 모두 상당한 실력자였으나 숫자 앞에서는 어쩔 수 없었다. 열 합이 지나기도 전에 이자영을 제외한 나머지들은 모두 목숨을 잃었다.

하지만 이자영은 달랐다. 그의 필사검은 쉬지 않고 겸사복과 포졸들을 베었다. 계곡에 부상자와 시신이 계속 늘어났다. 남은 추격자들이 접근하지 못하고 주춤거리는데 도학이 나타났다.

"필사검은 필사검으로 상대해주마!"

도학이 말에서 내려 화선사의 필사검을 빼 들었다.

"너 같은 애송이는 나의 상대가 못 돼!"

이자영의 입꼬리가 살짝 올라갔다. 비웃음이었다. 도학도 검술을 배우긴 했지만, 직업이 자객인 이자영의 실력과는 비교 대상이 아니었다. 이자영의 살기에 도학의 두 손이 떨려왔다. 그것을 본 이자영이 먼저 검을 높이 들어 도학을 향해 내리찍었다. 도학은 검을 가로로 쳐들어 이자영의 공격을 막았다. 이자영은 검을 떼지 않고 도학의 머리를 향해 내리눌렀다. 앞뒤로 벌린 도학의 발이 뒤로 천천히 미끄러질 정도였다.

"어린놈이 겁도 없구나. 죽여주마!"

떨리는 도학의 손 때문에 부딪힌 두 검날의 사이에서 카랑카랑 거리는 소리가 났다.

'기회는 지금뿐이다!'

이자영은 도학을 너무 얕잡아 봤다. 도학은 한 손으로 이자영의 필사검을 버티면서 다른 손을 허리 아래로 내려 등에 있는 심학규의 필사검을 뽑아 힘껏 그었다. 도학은 만약을 위해 심학규의 필사검은 거꾸로 메고 있었다. 원래 지팡이로 위장된 검이라 이자영조차 그것이 검일 거라는 생각을 하지 못했다. 심학규의 필사검에 당한 이자영은 고통스러운 표정을 지으며 쓰러졌다.

"이런, 내가 너무 방심했구나."

이자영은 그렇게 죽어갔다.

한성부, 포도청의 추격대와 도학은 전우치의 뒤를 쫓았지만 끝내 그의 흔적을 놓치고 말았다.

* * *

도학은 말을 타고 다시 한양으로 돌아왔다. 입구에는 구룡이 마중 나와 있었다.

"변 도사, 어찌 되었나?"

"이자영은 죽였으나 전우치는 놓치고 말았소."

"전우치 이 나쁜 놈! 향단이 까지 그리 만들고!"

그제야 도학도 향단이가 떠올랐다.

"그럼 이제 향단이는 어떻게 되는 건가? 다시 데려올 수 없어?"

구룡이 고개를 저었다.

"자네도 보았잖나. 저승의 차사들이 와서 데리고 가는 것을."

준비하지 못한 갑작스러운 이별이었다.

울컥. 도학의 눈에서 눈물이 흘렀다. 이런 이별은 한 번도 생각해본 적 없었다. 구룡은 눈물의 의미를 잘 알고 있었다.

"잊어버리게. 원래 원치 않았던 접신 아니었나? 오히려 잘 되었잖아."

"근데 그게…. 가슴이 너무 아파."

도학은 몹시 괴로웠다.

"한 번만, 한 번만 다시 만나고 싶어. 아직 못한 말이 있단 말이야!"

가슴을 치며 통곡하는 도학에게 구룡은 해서는 안 될 말을 하고 말았다.

"한 번이라면 방법이 없는 것도 아니지만…. 헙!"

실수를 깨달은 구룡이 두 손으로 입을 가렸다.

"방법이 있어?"

도학이 구룡의 멱살을 잡고 다시 물었다.

"향단이를 다시 만날 방법이 있구나? 그렇지?"

구룡의 표정이 어두워졌다.

*   *   *

전우치는 임금을 농락한 대역 죄인이었다. 전국에는 그를 수배하는 방이 붙었다.

도학과 구룡은 숙소에 틀어박혀 은밀한 이야기를 주고받았다.

"정말 꼭 만나야겠나? 자네 목숨을 걸어야 한다고. 너무 위험해."

"각오는 되어 있네. 그 아이에게 이 말을 하지 못하면 평생 한이 될 거 같아."

"그것참….."

도학은 구룡의 도포 자락을 부여잡고 사정했다.

"그 방법이라는 게 뭔가?"

구룡은 망설이다가 결국 자신의 이야기를 털어놓았다.

"나도 갑자기 내 몸주 신령과 헤어졌을 때 자네와 같은 마음이었네. 마지막으로 한 번만 얼굴을 마주 보며 하고 싶은 말이 있었지."

"그래서? 했나?"

"응."

"어떻게?"

"내가 직접 저승으로 갔다네."

두둥!

"뭐? 향단이를 이승으로 다시 부르는 게 아니라 내가 직접 저승에 가야 한다고?"

구룡은 가만히 고개를 끄덕였다.

"전우치가 주술을 써서 저승의 차사를 불러와 향단이의 영혼을 데려가게 한 것처럼 살아있는 인간도 그런 주술을 써서 저승으로 갈 수 있다네."

"하겠어. 그러니 똑같이 나를 저승으로 보내주게!"

도학은 망설이지 않았다.

"근데 그게 말처럼 쉽지 않아. 저승에 가면 어떤 돌발 상황이 벌어질지 모르고…. 만약 3일 안에 이승으로 돌아오지 못한다면 몸과 영혼이 분리되어 영원히 구천을 떠돌던지, 아님 저승 차사에게 잡혀가게 될 걸세."

"자네는 무사히 돌아왔지 않나. 그러니 좀 도와주게."

"지금부터 준비할 테니 이따 저녁에 해가 넘어가면 보내주겠네."

도학은 다시 향단이를 만날 수 있다는 생각에 기분이 좋아졌다.

구룡은 방을 나서며 주모를 찾았다.

"주모! 우리 달걀 좀 삶아주게!"

해가 넘어가자 구룡은 도학에게 웃옷을 벗으라고 한 뒤, 등에 닭 피로 부적 문양을 그려 넣었다. 그리고 몸통 앞의 심장 근처에는 같은 문양이 그려져 있는 괴황지(槐黃紙)에 풀을 발라 떨어지지 않도록 붙였다.

"다 끝났네."

"이게 다인가?"

"응. 육신에서 자네의 영혼이 나오는 게 아니라 육신 그대로 저승에 가는 걸세."

구룡은 도학에게 작은 모래시계를 주었다.

"저승의 시간은 이승과 다르게 간다네. 황천에 도착하는 데에 이승의 시간으로 만 하루가 걸리지. 그리고 돌아오는 데에 만 하루. 즉, 거기서 머물 수 있는 시간은 최대로 잡아야 만 하루일세. 그러니 향단이와 만나면 지체 없이 이승으로 돌아와야 하네."

"그럼 이 모래시계는 뭔가?"

"잊지 마시게. 이 모래시계의 모래가 아래로 전부 떨어지면 이승의 시간으로 하루가 지난 거네. 가장 중요하지."

그리고 도학에게 염낭 주머니 세 개를 주었다.

"낮에도 말했지만, 각각의 주머니는 위급할 때 열어 보시게. 순서는 빨강, 연두, 검은색일세."

구룡은 도학이 저승에서 겪게 될 일들을 미리 예견하여 그때마다 위험에서 벗어날 방법을 주머니에 담은 것이다.

"고맙네, 친구."

"꼭 무사히 돌아오게나. 난 그 이상 바랄 게 없네."

자시(밤 11시 ~ 새벽 1시 사이)가 다가오자 구룡은 몹시 초조해했다.

"이거 내가 잘하는 짓인지 모르겠군. 내가 가는 것과 남을 보내는 것이 이렇게 다를 줄이야."

"자네도 내 명이 짧지 않다고 하지 않았나?"

"미래의 운명이란 얼마든지 바뀔 수 있는 거라 장담은 못 해."

도학은 두 자루의 필사검을 X자로 멨다.

"너무 걱정하지 마시게. 이 필사검이 나를 지켜줄 걸세."

월하노인은 분명 필사검이 귀신도 벨 수 있다고 했다.

"온다!"

자시가 넘어가자 정말로 검은 갓에 검은 도포 차림의 저승차사가 붉은 등을 앞세우고 어둠 속에서 나타났다. 저승차사의 뒤에는 죽은 사람들의 영혼 서넛이 한 줄로 서서 따라오는 것이 보였다.

"한양이라 다행이다. 한양은 인구가 많아 매일 죽는 사람이 나오거든."

구룡이 도학에게 마지막으로 일렀다.

"저 영혼들 맨 뒤에서 따라가."

"그럼 다녀올게."

도학은 슬그머니 줄의 맨 뒤를 따라갔다. 구룡은 걱정스러운 표정으로 도학의 뒷모습을 바라보았다.

'부디 무사히 돌아와야 할 텐데….'

도학은 기분이 이상했다.

'내가 저승사자의 뒤를 죽은 사람들과 따라가고 있다니.'

한동안 걸어가자 앞에 시커먼 강이 나타났다.

'어라? 여기에 강이 있었나?'

차사와 영혼들이 나룻배에 탔다. 도학 역시 마지막으로 배에 올랐다. 이제 모래시계를 뒤집어야 한다. 모래시계는 허리춤에 대롱대롱 매달려 있었다. 도학은 구룡이 시킨 대로 배에 오르며 모래시계를 뒤집었다. 노를 젓는 이 아무도 없었지만 배는 혼자서 스르르 움직이며 강 건너편을 향해 나아갔다. 도학은 구룡이 해준 이야기를 떠올렸다.

'따라가다 보면 까만 강이 나올 거야. 그게 바로 삼도천(三途川)이다. 그 삼도천을 건너면 저승이야.'

배는 일각(약 15분)도 되지 않아 강 건너편에 도착했다. 저승 땅에 발을 디뎠지만, 이승과는 큰 차이를 느끼지 못했다. 하지만 알 수 없는 음습한 기운이 도학의 몸을 감쌌다. 가슴에 오싹한 무엇이 느껴졌다.

'드디어 저승인가?'

높은 언덕 하나가 보였다. 언덕을 오르자 거대한 문이 나타났다. 문의 현판에는 '黃泉(황천)'이라는 두 글자가 보였다. 현판의 높이가 도학의 신장 정도였다. 도학은 그제야 자신이 저승의 입구에 도착했다는 사실을 깨달았다.

입구는 험상궂게 생긴 문지기가 커다란 언월도(偃月刀)를 들고 서 있었다. 차사와 죽은 영혼들은 그대로 문을 통과했으나 마지막 도학이 지나려 할 때 문지기가 언월도로 앞을 막았다.

"산 사람은 이곳을 지날 수 없다! 돌아가라!"

문지기는 종종 있는 일이라는 듯, 아무렇지 않게 경고했다. 문지기의 눈에서 하얀 불이 이글거리고 있었다.

'황천 입구에 도달하면 문지기가 들어가지 못하도록 막을 거야. 그때 첫 번째 주머니를 사용하도록 해.'

도학은 구룡이 일러준 대로 첫 번째 주머니를 열었다.

주머니 안에는 껍질을 벗은 새하얀 삶은 달걀 3개가 들어있었다. 도학은 삶은 달걀 하나를 꺼내 문지기에게 디밀었다. 그러자 문지기의 콧구멍이 벌렁거리며 삶은 달걀의 냄새를 맡기 시작했다. 눈에서 이글거리던 불도 차츰 사그라들었다. 삶은 달걀을 들고 있는 손을 크게 돌리자 문지기의 머리도 달걀을 따라 돌았다.

"이것이 먹고 싶소?"

"응."

문지기는 고개를 크게 끄덕이며 대답했다. 마치 잘 길들인 강아지 같았다.

"드시오."

그러자 문지기는 순식간에 달걀을 입에 넣고는 정신없이 씹어댔다.

"으아, 너무 맛있다, 너무 맛있어!"

도학은 삶은 달걀 두 개를 마저 꺼냈다. 그러자 문지기는 아예 도학 앞에 쪼그리고 앉아 달걀만을 바라보았다.

"자, 그럼 이것도 드시오!"

도학은 달걀 하나를 있는 힘껏 던졌다. 그러자 문지기는 날아가는 달걀을 향해 뛰어갔다. 그리고 남은 하나는 반대 방향으로 최대한 멀리 던졌다. 도학은 문지기가 없는 틈을 타 문을 통과하여 뛰어갔다.

'첫 관문은 통과다!'

* * *

반각(1시간) 정도 차사를 따라 구불구불한 길을 걸어가자 한양과 같은 커다란 도시가 나타났다. 돌을 깎아 만든 신작로와 깨끗하게 지어진 기와집들은 이승의 것과 다를 바 없었다.

대로(大路) 끝에는 6층 높이의 웅장한 궁궐이 하나 나타났다. 입구에는 죽은 사람의 영혼들이 길게 줄을 서 있었다. 모래시계의 모래가 거의 다 떨어져 갔다. 이승에서는 벌써 하루가 지났다는 뜻이었다. 시간이 없었다. 도학은 줄을 무시하고 맨 앞으로 뛰어 들어갔다.

건물 안으로 들어가자 명부차사가 '다음!'을 외쳤다. 도학은 다음 영혼을 새치기하여 먼저 심판대에 올랐다.

양옆으로 이원 사자와 명부차사가 있었다. 심판대 앞에는 10명의 시왕인 '열시왕'이 근엄한 표정으로 앉아 있었는데, 각각의 시왕 앞에는 진광대왕, 초강대왕, 송제대왕, 오관대왕, 염라대왕, 변성대왕, 태산대왕, 평등대왕, 도시대왕, 전륜대왕이라는 명패가 보였다.

도학의 명부를 확인한 명부차사가 당황해하며 물었다.

"너, 너는 아직 올 때가 아닌데 왜 이곳에 온 것이냐?"

모든 것이 구룡이 말한 대로였다. 도학은 침착하게 자신이 이곳에 온 목적을 말했다.

"저는 아직 죽지 않았습니다. 살아있는 사람입니다!"

10명의 시왕이 술렁였다. 가운데 앉은 염라대왕이 물었다.

"산 사람이 이곳엔 왜 왔는가?"

"전우치의 주술 때문에 제 몸주 신령 향단이와 갑작스레 헤어지고 말았습니다. 마지막 작별 인사를 나누고 싶습니다. 부탁이온데 부디 마지막 인사를 나누게 해주십시오."

"아, 그 처녀 말이로군. 안타깝기는 하나 인연은 거기까지다. 돌아가라!"

무시무시한 염라대왕의 목소리가 실내에 가득 울려 퍼졌다. 도학은 이미 거절당할 것을 알고 있었다.

*　　*　　*

"분명 염라대왕은 안 된다고 할 거야. 그때 염라대왕 앞에 이걸 내밀어."

구룡은 두 번째 주머니를 가리켰다.

"이게 뭔데?"

"염라대왕의 치부가 적힌 편지."

"염라대왕의 치부? 그러다가 화가 난 염라대왕 손에 죽게 되는 거 아냐?"

"걱정하지 마. 절대 그러지 못할 테니까."

구룡은 도학에게 묘한 미소를 지어 보였었다.

도학은 구룡이 준 두 번째 주머니를 열었다. 안에는 여러 차례 접은 편지가 하나 들어있었다. 도학이 편지를 꺼내 염라대왕에게 내밀었다. 편지를 펼쳐 내용을 확인한 염라의 표정이 붉으락푸르락 변했다. 염라는 주먹을 꽉 쥐며 편지를 공처럼 구겨 버렸다. 순간 겁을 먹은 도학의 등에서 식은땀이 흘렀다. 염라는 한숨을 크게 한 번 쉬고는 도학에게 말했다.

"혹시 그대가 가지고 있는 검이 필사검 맞나?"

"예, 맞습니다."

"좋다. 부탁을 들어주지. 대신, 나도 부탁이 하나 있으니 그걸 먼저 들어주면 너의 요구를 들어주겠다."

놀랍게도 염라대왕은 도학에게 협상을 제안했다.

"물론 제가 할 수 있는 일이면 들어드리겠습니다."

"경기도 수원에 조갑수라는 자는 64년 전에 저승으로 와야 했으나 스스로 사자의 진입을 막는 진법 결계를 만들어 저승차사의 접근을 막고 있다. 너는 사람이니 네가 가서 그를 데리고 오너라."

경기 수원에 사는 조갑수(진사)의 나이는 현재 137세. 64년 전에 명이 다하여 죽어야 했으나 무당의 도움을 받아 스스로 보호 결계를 만들어 버티는 중이었다. 염라는 필사검을 가지고 있는 도학이 조 진사의 경호 세력을 뚫을 수 있을 거라 판단했다. 도학은 제안을 받아들였다.

"예! 이행하겠나이다."

"월직사자는 당장 필사검의 주인 변도학을 조갑수에게 인도하도록 하라!"

어둠 속에서 불쑥 나타난 월직사자 하나가 도학의 곁으로 다가왔다.

"따라오시오."

그렇게 도학은 월직사자의 뒤를 따랐다. 염라는 혼자 중얼거렸다.

"전에 구룡이란 놈이 왔을 때 이걸 해결해달라고 요구했어야 하는 건데…."

* * *

도학이 이승으로 돌아온 곳은 처음 저승으로 왔던 입구가 아니었다. 낯선 곳이라 구룡의 모습은 보이지 않았다.

곧이어 도학은 월직사자의 뒤를 따라 수원의 조 진사 집 앞에 도착했다.

"이곳입니다."

"과연…. 결계를 쳐났군요."

저택의 담벼락은 새끼줄이 두르고 있었는데 한 뼘 간격으로 마늘과 부적이 묶여 있었다. 도학이 살펴보니 새끼줄은 끊어지지 않고 담장 전체를 한 바퀴 감고 있었다. 대문에는 커다란 부적 2장이 눈에 들어왔다.

"저 새끼줄이 저승차사의 진입을 막고 있는 겁니다."

대문 앞에는 지키는 사람이 아무도 없었다. 도학은 다가가 새끼줄을 검으로 한 번에 잘라버렸다. 그리고 땅으로 떨어진 새끼줄을 거두어 멀리 치워버렸다.

　"이제 남은 것은 대문에 붙어있는 부적이군요."

　부적을 떼어내려 했으나 단단히 붙어서 잘 떨어지지 않았다.

　도학은 가까운 우물로 달려가 물을 한 바가지 퍼와서 대문에 붙어있는 부적 위에 뿌렸다. 그리고는 돌을 하나 주워서 문지르자 부적의 글자가 하나씩 지워졌다.

　벅벅!

　지켜보던 월직사자가 외쳤다.

　"부적은 글자가 하나만 지워져도 힘을 쓰지 못합니다!"

　돌로 대문을 문지르는 소리에 놀란 노비가 대문을 열고 나왔다.

　"도대체 이게 무슨 소리야?"

　노비가 나오자 도학은 노비의 몸통을 발로 걷어차고는 집 안으로 들어갔다.

　"큭! 웨… 웬 놈이냐?"

　"조 진사에게 저승에서 데리러 왔다고 전하거라."

　월직사자도 도학을 따라 마당 안으로 들어왔다. 그런데 도학 눈앞에 괴상한 광경이 펼쳐졌다. 기와지붕은 물론 저택 건물 전체가 대충 봐도 50개가 넘는 새끼줄로 감겨 있었다. 물론 새끼줄에는 마늘과 부적이 촘촘하게 묶여 있었다. 기둥과 벽면, 방문, 서까래까지 거의 모든 곳에는 빈틈없이 부적이 발라져 있었다.

마당으로 나 있는 미닫이문이 열리자 조 진사의 모습이 나타났다.

"누군데 감히! 어라? 저승사자와 같이 왔군."

조 진사의 탕건 중앙에는 특이한 부적이 하나 붙어있었다. 그 부적 때문에 조 진사는 저승사자의 모습을 볼 수 있었다. 얼굴에는 137살이라는 나이가 고스란히 새겨져 있었다.

"살아있는 송장이군."

"산 사람과 같이 올 줄은 몰랐네. 그럼 어디 날 데려갈 수 있으면 데려가 보시게. 끌끌."

조 진사가 기분 나쁜 비웃음을 흘렸다. 이어서 노비들이 칼을 가지고 뛰어나왔다. 어차피 저승사자는 집 안으로 들어올 수 없다. 노비들은 도학에게 달려들었다.

하지만 노비들이 가지고 있는 칼은 날이 한쪽에만 있는 '도'였다. 도학의 칼은 날이 양쪽에 있는 '검'이었다. 더군다나 도학의 검은 필사검. 노비의 칼은 도학의 상대가 되지 못했다. 도학이 필사검을 휘두르자 노비의 칼이 모두 부러져 나갔다.

"죽고 싶지 않으면 모두 물러서라!"

도학의 외침에 겁에 질린 노비들 전부가 멀찌감치 물러났다.

그것을 지켜보던 조 진사도 당황했다.

"하지만 이 결계는 어찌하지 못할걸!"

도학은 방 안으로 뛰어 들어갔다.

겁에 질린 조 진사가 외쳤다.

"설마, 날 죽이려는 것이냐? 날 죽이면 너 역시 살인죄로 사형당할 것이다!"

도학은 조 진사를 연민의 눈빛으로 바라보았다.

"걱정하지 마시오. 난 당신을 죽이지 않을 테니."

도학은 필사검을 칼집에 넣은 후 조 진사의 멱살을 잡고는 그를 방에서 마루로 끌고 나왔다. 어렵지 않게 도학의 손에 이끌려 마루로 나온 늙은 조 진사는 단숨에 마당으로 던져졌다.

"아이고, 마님!"

그것을 지켜보던 노비들의 한숨이 터져 나왔다.

조 진사는 마당 한가운데 서 있는 월직사자 앞에 무릎을 꿇었다.

"너무 늦었다. 인제 그만 가자!"

월직사자가 손을 조 진사의 정수리에 대자 조 진사의 영혼이 몸에서 빠져나왔다.

"으아아악! 내가 죽다니!"

월직사자는 조 진사가 다시 도망가지 못하도록 작은 호리병에 그의 영혼을 가두었다.

"이제 다 끝났습니다. 저승으로 다시 돌아가시지요."

"아, 예."

도학이 월직사자의 뒤를 따라나섰다.

마당 한가운데 쓰러져 있는 조 진사의 모습을 본 노비들이 수군거렸다.

"이게 어떻게 된 거야? 진사 나리는 죽지 않을 거라며?"

"그야 저승차사가 못 데려간다는 거지. 근데 살아있는 사람이 와서 끌어냈잖아."

"도대체 저 사람은 뭐지? 왜 우리 진사 나리를 끌어내서 죽게 만든 거야?"

도학은 돌아가는 길에 월직사자에게 부탁하여 구룡을 만났다. 자신의 일정에 변화가 있음을 알려야 구룡이 기다리지 않기 때문이다.

"다시 배를 타거든 모래시계 뒤집는 걸 잊지 마."

구룡은 도학에게 신신당부했다.

＊　　＊　　＊

저승으로 돌아온 월직사자가 염라대왕 앞에 호리병을 꺼내 놓았다. 막혀있던 뚜껑을 열자 조 진사가 모습을 드러냈다. 염라대왕이 신기한 듯 조 진사의 얼굴을 '뚫어져라' 쳐다보았다.

"네놈이 조갑수구나?"

조 진사는 10명의 시왕 앞에 무릎 꿇고 빌었다.

"아이고, 대왕님들! 제가 이승에 미련이 많아 그랬습니다!"

하지만 저승에 늦게 온 죄에 대한 벌은 크지 않다. 죽음을 두려워하는 건 모든 인간이 가진 본능이기 때문이다. 조 진사는 자신이 살아있을 때 저지른 죄에 대해서만 벌을 받았다. 하지만 남들보다 더 오래 살았기 때문에 그가 저지른 죄 또한 그만큼 더 많았다.

염라대왕은 도학을 다시 불렀다.

"고맙구나. 네가 나의 부탁을 들어주었으니 나 역시 네 부탁을 들어주겠다."

염라대왕이 '귀혼(歸魂)'이라고 외치자 향단의 영혼이 도학 앞에 나타났다.

"향단아!"

반가움에 도학의 눈에 눈물이 고였다. 두리번거리던 향단은 도학을 발견하고는 놀란 표정을 지었다.

"아니, 여기까지 어찌 오신 겁니까?"

도학은 담담하게 고백을 풀어 놓았다.

"마지막 할 말이 있어서…. 나, 사실은 너에게 연정이 있었다. 그 고백을 하지 못해 이렇게 왔어."

도학의 고백에 향단이 빙그레 미소 지었다.

"나리의 마음이 저를 향한 것이 맞습니까?"

"뭐?"

"모르고 계셨군요. 나리의 마음은 옥단이를 향한 것입니다. 단지 그것이 일란성 쌍둥이인 저 때문에 착각했을 뿐이지요."

도학은 곰곰이 생각해보았다. 도학 역시 자신의 마음이 옥단을 향한 것인지, 향단을 향한 것인지 헷갈렸다.

"그럼 너는 나에게 마음이 없었어?"

"변 도사님, 제 정인은 이몽룡입니다. 물론 나리도 좋은 분이시지만, 제 마음은 영원히 이몽룡을 향할 것이고, 절대 변하지 않을 겁니다."

향단의 단호한 대답에 도학은 더 할 말이 없었다. 향단은 다시 한번 강조했다.

"나리의 정인은 옥단입니다. 불쌍한 옥단이를 부탁드리겠습니다."

향단은 도학에게 큰절을 올렸다.

"억울한 제 죽음은 나리가 밝혀주시리라 믿습니다."

향단은 도학에게 따뜻한 미소를 지어 보였다. 그렇게 마지막 부탁을 남긴 향단은 홀연히 사라져버렸다.

'내 정인이 옥단이라고?'

도학은 월하노인의 말을 떠올렸다.

'그렇구나. 월하노인이 연결해준 내 정인은 옥단이었어!'

멍하니 서 있는 도학에게 염라대왕이 물었다.

"가지고 있는 검이 왜 '필살검'이 아니라 '필사검'인 줄 아느냐?"

"네?"

"검은 스스로 사람을 죽이는 게 아니다. 검을 들고 있는 사람이 죽이는 것이지. 그래서 '필살(必殺)'이 아니라 '필사(必死)'인 것이야. 검에 찔린 사람은 반드시 죽지만 그건 검의 의지가 아니다. 검을 휘두른 사람의 의지이지."

도학은 사람을 죽이는 검의 주인이다. 죽음을 관장하는 염라대왕은 그 무게에 대하여 알려준 것이었다.

"그렇군요. 몰랐습니다."

"이제 볼일이 끝났으면 그만 돌아가라."

* * *

밖으로 나온 도학은 모래시계를 확인했다. 거의 끝나가고 있었다.

'벌써 만 이틀이 지났군.'

모래시계를 뒤집은 도학은 왔던 길을 다시 달리기 시작했다.

거대한 문 앞에 도착하자 문지기가 언월도를 들고 입구를 막고 있었다.

"드디어 오는군."

문지기는 도학을 기다렸다는 듯이 노려보았다.

수원에 다녀올 때는 월직사자와 함께였기 때문에 문제가 없었으나 지금은 혼자이기 때문에 그냥 통과할 수 없었다. 도학은 마지막 주머니를 열었다. 주머니 안에는 장기판이 그려진 종이와 작은 장기알로 가득했다.

"너 나랑 장기 한판 두자!"

도학은 문지기 앞에 장기판을 벌였다.

장기를 두기 시작하는 두 사람. 겨우 5수를 두었을 뿐인데 문지기는 다음 수를 놓고 깊은 고민에 빠졌다.

"시간제한은 없으니 천천히 생각하시게."

도학은 천천히 일어나 문을 넘었다. 문지기는 도학을 눈치채지 못하고 여전히 장기에 빠져있었다.

"문지기는 정말로 선택 장애가 있군."

도학은 언덕 아래로 달려 내려왔다. 그런데 누군가 도학의 앞을 가로막았다.

"어딜 그렇게 급히 가시나?"

도학의 길을 막은 건 죽은 권 생원이었다. 권 생원은 들고 있던 필사검을 빼 들었다.

"우리 아들이 필사검도 같이 묻어주었지 뭔가. 얼마나 좋던지. 마침 이렇게 복수할 기회가 생겼으니 말이야. 껄껄껄."

권 생원의 눈동자가 붉게 빛났다.

*   *   *

필사검은 죽은 사람도 벨 수 있다고 했다. 더군다나 권 생원의 검은 하나. 도학은 둘이나 가지고 있었다. 도학은 권 생원을 쉽게 물리칠 수 있을 것으로 생각했다.

'나의 검은 두 자루. 바로 물리치고 달리는 거다!'

도학은 두 자루의 필사검을 빼 들고 권 생원과 맞섰다.

필사적으로 공격이 들어갔으나 권 생원은 도학의 공격을 모두 받아냈다.

"나도 검은 좀 다룰 줄 알거든. 쉽지 않을 거야. 후후"

도학은 다시 두 검을 휘둘렀다.

순식간에 열 합이 지나갔다. 도학의 팔에서 힘이 빠지고 있었다. 검은 생각보다 무겁다. 그것을 양손에 하나씩 들고 휘두르고 있으니 체력 소모가 클 수밖에. 반면 권 생원은 방어에만 집중했다.

"설마…."

"난 귀신이라 지치지 않아. 그런데 너는 시간이 지날수록 팔에서 힘이 빠지겠지. 결국, 검을 들고 있는 힘조차 남아있지 않게 될 걸. 킥킥."

도학은 가쁜 숨을 몰아쉬었다. 권 생원은 도학의 모습을 보며 비웃었다. 시간이 촉박했다. 저승의 시간은 이승보다 빨리 간다. 서둘러 삼도천을 건너지 않으면 도학의 목숨이 위험했다.

"이제 눈치챘나? 난 네가 더는 가지 못하도록 막기만 하면 돼. 그럼 돌아갈 시간을 놓치고 죽게 되겠지. 그게 내 계획이야."

권 생원은 굳이 도학을 죽일 필요가 없었다. 어차피 시간 안에 도학이 삼도천을 건너지 못하면 죽게 되기 때문이다.

'이런 제길. 이제 어떻게 하지?'

구룡은 이런 상황에 관하여는 설명해주지 않았다. 구룡이 예상 못 한 일이 벌어진 것이다.

'검의 주인이시여. 부디 저에게 힘을 주소서!'

도학은 두 눈을 감고 진심을 담아 빌었다. 마지막 힘을 다해 필사의 의지를 담아 공격하려던 순간, 갑자기 두 사람이 도학의 양옆에 나타났다. 한 사람은 하얀 수염이 멋진 장군이었고, 다른 사람은 나이 지긋한 늙은 스님이었다.

"갑자기 이 노승은 왜 찾은 게요?"

"가만, 이건 내 검이 아닌가?"

"어라? 정말이네. 이건 내 것이오."

둘은 도학이 들고 있는 필사검의 원래 주인이었다.

"저자가 제 앞길을 막고 있습니다. 도와주십시오."

도학의 말에 장군과 노승이 권 생원을 노려보았다.

"이런, 악령이군."

"악령이요?"

"저자가 자네에게 원한이 있나?"

"예. 따지고 보면 저 사람이 죽은 건 저 때문입니다."

"에이, 그러니 저러지. 쯧쯧."

노승이 혀를 찼다.

"하지만 저자는 나쁜 놈입니다! 그래서 벌을 받은 거라고요!"

"관상만 봐도 얼굴에 나쁜 인간이라고 다 쓰여 있구먼."

도학의 변명에 장군이 맞장구쳤다.

"저는 당장 이승으로 돌아가야 합니다. 그러니 저에게 저자를 물리칠 힘을 주세요."

도학은 둘에게 사정했다. 노승이 대답했다.

"무리야."

"네?"

"무리라고. 죽어있는 우리가 살아있는 자네에게 어찌 힘을 주겠나."

도학은 황당했다.

"그러면 여기 왜 오신 건데요?"

"자네가 우릴 불렀잖나. 검의 주인을 찾았으니 나타난 게지."

장군이 입을 열었다.

"방법이 아예 없는 것도 아닌데…."

도학이 물었다.

"그게 뭡니까?"

"같이 싸우는 거."

"예? 어떻게요?"

장군과 노승은 양쪽에서 각각의 필사검을 도학과 함께 잡았다.

"이렇게 되면 우리의 검술이 나가게 되거든."

"우린 왜란 때 전장을 누비며 왜군을 도륙했지. 이 검으로 죽인 왜놈만도 오천이 넘어."

"겨우 오천? 난 만 이천쯤 될 거다."

"거짓말하지 마! 너 혼자 1만 명을 넘게 죽였다는 게 말이 되냐?"

노승과 장군은 말싸움했다. 도학은 마음이 급했다.

"잠깐! 저 시간 없거든요! 빨리 어떻게 좀 해주세요!"

"그럼 가자고!"

장군과 노승은 도학의 재촉에 검을 들고 권 생원에게 달려들었다. 이전과는 다른 검술이 펼쳐졌다. 검은 도학이 들고 있었으나 그 검을 휘두르는 건 백전노장의 고수였으니까.

두 고수의 검이 권 생원 앞에서 춤을 추자 권 생원도 밀리기 시작했다. 당황한 권 생원이 반격할 새도 없이, 장군의 검이 권 생원의 가슴 한가운데를 관통했다.

"억!"

"네깟 놈이 감히 날 이기려 하다니!"

장군의 비장한 목소리가 울렸다. 하지만 권 생원은 웃고 있었다.

"크크크."

"왜 웃는 거냐?"

"이젠 늦었다."

"뭐?"

"제시간에 이승으로 돌아가기 틀렸다고! 마지막 배를 타지 못할 것이야. 하하하."

그것을 마지막으로 권 생원의 영혼은 사라졌다. 도학과 장군, 노승은 서둘러 삼도천으로 달려갔다.

정말로 삼도천의 배가 떠난 뒤였다. 도학은 멀리 떠나가는 배의 뒷모습을 바라보았다.

"헤엄이라도 쳐서 배를 따라잡아야겠어요!"

도학이 삼도천의 검은 물속으로 뛰어들려고 하자 장군과 노승이 말렸다.

"멈춰! 산 사람은 삼도천을 헤엄쳐서 건너지 못해!"

"배를 따라잡기는커녕 아마 중간도 못 가서 힘이 빠져 익사하게 될걸."

"그럼 이제 어찌합니까? 시간 안에 돌아가지 못하면 저는 죽는다고요!"

다급한 도학의 입에선 거의 우는 소리가 나왔다.

"혹시 어릴 때 개를 키운 적 있느냐?"

"예."

"그럼 그 개는 죽었겠구나?"

"그렇죠. 5년도 넘었는걸요."

"눈을 감고 개의 이름을 불러 보아라. 개와 함께라면 삼도천을 건널 수 있다!"

도학은 눈을 감고 어릴 때 키웠던 개의 이름을 외쳤다.

"보리야, 도와줘!"

그러자 멀리서 개 짖는 소리가 들려왔다.

"왈왈!"

"설마…."

곧이어 삽살개 한 마리가 긴 털을 날리며 도학의 품 안으로 달려들었다.

"맙소사, 정말 보리잖아!"

도학과 삽살개는 서로 끌어안으며 뒹굴었다.

"해후는 그쯤하고 강부터 건너자고."

도학과 보리가 노승의 말에 귀를 기울였다.

"개는 헤엄으로 삼도천을 건널 수 있어. 그러니 자네는 이 개의 꼬리를 잡고만 있으시게. 절대 꼬리를 놓쳐서는 안 돼. 삼도천의 검은 물은 일반 강물과는 달라. 절대 마셔도 안 되고, 완전히 빠져도 큰일 나지."

노승은 도학이 보리의 꼬리를 잡도록 해주었다.

장군은 보리에게 명령했다.

"네 주인을 데리고 최대한 빨리 헤엄쳐서 먼저 간 배를 따라잡아야 한다. 알았지?"

"왈왈!"

보리가 강물 속으로 뛰어들었다. 꼬리를 잡고 있던 도학 역시 덩달아 따라 들어갔다. 도학은 마지막 인사를 전했다.

"고, 고맙습니다!"

"강아지 꼬리나 놓지 마라!"

도학과 보리의 모습이 멀어지자 장군이 혀를 찼다.

"과연 제시간에 도착할 수 있을까?"

"글쎄. 아슬아슬하겠는데?"

보리의 개헤엄은 굉장히 빨랐다.

'역시 개헤엄이 최고구나.'

도학은 과거를 회상했다. 어린 시절, 어머니를 일찍 잃은 도학에게 변학도는 강아지 한 마리를 얻어다 주었다. 형제가 없는 도학에게 보리는 친형제 같은 존재였다. 둘은 그렇게 서로를 의지했다.

보리가 죽었을 때도 도학은 형제를 잃은 것처럼 슬퍼했더랬다. 그런데 이렇게 다시 보다니. 더군다나 보리는 제 주인의 목숨을 살리기 위해 최선을 다하고 있었다.

'보리야…'

보리는 꼬리에 도학을 달고 엄청난 속도로 삼도천을 헤엄쳐갔으나 저승차사가 탄 배의 모습은 보이지 않았다.

'과연 배를 따라잡을 수 있을까?'

삼도천을 오가는 배의 속도도 굉장히 빠른 편이었다. 그래서 그런지 배의 모습은 금방 보이지 않았다.

*   *   *

보리와 함께 한참을 헤엄쳐 온 뒤였다.

'이 정도 왔으면 반대편에 도착할 거 같은데?'

도학의 머리에서 그런 생각이 들었을 때, 멀리 건너편 강가에 도착한 배의 모습이 보였다. 배에서는 차사가 내리고 있었다. 차사의 모습이 완전히 사라진 후, 도학도 보리와 강가에 도착할 수 있었다. 보리는 배 위로 뛰어올랐다.

"고마워, 보리야!"

도학은 강변으로 올라서자마자 뒤도 돌아보지 않고 뛰기 시작했다. 모래시계의 모래는 이미 다 떨어진 후였다. 앞에서 달려오는 구룡의 모습이 보였다. 순간, 눈앞이 핑 돌며 어지러움이 느껴졌다.

'어라? 왜 이러지? 저승을 다녀온 부작용인가?'

도학은 웃으며 구룡과 인사했다.

"잘 다녀왔네!"

하지만 구룡의 표정은 매우 어두웠다.

"잘 다녀오긴 이 사람아. 뒤를 돌아보게!"

도학은 고개를 돌렸다. 뒤에는 자신의 육체가 땅바닥에 엎어져 있었다. 구룡은 크게 한숨을 쉬었다.

"조금만 더 일찍 오지! 늦었네. 그래서 육체와 영혼이 분리된 거야."

자신의 시신을 본 도학의 얼굴이 하얗게 질렸다.

"뭐, 뭐야? 나 죽은 거야?"

"보면 몰라!"

"그럼 난 이제 어떻게 되는 건가?"

"지금쯤 명부에 자네 이름이 올라갔을 거고, 자네를 저승으로 데려가기 위해 월직사자가 출발했을 거네."

권 생원만 아니었어도…. 아니, 탁종립에게 필사검을 받지만 않았어도 이런 일은 벌어지지 않았을 텐데…. 후회해도 소용없는 일이었다.

17. 효자와 불효자

"나 좀 살려주시게! 응? 제발! 구룡, 아니 구룡도사님! 제발 살려달라고요!"

도학은 구룡에게 매달렸다. 구룡은 잠시 뭔가 생각하더니 도학의 시신을 들어 올려 등에 업었다.

"따라오시게!"

"어디로 가려고?"

"저승 다녀오는 방법을 괜히 알려줘서 이 고생을…. 으이구."

구룡이 도착한 곳은 인근 산 중턱에 있는 동굴이었다. 안으로 깊이 들어가자 얼음이 보였다. 구룡은 그 옆에 도학의 시신을 뉘었다.

"이곳은 바깥보다 서늘하여 육신의 부패를 최대한 늦춰줄 거네."

"내 육신을 이곳에 왜?"

"앞으로 딱 2박 3일! 그 시간이 지나면 다시 자네의 몸속으로 들어갈 수 있어. 그때까지 최대한 버텨 보자고."

"그럼, 여기서 2박 3일을 보내자는 건가?"

"아니. 이곳도 안전하지 않아. 분명 월직사자가 자네를 찾아낼 거야."

"그럼 어떡해? 또 저승까지 갔다가 돌아올까?"

구룡이 한숨을 쉬었다.

"이번에 저승차사 손에 잡혀가면 다시는 돌아올 수 없네!"

"그럼 어떻게?"

"따라오시게. 자네가 안전하게 숨어 있을 만한 아주 좋은 곳이 있으니."

＊　＊　＊

구룡은 도학의 영혼과 함께 마을로 내려왔다.

둘은 바위 뒤에 숨어서 마을을 지켜보았다. 어느 저승차사 하나가 노인의 넋을 데려가는 모습이 보였다. 이어서 그들이 나온 기와집에서는 통곡 소리가 터져 나왔다.

"아이고, 영감!"

"죽은 사람은 누군가?"

"나야 모르지."

"그러면 여기는 왜?"

"앞으로 3일 동안 자네는 저 사람의 육신에 들어가 있어야 하네."

"뭐라고!"

"조용! 저승차사에게 잡혀가고 싶나?"

도학은 조심스럽게 속삭였다.

"아니, 그럴 거면 차라리 내 육신에 날 다시 넣어주면 되지!"

"이미 그 육신엔 술법을 사용하지 않았나. 그래서 다시 술법을 넣으려면 2박 3일이 지나야 가능하네. 하지만 저 육신은 술법을 사용하지 않았으니 바로 할 수 있지. 그래서 내가 시간 안에 돌아와야 한다고 그리 신신당부했건만!"

"내가 저승에서 무슨 일을 당했는지는 아나? 오는 길에 권 생원을 만나서…."

"아니, 모르네! 하지만 중요한 건 지금 자네 영혼은 몸 밖에 있다는 사실이야. 그리고 앞으로 3일간은 다른 사람 몸속에 숨어 있어야 안전하다는 거고!"

도학은 억울했지만 참았다. 어쨌든 도학이 죽지 않고 다시 살아나려면 구룡의 도움이 필요했다.

*   *   *

구룡은 초상이 난 집 마당 안으로 들어섰다.

"거, 계시오?"

"뉘시오?"

안방과 마루에서 통곡하던 집안 식구들이 모두 구룡을 바라보았다.

"저는 이 앞을 지나가던 무당이온데 드릴 말씀이 있어 이렇게 실례를 무릅쓰고 왔습니다."

"무당이시라고요?"

"예."

"무당이 왜?"

"지금 방에 누워 계신 어르신은 아직 돌아가시지 않았습니다."

놀란 막내아들이 뛰어나와 물었다.

"네? 그게 무슨 소립니까?"

"아버님은 아직 돌아가신 게 아니라고 하였습니다."

"분명 숨이 끊어지시는 것을 확인했는데 무슨 소리입니까?"

"오늘은 아버님의 제삿날이 아닙니다. 돌아가신 것처럼 보이겠지만 돌아가신 게 아닙니다."

사람들이 모두 술렁였다.

"그게 정말입니까?"

"원하시면 아버님을 제가 다시 깨워드리겠습니다."

"부디 그렇게 해주십시오!"

막내아들이 구룡에게 매달렸다. 이때, 첫째아들과 둘째 아들이 구룡을 향해 '버럭' 소리를 질렀다.

"감히 여기가 어디라고 장난질을 하는가! 우리가 방금 숨이 끊어지는 것을 확인했거늘!"

"썩 물러가시오! 불경하오!"

상반된 반응에 구룡과 도학이 당황했다.

"이 집안에 뭔가 있군. 묘해."

"그러게."

첫째아들과 둘째 아들은 씩씩거리며 구룡을 쫓아내기 위해 주변에서 몽둥이를 찾았다.

"어허, 그럼 아직 돌아가시지도 않은 분을 묻을 참이오?"

"네에?! 그럼 큰일이죠!"

구룡의 협박에 막내아들의 낯빛이 하얗게 변했다.

"어디서 사기꾼놈이 와서!"

큰아들이 갈퀴로 구룡을 내려치려는 순간, 아들들의 어머니가 나섰다.

"멈춰라!"

안방에서 노쇠한 할머니가 걸어 나왔다.

"직접 살려보라고 하면 될 것이 아니냐."

"하지만 어머니…."

"잔말 마라!"

집안 최고 어른의 호통에 큰아들과 둘째 아들은 고개를 돌렸다.

"그럼 어디 한 번 들어와서 살려보시오."

구룡은 막내아들과 함께 안방으로 들어갔다.

구룡은 시신의 머리 위에 향을 피우고 기도를 드리기 시작했다. 그리고는 붓을 꺼내 여러 장의 부적을 썼다. 하지만 도학은 방에 들어오지 않고 큰아들과 둘째 아들의 행동을 살폈다. 식솔들은 모두 구룡의 모습에 시선을 두고 있었지만, 큰아들과 둘째 아들은 밖에서 무언가를 수군거렸다. 도학은 그들 바로 옆에서 두 사람의 대화를 엿들었다.

"확실하다면서! 저거 정말로 다시 살려내는 거 아냐?"

"에이, 다 된 밥에 재를 뿌리고 있네."

"이젠 어떡해! 우리가 그런 거 들통이라도 나면?"

"조용히 해! 조용! 그럴 일 없으니 닥치고 있어 봐."

둘째는 초조했고, 큰아들은 화가 가라앉지 않아 씩씩거렸다.

'분명 저 아버지의 죽음에 이 두 사람이 연관 있군.'

구룡은 시신의 배와 이마, 팔과 다리 등에 부적을 붙였다.

"자, 그대는 아직 갈 때가 되지 않았소. 이제 일어나시오!"

하지만 도학은 여전히 마당에서 두 아들의 대화를 엿듣는 중이었다.

"어험! 왜 이리 굼뜰까! 어서 깨어나지 못할까!"

구룡의 호령에 주위 사람들이 깜짝 놀랐다. 도학 역시 구룡의 외침에 서둘러 안방으로 들어왔다. 구룡은 도학에게 눈짓으로 어서 시신 안으로 들어가라고 재촉했다. 도학이 시신 위에 눕자 정말로 신기하게 영혼이 시신 안으로 빨려 들어갔다.

"으으으으으…"

힘겹게 눈을 뜨자 엄청난 고통이 몰려왔다. 온몸의 뼈와 근육이 고통의 신음을 외쳤다. 속이 너무 울렁거린 나머지 도학은 참지 못하고 상체를 돌려 위 속의 내용물을 모두 토했다.

"우웩!"

돌아가신 아버지가 갑자기 눈을 뜨고 토를 하자 가족 모두가 큰 충격을 받았다.

"아, 아버지!"

"헉헉!"

상체를 일으킨 도학은 주변을 둘러보았다. 눈이 침침하여 사람의 얼굴이 자세히 보이지 않았다.

'시신 안으로 들어온 게 확실하군.'

구룡은 옆에서 흐뭇한 표정으로 그의 얼굴을 바라보고 있었다.

"이게 어찌 된 일이냐?"

막내아들이 울먹이며 설명했다.

"아이고, 아버지. 방금 돌아가셨었는데 여기 이분께서 다시 살려 주셨습니다."

혀가 따갑고 위에서 통증이 느껴졌다. 곧이어 등이 미친 듯이 가려워졌다.

'이건 필시 독살이 분명하군.'

도학의 이가 덜덜 떨렸다.

'도대체 누가? 역시 첫째아들과 둘째 아들의 짓인가?'

도학은 기쁨의 눈물을 흘리고 있는 막내아들에게 말했다.

"여기 이분을 사랑채에서 극진히 모시거라."

"아이고 그럼요, 여부가 있겠습니까!"

도학이 보기에 막내아들은 효자로 보였다. 유일하게 믿을 만한 사람이었다.

"기억이 안 나서 그러는데 최근에 내가 먹은 것들이 무엇이냐?"

"그것이…. 어제저녁에 닭백숙을 드신 뒤 형님이 가져온 사과술과 과자 안주를 드셨습니다."

가족 며느리 중 하나가 도학이 토한 음식물을 치우려고 했다.

"잠깐!"

도학은 토사물을 손가락으로 만지며 살펴보았다. 딱딱한 가루가 만져졌다. 비교적 알갱이가 굵은 것을 들어 모양을 살펴보았다.

'혹시 이것은 사과 씨앗?'

사과의 씨앗 하나는 상관없지만 많은 양을 섭취하면 독약이 된다.

(설명 : 사과 씨에는 아미그달린이라는 물질이 많은데 이것이 우리 몸의 소화효소와 만나면 유독물질인 사이안화수소를 생성하고, 그것이 물과 만나면 청산가리(시안화수소산)가 된다)

'사과의 씨를 갈아서 아버지를 죽이려 했다라….'

도학은 가족 모두를 물린 뒤, 노인의 아내인 할머니와 마주했다.

"임자, 우리 막내는 효자 같구려."

"아이고, 말해 뭣합니까? 아마 부모를 위해 죽으라고 하면 죽는 시늉이라도 할 겁니다."

"내가 기억이 가물가물해서 그런데 첫째와 둘째는 최근에 무슨 일이 있었소?"

"예? 그, 그게…."

"괜찮으니 솔직히 말해주시오. 제발…."

망설이던 안주인은 어렵게 입을 열었다.

"첫째는 투전판에서 노름하다가 그만 돈을 크게 잃었고, 둘째는 장사를 하다가 사기를 당하는 바람에 망해서 가산을 대부분 날리고 우리 집에 다시 들어와 얹혀사는 중입니다."

"아마 나한테 도와달라 했을 것이고, 나는 완곡히 거절했겠지."

"맞아요."

"혹시 난 수전노로 유명한 사람이오?"

"그, 그렇지요."

'역시 그랬군.'

도학에겐 첫째와 둘째 아들이 왜 아버지를 죽이려 했는지 그 이유가 궁금했다. 아무리 자신이 경제적 어려움에 부닥쳤어도 그건 본인의 문제이지, 수전노인 아버지를 원망해선 안 된다.

'아마 아버지가 돌아가시면 그의 재산이 자신들에게 상속된다는 것을 알고 그랬겠지.'

살인의 동기는 파악되었다. 이제 필요한 것은 증거였다.

*   *   *

다음 날, 도학은 문안 인사를 온 막내아들에게 부탁했다.

"사랑채의 객께서 식사를 마치시면 이리로 모셔오너라."

"예, 아버지."

아침 식사 후, 도학은 구룡과 단둘이 마주 앉았다.

"이야, 막내아들이 아주 극진하게 대접하더라고. 허허."

구룡의 얼굴엔 웃음꽃이 피어올랐다.

"아무래도 첫째와 둘째가 아버지를 살해하려 한 거 같으이."

"살해하려 한 게 아니라 살해를 했지. 아버지의 영혼은 이미 저승으로 갔으니까. 그래서?"

"동기는 알아냈는데 문제는 증좌야."

"이 사람아, 그건 우리의 영역이 아니야. 우린 그냥 잘 있다가 내일 오후에 다시 동굴로 돌아가면 돼."

"그러지 말고 자네가 증좌를 찾아주면 안 되나?"

하지만 구룡은 한숨을 크게 쉬고는 도학에게 강한 어조로 못을 박았다.

"아들이 아버지를 살해하는 건 강상죄야! 사형이라고! 다 늙어서 명이 얼마 남지 않은 수전노 아버지를 독살한 죄로 가정의 가장을 둘이나 죽이자고? 아들의 자녀인 손자들은 생각해보았나?"

분명 죄는 나쁜데 두 아들을 고발할 경우, 그 결과는 더 큰 불행을 초래할 것이었다. 도학은 고민에 빠졌다.

"우리는 그냥 편히 있다가 내일 가세."

구룡은 다시 한번 더 도학에게 부탁했다.

하지만 도학의 마음은 편치 않았다. 더군다나 두 아들의 죄를 묻기엔 증거도, 그 증거를 확보할 시간도 없었다.

"정말 안 되겠나?"

구룡은 완고한 표정으로 다시 고개를 가로저었다. 도학은 해법을 찾느라 고민하며 한나절을 그냥 보냈다.

날이 어두워지자 도학은 가족 모두를 불러 모았다. 도학 앞에 육신의 아내와 아들들 그리고 며느리와 손자 등 집안 식구가 모두 모였다. 방에는 지역 관아의 관리도 함께 있었다.

"내가 또다시 언제 죽을지 모르니 유언을 하겠다."

도학의 도발적인 발언에 큰아들과 둘째 아들이 바짝 긴장했다. 도학은 관리에게 부탁했다.

"제 유언을 잘 적어주십시오."

"예."

"큰 며느리와 둘째 며느리는 작은 집을 한 채씩 주고, 한동안 생활할 수 있는 돈과 함께, 먹고 사는 데 필요한 최소한의 밭과 논을 주겠다."

모든 사람의 이목이 도학에게 집중되었다.

"나머지 재산은 모두 아내가 관리하되, 아내가 죽으면 그 재산은 모두 막내아들에게 상속된다!"

그러자 큰아들과 둘째 아들이 반발했다.

"아니, 아버지! 그럼 저희는요?"

"또한, 막내는 상속받은 재산을 두 형에게 나누어 줄 수 없다! 절대로!"

도학이 단호하게 강조하자 아들들 모두 놀란 표정을 지었다. 방 안의 사람들 모두 당황하여 수군거렸다. 형제도 뭔가 이상했다. 둘째가 귓속말로 형에게 말했다.

"형님, 아버지가 이상합니다. 혹시 다 아신 게 아닐까요?"

"이런 제길. 나도 이게 무슨 상황인지 모르겠다."

도학은 옆에 앉아 있는 아내의 손을 꼭 잡았다.

"수전노 남편 때문에 얼마나 고생이 많았소? 미안하오."

"어휴, 아니에요. 그래도 영감 덕에 우리가 이만큼 재산을 모을 수 있었잖아요."

도학은 아내에게 엽전 꾸러미가 담긴 상자를 내밀었다.

"방을 뒤져보니 이런 게 있더군. 혹여 내가 다시 저세상으로 가면 이 돈으로 그동안 못했던 것들 모두 누리면서 행복하게 살아주시오. 고생 많았소."

도학의 따뜻한 위로의 말에 육신의 아내가 눈물을 흘렸다. 상자를 열자 상당히 많은 양의 돈에 모두가 깜짝 놀랐다.

'아니, 저게 다 얼마야?'

큰아들과 둘째 아들의 시선이 돈에 멈추었다. 아내 역시 깜짝 놀랐다.

"영감, 정말 이 돈을 모두 나한테 주는 거요?"

"그렇소. 이제 모두 당신 돈이라오."

"에구머니나."

육신의 아내는 처음 만져보는 엄청난 양의 엽전의 양에 어찌할 바를 몰랐다.

"이제 마지막 유언이 남았군. 첫째와 둘째는 지금 당장 족보에서 파내거라."

"예?"

모두가 놀라 입이 벌어졌다.

"못 들었느냐? 이제 첫째와 둘째는 내 아들이 아니다. 족보에서 파낸 뒤, 집 밖으로 쫓아내거라. 그리고 다시는 이 집에 발을 들여서는 안 된다!"

육신의 아내도 도학을 말렸다.

"여보, 그건 너무 심하지 않아요?"

하지만 도학은 멈추지 않았다.

"만약 내 유언을 어길 시엔 상속된 재산은 모두 관아로 귀속될 것이오."

도학의 결정을 받아 적던 관원도 깜짝 놀랐다. 만약 유언을 이행하지 않으면 관아에서 아내와 막내아들에게 상속된 재산을 모두 몰수하겠다는 이야기였다.

"그리고 그렇게 몰수한 재산은 이 고을에서 가장 가난한 3백 가구에 똑같이 나누어 주도록 하십시오."

관원은 도학의 말을 열심히 받아적었다.

"막내는 잘 들어라. 이제 첫째와 둘째는 내 아들이 아니니 이 시간 이후로 형이라고 불러서는 안 될 것이다. 알겠느냐?"

막내아들은 망설이다가 그렇게 하겠다고 대답했다.

"그리고 당신도 절대 이 두 녀석에겐 밥도 주어선 안 될 것이오. 만약 그렇게 하면 이 모든 재산은 막내가 아닌 관아에 몰수될 테니, 알아서 하세요."

"허, 참나. 영감이 그러라고 하면 그럴 수밖에요."

육신의 아내는 착잡한 표정을 지었다. 하지만 상자에 들어있는 엄청난 양의 돈 때문이라도 유언은 거절할 수 없었다.

"며느리와 손주들에게 밥을 주는 건 괜찮소. 하지만 첫째와 둘째 아들은 아니오. 밥은 물론 물 한 바가지도 주지 마시오."

큰아들과 둘째 아들은 망연자실한 표정으로 천장을 바라보았다. 도학은 관원에게 손을 내밀며 말했다.

"어디 제대로 받아 적었는지 좀 봅시다."

그러자 방안의 모든 사람이 의아한 표정으로 도학을 바라보았다.

"영감, 당신 글을 못 읽잖수."

"어험, 누가 내가 읽는다고 했나. 막내 네가 대신 읽어보아라."

"아, 예."

막내아들이 도학의 유언장을 꼼꼼하게 읽었다.

"예, 말씀하신 대로 정확하게 적혀 있습니다."

도학은 그 유언장을 다시 받아서 끝내 자신의 손을 대고 '수결'을 그려 넣었다.

(수결 : 지금의 서명 같은 것인데 글을 모르는 사람은 자신의 손을 대고 손모양을 그렸다)

"이제 모두 물러들 가시게."

큰아들과 둘째 아들은 엎드려 울면서 사정했다.

"아버지, 저희가 잘못했습니다! 그러니 호적에서만큼은 제발 파지 말아 주십시오!"

도학은 막내아들에게 호통쳤다.

"어서 족보를 가져와 이 두 사람의 이름을 지우거라! 어서!"

"예."

"막내야, 안 된다, 안 돼!"

막내아들이 방을 나가자 큰아들과 둘째 아들도 따라나섰다. 족보 원본은 고을의 동헌에 맡겼으니 관원이 도착하는 대로 족보에서 두 사람의 이름은 지워질 것이다.

모두 방을 나가고 부부 둘만 남았다. 육신의 아내가 도학에게 물었다.

"영감, 그래도 족보에서 뺀다는 건 너무 하지 않아요?"

"모르는 소리 마시오. 내가 죽은 것도 저 두 놈 때문이오."

"엥? 그게 무슨 소리예요?"

"당신과 막내만 알고 있어야 하오."

도학은 육신의 아내에게 자신이 어떻게 죽을 뻔했는지 설명해주었다. 또 자신이 육신을 빠져나갔다가 큰아들과 둘째 아들이 나누고 있던 대화 내용도 그대로 들려주었다. 모든 이야기를 들은 육신의 아내가 당황했다.

"그, 그게 정말 사실입니까?"

"어쩌겠소? 우리가 저런 놈들을 낳아 키웠으니 우리 잘못이지."

아내는 말이 없었다.

"굶어 죽지 않을 정도의 돈과 땅은 며느리들에게 줄 것이니 너무 걱정하지 마오."

"너무 괘씸해서 그것조차 주고 싶지 않네요!"

아내는 화가 치밀어 올랐다.

"하지만 며느리와 어린 손자들은 무슨 죄요? 당신은 이 돈이나 잘 관리해주오."

돈이 가득 담긴 상자를 품에 안은 육신의 아내는 묘한 표정을 지었다.

"그런데 당신 정말 이상합니다. 말투가 왜 그럽니까?"

"내가 왜요?"

"아니, 전에는 말도 아주 차갑고 짧게 반말을 했잖아요. 상스러운 말도 많이 하고요. 지금은 무슨 양반댁 대감 같아요."

"사람이 죽었다가 다시 살아나면 변한다고 하지 않소. 나도 그런가 보지."

"허 참. 이상해요. 분명 내 남편인데 영감 같지 않으니 원…."

"참, 당신 나가면서 사랑채의 객 좀 불러주시오."

육신의 아내는 자리를 비우고, 이어 구룡이 안방으로 향했다.

"얘기 다 들었다. 첫째랑 둘째는 족보에서 파냈다며?"

구룡이 안방으로 들어오자마자 도학에게 물었다.

"그래도 며느리들에겐 작은 집도 하나씩 주고, 굶어 죽지 않게 땅도 좀 떼어 줄 거야. 그럼 손주들과 밥은 굶지 않겠지."

"이젠 속이 시원하냐?"

"나야 모르지. 아마도 돌아가신 분은 시원하지 않겠어?"

"에이, 나도 모르겠다. 어차피 우리야 내일 이곳을 떠나면 그만이니까."

"진짜 돈이 뭔지."

"돈은 내 시간과 노력의 결과물이야. 내 시간을 돈으로 바꾼 거지. 그러니 돈에 대해 민감하지 않겠어? 돈을 얻는 건 타인의 시간을 사는 거라고."

도학의 마음은 더욱 무거워졌다.

"그나저나 저승에서 무슨 일이 있었기에 늦은 거야?"

도학은 구룡에게 저승에서 있었던 일을 모두 이야기해주었다.

"뭐? 그럼 향단이를 좋아한 게 아니라 옥단이를 좋아했던 거라고?"

"응."

"좋겠다. 난 그냥 귀신을 사랑했는데…."

"그것보다 권 생원을 만나 살아 돌아온 게 더 대단하지 않아?"

"그런가?"

"근데 나에게 원한이 있는 영혼과 만날 수 있다는 얘기는 왜 안 해줬어? 또 대비도…."

"나도 몰랐어. 알아야 대비를 해주지."

"진짜 필사검의 주인들을 만나지 못했더라면 영락없이 난 죽었을 거라고!"

"큰일 치렀군."

"그리고 내가 키웠던 보리… 보리가 살려준 거나 다름없는데…."

도학은 보리를 그리워했다.

"아직 살아난 거 아니거든."

* * *

다음날, 어머니에게 자초지종을 전해 들은 막내아들은 노발대발
하며 몽둥이를 집어 들었다. 큰아들과 둘째 아들은 아버지를 설득
하겠다며 다시 집 안으로 들어오려 했다. 하지만 이번엔 막내아들
이 두 형을 몽둥이로 패서 쫓아냈다.

"막내야. 너까지 왜 이러는 것이냐?"

"썩 꺼져라, 이 나쁜 놈들아! 만약 다시 내 눈에 띄면 이 몽둥이
로 맞아 죽을 줄 알아!"

"아니, 왜 그러냐고!"

"너희 둘이 내 아버지를 죽이려 했잖아!"

그제야 큰아들과 둘째 아들은 놀란 표정을 지으며 멀리 도망쳤
다.

둘째가 큰아들에게 물었다.

"형님, 우리가 왜 이렇게 도망쳐야 합니까?"

"만약 이 사실을 관아에서 알게 되면 우리는 둘 다 거열형이
야!"

"이런!" (거열형 : 몸의 사지를 찢어 죽이는 형벌)

오후가 되자 도학은 구룡만 남고 모두 물러가게 했다.

"이젠 어찌해야 하나?"

"팔다리에 있는 부적을 먼저 떼고, 마지막으로 가슴에 있는 부적을 떼면 심장이 멈출 거야. 그럼 자연스럽게 육신에서 나오는 거지."

"그럼 자네의 도움은 필요 없겠네. 먼저 이 집을 떠나. 오해받으면 안 되니까. 마을 입구에서 만나자고."

"알았네. 그럼 수고하게."

구룡은 방을 나와 집안 식구들에게 이야기했다.

"지금 어르신께서 낮잠이 드셨습니다. 그럼 저는 이만 떠나겠습니다."

"아이고, 아쉬워서 어찌합니까?"

"인연이 닿으면 또 만나게 되겠지요. 그럼 이만."

'좋은 집에서 편히 잘 쉬다 갑니다.'

구룡은 그렇게 작별 인사 후 그 집을 떠났다.

그 사이, 도학은 자신의 팔다리에 있는 부적을 떼고 마지막으로 가슴에 붙어있는 부적을 뗐다. 그리고 자리에 편하게 누웠다. 심장이 멈추자 가슴에 극도의 고통이 몰려왔다.

"윽!"

아무것도 할 수 없었다. 그렇게 시야가 아득히 흐려졌다.

이어서 혼이 몸 밖으로 빠져나가는 것이 느껴졌다.

도학이 일어서자 아래에 노인의 시신이 보였다.

"드디어 빠져나온 건가?"

도학은 서둘러 마당으로 나왔다. 가족들은 편안히 집안일을 하고 있었다. 도학은 그대로 달려 마을 입구에서 구룡과 만났다.

"내 육신은 동굴에 그대로 잘 있을까?"

"모르지. 산짐승들이 먹었을지도….'"

"뭐? 정말? 에이, 농담이지?"

"아냐. 진짜 그럴 가능성도 있어."

"그럼 넌 거기서 내 시신을 지키고 있었어야지!"

도학은 동굴을 향해 달리기 시작했다.

"걱정하지 마라. 내가 향기 나는 거적때기로 잘 포장해놨으니. 아마 잘 있을 거야."

"향기라니?"

"응. 다른 동물들 접근을 막는 향기가 있어."

"설마 고약한 냄새는 아니겠지?"

"냄새가 좀 나면 어때? 냇가에서 씻으면 그만이지. 그나저나 이제 어디로 갈 건가?"

"다시 궁으로 돌아가서 전우치 행방을 찾아야지."

"만약 전우치가 잡혔으면?"

"그럼 다시 전라도 감영으로 가서 필사검 살인범을 제거하고 사건을 해결했다고 보고해야겠지? 그래야 우리 아버지도 풀려나실 테니까."

"원래는 홍길동 잡는 게 목적이었으니 홍길동 잡을 때까지 한양에 머물러야 하지 않을까? 홍길동 잡을 때까지 떠나지 못할 듯한데…."

"아차, 그랬지?"

*　　*　　*

구룡과 도학은 이런저런 이야기를 하며 동굴 입구에 도착했다. 그런데 아뿔싸. 동굴 입구는 이미 월직사자가 지키고 있는 것이 아닌가.

"아니, 너는 월직사자?"

도학의 얼굴이 하얗게 질렸다. 전혀 예상 못 한 일이었다.

"이제야 오시는군요. 다 알고 여기서 기다리고 있었습니다. 저승으로 함께 가시지요."

18. 홍길동을 잡아라

검은 갓에 검은 두루마기를 입은 월직사자가 매서운 눈초리로 도학을 쏘아보고 있었다. 구룡이 월직사자에게 물었다.

"이상하군. 사망한 자리는 이곳이 아닐 텐데? 월직은 사망한 장소로 가게 되어 있지 않나?"

"물론입니다. 그런데 그 자리에 안 계시더군요."

간담을 서늘하게 만드는 저승차사의 목소리가 울려 퍼졌다.

"시신이 여기에 있다는 것을 어떻게 알았지?"

"시신과 영혼이 왜 없을까를 생각했지요. 보통 둘 중의 하나는 있거든요. 그런데 변도학은 명부에 기(旣)등록된 영혼이 아닙니다. 후(後) 등록으로 갑자기 들어온 경우죠. 누군가 인간의 운명에 개입했다는 의미가 됩니다. 저승에 올 때 술법을 사용했을 것이고, 그렇다면 뻔하죠. 시간을 지키지 못해 육신과 영혼이 분리되었다는 것을 의미합니다."

"뭐 그 정도는 이미 알고 있으리라 생각했네."

"그래서 추측했습니다. 누군가 도와준 사람이 있을 것이고, 그가 치운 것이 아닐까. 그럼 왜 치웠을까? 3일 뒤에 다시 들어가기 위해 시신의 부패를 방지하려고 치웠을 거란 생각이 들었죠."

"이 날씨에 서늘한 곳은 동굴뿐이니 근처의 동굴을 모두 뒤졌겠군."

"네. 몇 개 되지도 않았습니다. 그리고 바로 시신을 발견했지요."

"그래서 우리가 나타날 시간에 맞춰 미리 기다렸을 테고?"

"그렇습니다."

"머리가 좋은 월직이군."

구룡의 칭찬에 월직사자가 미소를 지었다.

"그런데 말이야. 변도학을 도와준 이가 무당이라는 걸 알았나?"

"뭐, 예상은 했습니다."

"아, 그래. 예상했단 말이지."

구룡이 월직사자 바로 코앞으로 다가왔다.

"그럼 내가 이런 상황을 예상했을까, 못했을까?"

"예?"

구룡은 품에서 부적을 하나 꺼내 월직사자의 이마에 붙였다. 그러자 월직사자의 움직임이 멈추었다.

"윽!"

월직사자는 움직이고 싶었으나 몸이 굳어 꼼짝하지 못했다.

"뭐해! 빨리 동굴 안으로 뛰어!"

구룡의 외침에 도학이 동굴 안으로 뛰어 들어갔다. 구룡도 도학을 따라 동굴 안으로 들어갔다.

구룡이 거적을 걷어내자 거의 그대로 보존된 도학의 육신이 나타났다. 도학이 육신 위에 눕자 구룡이 미리 준비한 부적을 머리와 심장, 팔, 다리에 붙이고 주문을 외웠다. 그러자 도학의 영혼이 육신과 하나가 되었다. 그리고 심장이 다시 뛰기 시작했다.

"으아아악!"

깨어난 도학이 고통에 소리를 질렀다.

"괜찮나?"

"너, 너무 추워…."

구룡은 붉은 부적을 하나 꺼내서 도학의 배꼽에 붙인 뒤 주문을 외웠다. 그러자 서서히 도학의 혈색이 돌아왔다.

"조금만 기다리시게. 열을 내는 부적이니 곧 체온을 찾을 수 있을 거야."

이각 정도의 시간이 지나자 도학의 몸이 정상 수준으로 돌아왔다. 도학은 일어나 자신의 손으로 주먹을 쥐었다, 폈다 하며 자신이 살아있음을 확인했다.

"어때? 어디 마비된 곳은 없지?"

"응. 손발이 좀 저린 것만 빼면."

"사지가 정상으로 돌아오려면 아직 좀 일러."

갑자기 도학이 구룡을 끌어안았다.

"고맙네. 자네 덕에 다시 살았군. 이제 우리 친구 하세!"

"무슨 소리야. 난 이미 친우로 생각하고 있었는데."

"그건 자네고, 난 지금부터 친구일세."

"그럼 친구도 아닌데 말을 짧게 한 건가?"

"자네가 말을 짧게 하니 나도 그리한 거지."

"이젠 좀 떨어지면 안 될까?"

도학이 구룡을 끌어안았던 팔을 풀었다.

"자네 생각보다 감상적이군. 그렇게 안 봤는데…."

"그럼 죽었다가 살아났는데 당연한 거 아닌가?"

"인제 그만 가세나."

도학과 구룡이 동굴을 나오자 입구에는 저승차사가 아직 이마에 부적을 붙인 채로 서 있었다. 몸을 움직이지 못해 코를 씰룩이며 인상을 썼다. 구룡이 도학에게 설명했다.

"운이 좋았어. 보통 너처럼 명부 중간에 들어간 경우는 경험이 적은 새내기 차사들이 데리러 오거든. 아마 경험 많은 사자였다면 이번 일은 실패했을지도 몰라."

도학은 그제야 자신이 얼마나 위험한 일을 벌였는지 알게 되었다. 산채로 저승을 다녀왔으니 그럴 만도 했다.

구룡이 이마에 붙은 부적을 떼자 월직사자는 크게 숨을 토한 후 구룡을 째려보았다.

"이게 지금 무슨 짓입니까?"

"미안허이. 하지만 자네도 좋은 공부가 되지 않았는가. 이제 같은 실수는 하지 않게 될 테니 말이야."

"황천의 법이 무섭지도 않습니까?"

"물론 무섭지요. 하지만 그대는 아직 안 무섭소. 그럼 조심해서 돌아가시게."

구룡은 월직사자에게 작별 인사를 한 후 산에서 내려갔다. 젊은 월직사자는 분해 어찌할 바를 몰라 쿵쿵거렸다. 도학이 구룡의 뒤를 따라가며 물었다.

"우리 이대로 가도 괜찮을까?"

"괜찮아. 아마 저 월직은 황천에 돌아가서 잔소리 좀 듣겠지. 근데 뭐 사실 따지고 보면 나 같은 무당은 이승과 저승을 연결해주는 역할을 하는 사람이거든. 그래서 이런 일이 종종 일어난다는 걸 저승 사람들도 알아. 그리고 교육하려 일부러 초짜 차사를 보낸 거지."

도학은 듣는 이야기에 신기해하면서도 구룡의 존재가 조금 무서워지기도 했다.

'그럼 무당은 평범한 인간이 아니란 말인가.'

* * *

구룡과 도학은 궐로 돌아왔다. 가장 궁금한 건 전우치였다.

"전우치는 잡았습니까?"

"잡긴요. 완전 자취를 감췄습니다. 워낙 신출귀몰한 놈이라…. 소문에 의하면 바다 건너 다른 나라로 도망갔다더군요."

역시 관군은 전우치를 잡지 못했다.

금부도사가 달려와 구룡과 도학에게 알렸다.

"임금님께서 계속 찾으셨습니다. 같이 가시죠."

"두 사람 덕에 사기꾼에게 이 왕조가 유린당하지 않게 되었구려."

"아닙니다. 소인 마땅히 해야 할 일을 한 것뿐입니다."

임금은 전우치를 물리친 도학과 구룡에게 홍길동을 부탁했다.

"그럼 홍길동도 그대가 잡아주시오. 만약 홍길동을 잡아 온다면 둘에게 관직을 내리겠소."

"망극하옵니다."

도학과 구룡은 임금에게 인사를 올리고 대전을 나왔다.

임금 앞에서 인사를 하고 나오긴 했으나 홍길동 체포는 도학의 큰 고민이 되었다. 워낙 신출귀몰할 뿐 아니라 도술까지 자유자재로 펼친다는 소문이 파다했다. 심지어 곧 홍길동이 왕이 될 거란 소문이 저잣거리에 떠돌았다. 임금이 초조해하는 것도 바로 이 때문이었다.

"향단이 없이 과연 홍길동을 체포할 수 있을지 걱정이네."

"걱정하지 마시게. 내가 도울 테니."

야심한 밤, 또다시 고관대작의 집이 홍길동에게 털렸다.

도학은 범죄 현장으로 출동했다. 현장에는 '활빈당'이라고 쓴 종이 한 장만 남겨져 있었다. 홍길동 패거리가 다녀간 것이 틀림없었다. 최근 도둑맞은 집들의 공통점은 평판이 안 좋은 관원 순서였다. 특히 그 집을 몇 명의 경호원이 지키고 있는지는 중요하지 않았다. 활빈당은 경호 군사의 숫자와 상관없이 대범하게 털어갔다. 이렇게 되면 다음의 표적이 어느 집이 될지는 가늠이 되었다.

도학은 다음 표적으로 가장 유력한 집을 정하고 그곳에 검객을 잠복시키기로 했다.

그런데 도학에게 향단이와의 기억이 떠올랐다. 이곳으로 오면서 홍길동에 관한 이야기를 나누었었다.

"홍길동은 나쁜 사람이 아니잖습니까. 나쁜 사람이 아닌데 왜 잡아야 합니까? 오히려 탐관오리의 재산을 빼앗아서 가난한 백성들에게 나눠주는데 좋은 사람 아닙니까?"

"향단아. 그래도 그게 그런 것이 아니다. 법이 왜 있겠느냐? 그것이 지켜져야 나라의 질서가 유지되는 것이다."

"그렇다면 무엇이 정의입니까? 부패한 관리들을 위해 홍길동을 잡아주는 것이 정의입니까? 아니면 부정한 관리들의 재산을 훔쳐 힘없고 가난한 사람들에게 나누어주는 것이 정의입니까?"

향단의 말에 도학은 고민에 빠졌다. 향단의 이야기가 틀린 것이 없기 때문이다. 결국, 따지고 보면 부패한 관리들을 위해 홍길동을 잡아주는 꼴이다.

홍길동은 힘없는 백성이나 정직한 사람들에겐 피해를 주지 않는다. 홍길동은 오직 부정하게 재물을 모은 부패한 관리들만 도둑질에 나서고 있다. 정직한 부자나 청렴한 관원이 홍길동에게 털렸다는 이야기는 아직 들어보지 못했다.

'하긴. 홍길동을 잡지 못한다고 해서 내가 처벌받는 것은 아니다. 하지만 홍길동을 잡으면 과거 시험 없이 관직에 나갈 수 있다. 나의 관직이 중요한가, 아니면 홍길동의 의로운 도적질이 더 가치 있는 것인가.'

도학은 고민 끝에 홍길동 잡는 것을 포기했다. 도학은 구룡에게 이야기했다.

"나 홍길동을 잡지 않을 거네."

"왜?"

"관직에 나가봤자 뭐하겠는가. 고위직은 정치적으로 위험하고, 그나마 말단 하급 관리가 제일 속 편하지만 그렇게 사느니 차라리 돈이나 많이 버는 일을 찾아보는 게 더 나아. 어차피 준비한다고 해도 홍길동은 무사히 뚫고 들어가 재물을 털어 나오겠지. 홍길동은 항상 한 수 앞을 내다보고 있으니까."

"어이구, 그거 그냥 합리화시키는 거 아닌가?"

"합리화가 아니네. 솔직히 나도 홍길동이 좋아. 나쁜 탐관오리들 재물만 노리지 않나."

그런데 이변이 생긴다. 하급 관원 하나가 달려와 소식을 전했다.

"지금 홍길동이 잡혀서 의금부로 오고 있다고 합니다."

"뭐요?"

*　　*　　*

이미 다음 표적은 몇몇 예견 가능했고, 머리 좋은 선비 하나가 함정을 잘 짜서 홍길동 체포에 성공한 것이었다. 백성들이 홍길동을 보기 위해 몰려들었다. 도학과 구룡 역시 달려가 홍길동의 얼굴을 확인했다.

'과연, 홍길동은 비범한 인물임이 틀림없구나.'

도학은 홍길동을 보고 감탄했다. 그런데 많은 백성이 홍길동의 모습을 보고 눈물바다가 되었다.

"아이고! 우리 의적님이 잡히시다니! 원통하다, 원통해! 이 일을 어찌하면 좋을꼬!"

홍길동은 힘없는 백성들을 위한 영웅이었다.

홍길동의 처형 날짜는 내일 정오로 정해졌다. 도학은 마음이 불편했다. 향단의 말 때문이었다. 과연 누가 정의란 말인가.

'어휴, 향단아!'

도학은 홍길동을 구할 방법을 찾기 위해 홍길동이 갇혀 있는 지하 감옥으로 향했다. 지하에 있으므로 출입구는 딱 하나이며, 해당 출입구는 일곱 군데 정도의 경비구역을 통과해야 한다. 사실상 몰래 들어가서 빼내오는 것 자체가 불가능하다.

뒷돈을 써가며 간신히 지하 감옥으로 들어온 도학은 포졸들이 한눈파는 틈을 타 길동에게 속삭이며 이야기했다.

"당신은 내일 정오에 처형될 것이오. 그러니 지금 당장 나와 여기서 탈출할 방법을 찾아봅시다."

"왜 날 돕는 거요?"

"당신은 힘없는 백성의 희망이잖소. 그러니 이대로 죽을 순 없소. 당신이 죽으면 백성들의 희망도 사라지는 거니까."

"내가 뭐라고…. 내가 죽으면 당신이 백성들의 희망이 되면 되잖습니까?"

"지금 농담하자는 거요! 오늘 처음 본 남이 목숨 걸고 구해주려하고 있구먼!"

"마음은 고마우나 내일 나의 동료들이 날 구하러 올 거요. 당신의 그 마음, 잊지 않겠소."

홍길동은 끝내 도학의 제안을 거절했다.

도학은 김샌 표정으로 지하 감옥을 빠져나왔다. 어떻게 해서든 탈출시켜 주려고 했다. 그런데 내일 동료들이 구하러 와서 필요 없단다.

"에잇! 이젠 나도 모르겠다!"

다음날, 홍길동의 재판이 시작되었다.

말이 재판이지 백성들을 불러 모아놓고 그동안 홍길동이 저지른 죄목을 읊은 다음 즉결 처형을 하는 것이다.

도학과 구룡은 이 모습을 안타깝게 지켜보고 있었다. 죄목을 다 읽은 선전관이 길동에게 물었다.

"자, 이제 너의 죄를 모두 인정하느냐?"

"나는 그것이 죄라고 생각하지 않소!"

"그럴 줄 알았다. 그럼 지금부터 형을 집행하겠노라!"

그런데 갑자기 자신이 홍길동이라고 주장하는 사람이 여섯이나 앞으로 나섰다. 옷도 길동과 똑같았다.

"멈춰라! 홍길동은 여기 있다!"

"아니다. 진짜 홍길동은 나다!"

"무슨 소리! 내가 홍길동이다!"

"홍길동이라면 여기 있소이다!"

"웃기고들 있네. 그럼 난 홍길동이 아니고 뭐냐?"

"모두 다 가짜요. 내가 바로 진짜 홍길동이요!"

홍길동이 갑자기 일곱 명이 되어 버렸다.

새로 나타난 여섯의 홍길동은 모두 잡혀 포박되었다. 이에 임금은 일곱 모두를 처형하라고 명했다.

"다들 같은 패거리인가 보군. 모두 처형하라."

"예!"

"잠깐!"

여섯 번째 길동이 잠깐을 외치며 일어섰다.

"전하께 제안이 있습니다. 활빈당이 훔친 재물은 아직 절반이 그대로 남아있습니다. 만약 우리 모두를 풀어주시면 그 절반의 재물을 그대로 돌려드리겠습니다. 또한, 배를 마련해주신다면 다 같이 조선을 떠나 외국으로 가서 다시는 돌아오지 않을 것을 약속드리겠습니다."

대신들이 술렁였다. 홍길동이 털어간 집은 대부분 탐관오리의 고위 관리들인데 도둑맞은 재물 절반을 다시 찾을 수 있다 하니 어찌 흥분이 안 되겠는가. 이에 우의정이 나서서 요청했다.

"전하, 어차피 외국으로 가서 다시는 돌아오지 않겠다고 하니 처형하지 마시고 재물을 돌려받는 것이 나을 거 같습니다."

"신, 좌의정도 같은 생각입니다. 혹시나 홍길동을 처형했다가 민심이 더 안 좋아질까 두렵습니다."

임금이 가장 두려워하는 건 백성의 반란이었다. 사실 홍길동이 죽인 사람은 없었다. 단지 탐관오리의 재물만 훔쳤을 뿐이다. 그런 홍길동을 죽인다면 민심이 어떻게 동요할지 모른다.

재상의 농간에 임금이 말려들었다. 어차피 임금은 홍길동을 살려준 성군으로 추앙받고, 탐관오리들은 털렸던 재산 절반을 회수하는 것이다.

결국, 회의 끝에 홍길동을 풀어주기로 했다.

홍길동을 풀어주기로 했다는 소식이 전해지자 도학은 의문부터 품었다.

"설마, 패전계(敗戰計)?"

(- 패전계(敗戰計) : 패할 것 같은 불리한 상황에서 취하는 전술)

"응?"

"아, 아냐. 아무래도 홍길동은 살아서 나가겠네."

"당연하지. 관상을 보아하니 아직 죽을 때가 아니야."

*   *   *

접선은 인천의 항구에서 이루어졌다.

홍길동들이 나타나자 배에서 훔친 재물들이 내려졌다. 일곱의 홍길동이 배에 올라타고 재물은 관원들 수중으로 돌아가게 되었다. 이후 배는 망망대해를 향해 출발하였고, 백성들은 배에 탄 활빈당원들과 홍길동을 향해 만세를 외쳤다. 그것을 보고 있던 도학 옆으로 선비 하나가 다가와 말을 걸었다.

"지난밤 홍길동을 찾아가 구해주겠다고 하셨다지요?"

꾀를 내 홍길동을 생포한 그 선비였다.

"아니, 그걸 당신이 어떻게…. 당신은 홍길동을 잡은 바로 그!"

"네. 홍길동을 잡아들여 전하로부터 엄청난 상금을 받은 그 사람이올시다. 하하하."

"그런데 지난 밤의 일은 어찌 아는 것이오?"

"후후! 어찌 알겠습니까? 아무튼, 언젠가 그 고마운 마음에 대한 은혜는 꼭 갚겠습니다."

그리고 선비는 어디론가 사라졌다. 풍모가 범상치 않은 인물이었다.

'아뿔싸. 이 자가 홍길동이구나.'

도학은 그제야 홍길동의 꾀를 이해했다.

홍길동은 '꾀를 잘 내는 선비'로 위장하여 '홍길동'으로 변장한 부하를 잡아들이고, 임금으로부터 막대한 포상금을 받아냈다. 더군다나 활빈당원들이 모두 해외 이주하는 조건으로 가장 크고 좋은 배 세 척도 얻었다. 비록 남은 재물 절반을 탐관오리들에게 돌려주었으나 홍길동으로선 그래도 꽤 남는 장사를 한 것이다. 아무리 홍길동이라도 그렇게 큰 배를 구해서 관군의 공격 없이 바다를 건너기란 쉽지 않다. 홍길동은 활빈당의 구성원들을 해외로 무사히 이주시키기 위해 이런 작전을 실행한 것으로 보였다.

일주일 후, 홍길동과 활빈당 무리는 탐관오리들에게 돌려주었던 재물을 대부분 다시 훔쳐 백성들에게 나눠준 후, 임금에게 받은 배를 타고 외국으로 달아났다.

'역시 하늘이 내린 영웅이군.'

도학은 홍길동이 그리웠으나 그를 다시 만나지는 못했다.

이런 사실을 모르는 임금은 기분이 좋아 도학을 따로 불렀다.

"홍길동을 직접 잡은 것은 아니나 전우치의 음모를 알린 공로가 크니 관직을 하나 주겠네. 원하는 자리가 있으면 말해 보게."

"전하, 아뢰옵기 황공하오나 저는 누군가와 한 약속이 있습니다. 남원에서 한 처녀가 억울하게 죽임을 당했는데 그 원한을 제가 풀어주기로 약조하였사옵니다. 그러니 부디 제가 그 약속부터 지킬 수 있도록 허락해주시기 바랍니다."

"정말 대단하군. 관직도 마다하고 억울하게 죽임을 당한 사람의 원한을 풀어주러 가겠다니…. 그대야말로 참된 목민관이구려. 그럼 지금 당장 남원으로 가서 무슨 일이 있었는지 한 점 의혹 없이 밝히도록 하시오."

"망극하옵니다, 전하."

도학은 향단을 잃은 슬픔을 뒤로하고 구룡 도사와 함께 전라도 감영으로 향했다.

* * *

"소식은 이미 들어서 알고 있네."

도학이 그동안 있었던 일을 모두 설명했으나 전라감사는 대부분 알고 있었다.

"그럼 저희 아버지를 풀어주십시오."

"변학도는 이미 사흘 전에 고향으로 돌아갔어."

"벌써요?"

"만약 자네가 이곳으로 오면 고향으로 오라고 전해달라 하더
군."

"그럼 이제 모두 끝난 겁니까?"

"물론. 그리고 자네와 변학도의 죄 모두 사면일세. 수고했네."

"고맙습니다. 검은 제가 받은 것이니 가지고 가겠습니다."

도학은 두 자루의 필사검을 등에 X자로 메고 인사 후 자리를
떠났다.

구룡이 물었다.

"그럼 이제 남원으로 가는 건가?"

"응. 향단이 살인범을 잡아야 하니까."

*　　*　　*

남원에 도착한 도학과 구룡 도사는 교룡산 위에서 남원 시내를
바라보았다. 지난날의 감회가 떠올라 도학의 눈시울이 붉어졌다.

"향단이와 함께 와야 했는데…."

"왜 울먹이는 거야?"

"넌 몰라도 돼."

"그럼 이제 뭘 할까?"

꼬르륵. 도학의 배에서 밥을 달라는 외침이 울렸다.

"우선 국밥부터 먹자."

도학과 구룡은 주막에 들러 국밥으로 끼니를 때웠다.

"여기서 지내려면 돈이 필요할 텐데, 가진 건 좀 있어?"

"아니. 몇 푼 없어."

"그럼 어떻게 생활하려고?"

"제주도에서 유배 생활하며 깨달은 게 있지. 돈은 그저 그때그
때 필요한 만큼만 벌어 쓰면 된다는 거."

"그럼 돈은 뭘 해서 벌게?"

변도학은 제주도에서 용한 역술인으로 유명했었다. 마찬가지로
여기에서도 돈 몇 푼 받고 사주풀이를 해줄 생각이었다. 도학이 옆
자리에 앉아 있는 손님의 얼굴을 뚫어지게 바라보며 이야기를 시
작했다.

"관상을 보아하니 외롭게 사시는 양반이구먼."

"관상쟁이인가 본데 난 그런 거 관심 없소."

"내 사주 좀 볼 줄 아니 나이와 생일을 말해 보시오."

"아, 관심 없대도! 귀찮게 하지 마시오!"

이때, 구룡이 끼어들었다.

"카! 아깝다, 아까워. 계사년에 만났던 그 꽃 같은 처자를 잡았
어야지! 용기가 부족했구먼!"

구룡의 말에 손님이 당황했다.

"대충 때려 맞추려나 본데, 나한테는 그런 거 안 통하니 쓸데없

는 짓 마쇼."

"가만가만…. 성이 박 씨였구먼? 어디 보자. 어디로 이사를 하였나…. 알았다! 아직 기회가 있네!"

구룡의 말에 손님의 눈이 휘둥그레졌다.

"그게 정말입니까?"

"응. 아직 시집은 안 갔어."

"그런데 어디에 있는지 어떻게 압니까?"

"그거야 무당이니까 알지. 방향은 서북쪽일세. 10리 안에 있네."

이때, 주모가 나타나 구룡의 말에 장단을 맞추었다.

"어머, 이게 누구야? 구룡계곡 구룡 도사 아녀?!"

"하하하. 내가 바로 구룡일세."

"진짜 구룡 도사님이라고?"

구룡 도사라는 말에 주막의 모든 사람이 구룡 주위로 몰려들었다. 순식간에 도학은 찬밥 신세가 되었다. 구룡은 인근에서 가장 잘나가는 무속인이었다.

'아무리 잘나가는 역술인이라도 신점을 보는 용한 무당은 못 따라가겠지? 여기서 역술로 밥 벌어먹는 건 불가능하겠어.'

도학은 사람들 사주팔자 봐주는 일을 포기했다.

'그럼 뭘 해서 먹고사나….'

의원 행세를 할 수도 없다. 이미 남원에는 잘나가는 큰 한의원이 세 곳이나 있다. 전문적으로 한의학 공부를 한 사람들과 도학은 비교 대상조차 아니었다.

"어이, 변 도사. 서당을 차려보시오. 그대와 잘 맞을 테니."

도학의 고민을 어떻게 알았는지 구룡이 조언을 해왔다.

"밑천이 한 푼도 없는데 서당을 어떻게 차리나."

"동남쪽으로 가봐! 분명 길이 있을 테니."

그 말만을 남기고는 다시 손님들의 점을 봐주는 구룡. 도학은 쓴 미소만을 남기고는 주막을 나섰다.

'중도 자기 머리는 깎지 못한다더니….'

도학은 구룡의 말대로 무작정 동남쪽으로 향했다. 밑져야 본전이니까.

* * *

한참을 걷다 보니 군중으로 가득한 곳이 나왔다.

'무슨 일이지? 남원 사람들이 여기 다 모여 있네.'

"여기에 사람이 많이 모인 이유가 뭡니까?"

"씨름대회라오. 혹시 할 줄 알면 출전해보구려. 마지막에 우승하여 장사가 되면 황소 한 마리요!"

황소 한 마리라는 말에 도학의 눈이 휘둥그레졌다. 황소를 팔면 서당을 차릴 수 있는 밑천은 마련되기 때문이다.

'이래서 구룡이 여기로 가보라고 한 거구나!'

도학의 입가에 묘한 미소가 번졌다.

어린 시절 도학은 마을에서 유명한 씨름꾼이었다. 해마다 열리는 마을 씨름대회에서 우승했었다. 하지만 이곳은 살던 곳보다 더 큰 남원이다. 더군다나 지금은 어린 시절이 아니다. 과연 우승할 수 있을까?

'그래도 제주도에 있을 때 운동으로 단련된 몸이다. 씨름은 엄연히 힘이 아니라 기술의 싸움! 10년이 지났어도 기술은 몸이 기억하고 있을 것이다!'

도학은 호기롭게 씨름대회에 신청했다.

"이름이 뭐요?"

"변도학이요."

"변-도-학-. 처음 보는 얼굴인데 외지에서 오셨소?"

"네."

이장이 출전자 명단에 도학의 이름을 올렸다.

19. 방자의 부재증명

씨름대회가 시작되고, 도학은 다부진 상체를 드러내며 시합에 나섰다.

어렵지 않게 예선전의 후보들을 꺾으며 승승장구하는 도학. 점점 위로 갈수록 어려운 상대들이 나타났으나 머리가 좋은 도학은 적당히 속임수를 쓰며 승리를 이어갔다.

그리고 드디어 결승전. 이제 마지막 시합만 승리하면 황소는 도학의 것이 된다.

결승전은 승패에 돈을 걸기 때문에 단판제다.

"마지막 시합은 선수들 보호를 위해 잠시 쉬었다가 하겠소!"

도학이 한쪽 구석에 앉아 휴식을 취했다. 구경하던 마을 사람들도 잠시 흩어졌다.

그런데 그 속에서 갑자기 옥단이 튀어나왔다.

"야, 변 도사!"

"향, 향단아?"

옥단을 본 도학은 순간 향단이로 착각했다.

"나 옥단이거든! 너 향단이랑 뭔가 있는 거구나? 그렇지?"

옥단이 도학을 몰아세웠다. 반가움도 잠시, 도학은 할 수 없이 옥단에게 그동안 있었던 일을 모두 설명해주었다.

"그렇게 향단이와 접신했었어."

도학의 이야기를 들은 옥단이 한숨을 뱉은 다음 말했다.

"역시 그랬구나. 얼마 전 꿈에 향단이가 나타났는데 자기가 죽었으니 남원으로 가서 너를 도와 자신의 억울함을 풀어달라 하더라고. 그런데 정말로 여기 와보니 향단이가 죽었다고 하지 뭐니."

옥단이 울먹였다. 미안해진 도학의 표정도 어두워졌다.

'향단이가 마지막에 가면서 나와 옥단이를 다시 만나도록 이어주고 갔구나.'

옥단이 귓속말로 도학에게 물었다.

"혹시 옆에 향단이가 있어?"

"그게 사실은…. 중간에 일이 잘못되어 향단이의 혼은 저세상으로 갔어."

"아, 그렇구나."

옥단이 실망하여 크게 또 한숨을 쉬었다.

"그럼 향단이를 죽인 범인은 밝혔고?"

"아니, 아직. 이제부터 풀어가야지."

"그런데 씨름대회는 왜 나온 거야?"

"여기서 먹고 살려면 서당을 차려야 하는데 지금 밑천이 하나도 없어서 저 황소가 필요해!"

"아하! 시합에서 우승하여 받은 황소로 서당을 차릴 계획이구나! 그럼 반드시 이겨야겠네. 내가 뭐 도와줄 건 없어?"

"응원이나 열심히 해줘."

"자, 이제 결승전을 시작하겠습니다!"

이장이 시합의 시작을 알리자 구경꾼들이 다시 모래판 주위로 몰려들었다.

"홍 샅바, 변-도학!"

도학이 모래 위로 올라서자 관중의 환호성이 터져 나왔다.

예선전의 활약 덕분이었다.

이어서 이장이 상대 선수의 이름을 외쳤다.

"청 샅바, 방-호동!"

이장의 외침에 거대한 체구의 젊은이가 모래 위로 올라왔다. 허벅지 굵기가 도학의 허리만 했다. 마을 사람들의 환호성이 더 크게 터졌다. 이장이 도학에게 조언했다.

"잘해봐. 호동이는 남원 제일의 씨름꾼이니까. 아마 조선 팔도 최고의 씨름꾼일걸."

몸집은 거대하지만 움직임은 매우 날렵했다. 뚱뚱하지만 얼굴은 분명 호랑이상을 타고났다.

"으아아아아~!"

호동이 호랑이처럼 포효했다. 도학은 호동의 위세에 눌려 기가 죽었다.

'이런…. 여기까지 와서 질 수는 없지. 어떻게든 이겨야 한다!'

드디어 시합이 시작되었다. 하지만 호동의 힘을 감당해내지 못하는 도학은 위기감을 느꼈다.

'이런 제길! 힘이 엄청나다. 기술이 들어갈 틈도 없어. 지면 안되는데!'

'이러다가 도학이 지겠어!'

호동은 도학을 가지고 놀았다.

도학이 고전을 면치 못하자 옥단이 꾀를 냈다.

호동의 시선 앞에 있던 옥단은 가려운 다리를 긁으려는 것처럼 치마 사이로 자신의 맨 허벅지를 드러냈다. 그런 옥단의 다리맵시를 보게 된 호동은 옥단에게 한눈을 팔았다. 호동의 움직임에서 잠시 변화를 감지한 도학이 기회를 놓치지 않고 기술을 넣었다.

'지금이다!'

"으라차차!"

도학이 온 힘을 다해 기술을 걸자 호동은 그만 넘어가고 말았다.

심판을 보던 이장도 감탄했다.

"이럴 수가! 호동이를 이기다니. 당신 도대체 뭐 하는 사람이요?"

"정말 제가 이긴 겁니까?"

"홍 샅바 승!"

이장이 도학의 승리를 외치자 우레와 같은 관중의 환호가 터져 나왔다. 도학의 승리에 옥단도 크게 기뻐했다. 도학 역시 공중에 모래를 뿌리며 승리를 자축했다.

"혹시 황소를 파시려면 나한테 파시게. 내 좋은 값을 주겠네."

*　　*　　*

이장에게 황소를 판 도학은 그 돈으로 서당을 개업할 작은 초가집을 얻었다. 다행히 방이 두 칸이라 옥단과 함께 지내는 데에는 문제가 없었다. 도학은 직접 서당 간판을 만들어서 입구에 걸었고, 옥단은 살림에 필요한 세간살이 마련을 위해 장에 다녀왔다.

"장터에 갔더니 나를 빤히 쳐다보는 사람들이 많더라고."

"당연하지. 죽은 향단이와 똑같이 생겼으니 그러는 거야. 이리 와봐."

도학은 옥단의 얼굴 한쪽에 먹으로 커다란 점을 하나 그렸다.

"그래. 이렇게 하니 그나마 좀 덜 닮아 보이네. 아직은 남원 사람들이 네가 향단이의 쌍둥이 자매라는 사실을 알면 안 돼. 한동안은 외출을 삼가고 서당 일이나 도와."

"이렇게 되니 제주에서랑 똑같아졌네."

"그러게. 제주에선 내가 네 집에 얹혀살았는데 지금은 반대구나."

미묘한 분위기가 두 사람 사이에 흘렀다.

"내 미인계 덕에 씨름에서 이겼으니 나도 이 서당에 권리가 있는 거다?"

"잉? 그건 또 무슨 소리야?"

"몰랐어? 너 나 때문에 씨름에서 이길 수 있었던 거야."

"웃기고 있네."

그렇게 두 사람은 오랫동안 말로 실랑이를 벌였다.

서당을 개업했으나 아이를 맡기러 오는 사람이 없었다. 남원에는 이미 자리를 잡은 서당이 많았다.

"씨름꾼이 훈장인 서당에 과연 아이를 맡기려 할까?"

옥단이 말이 맞았다. 도학은 남원에서 씨름 장사로 알려졌는데 씨름 장사가 서당을 한다고 하니 신뢰를 못 할 수밖에. 공부보단 씨름이나 가르칠까 두려운 것이다.

'그래. 낯선 외지인 훈장에게 누가 아이를 맡기겠나. 하지만! 이렇게 마냥 아이들을 기다릴 수만은 없지.'

도학은 지나가는 마을 사람들에게 웃으며 인사를 건넸다. 처음엔 어색해하던 마을 사람들도 그런 도학의 인사를 조금씩 받아주기 시작했다. 도학은 이웃과 친해지기 위해 이웃집의 마당을 주인 허락 없이 청소했다. 그런 도학을 발견한 집주인이 놀랐다.

"아니, 지금 뭐 하는 거유?"

"아, 예. 우리 집 마당 청소하다가 이 집 마당도 청소해 드리려고요."

"아이고, 괜찮아유. 그냥 우리가 할 테니 이러지 마세유."

"부담 갖지 마세요. 겨우 마당 쓸어드리는 건데요, 뭘."

우물가로 가자 아녀자들이 힘들게 물지게를 지고 있었다.

'그래, 바로 이거다!'

도학은 아녀자들에게 접근하여 대신 물지게를 옮겨다 주었다.

"이렇게 무거운 물지게를 왜 여자가 지고 가십니까? 이리 주십시오."

"아이고, 괜찮습니다."

"아닙니다. 이런 건 남자가 해야죠. 하하하."

하지만 물지게가 생각보다 무거웠다. 도학은 인상을 쓰며 간신히 물지게를 지고 일어났다.

그렇게 도학은 마을 사람들의 크고 작은 일을 도와주며 얼굴도장을 찍었다. 그러자 도학의 서당에 아낙 셋이 아이를 데리고 방문했다.

"어서 오십시오. 훈장 변, 도학입니다."

"안녕하세요, 호호호."

아낙들이 도학 옆에 있는 옥단을 발견하고는 물었다.

"훈장님의 부인 됩니까?"

"아내라뇨! 당치않습니다."

옥단이 먼저 강하게 부정했다.

그런 옥단의 반응에 도학이 받아쳤다.

"제 여동생입니다."

"아하, 그러시군요. 호호호. 그럼 훈장님의 안사람 되시는 분은 어디 계십니까?"

"사실 저는 총각입니다."

"어머나! 역시 총각이셨구나."

아낙들이 총각이라는 말에 도학에게 관심을 보였다.

'유부녀들이 총각에게 관심은…. 쳇.'

잘생긴 선비 총각이 나타나 웃음을 흘리고 다니니 여성의 관심을 받을 수밖에. 옥단은 속으로 그런 아낙들을 욕했다.

도학은 아직 일곱 살도 채 되지 않은 남자아이 둘과 여자아이 하나를 맡게 되었다. 어쨌든 학생이 찾아왔으니 아이들에게 천자문을 가르쳤다. 하지만 이각도 되지 않아 아이들은 졸기 시작했다. 옥단이 나섰다.

"요 녀석들은 공부엔 관심이 없나 보다. 회초리 좀 구해올까?"

"공부란 그렇게 억지로 시킨다고 해서 되는 게 아니야. 뭐든지 자신이 하고 싶어 하는 마음과 재미가 있어야 하지."

"그럼 너는 공부에 어떻게 재미를 붙였는데?"

도학 역시 처음부터 공부에 관심이 있던 것은 아니었다. 도학은 자신이 공부에 처음 재미를 붙이게 되었던 계기를 떠올렸다. 묘한 미소를 지은 도학은 아이들에게 물었다.

"너희들이 지금 하고 싶은 것은 무엇이냐?"

"나가서 놀고 싶습니다."

"그래, 그럼 다 같이 나가자."

옥단이 물었다.

"어디를 가려고?"

"아이들과 마을 한 바퀴 돌고 올 테니 넌 집이나 지키고 있어."

도학이 아이들을 데리고 외출했다. 옥단은 빨랫감을 모아 빨래터로 향했다.

"저기 저 산을 보아라. 산이 이렇게 생겼지?"

도학이 땅바닥에 산 모양을 그렸다.

"네!"

"산 모양이 이래서 이 산을 보고 '뫼 산'이라는 한자가 만들어진 것이다."

"아…."

"어떠냐? 쉽지?"

"네!"

"저기 나무를 보아라. 나무는 이렇게 생기지 않았느냐? 'ㅡ'은 가지, 'ㅣ'은 줄기, 'ㅅ'은 뿌리를 본떠서 나무 '목'자가 된 것이다."

한 아이가 감탄했다.

"와. 그렇구나."

"자, 그럼 너희들도 땅에 그려 보아라."

"네!"

아이들은 도학의 가르침을 빠르게 따라왔다. 아이들 모두 즐거운 표정을 지었다.

도학과 아이들이 냇가에 있는 빨래터에 나타났다.

"자, 그럼 '내 천'자를 알려주마."

마침 빨래 중인 옥단을 발견한 도학이 장난삼아 옥단에게 냇물을 튀겼다. 잠깐 놀란 옥단은 웃고 말았지만, 옥단의 얼굴에 닿은 물방울이 옥단 얼굴에 먹물로 찍어 놓은 점까지 녹였다. 옆에서 함께 빨래하고 있던 아낙 하나가 그런 옥단의 얼굴을 발견했다.

"이게 뭐여? 얼굴에 뭐 묻었구먼."

그러면서 아낙이 옥단의 얼굴에 묻어있는 먹물 자국을 손으로 지워버렸다. 그런데 하필 다리 위를 지나가던 방자가 냇가에서 즐겁게 노는 아이들을 보다가 옥단을 발견했다.

'햐…향단이?!'

방자는 너무 놀라 그 자리에 멈춰서서 한참을 바라보았다. 그녀는 분명 향단이었다.

'이게 어찌 된 일이지?'

혼란스러웠던 방자는 빨래를 마치고 집으로 돌아가는 옥단이의 뒤를 따라갔다. 옥단이 마당의 빨랫줄에 빨래를 너는데 방자가 뒤에서 향단의 이름을 불렀다.

"향단아!"

향단이라는 이름에 놀란 옥단이 뒤돌아서 방자를 바라보았다. 그렇게 두 사람의 눈동자가 마주쳤다.

* * *

"저, 저는 향단이가 아닙니다. 여기 보시면 점이….""

그제야 냇가에서 있었던 일이 떠올랐다.

'아차! 아까 냇가에서….'

"아무튼, 저는 향단이가 아닙니다!"

옥단이 집 안으로 들어가려는데 방자가 마당으로 들어와 옥단의 손목을 잡아챘다.

"거짓말 마러! 너 향단이 맞잖여!"

방자의 돌발 행동에 옥단은 겁에 질렸다. 이때, 뒤에서 중저음의 도학 목소리가 들려왔다. 아이들은 모두 집으로 돌려보내고 혼자 서당으로 돌아오는 길이었다.

"그 아이는 향단이가 아니다."

방자가 바로 대꾸했다.

"당신은 뉘시오?"

"누구긴. 이 집 주인이지. 그러는 너는 왜 내 허락 없이 남의 집에 들어와 있는 것이냐?"

도학이 화를 내자 방자가 급히 허리를 굽혀 사과했다.

"죄송합니다. 이 처자가, 제가 아는 사람과 너무 똑같이 생겨서…."

도학이 방자의 멱살을 잡았다.

"네놈이냐? 향단이를 죽인 것이?"

놀란 방자가 당황했다.

"네? 햐… 향단이를 어찌 아십니까?"

"바른대로 말하거라. 안 그러면 찢어 죽이겠다!"

"캑, 캑…. 저기 이것 좀 제발…."

"옥단아, 가서 검 가져와."

"응."

옥단이 방에서 필사검 한 자루를 가지고 나왔다.

검을 본 방자의 눈이 휘둥그레졌다.

"사… 살려주십시오."

도학이 방자를 마당에 내팽개쳤다. 방자의 눈과 코에서는 눈물과 콧물이 질질 흘렀다. 옥단에게 검을 넘겨받은 도학이 검을 뽑아 목에 들이밀며 외쳤다.

"향단이가 어떻게 죽었는지 있는 그대로 말하거라. 조금이라도 거짓이 있으면 넌 이 집에서 살아나가지 못한다!"

마당에 널브러진 방자가 고개를 들어 도학과 옥단을 바라보았다. 이게 어떻게 된 일인지 아직 어안이 벙벙했다.

"누구십니까? 뉘신지 알아야 이야기를 하죠."

"이 아이는 죽은 향단의 쌍둥이 자매 옥단이고…."

"싸… 쌍둥이 자매라고요?!"

"난 바로 네가 1년 전 부사 나리로 모셨던 변학도의 아들, 변도학이다!"

"변학도 나리의 아들이요?"

방자가 생각해보니 변학도에게 잘생긴 아들이 하나 있다는 소리를 들은 것 같다. 절에서 과거 시험 준비를 하던 도학은 남원에 온 적이 없으니 방자가 얼굴을 모르는 건 당연했다.

"향단이는 어찌 죽은 것이냐? 그동안 무슨 일이 있었는지 자세히 말해 보아라!"

"아이고, 나으리!"

방자가 한참을 통곡한 후, 어렵게 사연을 털어놓았다.

"변학도 나리가 제주도로 유배 가신 후, 이몽룡은 절개를 지킨 춘향이랑 결혼하였습니다. 하지만 향단이를 사랑했던 이몽룡은 향단이를 잊지 못하고 기생이 된 향단이와 자주 만났지요."

"그래서 네가 향단이를 죽였느냐?"

"아닙니다, 나리! 하늘이 알고 땅이 압니다! 저는 절대 향단이를 죽이지 않았습니다. 제가 향단이를 가장 오래 사랑했는데 어찌 정인을 죽인답니까?"

"그럼 향단이가 어떻게 죽었느냐?"

"그런 향단이가 미웠던 춘향이는 월매에게 이야기를 하여 향단이를 기생에서 다시 춘향이의 몸종으로 만들어 버렸습니다. 그런데 춘향이의 질투는 여기서 끝나지 않았습니다. 춘향이는 향단이를 구박하고 많은 일을 시켜 힘들게 하였습니다. 그래서…."

"그래서?"

"이몽룡이 향단이를 첩으로 삼으려 했습니다. 그런데…. 흑흑. 목을 맨 채로 발견되었습니다."

"스스로 목숨을 끊었다는 것이냐?"

"아닙니다! 향단이는 결코 스스로 목숨을 끊을 아이가 아닙니다. 또 그럴 이유도 없습니다! 억울합니다, 나리! 우리 향단이의 억울한 한을 좀 풀어주시어요!"

방자가 도학의 다리를 붙들며 울부짖었다.

'만약 방자가 향단이를 죽이고 자살로 꾸몄다면 나한테 진범을 찾아달라고 하소연할 리가 없다. 내가 봐도 이 녀석은 사람을 죽일

만한 인물이 아니다.'

"제가 보기엔 정말로 향단이를 죽이지 않은 거 같습니다."

옥단이도 도학과 같은 생각이었다.

"그만하거라. 이젠 네가 범인이 아니라는 것을 믿어주마."

*　　*　　*

방자와 도학, 옥단이 방으로 들어와 대화를 이어갔다.

마음의 안정을 찾은 방자가 옥단의 얼굴을 뚫어지게 쳐다보았다. 그런 방자를 도학이 타박했다.

"다 큰 처녀의 얼굴을 그렇게 빤히 쳐다보는 건 실례다."

"향단이랑 정말 똑같이 생겨서…."

"일란성 쌍둥이라 당연히 똑같습니다."

옥단이 설명해주었다. 방자는 궁금한 것을 계속 물었다.

"신기합니다. 그런데 변도학 나리는 어떻게 함께인 겁니까?"

"제주도에서 유배 생활할 때 옥단이가 보수주인이었다."

"우와. 세상 좁다더니…."

"그런데 어찌어찌하여 옥단이와 향단이가 쌍둥이 자매라는 사실을 알게 되었고, 또 향단이가 억울하게 죽었다는 소식까지 듣게 되어서 유배, 아니 제주에서 나오자마자 이렇게 남원으로 오게 된 것이다."

"그렇군요."

"그럼, 너는 향단이를 죽인 것이 춘향이라고 의심을 하는 것이냐?"

"그건… 솔직히 잘 모르겠습니다. 정황상 보면 범인은 춘향이거나 아니면 월매와 함께 그런 것 같은데 증거가 없습니다."

'뻔한 살인사건인가? 본처인 춘향이의 질투가 불러온 살인이겠지.'

도학은 춘향이가 범인일 것으로 생각했다.

"우선 향단이의 검시 보고서를 봐야겠다. 방자 너는 동헌에 소속되어 있으니 가서 몰래 검시 보고서를 가져오너라."

"검시… 보고서요? 저, 죄송하지만 나리. 제가 글을 모르는 까막눈이라 보고서를 찾지 못합니다."

"아이고…."

"죄송합니다, 나리."

"그럼 검시 보고서를 어떻게 확인한담?"

"저… 사실은 내일 새로운 부사가 부임하여 환영 만찬을 엽니다. 동헌이 복잡할 테니 그 틈을 타서 몰래 보시면 어떻겠습니까?"

"지금까지 이몽룡이 남원 부사직을 임시로 맡았었는데…. 그럼 이몽룡은 어디로 갔는지 아느냐?"

"몽룡은 나주 목사로 정식 발령을 받았습니다."

"그래?"

이몽룡이 남원 부사가 아니라면 아무래도 도학의 활동이 편해진다.

"그럼 새로 오는 부사는 누구라더냐?"

"제주 목사가 여기로 부임한다던데요."

"뭐? 제주 목사라면… 탁종립?!"

*　*　*

다음 날, 동헌에서는 새로 부임하는 부사의 환영 만찬이 열렸다. 마루와 마당에는 인근에서 모여든 사람들로 가득했다. 방자도 분주하게 오가며 심부름했다.

마루 가운데에 연회의 주인공인 종립이 자리를 잡고 앉았다.

한참 분위기가 무르익을 무렵, 갑자기 대문이 벌컥 열리며 선비 하나가 얼굴을 부채로 가리고 당당한 걸음으로 들어왔다.

"금준미주는 천 사람의 피요, 옥반가효는 만백성의 기름이라! 촛물이 떨어질 때 백성들의 눈물이 떨어지고, 노랫소리 높은 곳에 원망 소리 또한 높나니!"

"부사 나리! 당장 피하십시오!"

이방은 지난날 변학도의 일이 떠올라 종립을 피신시키려고 했다. 하지만 종립은 눈물을 글썽이며 자리에서 일어나 선비를 반겼다.

"아니, 이게 누구신가. 벼… 변 도사 아닌가!"

"안녕하십니까, 탁 목사님. 아니, 이제는 탁 부사 나리군요!"

종립이 맨발로 뛰쳐나가 도학과 기쁨의 포옹을 했다.

"어서 오십시오. 세상에나. 변 도사를 여기서 만날 줄이야."

"옥단이도 함께 왔습니다."

"이런, 정말 제주의 옥단이잖아?!"

"나리, 인사 올립니다."

"오, 그래! 세상에나. 이런 반가운 인연이!"

종립과 도학, 옥단 셋만이 따로 방에 들어갔다. 종립 먼저 안부를 물었다.

"한양에서 활약하신 이야기는 전해 들었습니다. 정말 대단하십니다. 어찌 이렇게 훌륭한 분이 제주도 유배까지 오시게 된 겁니까?"

"아, 뭐 그렇게 되었습니다. 그 사연은 이야기가 기니 천천히 하도록 하지요. 저 사실은 부탁이 있어서 왔습니다."

"뭐든 말씀만 하세요. 거처가 필요하시면 마련해드리겠습니다."

"아니, 그게 아니라…. 여기서 있었던 살인사건의 검시 보고서를 확인하고 싶습니다."

"검시 보고서요? 아는 사람이 죽었습니까?"

"네. 여기 옥단이의 쌍둥이 자매인 향단이입니다."

"네에?!"

놀란 종립의 눈이 잠시 커졌다.

"알겠습니다."

"여봐라. 형방을 들라 하라!"

"예, 부사 나리!"

형방은 종립의 명령에 따라 향단이의 검시 보고서를 가져왔다.

"보시다시피 향단이는 스스로 목을 매고 자살을 하였사옵니다."

도학이 검시 보고서를 꼼꼼히 살펴보았다.

'목을 맨 것으로 되어 있으나 시체는 눈을 뜨고 있고, 혀를 내밀고 있지 않군.'

"시신이 혀를 내밀고 있던가?"

"아, 아뇨. 그렇지는 않았습니다."

"눈은?"

"뜨고 있었습니다."

"자네, 목을 매고 자살한 사람의 시신은 본 적이 있나?"

"네? 그게….'"

"나리. 향단이는 자살이 아니라 타살되어 자살로 위장된 것입니다."

"그 이유는 무엇입니까?"

"우선 목을 매고 자살을 했다면 혀를 내밀어야 하나 혀를 내밀고 있지 않습니다. 이는 누군가 입을 막아 죽인 것이 분명합니다. 또한, 보통 자살한 사람들은 눈을 감고 있습니다. 그래서 눈을 뜨고 있었다는 것 또한 타살의 증거입니다."

"흠. 역시 변 도사십니다. 형방은 물러가 있거라. 제대로 수사하지 않은 책임은 나중에 물을 것이다."

형방이 방을 나가자 세 사람 사이에는 은밀한 대화가 오고 갔다.

"혹시 의심하고 계신 용의자가 있으신 겁니까?"

"네. 현재로서는 춘향이가 가장 유력한 용의자입니다."

"그럼 증거는요?"

"그게…. 증거가 아직 없습니다."

"증거가 없으면 체포하지 못합니다. 최소한 추문 할 수 있는 근거가 있어야 합니다."

잠시 고민하던 도학이 말을 이어갔다.

"향단이는 대들보에 목을 매고 있었습니다. 그러려면 누군가 죽은 향단을 들어 올려서 매달아야 합니다. 그런데 향단의 몸무게는 쌀 반 가마니도 넘습니다."

"그래서요?"

"월매와 춘향이가 함께 한다고 해도 그 정도 무게의 시신을 대들보에 매달지는 못합니다. 그 얘기는, 이 둘을 도운 조력자가 있다는 뜻입니다."

"오호라!"

"아니면 남자 하수인을 고용했을 겁니다."

"그럼 그 하수인이 누군지를 찾으면 되겠군요?"

"네. 그렇습니다."

"그럼 그 하수인은 어떻게 찾으시렵니까?"

"그러게요. 그게 문제네요."

< 이놈, 거기서 뭐 하고 있는 것이냐! >

방자가 방문 밖에서 종립과 도학의 대화를 엿듣고 있다가 이방

에게 들켰다. 종립이 벌떡 일어나 방문을 열어젖히자 방자가 깜짝 놀라며 뒤로 넘어갔다.

"아니, 이놈이 감히 어딜 엿듣고 있는 것이야! 네 놈이 바로 그 범인이구나!"

20. 한밤의 연극

"아, 아닙니다요! 사실은 드릴 이야기가 있습니다!"

방자가 바짝 엎드려 빌며 말했다.

도학이 나섰다.

"부사 나리. 그 녀석은 범인이 아닙니다. 저희와 아는 놈입니다."

"아, 그래요?"

"너도 잠깐 들어오너라."

도학이 손짓하자 방자가 눈치를 보며 방 안으로 들어왔다.

"네, 나리."

방 안으로 들어온 방자는 여전히 조심했다.

"….."

종립이 추문을 시작했다.

"하고 싶다는 얘기가 무엇이냐?"

"춘향이는 성격이 꼼꼼하여 모든 것을 가계부에 일기처럼 기록하는 습관이 있습니다."

"그래?!"

도학이 등을 곱게 폈다. 굉장히 중요한 정보였다.

"네가 그걸 보았느냐?"

"예. 저와 춘향이는 어릴 때부터 친구였사옵니다. 가계부는 확실합니다."

방자의 말에 도학과 종립의 고민이 시작되었다.

"도사님, 이놈의 말이 사실이라고 해도, 춘향이의 가계부는 어떻게 확인하지요?"

"그러게나 말입니다. 만약 누군가를 고용했다면 그것의 지출 내용이 춘향이나 월매 쪽에 남아있을 가능성이 크긴 합니다."

"방자야. 그것을 가져올 방법이 있겠느냐?"

"저는 글을 몰라서 춘향이의 가계부를 찾지 못합니다."

옥단도 걱정되었다.

"그럼 어쩌죠?"

방자가 방법을 하나 생각해냈다.

"셋이 함께 가면 어떨까요? 제가 망을 보는 사이에 나리께서 찾으시면 되잖습니까. 춘향이는 아직 이사하지 않아 사택에 살림이 그대로 있을 겁니다."

"그럼 제가 잠시 춘향을 불러 인사 겸해서 대화를 나누겠습니다. 그 틈을 타서 들어가시지요."

종립이 거들었다.

"그렇게 해주시면 어렵지 않을 거 같습니다."

도학과 방자, 옥단이 춘향의 사택으로 향했다.

* * *

"마님, 새로 부임하신 부사 나리께서 연회장에 잠시 방문해 달라고 초대하셨습니다."

"그래. 지금 나가마."

춘향이 자신의 여종과 함께 사택을 나와 연회장으로 향했다.

한쪽에서 몰래 보고 있던 도학과 옥단이 춘향의 방 안으로 들어갔다. 방자는 밖에서 망을 보았다.

"누군가 모의했거나 고용하여 돈을 지급했다면 분명 그 증거가 남아있을 것이다!"

방안을 열심히 뒤지던 도학과 옥단은 춘향의 일기장과 가계부를 발견했다.

"춘향이의 일기장을 찾았어!"

"가계부도 여기 있네!"

도학과 옥단은 꽤 오래 사건 당일 전후로 내용을 살펴보았다. 하지만 증거가 될 만한 내용은 나오지 않았다.

"별다른 내용이 없는데?"

"그러게…. 가계부에도 증거가 될 만한 흔적은 없어."

밖에서 방자의 다급한 목소리가 들렸다.

"나리! 옵니다! 나오세요!"

방자의 경고에 도학과 옥단이 보던 것을 서둘러 제자리에 놓고 반대편 문을 통해 방을 빠져나왔다. 그런데 옥단이 급히 나오다가 손목에 두르고 있던 풀로 만든 팔찌가 걸려 끊어졌다. 바닥으로 떨어지는 풀 팔찌. 옥단이는 그 사실을 모른 채 서둘러 나왔다.

방자는 돌아온 춘향이와 인사를 나누었다.

"춘향아. 오늘 나주로 이사하는 거야?"

"아니. 오늘은 짐만 싸고 친정에서 잘 거야. 출발은 내일 아침."

여종이 방자를 타박했다.

"마님에게 춘향이가 뭐니, 춘향이가…."

"아이고, 실수! 춘향 마님. 이제 못 보는 겁니까?"

"왜 못 봐. 나주는 멀지 않아. 심부름 때문에 종종 오가게 될 테니 그때마다 얼굴 보면 되지."

"그래, 그러면 되겠다. 아니, 되겠네요. 마님, 짐 싸는 것 좀 도와드릴까요?"

"아니. 괜찮아."

춘향이 방으로 들어갔다.

다행히 도학과 옥단은 빠져나간 뒤였다.

춘향이 방으로 들어와 짐을 정리하다가 방바닥에 떨어져 있는 풀 팔찌를 발견했다. 그것을 보고 깜짝 놀라는 춘향. 어린 시절부터 향단이와 함께 만들면서 놀았던 바로 그 풀 팔찌였다. 춘향은 향단이와 우정이 틀어지기 전까지 손목에 풀로 만든 똑같은 팔찌를 두르고 있었다. 옥단이 떨어뜨린 풀 팔찌의 매듭은 향단이가 만든 것과 똑같았다.

'이게 어디서 나온 거지? 정말 이상하다. 풀이 시들지 않은 거로 봐서는 분명 오래되지 않은 것이야.'

춘향에게는 이해할 수 없는 일이었으나 그것을 설명해줄 사람도 없었다.

* * *

다시 서당으로 돌아온 도학과 옥단은 고민에 빠졌다.

"어쩌지? 증거가 있어야 추문을 할 거 아냐?"

"그러게…. 생각 좀 해봐야겠다."

이어서 방자도 돌아왔다.

"알아낸 건 있으십니까?"

"아니."

"그렇군요."

방자도 실망했다. 옥단의 걱정이 이어졌다.

"오늘 나주로 가면 더는 조사를 못 하게 되는 거잖아."

"아닙니다. 그것이… 오늘은 짐만 싸놓고 내일 출발할 거랍니다.
잠은 친정에서 자고요."

방자의 대답에 도학이 물었다.

"친정이라면… 월매의 집 말이냐?"

"네."

"흠. 그럼 오늘 밤이 마지막 기회겠구나."

"아마도요."

방자의 대답을 들은 도학은 고민하기 시작했다.

'오늘 밤이라….'

잠시 후, 도학은 방법을 하나 떠올렸다.

"좋은 생각이 났어. 살인사건의 증거 중 가장 확실한 건 범인의 자백이야. 춘향이한테 그 자백을 받아내 보자."

"어떻게?"

"옥단이 네가 좀 도와줘."

"내가?"

"그래. 너 소복 가지고 있어?"

"하얀 상복? 아니. 그건 제주에 있지."

"그럼 방자 너는 옥단이에게 맞을만한 소복 하나 구해오너라."

"예."

"소복은 뭐하게?"

"오늘 밤 연극 하나 하자."

"연극?"

*　　*　　*

날이 어두워지자 월매의 집 뒷마당에 방자와 도학, 옥단이 몰래 숨어들었다. 옥단은 소복 차림이다. 어릴 때부터 드나들던 집이라서 방자는 집의 구조와 춘향의 방 위치까지 잘 알고 있었다.

"바로 저 방입니다."

"알았지? 잘해야 해. 춘향의 연루 여부는 이제 너한테 달렸어."

도학이 옥단에게 신신당부했다.

"그런데 춘향이 정말로 속아줄까?"

"방자 너는 향단이가 쌍둥이라는 사실을 들은 적이 있느냐?"

"없습니다. 그래서 저도 처음에 놀란 거 아닙니까?"

"그럼 춘향도 모를 가능성이 커. 혹여 안다고 해도 당황하면 쌍둥이라는 생각을 못 할 거야. 향단의 영혼인 줄 알겠지. 그러니 한번 해보자."

"이렇게 하니 영락없는 향단이입니다."

방자의 말에 옥단은 용기를 냈다.

밤하늘에 구름이 없어 밝은 달빛이 춘향의 방을 비추었다. 도학은 손을 오므려 으스스한 부엉이 울음소리를 만들어냈다. 그럴듯한 부엉이 울음소리를 들은 방자가 감탄했다. 옥단이 천천히 춘향의 방으로 들어갔다.

방에서는 춘향 혼자 잠을 자고 있었다. 옥단이 이름을 부르며 춘향을 깨웠다.

"춘향아, 춘향아? 일어나. 나야, 향단이."

잠에서 깬 춘향이 깜짝 놀랐다.

"어머! 하… 향단아?"

"너지? 네가 날 죽인 거지? 너 왜 날 죽인 거야?"

"무, 무슨 소리야? 내가 널 왜 죽여? 널 죽인 건 내가 아니야!"

"그럼 누구야? 네 엄마야? 월매 마님이 날 죽인 거야?"

"그, 그건…. 나도 몰라. 정말이야!"

"정말 아니야? 솔직히 말해. 그럼 용서해줄게."

"몰라! 난 너 안 죽였어!"

춘향이 흐느껴 울기 시작했다. 직감적으로 춘향은 범인이 아니라는 사실을 안 옥단은 뒤돌아 나오려고 했다. 하지만 춘향의 부름에 발걸음을 멈추었다.

"향단아, 미안해. 너 질투한 거. 그건 내가 잘못했어. 용서해줘."

춘향을 돌아본 옥단은 그대로 말없이 방을 나왔다. 춘향의 울음소리가 방 밖까지 들렸다. 옥단이 나오자 도학과 방자는 서둘러 옥단을 데리고 집을 빠져나갔다.

이어서 춘향의 울음소리에 놀란 월매가 춘향의 방으로 찾아왔다.

"춘향아. 무슨 일이냐?!"

"엄마. 향단이, 향단이가 찾아왔어!"

"꿈을 꾼 게야? 진정하거라."

"아니. 꿈이 아니야. 정말로 죽은 향단이의 원혼이 날 찾아왔다니까!"

"뭐?! 얘가 지금 무슨 소리를 하는 거야?"

"오늘 낮에도 정말 이상한 일이 있었어. 이삿짐을 정리하는데 방바닥에 향단이가 만들던 풀 팔찌가 떨어져 있더라고. 아무래도 향단이 혼이 내 주위에서 맴돌고 있나 봐. 어떻게 하지?"

"그래?!"

"혹시 향단이 엄마가 죽였어?"

"내가 걔를 왜 죽여?"

"그럼 향단이가 왜 내 앞에 나타나. 뭔가 나랑 연관되어서 원한이 생겼으니까 나타나는 거지."

"난 아냐. 그리고 향단이는 자살이라고 그러지 않았어?"

"자살은 무슨. 걔가 자살할 이유가 뭐가 있어. 곧 서방님 첩으로 들어오는 판에…."

"그러게. 그런 애가 왜 자살했을까?"

"자살이 아니라 누가 죽인 거지. 그리고 자살처럼 꾸민 거고…."

"그러니까 그걸 누가?"

"엄마 아니냐고?"

"나 아니라니까! 얘가 왜 이래? 환장하겠네."

"내가 엄마한테 향단이 죽었으면 좋겠다고 그랬잖아."

"나도 향단이를 어릴 때부터 딸처럼 키웠다. 더군다나 엄밀히 따지면 이 서방은 사실 향단이한테 반한 건데 내가 너한테 빼돌린 거 아니냐. 그런 애를 미안해서 어떻게 죽이니? 차라리 첩으로 만들지."

"정말 엄마 아냐?"

"향단이가 첩이 되고 시간이 지나면 몽룡이 마음에도 변화가 올 것이고, 그럼 너한테 이 서방 마음이 갈 수도 있는데 내가 왜 향단이를 죽여?"

"그런가?"

"어차피 이 서방도 때가 되면 첩이 생길 텐데 모르는 사람보다야 향단이가 첩이 되는 게 좋지. 안 그래?"

"그럼 정말 엄마는 아니라는 거지?"

"그래. 난 아니라니까."

춘향을 진정시키고 자신의 방으로 돌아온 월매는 고민에 빠졌다.

'요것 봐라. 누구지? 요즘 세상에 진짜 향단의 귀신일 리는 없을 테고…. 풀 팔찌와 향단이 귀신이라….'

"밖에 개 아범 있나?"

"예, 있습니다."

"잠시 들어오게."

개 아범이 월매의 방 안으로 들어왔다.

"자네는 혹시 향단이 죽음과 관련하여 소문이 있는지 한 번 알아보게."

"예, 알겠습니다."

"뭐라도 좋네. 향단이 관련 수상한 정보가 있으면 바로 나한테 알려줘야 하네."

"예, 마님."

서당으로 돌아온 도학과 방자는 옥단의 말에 충격받았다.

"아무래도 춘향이는 범인이 아닌 거 같아."

"그게 정말이야?!"

"응. 솔직히 말하면 용서해주겠다고 했는데도 자신은 범인이 아니라고 하더라고. 정말 내가 향단이 원혼이라고 믿는 거 같았어."

"흠, 그럼 춘향이는 범인이 아니라는 얘긴데…."

방자가 도학에게 물었다.

"혹시 월매가 범인 아닐까요? 자기 딸이 괴로워하니까 향단이가 첩이 되기 전에 죽인 거죠."

"월매가 향단이를 죽였다?"

"예."

"그럼 이제 가장 유력한 용의자는 월매가 되는 건가? 알았으니 방자 너는 인제 그만 돌아가거라."

"저, 조금만 더 있다 가면 안 되겠습니까?"

"왜?"

"옥단 씨 얼굴이 향단이와 너무 똑같아서요. 헤헤."

옥단을 바라보는 방자의 눈빛은 처음부터 예사롭지 않았다. 방자의 말에 옥단의 얼굴이 빨개졌다. 도학 역시 화가 나서 역시 얼굴이 붉어졌다.

"옥단이는 향단이가 아니니 눈독 들일 생각일랑 하지 마라!"

"옥단 씨도 이젠 결혼해야 하는 나이 아닙니까?"

"그래도 넌 우리 옥단이 상대가 아니니 꿈도 꾸지 마!"

"아니, 왜 안 됩니까?"

"넌 네가 사랑했던 향단이도 못 지키지 않았느냐?!"

"아, 그거야 제가 어떻게 할 방법이 없었던 거고…. 옥단 씨는 또 그게 아니잖아요!"

도학이 짜증 내는 방자의 귀를 잡아당기며 귓속말로 경고했다.

"옥단이는 내 친여동생 같은 존재야. 그런데 내가 너한테 얘를 시집보내겠니? 그러니 눈독 들이지 말고 당장 꺼져!"

"쳇! 알겠습니다!"

삐진 방자가 동헌으로 돌아가기 위해 방에서 나왔다.

그런데 길 건너편 담벼락 뒤에서 누군가 도학의 서당에서 나오는 방자를 몰래 훔쳐보고 있었다. 방자는 감시하는 시선을 눈치채지 못했다.

방에서는 옥단과 도학의 남은 대화가 이어졌다.

"너는 왜 방자를 안 좋게 말해? 나는 방자가 괜찮아 보이던데."

"야! 넌 남자 보는 눈이 그렇게 없냐! 너도 건너가 자!"

"괜히 짜증이야."

옥단도 자신의 방으로 돌아갔다.

'역시 옥단이를 여자로 느끼고 있는 건가? 가족 같아서가 아니고?'

저승에서 향단이의 말이 떠올랐다. 도학은 자신이 왜 방자를 경계하는지 자기 마음을 알고 있었다. 하지만 도학은 이 사건을 끝낼 때까지 옥단이를 여자로 봐서는 안 된다고 생각했다.

도학도 자리를 펴고 잠을 청했다.

*   *   *

늦은 밤, 잠이 든 도학의 방 안으로 낯선 괴한들이 몰래 침입했다. 괴한이 덮치기 직전, 도학이 잠에서 깨어났다.

"웬 놈들이냐!"

괴한은 반항하는 도학을 붙잡아 입과 눈을 가리고, 손과 발을 묶은 뒤 보쌈을 하여 납치했다. 도학은 그렇게 어디론가 끌려갔다.

도학의 입에 재갈이 물리기 전, 도학의 외침 소리에 잠에서 깬 옥단이 방문 틈으로 그것을 모두 지켜보았다.

'뭐야? 지금 납치하는 거야?'

놀란 옥단은 몰래 이들의 뒤를 밟았다.

괴한들이 도학을 납치하여 데리고 간 곳은 마을 인근 산속의 동굴 안이었다. 괴한은 그곳에 도학을 내려놓고 누군가를 기다렸다.

곧이어 젊은 남자가 나타났다. 도학의 눈은 검은 천으로 가려져 있어 횃불의 불빛 외에는 아무것도 보이지 않았다. 괴한 하나가 도학의 입에 물린 재갈을 풀어주었다. 젊은 남자가 도학을 추문 했다.

"당신은 왜 향단이의 죽음을 캐고 다니는 거지?"

"누구냐! 무슨 연유로 날 납치한 것이냐?"

"묻는 말에나 답을 하시오."

"네 놈이 우리 향단이를 죽인 범인이구나!"

"우리? 도대체 향단이와 무슨 관계인 거요?"

"그건 몰라도 된다. 개인적인 사정이니까."

"당신 외에 누가 더 관련되어 있는지 말씀하시오."

"관련된 사람은 없다. 나 혼자다."

옥단이 도학의 이름을 부르며 산에 올라왔다.

"변 도사! 어디야? 변도학!"

괴한이 젊은 남자에게 알렸다.

"누군가 이쪽으로 오고 있습니다."

젊은 남자가 도학의 목에 칼을 들이밀며 경고했다. 목에 칼날을 느낀 도학의 표정이 굳어졌다.

"변도학 선생, 더는 사건을 캐고 다니지 마시오. 계속 들쑤시고 다니면 다음엔 이 칼이 당신의 목을 노릴 것이오. 잊지 마시오. 모든 일은 사필귀정(事必歸正)이라는 것을."

(- 사필귀정(事必歸正) : 모든 일은 반드시 바른길로 돌아감.)

칼을 접은 남자가 괴한들에게 명령했다.

"그만 가자."

"예!"

젊은 남자와 괴한들이 사라지자 곧이어 옥단이 도학 앞에 나타났다.

"여기다, 옥단아!"

"변도학!"

옥단이 도학의 눈을 가린 검은 천과 손을 묶고 있던 매듭을 풀어주었다.

"어쩌자고 혼자 여기까지 온 거야. 만약 너도 잡혔으면 어떡하려고."

"네가 잘못되었을까 봐 얼마나 무서웠는지 알아?"

도학이 아무 일 없이 무사하다는 안도감에 옥단은 울음을 터뜨렸다. 그런 옥단의 모습에 도학의 마음도 뭉클해졌다. 하지만 지금 더 급한 것은 괴한들의 정체였다.

"혹시 날 납치한 사람의 얼굴을 봤어?"

"아니. 아무도 못 봤는데."

"젊은 남자의 목소리였는데 내 이름이 변도학이라는 것도, 또 향단이의 죽음을 캐고 다닌다는 것도 다 알고 있었어."

"그럼 그 사람이 향단이를 죽인 범인인 거야?"

"그건 확실하지 않고, 뭔가 연관된 인물임엔 틀림없는 거 같아."

"아무래도 너무 위험해. 남은 수사는 탁 부사 나리에게 맡기고 우리는 그만 손을 떼야 하지 않을까?"

옥단의 제안에 도학이 큰 한숨을 쉬며 생각에 잠겼다.

"옥단아."

"응?"

"난 향단이와 약속했어. 내가 억울한 죽음의 한을 풀어주기로···. 그러니 너만이라도 인제 그만 제주도에 가라."

"싫어. 나도 네 곁에 있을 거야. 향단이를 죽인 범인이 누구인지 밝혀질 때까지."

"그럼 난 서당을 지킬 터이니 너만이라도 동헌 안에서 지내렴."

"그러지 말고 같이 동헌 안에서 지내면 어떨까?"

"같이? 그건 좀 생각해보자."

도학은 옥단과 함께 산에서 내려오며 생각에 잠겼다.

'과연 누가 날 납치한 걸까? 사필귀정을 잊지 말라니?'

사건은 점점 미궁으로 빠져들었다.

*　　*　　*

다음날, 개 아범이 월매에게 알아낸 정보를 전했다.

"마님, 장터에서 향단이와 똑같이 생긴 처자를 보았다는 사람들이 다수 있었습니다."

"그래?! 어디 사는 누구인지는 알아냈느냐?"

"지금 알아보는 중입니다. 곧 알아낼 수 있을 겁니다."

"그럼 계속 수고해주게."

"예, 마님!"

'향단이와 똑같이 생겼다라…. 누구지? 어디서 비슷하게 생긴 아이가 이사를 온 건가? 아니면 정말로 향단이가 환생을?!'

향단이가 처음 월매에게 왔을 때, 중개인과 향단이 모두 월매에게 쌍둥이라는 사실을 말하지 않았다. 중개인은 혹시나 그것이 결점이 되어 거래가 불발될까 봐 어린 향단이에게도 그 사실을 말하지 말도록 했다. 그 때문에 월매는 향단이가 일란성 쌍둥이일 거라는 사실을 상상도 하지 못했다.

옥단은 도학의 충고대로 거처를 동헌 안으로 옮겼다. 동헌 안에서 심부름하는 방자는 좋아서 입이 귀에 걸렸다.

"허허. 옥단 씨와 함께 지내게 된다니!"

하지만 그것도 잠시, 남원 부사 종립은 방자와 무사 한 명을 도학의 서당으로 보냈다. 도학의 경호를 위해서였다.

"방자 너는 이제부터 서당으로 가서 변 도사님의 심부름을 하며 지내거라."

서당에 도착한 방자가 도학에게 짜증을 부렸다.

"이것도 나리가 하신 거죠? 전 좋다 말았습니다."

"우하하하! 그럼 너와 옥단이가 함께 지내는 꼴을 내가 볼 줄 알았느냐?"

"혹시 나리도 옥단 씨에게 마음이 있으신 겁니까?"

"어허! 무엄하다! 그게 말이 되느냐? 옥단이랑 나는 가족 같은 사이다."

"그런데 왜 저를 반대하시는 겁니까? 옥단이는 나리와 신분이 다르잖습니까?"

"아무튼, 너의 할 일은 날 경호하는 것이니 정신 바짝 차려라."

"근데 갑자기 경호라뇨?"

"지난밤에 내가 괴한들에게 납치가 되었었다."

"나, 납치라고요?!"

'납치'라는 말에 방자가 깜짝 놀랐다.

"눈이 가려져서 얼굴은 못 봤지만 젊은 남자의 목소리였는데…."

"젊은 남자라면…. 혹시 이몽룡 아닙니까?"

"뭐? 이몽룡?"

왜 이몽룡 생각을 못 했을까. 이몽룡도 향단의 죽음과 연관이 있는 인물이다.

'정말 이몽룡이었을까? 그렇다면 이몽룡이 왜 나에게 경고를 한 것일까?'

도학의 의문이 꼬리를 물었다.

* * *

방자가 서당의 마당을 쓸고 있는데 개 아범이 서당을 방문했다.

"방자야? 너 여기서 뭐 하는 거냐?"

"잠시 이곳에서 일하게 됐어요. 서당 훈장님이 우리 부사 나리 랑 친분이 있어서…."

개 아범이 방자에게 속삭이듯 물었다.

"여기에 향단이와 똑같이 생긴 처자가 산다던데 사실이니?"

"향단이와 닮은 처자요? 아, 여기 훈장님 여동생인데 다시 고향 으로 돌아갔어요. 잠시 훈장님 밥해주고 그랬는데 걔가 돌아가는 바람에 제가 여기 온 거죠."

"아, 그래?"

"뭐, 얼굴이 향단이랑 닮긴 했네요."

"그렇구나."

개 아범은 자신이 원하는 정보를 얻어냈다는 듯 서당을 떠났다.

개 아범이 떠나자 방자가 도학에게 알렸다.

"월매네 집 개 아범이 왔었습니다. 향단이와 닮은 처자를 찾더라고요. 여기 살고 있다는 걸 알고 있었습니다."

"뭐?! 그래서?"

"제가 고향으로 돌아갔다고 둘러대긴 했습니다."

"잘했다."

"월매는 향단이가 쌍둥이였다는 것을 아는 걸까요?"

"흠. 그랬을 수도 있겠구나. 그래서 춘향이 방에 나타난 향단의 원혼이 가짜일 수 있다는 생각에 옥단이를 찾는 것이겠지. 이미 남원에는 향단이와 닮은 처녀가 나타났다고 소문까지 났으니 말이다."

"그럼 정말로 월매가 향단이를 죽인 겁니까?"

"아직 단정하긴 이르다. 지금부터 그 증거를 찾아야 해."

월매는 향단이가 쌍둥이라는 사실을 모르고 있었지만, 도학과 방자는 월매가 알고 있었을 것으로 생각했다.

'월매가 향단이를 죽인 범인이라면, 이몽룡은 왜 나에게 더는 캐지 말라는 협박을 한 것일까?'

이몽룡은 도학이 나서지 않아도 결국 '사필귀정'으로 마무리될 것이라고 했다.

'향단이 살해사건은 끝난 것이 아니다. 뭔가가 진행 중이다!'

도학의 남다른 촉이 울렸다. 하지만 더는 도학이 할 수 있는 건 없었다.

다음 날 아침, 월매의 집에서 춘향이 목이 졸린 채 의식불명으로 발견되었다.

21. 춘향 살해 시도 사건

소식을 접한 남원 부사 탁종립과 변도학이 월매의 집으로 향했다. 춘향 살해 시도는 매우 큰 사건이다.

'도대체 누가 이런 엄청난 일을! 양반 아녀자 살해 시도라니! 결국, 원한 관계란 말인가?'

도학의 생각은 거기까지 나아갔다.

춘향의 방에는 이미 의원이 와 있었다. 의원은 진찰을 막 끝낸 후였다. 월매가 그 모습을 하얗게 질린 표정으로 바라보고 있었다. 종립이 의원에게 물었다.

"상태가 어떤가?"

"다행히 죽지는 않았으나 의식불명 상태입니다."

"의식불명?"

"예. 누군가 죽이려고 목을 조른 것 같은데 다행히 숨이 완전히 끊어지지는 않았으나 뇌로 가는 혈류가 막히는 바람에 머리에 이상이 생겨 의식불명에 빠진 것으로 보입니다."

"깨어나게 할 수 있겠는가? 치료되느냔 말이네."

"그건 아무도 모릅니다. 운이 좋으면 혼자 깨어날 수도 있으나 이대로 있다가 숨이 끊어질 수도 있습니다."

"아이고, 춘향아!"

의원의 말에 월매가 춘향 옆에 주저앉으며 통곡했다.

도학이 종립에게 물었다.

"이게 도대체 어떻게 된 일입니까?"

"그러게나 말입니다. 나주 목사의 부인을 살해하려 하다니…."

"우선 이몽룡에게 연락부터 하시지요?"

"여봐라! 당장 나주 목사 이몽룡에게 이 소식을 전하거라."

"예!"

도학은 생각에 잠겼다.

'도대체 누가? 왜 그랬단 말인가.'

큰 소리로 울던 월매가 혼절하여 쓰러졌다.

여자 종이 옆에서 월매를 부축하고, 종립이 개 아범에게 다가가 물었다.

"춘향이는 어제 나주에 가기로 되어 있던 것 아니었나?"

"춘향 마님은 그제 밤에 향단이를 본 것이 두려워 며칠 더 이곳에 머무르기로 하였습니다."

도학은 뜨끔했다.

'이런, 우리가 그제 밤에 한 연극이 화를 불렀단 말인가.'

도학에게 죄책감이 밀려왔다. 이젠 춘향이를 이렇게 만든 자도 찾아야 한다.

'난감하군.'

한숨을 내뱉은 도학은 눈을 감았다.

소식을 들은 방자가 허겁지겁 월매의 집 안으로 들어왔다.

"어떻게 된 일입니까? 춘향이는요? 춘향이는 무사합니까?"

방자의 목소리가 들리자 월매가 벌떡 일어났다.

"방자?"

그녀는 맨발로 마당에 내려와 방자의 멱살을 잡았다.

"이게 다 네 놈 때문이다! 네 놈이 나한테 이몽룡을 속이자고 하지 않았어도 내 딸이 이런 일을 당하지는 않았을 텐데…."

'하긴. 이 모든 일이 방자의 거짓말에서 비롯되었구나.'

도학 또한 향단이로부터 이미 들어서 알고 있는 내용이었다.

처음부터 방자가 몽룡이 반한 소녀의 이름이 향단이라는 것을 제대로 알려주었다면 일이 이처럼 꼬이지는 않았을 것이다. 방자 역시 그런 자신의 어리석은 행동이 가져온 결과에 말없이 월매의 원망을 온몸으로 받아내고 있었다. 물론 방자가 괴로운 것은 몸이 아니라 마음의 고통이었다. 자신의 거짓말이 향단이는 물론 이제 춘향이까지 죽이게 생긴 것이다.

방자도 입술을 깨물며 흐느꼈다.

"으흐흐-흑! 으아아-악!"

도학은 혼자 혀를 찼다.

'인제 와서 후회하면 뭣하리. 이미 엎질러진 물인 것을.'

향단에 대한 애정 때문에 거짓말을 한 방자와 그것을 이용해 자신의 야망을 이룬 월매 그리고 향단의 죽음을 밝히려 연극을 했던 도학까지. 모두 춘향이 이렇게 되도록 만든 장본인들이었다.

                    *   *   *

　남원 부사인 종립을 앞세우고 동헌이 나서서 수사해보았으나 범인에 대한 단서는 나오지 않았다. 월매는 거의 정신이 나간 사람의 표정으로 멍하니 허공만 바라보고 있었다.

　도학이 종립에게 물었다.

　"단서는 좀 나왔습니까?"

　"전혀요. 월매도 정신이 반쯤 나가서 뭘 물어도 제대로 된 대답을 듣기 어려운 실정입니다. 혹시 뭐 좀 알아내신 건 있으십니까?"

　도학이 개 아범에게 물었다.

　"나주에는 춘향이 늦게 간다는 인편을 보냈습니까?"

　"아뇨. 제가 알기로는 아직 보내지 않았습니다. 아마 오늘 보낼 예정이었을 겁니다."

　"아, 그래요?"

　이번에는 도학이 종립에게 가서 물었다.

　"혹시 이곳이나 동헌 쪽에 이몽룡이 보낸 사람이나 심부름꾼이 왔었습니까?"

　"이몽룡 쪽에서 이곳에 말입니까? 아뇨. 그건 왜 물으시는 겁니까?"

　"그것이…. 춘향이는 어제 나주로 갔어야 합니다. 하지만 가지 않았죠. 그렇다면 몽룡은 어찌 된 일인지 사람을 보냈어야 합니다. 남편이라면 자신의 아내에게 무슨 일이 일어났는지 궁금해하고 걱정해야 하지 않겠습니까?"

"오호라. 그렇군요. 더군다나 나주 목사라면 인편 보내는 것이 어려운 일도 아니고요."

"그렇다면 지난 밤이나 오늘 오전엔 몽룡이 보낸 인편이 왔어야 한다는 건데 그게 없는 것이 이상하네요."

"역시 변 도사십니다."

도학은 자신에게 일어난 일을 끼워 맞추고 있었다. 이몽룡으로 의심되는 남자의 납치와 경고. 그리고 그것은 춘향의 살해 시도로 이어졌다. 도학의 생각에 이몽룡 또한 이번 사건에 깊숙이 연루된 것이 분명해 보였다.

정오가 지나자 몽룡이 월매의 집에 도착했다. 마당으로 이몽룡과 그의 호위 무사가 함께 들어섰다. 도학은 몽룡이 타고 온 말을 유심히 살펴보았다. 몽룡이 월매에게 물었다.

"이게 어떻게 된 일입니까?"

이몽룡을 발견한 월매는 우뚝 일어나 집 뒤편으로 사라졌다. 종립이 대신 답했다.

"누군가 춘향이의 목을 졸라 죽이려고 했습니다. 현재는 의식불명 상태입니다."

몽룡이 춘향의 방으로 올라서려 하자 월매가 커다란 낫을 들고 몽룡을 향해 달려들었다.

"죽어라, 이 악마 같은 놈!"

순간, 호위 무사의 칼이 번쩍이며 월매의 가슴을 향했다. 칼에 찔린 월매는 낫을 놓치고는 자기 뜻을 이루지 못하고 쓰러졌다. 도학이 쓰러진 월매를 끌어안았다. 아직 숨이 끊어지지 않은 월매는 마지막 유언을 남겼다.

"나와 춘향이는 향단이를 죽이지 않았소⋯."

"왜 이몽룡을 죽이려 한 겁니까?"

"사위가 내 딸을 이렇게 만든 게 확실하니까⋯."

월매는 집게손가락으로 몽룡을 가리켰다. 그리고는 이내 숨이 끊어졌다. 그것을 지켜보고 있던 몽룡의 표정이 일그러졌다. 도학이 월매의 목 부위 맥을 짚은 뒤 종립에게 알렸다.

"죽었습니다."

종립과 도학이 한숨을 내쉬며 몽룡을 노려보았다. 월매의 죽음에 몽룡 또한 놀란 표정을 지었으나 뭐라 반응하지는 않았다. 그저 자신의 호위 무사를 한 번 노려볼 뿐이었다. 하지만 호위 무사 또한 자신의 임무에 충실한 것이었으니 뭐라 할 수 없었다.

도학과 몽룡, 종립은 동헌의 실내로 자리를 옮겼다. 몽룡과 종립은 똑같은 군복 차림이었다. 둘은 탁자를 사이에 두고 마주 보고 앉았다. 도학은 종립 옆에 서서 몽룡을 내려다보았다. 도학이 먼저 몽룡을 추문 했다.

"월매는 마지막에 당신이 춘향을 죽이려 한 범인이라고 했소."

"그대는 누구시오?"

도학은 목소리를 듣고 자신을 납치한 게 몽룡이라는 사실을 확인했다.

"이미 엊그제 만난 적 있잖소. 날 납치까지 해놓고는…. 나, 변도학이요."

"무슨 말을 하는지 모르겠군요."

몽룡은 시치미 뗐다. 이번에는 종립이 물었다.

"월매는 왜 죽인 겁니까?"

"제 호위 무사입니다. 장모께서 낫을 들고 덤벼드니 본능적으로 반응을 할 수밖에요. 보셔서 아시잖습니까? 어쩔 수 없는 상황이었습니다."

"방금 장모가 죽었는데 표정이 참으로 태평하군요."

도학과 종립의 시선이 날카로워졌다.

"장모가 왜 당신에게 낫을 들고 덤볐다고 생각합니까?"

"아마 춘향 때문에 장모 또한 정신이 이상해져 그랬을 겁니다."

"변명 참 편하군. 정신 이상으로 모든 게 해결되다니."

"그럼 제가 춘향을 죽이려 했다는 증거가 있습니까?"

도학이 몽룡의 물음에 답했다.

"이몽룡, 당신은 춘향이와 결혼을 했으나 사실은 향단을 사랑했지. 그래서 향단을 첩으로 들이려 했지만, 그 전에 죽고 말았어. 누군가 향단을 죽였고, 자네는 그 범인을 춘향으로 생각한 거야. 그래서 지난밤 춘향을 죽이려고 했으나 차마 끝까지 마무리하지 못했고, 춘향이는 지금의 의식불명 상태에 빠지게 된 것이지."

"소설 잘 들었습니다. 그래서 그 증거는요?"

몽룡이 비웃으며 따졌다.

"밖의 말을 살펴보았네. 아주 건강한 명마더군. 그런데 말이 지쳐서 졸고 있었어. 그런데 남원과 나주의 200리 거리를 쉼 없이 달려왔다고 해도 바로 졸고 있을 말이 아니거든. 그 얘기는 이곳에 오기 전에 이 말을 타고 밤새도록 달렸다는 얘기가 되지."

이번에는 종립이 물었다.

"말을 타고 밤새 이곳을 왕복하며 춘향을 죽이려 했던 겁니까?"

"그건 저도 모르는 일입니다. 말의 상태가 오늘따라 안 좋은지 어떻게 압니까? 저는 어제부터 내내 나주에 있었습니다. 직접 나주 관아의 사령들에게 물어보시지요."

도학은 몽룡의 변명을 무시했다.

"뭐 그 정도는 이미 손을 써 놨겠지."

"결국, 추측 외엔 증거나 증인은 없는 것이군요. 저는 이만 가보겠습니다."

나가려는 몽룡의 뒤에 대고 도학이 결정적인 말을 던졌다.

"내가 확인했네. 춘향이는 향단을 죽인 범인이 아니야. 월매도 아니고."

몽룡이 도학의 말에 걸음을 멈췄다.

"그럼 향단을 죽인 범인은 누구입니까?"

몽룡은 담담한 목소리로 물었다.

"나도 지금 그 범인을 찾고 있네. 하지만 춘향이는 진짜 아닐세."

몽룡의 표정이 복잡해졌다. 몽룡이 나가자 종립이 도학에게 물었다.

"월매도 향단이를 죽인 범인이 정말 아닙니까?"

"예. 확실합니다. 보통 죽기 전에는 진실을 말하니까요. 제 생각
엔 거짓말로 보이지 않았습니다."

"그럼 향단을 누가 죽였을까요? 정말 이몽룡이 범인일까요?"

문제는 그것을 장담할만한 증거가 없었다.

"향단의 부모부터 다시 추적을 해봐야겠습니다. 부모가 누구이
고, 지금까지 어떻게 살아왔는지 말입니다."

*　　*　　*

몽룡은 다시 월매의 집으로 돌아왔다. 춘향의 방으로 들어서는데
누군가 춘향을 병간호하고 있었다. 옥단이었다. 처음엔 춘향의 몸
종인 줄 알았다가 옥단의 얼굴을 본 몽룡은 깜짝 놀라 향단의 이
름을 외쳤다.

"향단아!"

몽룡의 눈빛이 흔들리며 목소리가 떨렸다. 그럴 리가 없었다. 몽
룡은 두 손으로 자신의 눈을 비비고 다시 그녀의 얼굴을 확인하고
또 확인했다. 그의 눈에는 분명 향단이었다. 놀란 옥단이 몽룡의
얼굴을 멍하니 바라만 보았다. 몽룡 뒤에서 방자가 세숫물을 들고
들어오며 그에게 말했다.

"향단이 아니구먼. 향단의 쌍둥이 자매 옥단이여."

"뭐? 쌍둥이 자매라고?"

그제야 옥단이 하던 일을 계속했다. 방자가 떠온 세숫물에 천을

적셔서 춘향의 얼굴과 손을 닦아주었다. 몽룡은 그런 옥단의 모습을 신기한 듯 바라보았다.

"옥단이는 눈독 들이지 마러. 이번에는 내가 꼭 지키기로 다짐했응께."

하지만 몽룡의 귀에 방자의 말은 들리지 않았다. 그저 몽룡의 눈앞에는 죽은 향단이가 다시 살아나 움직이고 있을 뿐이었다. 옥단이 몽룡에게 말했다.

"장모님의 장례를 준비해야 하지 않습니까? 유일한 사위시잖아요."

"어, 그래. 장례를 치러야지."

옥단의 다그침에 몽룡이 일어나 밖으로 향했다. 방자가 그런 몽룡의 뒷모습을 바라보며 생각했다.

'정말로 춘향이를 죽이려고 한 거여? 무서운 놈.'

방자도 몽룡을 의심하고 있었다. 월매의 유언 때문이었다.

몽룡은 영좌(靈座)를 만들고 상복을 입은 뒤 장례를 시작했다. 하지만 상가에는 문상객들이 찾아오지 않았다. 사위가 장모인 월매를 죽였고, 곧 춘향까지 죽게 될 거란 흉흉한 소문이 퍼졌기 때문이다.

몽룡은 그렇게 혼자서 3일 장을 치렀다.

*   *   *

월매의 장례가 끝나고 바로 다음 날, 거짓말처럼 춘향이 깨어났다.

"으…."

춘향을 돌보던 옥단이 깨어난 춘향을 보고는 깜짝 놀랐다.

"이럴 수가! 깨어났네."

"아이고 머리야. 왜 이렇게 머리가 아프지? 이상하네. 향단아. 내가 왜 친정에 와 있는 거니?"

"네?"

"단둘이 있을 땐 말 놓기로 했잖아. 왜 그래?"

이상하게 춘향은 향단을 아직 살아있는 사람처럼 대했다.

"어? 그, 그게…."

당황한 옥단은 대답하지 못하고 밖으로 나가 도학과 방자에게 춘향이 깨어났음을 알렸다.

"도학아, 방자야, 춘향 마님이 깨어났어!"

"그래!"

"진짜요?"

도학과 방자가 춘향이 있는 방으로 들어왔다. 도학을 본 춘향이 옥단에게 물었다.

"향단아. 이분은 누구셔?"

"그게…. 그냥 아는 동네 친구."

"내가 모르는 동네 친구가 있었네?"

도학이 먼저 춘향에게 인사했다.

"새로 서당을 개업한 변, 도학이라고 합니다."

"네. 뵙게 되어 반갑습니다."

춘향이 방자에게 부탁했다.

"방자야. 서방님 좀 불러줄래?"

"목사 나리는… 그러니까 몽룡이는 나주 목사로 정식 발령을 받아서 지금 나주로 떠날 준비를 하고 있어."

"어머, 그래?"

춘향은 몰랐다는 듯 미소를 지어 보였다. 방자가 도학에게 나가서 얘기하자는 신호를 보냈다. 그것을 알아챈 도학과 옥단이 방자와 함께 방을 나왔다.

둘의 표정이 심각했다.

"뭔가 이상합니다. 기억을 못 하는 거 같아요."

"뇌에 이상이 있었으니 그럴 만도 하겠지."

옥단이 도학에게 물었다.

"그럼 어떻게 해?"

"우선 춘향이가 스스로 정상적인 기억을 찾을 때까지 연극을 좀 하자."

춘향이 방에서 나왔다.

"향단아. 엄마 좀 불러줄래?"

"워, 월매 마님을?!"

"응."

춘향이 사망한 월매를 찾자 옥단이 당황했다.

이에 방자가 나섰다.

"마님은 지금 나주에 계셔. 몽룡이 챙겨주려고 나주에 먼저 가신 거지."

"그래? 그런데 왜 난 기억이 안 나지?"

"넌 여기서 이삿짐 정리하기로 했잖아."

"그랬나?"

도학과 방자가 눈치를 보며 자리를 피했다. 옥단도 도학을 따라가려고 했는데 춘향이 옥단을 잡았다.

"향단아."

"으, 응?!"

"서방님이 너에게 마음이 있다는 걸 알지만 본부인은 나라는 건 잊지 마."

"어, 그럼. 알지. 너는 '처'고, 나는 '첩'이잖아."

"그래. 당장 감정이 예전처럼 좋아지긴 어렵겠지만 시간이 해결해주겠지."

"그래, 맞아."

"그럼 오늘 이불 빨래 좀 하자."

"오… 늘?"

춘향이는 예전처럼 향단을 괴롭혔다. 도학과 방자만이 동헌으로 돌아왔다.

방자는 옥단이 걱정되었다.

"춘향이가 옥단 씨를 향단이로 알고 예전처럼 괴롭히기 시작했습니다. 어쩌죠?"

"어쩌긴. 계속 지켜보는 수밖에."

종립이 도학에게 다가와 서신 하나를 전했다.

"변도학 앞으로 서신이 도착하였습니다."

도학이 서신을 확인했다. 고향인 전주에서 온 소식이었다. 도학의 아버지인 변학도의 건강이 좋지 않다는 내용이었다.

"이런. 아무래도 지금 당장 고향으로 가봐야겠습니다."

도학은 서당으로 돌아와 서둘러 짐을 싸기 시작했다. 종립이 방자와 함께 도학의 서당을 방문했다.

"정말 지금 고향으로 가시는 겁니까?"

"예. 아버지께서 위독하신 듯합니다."

"방자와 함께 가시지요. 그래도 혼자 가시는 것보다는 말벗도 되고 좋을 겁니다."

"아, 예. 방자와 함께 가도록 하겠습니다."

그리고 도학이 종립에게 따로 준비한 서찰 하나를 주었다.

"이것을 주상전하께 보내주십시오."

"혹시 그 향단이를 죽인 용의자와 관련된 것입니까?"

"예. 사건 해결에 매우 중요한 내용이 담겨 있습니다."

"제가 급히 파발마를 띄우겠습니다."

"부탁드립니다."

방자는 옥단을 두고 길을 떠나야 한다는 생각에 불만이 컸다.

"옥단 씨 때문에 거절하지 않으신 거죠?"

"알면서 왜 묻느냐? 준비가 끝났으니 어서 가자."

"하지만 옥단 씨나 춘향이가 위험해지면 어쩝니까?"

"걱정하지 마라. 옥단이와 춘향이는 부사 나리께서 잘 지켜주실 테니 문제없을 거다."

도학과 방자는 전주를 향해 출발했다.

옥단은 마루에서 이불 홑청을 뜯었고, 춘향은 그런 옥단이의 모습을 바라보다가 잠이 들었다.

꿈을 꾸는 춘향.

잊었던 향단의 죽음과 자신을 죽이려 했던 몽룡의 얼굴이 떠올랐다. 충격에 춘향이 얼굴을 찡그리며 눈을 떴다. 잠시 잊혔던 모든 기억이 다시 살아난 것이다. 그런데 그런 춘향의 눈앞에 향단이 앉아서 이불 홑청을 뜯고 있는 것이 아닌가. 놀란 춘향의 눈이 커졌다.

'햐, 향단이? 향단이는 죽었는데….'

춘향이 눈물을 흘리며 다가가 옥단이를 끌어안았다.

"이럴 수가! 향단이 너 죽지 않았구나! 그래, 내가 악몽을 꾼 것이었어! 네가 죽는 악몽을 말이야!"

갑작스러운 춘향의 반응에 옥단이 당황했다. 춘향은 옥단의 손에 들려있던 이불을 빼앗아 내팽개쳤다.

"이제부터 이런 건 하지 마!"

'뭐지? 기억이 돌아온 건가?'

"서방님의 첩이 되어도 좋아. 부탁이야. 떠나지 말고 내 옆에 있어만 줘."

"어, 그래."

춘향은 옥단의 두 손을 잡고 감격에 겨워했다. 마침 몽룡이 들어왔다.

"부인, 그만 나주로 갑시다."

몽룡을 보자 춘향의 마지막 기억이 떠올랐다. 어두컴컴한 방에서 몽룡은 살기가 가득한 표정으로 춘향의 목을 조르고 있었다. 몽룡의 마지막 말이 머릿속에서 울렸다.

< *"향단이가 죽은 건 모두 너 때문이야! 네가 향단이를 죽였어! 내가 향단이를 얼마나 사랑했는지 알아? 너 같은 건 그게 어떤 건지 알지 못하겠지!"* >

춘향이 살려달라며 발버둥 쳤으나 몽룡은 춘향이 정신을 잃을 때까지 목조름을 풀지 않았다.

겁을 먹은 춘향이 몽룡의 시선을 피했다.

"먼저 가시어요. 저는 아직 몸이 좋지 않아 친정에 좀 더 머물다 가겠습니다."

"할 수 없군. 더는 자리를 비울 수도 없는 노릇이니 먼저 나주로 가리다."

나가는 몽룡을 향해 옥단이 일어나 인사했다. 하지만 춘향은 몸을 돌린 채 떨고만 있었다. 옥단은 그런 춘향을 의아하게 바라보았다.

'둘 사이에 뭔가 있었던 것이 확실해.'

전주를 향해 가는 도중 방자가 도학에게 물었다.

"변학도 나리는 어떤 분이셨습니까?"

"사실 아버지는 가난한 농부의 아들이었다. 그런데 고을의 김 진사란 분이 과거 시험에 합격할 때까지 지원과 도움을 주셨지."

"변학도 나리의 혼인 이야기가 궁금합니다. 더 자세히 이야기해 주셔요."

방자의 요청에 잠시 침묵이 흘렀다. 도학의 눈동자에 물기가 차올랐다. 이내 도학의 대답이 이어졌다.

"그건 사연이 좀 길구나. 들어보겠느냐?"

"네. 뭐 전주까지 가려면 남는 게 시간 아니겠습니까?"

도학은 방자에게 아버지의 과거 이야기를 풀어놓기 시작했다.

*   *   *

청년 변학도는 전주의 유명한 효자였다. 걷지 못하는 아버지를 매일 업고 다니며 극진히 돌보았으며, 그런 학도에 대한 마을 사람들의 칭찬은 하늘을 찔렀다.

"세상에 저런 효자가 또 있을까?"

"아들아. 학도를 보아라. 학도가 진정한 효자니라. 자고로 자식은 부모를 저렇게 봉양해야 한다."

변학도는 마을에서 효자의 표본이었다.

학도는 아버지를 강가에 앉혀놓고 그물채로 물고기를 잡았다.

"아부지! 제가 물고기 잡아서 맛있게 구워드릴게요!"

"오냐. 내 아들 고생해서 어쩌냐?"

"고생이라뇨? 재미있어요!"

물고기를 잡은 학도는 이번엔 산으로 올라가서 버섯과 나물을 채취해서 내려왔다.

"아부지! 들기름에 볶으면 아주 맛있겠어요!"

"전생에 내가 무슨 복이 있어서 이런 효자 아들을 얻었는지 모르겠구나."

학도는 그렇게 아버지에게 정성스러운 식사를 만들어 대접하고, 밤에는 호롱불 아래서 늦은 밤까지 글공부했다.

마을의 유지였던 진사 김시록은 아들이 없었다. 그래서 양자 겸 과거 시험을 지원해줄 바른 청년을 찾고 있었는데 마침 변학도가 눈에 들어왔다. 김 진사는 학도를 불렀다.

"자네의 효성은 익히 들어서 잘 알고 있네. 전주 최고의 효자라지?"

"효자라뇨? 부끄럽습니다. 저는 그저 자식 된 도리를 할 뿐입니다."

"머리도 아주 비상하다고?"

"감사하게도 부모님에게 물려받은 재능입니다."

"난 소과에는 합격하여 진사가 되었지만, 중앙관직 진출에는 실패하였지. 더군다나 나의 꿈을 이루어줄 아들 또한 없다네. 어떤가. 자네가 내 마지막 꿈을 이루어 줄 수 있겠나?"

"네? 제가 어떻게…?"

"내가 자네의 후견인이 되겠다는 말일세. 과거 시험에 급제할 때까지 모든 비용을 지원하지."

"그렇게만 해주신다면 죽을힘을 다해 공부해서 꼭 과거 시험에 합격하겠습니다!"

이후, 학도는 김 진사로부터 다양한 지원을 받게 되었다. 생활의 경제적인 부분은 물론, 학도의 아버지도 김 진사의 노비가 돌봐주었으며, 책부터 유명한 서원 입학에 이르기까지 모든 지원을 받았다.

드디어 한양으로 과거 시험을 보러 가는 날이 되었다. 그런데 학도의 아버지는 병환이 깊었다. 학도는 아버지 걱정에 쉽게 떠나지 못했다.

"아부지 좀 어떠세요?"

"콜록, 콜록! 내가 빨리 죽어야 하는데…."

"그런 말씀 마세요."

"어여 한양으로 가거라. 꼭 합격해서 돌아와야 하느니라."

"아버지 걱정 때문에 가지 못하겠어요. 다음에 시험 보면 안 될까요?"

"무슨 소리를 하는 거냐?! 지금까지 지원을 아끼지 않은 김 진사 어른의 은혜에 보답해야지. 어서 가!"

김 진사도 학도를 안심시켰다.

"아버지는 걱정하지 말아라. 우리가 잘 돌봐 드리고 있을 테니."

학도는 떨어지지 않던 발길을 어렵게 떼어 한양으로 향했다. 아버지가 걱정이었지만 돌봐주는 사람들이 있기에 믿고 떠났다.

그리고 문과 시험에 합격하여 위풍당당하게 고향으로 돌아왔다. 그런데 뭔가 이상했다. 마을 사람들의 환호와 축하를 받을 줄 알았던 학도는 무거운 분위기에 불길한 예감을 느꼈다.

"설마 아버지가?"

학도는 집으로 달려갔으나 집 안에는 부친 대신 슬픈 표정을 한 김 진사가 기다리고 있었다. 김 진사는 학도를 부친의 무덤으로 안내했다.

"아부지!"

22. 변학도의 과거

변학도의 부친은 학도가 과거 시험을 보러 간 사이 병환이 깊어져 사망한 것이었다. 자신의 아버지가 아들의 과거 시험 합격 소식을 듣지 못하고 사망하자 학도는 큰 충격에 빠졌다.

학도가 공부를 열심히 했던 것은 자신의 아버지를 기쁘게 해드리기 위해서였는데 그런 아버지에게 기쁜 소식을 전하지도 못하고, 자식 된 도리로 아버지의 임종까지 지키지 못했다.

이때 학도의 한(恨)이 뼛속까지 새겨졌다.

변학도가 삐뚤어지기 시작한 것도 이때부터였다. 대과(大科)에 합격하여 인생의 대업을 달성하였지만, 학도에겐 더는 의미가 없었다.

그런 학도의 마음을 여자 친구 소현이 잡아주었다. 소현은 어린 시절부터 함께 자란 마을 친구였는데 어느새 서로 사랑하는 사이가 되어 결혼을 약속하고 있었다. 소현은 아름다운 처녀로 성장하였고, 학도는 그런 그녀를 마음 깊이 신뢰하며 사랑했다. 소현은 학도를 위로했다.

"네가 이러면 저세상에서 아버지가 싫어하지 않으실까?"

"…."

"과거 시험까지 급제했으니 멋지게 살아봐. 그래야 아버지도 기뻐하실 거야."

"정말 그럴까?"

"그럼!"

"역시 너밖에 없다."

학도는 소현과 혼인하기로 마음을 먹고 김 진사의 집으로 향했다.

하지만 김 진사의 집에서는 엉뚱한 소식이 기다리고 있었다.

"마침 오는군. 자네의 혼사가 정해졌네."

"예?"

"정읍 현감의 딸일세. 나름, 이 근방에선 위세를 떨치는 집안이지. 세자의 외척 집안과 연결이 되기 때문에 자네의 관직 진출에도 큰 도움이 될 걸세."

"하지만 진사 어른, 저는 결혼을 약속한 처자가 따로 있습니다."

"뭐? 그게 누군가?"

"소현이라는 친구입니다."

"이런…. 이 일을 어찌한담. 자네는 그 처자와 결혼을 할 수가 없네."

"왜 못하는 겁니까?"

"자네 처음 나와 한 약속을 잊은 건 아니겠지?"

"예. 그래서 과거 시험에 급제하지 않았습니까?"

"내가 원한 것은 중앙관직 진출일세. 중앙관직을 얻으려면 정치적으로 이끌어줄 '줄'이 필요하지. 바로 그 줄은 결혼을 통해 만드는 것이네. 만약 그런 줄이 없다면 자네는 평생 지방관직으로만 떠돌게 될 수도 있어. 이해하겠는가?"

학도에겐 선택지가 없었다. 사실은 학도가 과거 시험에 합격하게 된 것도 김 진사의 막강한 지원 때문에 가능했다. 그것을 잘 아는 학도는 김 진사의 말을 거역할 수가 없었다. 또 학도 역시 중앙관직 진출에 대한 야망도 피어나던 중이었다.

학도는 고민했다. 소현에게 어떻게 말해야 할지 몰랐다. 그것을 눈치챈 김 진사는 소현을 불러 대신 이야기를 전했다.

"학도가 벼슬로 성공하려면 정읍 현감의 딸과 결혼을 해야 하네. 그런데 학도는 처녀에게 먼저 헤어지자고 말하지 못할 거야. 처녀가 먼저 말해주면 안 되겠나?"

소현은 한참을 울고 난 뒤에야 그렇게 하겠노라고 대답했다. 학도도 그런 사실을 알고 있었다. 하지만 모른척했다. 소현은 학도에게 편지만을 남기고는 다른 곳으로 떠났다.

학도는 정읍 현감의 딸과 결혼했다. 애정은 없고 의무만 있는 결혼이었다. 그래서였을까? 아이가 생기지 않았다. 장인은 딸의 문제라고 생각하여 학도에게 첩을 붙였다. '씨받이'였다. 하지만 역시 아이가 생기지 않았다. 집안사람들은 학도가 '씨 없는 수박'이라고 수군거렸다. 결국, 장인은 딸에게 '씨내리'를 붙이려 했다.

"몰라서 그렇지 많은 가문에서 이루어지는 일이네. 마음에 오래 두지 마시게."

학도는 할 말이 없었다. 어차피 애정이 없는 결혼이었기 때문에 화가 나지 않았다. 하지만 학도의 아내는 씨내리를 거부했다.

"그렇게까지 해서 아이를 낳고 싶지 않습니다."

그 일 때문에 학도의 마음이 조금씩 열리기 시작했다. 그러자 학도의 아내가 임신했다.

하지만 출산 후 산모가 사망하고 말았다. 학도의 눈에서는 눈물이 나오지 않았다. 슬프지 않았다. 이후 학도는 재혼하지 않고 혼자 도학을 키웠다.

*　　*　　*

이야기를 전부 들은 방자가 도학에게 물었다.

"그럼 변학도 나리는 김 진사 어르신에게 원망이 있으신 겁니까?"

"아니다. 그분은 그저 아버지가 잘되길 바라셨을 뿐, 소현이라는 처자와의 이별도, 내 어머니의 죽음도 그분 책임은 없다. 모두 아버지가 선택한 거였으니까."

학도는 정말로 김 진사에게 원망이 없었다.

마지막에 아버지를 포기하고 과거 시험을 선택한 것도 자신이었고, 소현을 포기하고 정읍 현감의 딸과 결혼한 것도 자신의 선택이었다. 소현을 선택하고 김 진사의 원망 좀 들으면 어떤가. 변명은 만들려면 얼마든지 가져다가 붙일 수 있다. 하지만 학도는 사랑을 포기했다. 그것이 사실이었다. 결혼하였지만 자식을 얻고 아내를 잃었다. 학도는 자신이 하늘로부터 벌을 받은 것으로 생각했다.

"아버지의 모든 불행은 아버지의 선택이 가져온 결과였을 뿐이다."

도학은 덤덤히 이야기를 끝냈다.

도학과 방자가 고향 집에 도착했다. 변학도가 자리에 누워있었다. 도학이 안방으로 뛰어 들어가며 외쳤다.

"아버지, 도학입니다! 위독하시다는 연락을⋯."

변학도가 자리에서 일어났다.

"용케 왔구나. 건강은 걱정하지 마라. 다른 사람 의심 없이 오게 하려고 편지를 그렇게 보냈다."

멀쩡한 변학도의 모습을 확인한 도학이 큰 한숨을 내쉬었다.

"아이고, 아버지. 무슨 일 있으십니까?"

"향단이라는 아이를 죽인 범인을 찾고 있다고 들었다. 맞느냐?"

"예."

"이몽룡의 아버지가 이한림이더군."

"그러합니다."

변학도는 한동안 말을 잇지 못했다.

"내 이야기가 사건 해결에 도움이 될 것이다."

도학은 물론 옆에 엎드려 있던 방자도 호기심에 고개를 치켜들었다. 변학도는 계속 이야기를 이어나갔다.

"내가 성균관에 입학했을 때의 일이다. 당시 나는 시골에서 한양으로 상경한 촌놈 취급을 받으며 무시를 당했는데 나를 유독 괴롭히고 따돌림에 앞장서는 자가 있었지. 그자는 한양의 좋은 집안

출신이어서 결국 성균관 장의(掌議)의 자리까지 올랐어."

변학도가 쓸쓸한 표정을 지었다.

"하루는 그 못된 놈이 장난을 쳐서 내가 도둑으로 모함을 받게
되었고, 나는 그 일로 인하여 성균관에서 쫓겨날 뻔하였다."

"아니, 그 빌어먹을 놈이 누굽니까?"

"그자가 바로 이몽룡의 부친 이한림이다!"

"!"

당시 성균관 유생들은 모두 '재(齋)'라고 불리는 기숙사에 머물
렀는데 이한림은 변학도를 골탕 먹일 요량으로 다른 유생의 물건
을 훔쳐서 학도의 거처에 숨겨두었다. 이 일로 학도는 도둑으로 몰
리게 되어 성균관에서 쫓겨날 위기에 처하게 되었다.

이 때문에 변학도는 이한림에게 원한을 품었지만, 이한림에게는
성균관에서 촌놈을 하나 몰아낼 장난에 불과했다.

"그런데 그런 나를 구해준 친구가 있었지."

"그가 누굽니까?"

"윤시갑. 바로 죽은 향단의 부친이다!"

도학과 방자는 너무 놀라 입이 벌어졌다. 생각해보니 옥단의 성
이 '윤'이었다.

"다행히 윤시갑이 모의 현장을 목격하여 나의 누명을 풀어주었
지."

학도의 얼굴에 잠시 미소가 지나갔다.

"시갑이는 정말 인성이 좋았지. 그렇게 우리는 친구가 되었단
다."

"하지만 제가 알기로 향단이의 부친은 역모죄에 휘말린 것으로 압니다."

"알고 있었구나. 맞다. 일이 묘하게 꼬였지. 이한림은 윤시갑과도 사이가 좋지 못했어. 윤시갑 역시 지방 출신이었으니까. 그러다가 시갑이는 이한림이 양귀비로 돈을 번다는 사실을 알았다."

"양귀비라면, '아편' 아닙니까?"

"그래, 바로 그 아편을 만드는 양귀비. 녀석이 그걸 이용해서 재미를 보았거든. 양귀비가 돈이 되고, 그것이 곧 권력을 키워준다는 사실을 깨달은 거야. 근데 시갑이가 그걸 걸고넘어진 거지. 아편이 매우 위험하다는 것을 알리려 했단다."

"그래서 이한림 쪽에서는 반대 세력의 숙청이 필요했겠군요."

"맞아. 그렇게 해서 역모가 기획되었고, 윤시갑까지 거기에 엮어 넣은 것이야."

도학은 그제야 향단을 누가 죽였는지 확신했다.

"향단이를 누가 죽였는지 이제 알겠습니다."

"운명이란 참 짓궂지 않니? 결국, 내 인생은 이한림의 아들 때문에 무너졌는데 이한림은 내 아들이 무너뜨리게 생겼으니 말이야."

도학 역시 운명의 굴레에 마음이 착잡해졌다.

"참, 윤시갑과 나는 서로 사돈을 맺기로 약조한 적이 있다. 쌍둥이 딸 중 하나와 너를 혼인시키기로 했었지."

도학과 방자 모두 깜짝 놀랐다. 방자는 좌절했고, 도학의 얼굴에는 웃음꽃이 피었다.

"그 약속은 지킬 수 있습니다."

"그러냐? 허허. 잘 되었구나."

"아버지, 운명은 누구의 편도 아닙니다. 조금만 기다려 주십시오. 제가 반드시 복수하여 이한림과 이몽룡이 저지른 죄가 사필귀정으로 끝을 맺게 하겠습니다!"

"그래, 기다리마."

이 모든 것이 운명의 틀 안에서 설계되어 있었다는 사실에 도학의 온몸이 떨려왔다.

하지만 그것을 느낄 시간이 없었다.

도학은 바로 일어나 방자와 함께 다시 남원으로 향했다.

방자가 물었다.

"지금 바로 돌아가자고요? 저희 아직 짐도 안 풀었습니다."

"내가 해야 할 일이 명확해졌다. 나는 아버지의 원수인 이몽룡과 향단이의 원수인 이한림에게 복수하고 모든 것을 바로 돌려놓을 것이야!"

"바로 돌려놓다뇨? 어떻게 말입니까?"

"지켜보면 안다. 사필귀정! 모든 일은 반드시 바른 것으로 돌아갈 것이다!"

"당최 무슨 말씀을 하시는 건지 모르겠습니다. 사필귀정은 또 뭐랍니까?"

"넌 그냥 지켜보면 돼!"

뛰듯이 달려가는 도학의 뒤를 방자가 쫓으며 외쳤다.

"나리, 같이 가요!"

* * *

한편, 남원에서는 춘향이가 불안감에 손톱을 물어뜯으며 안절부절못했다. 춘향의 손톱에서 피가 흐르자 옥단이 다가가 춘향의 손을 입에서 빼냈다.

"왜 이렇게 불안해하시는 겁니까?"

"그게, 향단아. 몽룡 서방님이 날 목 졸라 죽이려는 꿈을 꾸었어. 그래서 서방님이 너무 무서워서 나주에 가지 못하겠어."

옥단이 뭔가 마음먹었다는 듯 춘향과 눈을 맞추며 이야기했다.

"춘향 마님, 저는 향단이가 아니라 향단이의 쌍둥이 자매 옥단입니다."

"뭐?!"

춘향이가 옥단이의 얼굴을 자세히 살폈다. 매우 비슷했지만 뭔가 느낌이 달랐다. 그것을 깨달은 춘향의 몸에 소름이 돋았다.

"향단이는 죽은 것이 맞습니다. 자살로 위장되어 살인을 당했죠. 그리고 마님의 어머니인 월매 마님도 춘향 마님이 의식불명이었을 때 몽룡 나리 호위 무사의 칼에 돌아가셨습니다."

"뭐라고?!"

놀란 춘향이 월매의 방으로 뛰어갔다. 방 안에는 월매의 신위가 촛대 사이에 놓여 있었다. 영좌를 확인한 춘향이 무너지듯 그 앞에

- 476 -

쓰러져 통곡했다.

"어머니!"

얼마나 울었을까? 실신하듯이 슬퍼하던 춘향이 정신을 차리고 옥단에게 물었다.

"내가 의식불명이었었다고?"

"예. 누군가 밤에 춘향 마님의 목을 졸라 의식불명에 빠지셨고, 그것에 놀란 월매 마님이 몽룡 나리를 범인으로 지목하며 낮으로 공격하려고 하였다가 그만 호위무사의 칼에…."

"이제 다 알겠다. 날 죽이려 했던 서방님은 꿈이 아니라 현실이었구나."

"네."

"서방님은 내가 향단이를 죽인 것으로 알고 계셨지. 하지만 난… 향단이를 죽인 범인이 아니야."

"마님이 아니라는 거 이미 알고 있습니다. 몽룡 나리는 춘향 마님을 죽이려고 했습니다. 이제 기억이 나셨으니 당장 부사 나리에게 알려야 합니다."

옥단이 춘향의 손목을 잡고 이끌었다. 하지만 춘향은 강하게 거부하며 따라나서지 않았다.

23. 변도학의 복수

"잠깐, 향단아. 아니, 옥단이라고 그랬나?"

"예, 마님."

"그게… 서방님은 내가 향단이를 죽였다고 오해해서 일어난 일일 뿐이야. 그 오해만 풀리면 서방님은 날 해치려 하지 않을 거야."

"마님, 정신 차리세요! 몽룡 나리가 마님을 죽이려 했다니까요!"

"난 어머니를 잃었다. 이제 남은 가족은 서방님 하나뿐인데 서방님까지 잃을 수는 없지 않겠니?"

춘향이 옥단을 애잔한 눈빛으로 바라보았다. 옥단 역시 그런 춘향의 말에 마음이 흔들렸다. 어쨌든 몽룡은 춘향의 유일한 남편이며 가족이다. 월매의 죽음은 사실 사고 같은 거였다. 이성을 잃은 월매가 몽룡을 해치려다가 벌어진 일이었기 때문이다. 춘향은 계속 몽룡의 아내로 살아가고 싶었기에 그 일은 사고로 덮으려 했다.

"몽룡 나리를 많이 사랑하시는 겁니까?"

춘향이 눈물을 흘리며 고개를 끄덕였다. 옥단의 한숨 소리가 월매의 안방 가득 메아리쳤다.

하지만 옥단은 춘향의 팔을 잡고 동헌으로 끌고 왔다. 춘향은 가지 않겠다며 발버둥 쳤다.

"이거 놔라! 난 가지 않겠다니까! 서방님과는 얽힌 오해만 풀면 돼!"

"무슨 말씀입니까?! 몽룡 나리가 마님의 말을 믿을 거 같습니까?"

남원 부사 종립이 동헌 마당에서 업무를 보다가 자신의 왼쪽에서 춘향과 옥단이 옥신각신하며 동헌으로 들어오는 기이한 모습을 바라보았다. 춘향과 옥단은 동헌의 동문을 통해 들어오는 중이었다.

"아니, 이건 또 무슨 일이야?"

이때, 도학과 방자도 동헌의 정문을 활짝 열면서 동헌 안의 종립에게로 향했다. 종립이 도학을 반겼다.

"일찍 오셨군요. 무슨 일이라도 있으셨던 겁니까?"

"예!"

종립의 정면에서는 도학과 방자가 다가오고, 왼쪽에서는 옥단이 춘향을 끌고 다가왔다. 종립은 고개를 돌려가며 네 사람을 바라보았다.

넷은 거의 동시에 종립 앞에 섰다. 종립이 옥단에게 말했다.

"춘향 마님과 옥단이 먼저 들어왔으니 이야기를 우선 들어봅시다. 무슨 일입니까?"

"춘향 마님이 직접 목격하셨답니다."

"무엇을요?"

"저기, 그게…."

춘향이 머뭇거리자 옥단이 이야기했다.

"춘향 마님의 목을 조른 사람이요. 이몽룡 나리 맞습니다."

종립이 춘향에게 확인했다.

"정말입니까?"

"그게… 그럼 서방님은 어떻게 되는 겁니까?"

"엄연히 살인미수이니 합당한 처벌을 받게 될 겁니다."

"서방님이 저에게 그런 건 오해 때문입니다. 제가 향단이를 죽였다고 믿고 있어요."

춘향의 말에 도학이 나섰다.

"솔직하게 말씀하시지요. 그래야 오해도 풀 수 있습니다. 오해가 풀리지 않으면 이몽룡은 춘향 마님을 계속 죽이려 할 겁니다."

춘향 역시 어떻게 해야 오해를 풀 수 있을지 난감했다.

고민하던 춘향은 도학의 설득에 넘어가 몽룡이 범인임을 인정했다.

"제 목을 조른 사람은… 몽룡 서방님 맞습니다. 잊어버렸던 기억이 다시 생각났습니다."

춘향의 말에 종립이 나섰다.

"흠. 이제 다 끝났군요. 그럼 나주 목사 이몽룡을 당장 잡아들이겠습니다."

이에 도학이 말렸다.

"아뇨! 잠깐만요. 춘향 마님은 의식불명이었다가 깨어났습니다. 만약 이몽룡이 춘향 마님의 말을 신뢰할 수 없다고 주장하면 어찌할 도리가 없습니다. 더 확실한 증거가 필요합니다."

종립이 춘향에게 다시 물었다.

"혹시, 사건 당시에 뭐 기억나는 건 없습니까?"

춘향이 얼굴을 찡그리며 깊이 생각하다가 뭔가를 떠올렸다.

"서방님이 목을 조를 때 서방님을 밀치려고 팔을 휘젓다가 서방님의 괴춤에 있던 호패를 손으로 쳐서 떨어뜨렸습니다."

"그럼 그것은 지금 어디에 있습니까?"

"그게… 문갑 밑으로 들어간 거 같습니다."

＊　　＊　　＊

종립과 도학, 방자, 춘향, 옥단은 서둘러 춘향의 방으로 향했다. 도학과 종립이 문갑 아래를 살피자 정말로 그 안에서 몽룡의 호패가 나왔다.

"됐습니다. 이거면 증거로 충분합니다."

"이몽룡을 확실히 옥에 가두어 구속할 수 있겠군요."

종립과 도학의 표정이 밝아졌다. 종립이 도학에게 물었다.

"참, 그런데 전주에서는 무슨 일이 있으셨기에 일찍 오신 겁니까?"

"향단이를 죽인 범인 때문에요."

"네?"

"곧 향단이를 죽인 범인도 알게 되실 겁니다."

"그렇군요."

마침 이몽룡이 집 안으로 들어왔다.

"부인, 나 왔소."

몽룡의 부름에 춘향이 놀라자, 옥단이 춘향을 안심시켰다.

"호랑이도 제 말 하면 온다더니!"

도학과 종립이 춘향의 방에서 나와 몽룡 앞에 섰다.

"어쩐 일이십니까?"

"여봐라! 당장 나주 목사 이몽룡을 체포하라!"

종립의 명령에 나졸들이 나타나 몽룡을 포승줄로 묶었다.

"아니, 이게 지금 무슨 짓입니까?!"

당황한 몽룡이 화를 내자 종립은 몽룡의 호패를 꺼내 보였다.

"이것이 춘향의 방에서 발견되었다. 춘향을 살해하려 한 살인 미수범으로 체포한다!"

"뭐라고요? 겨우 그걸 증거로 날 살인 미수범으로 몰아넣는 겁니까?"

몽룡이 종립과 도학을 쏘아보며 비웃었다.

"난 춘향의 남편입니다. 당연히 춘향의 방을 드나들 수 있고, 거기서 내 물건을 홀릴 수 있는 일 아닙니까?"

몽룡의 논리에 종립이 움찔했다.

그러자 도학이 종립에게 귓속말로 조언했다.

"말려들지 마십시오. 아주 영악한 놈입니다."

"그러게나 말입니다."

"너에게 뭐는 증거가 되겠느냐? 당장 죄인을 의금부로 압송하라!"

"예!"

그렇게 몽룡이 나졸들에게 끌려갔다. 그런 몽룡의 모습을 보던 춘향이 눈물을 흘렸다. 종립이 도학에게 말했다.

"춘향은 이몽룡이 죽이려 했던 것이군요."

"이제 향단이를 죽인 범인만 확인하면 됩니다."

도학이 이를 힘껏 다물었다.

"주상전하께서 변 도사 앞으로 답신을 보내셨습니다. 오늘 아침에 도착한 겁니다."

종립이 도학에게 서찰을 하나 내밀었다. 편지 내용을 확인한 도학이 묘한 미소를 지었다.

"주상전하께서 제 부탁을 들어주셨네요."

"그럼 이제 향단이를 죽인 범인을 확인하게 되는 겁니까? 그게 누굽니까?"

"일단 의금부로 가보면 알겠지요. 지금 다 같이 의금부로 함께 가십시다."

*　　*　　*

한양의 의금부에서는 몽룡에 대한 재판이 열렸다. 종립은 물론 사건과 연루된 도학, 춘향, 옥단, 방자까지 모두 몽룡의 죄를 증언하기 위해 의금부로 왔다. 반대쪽에서는 승정원 동부승지인 이한림이 나와 있었다. 종립이 이한림을 알아보았다.

"이런. 이몽룡의 부친인 이한림이군요."

도학이 종립에게 물었다.

"저 사람이 이한림입니까?"

"네. 이한림은 판의금부사와 친분이 두텁다고 합니다. 안타깝게도 이몽룡은 무죄로 풀려나겠네요. 어차피 판의금부사가 증거를 인정하지 않고 이몽룡 측 논리를 받아들이면 되니까요."

고개를 가로젓는 종립의 표정이 어두워졌다. 반면 몽룡과 이한림의 표정엔 여유가 묻어났다.

둘은 서로 알 수 없는 눈빛을 교환했다. 과연 무엇을 노리고 있는 걸까? 하지만 도학의 수가 한 걸음 더 나아가 있었다.

"그렇다면 이한림과 친분이 없는 사람을 판사로 해야겠군요."

"어떻게 말입니까?"

이때, 내시가 큰소리로 외쳤다.

"주상전하 납시오!"

임금이 의금부에 나타났다.

판의금부사는 자신의 자리에서 물러나고 임금이 그 자리에 앉았다. 도학을 비롯한 모든 사람이 임금 앞에 엎드렸다. 도학이 임금께 아뢰었다.

"전하!"

"변 도사, 오랜만이군. 이 사건이 바로 그 사건이오?"

"예, 전하."

도학이 임금과의 친분을 드러내자 몽룡과 이한림이 당황했다.

"죄인의 죄목부터 보고하시오."

임금이 외치자 종립이 나서서 읊었다.

"죄인 나주 목사 이몽룡은 자신의 아내 성춘향의 목을 졸라 살해하려 하였습니다."

"증거는 무엇인가?"

"춘향의 증언에 의하면 새벽에 자신의 목을 조르는 이몽룡의 얼굴을 보았다고 하였습니다."

이에 몽룡이 반박했다.

"하지만 춘향은 의식불명에 빠져 있다가 다시 깨어났습니다. 머리에 이상이 생겨 잘못된 기억을 떠올린 것입니다."

이에 도학이 다시 반박했다.

"이몽룡이 타고 다니는 말 역시 지나치게 지쳐 있었습니다. 그것은 말이 새벽에 잠을 못 자고 나주와 남원을 왕복했다는 의미가 됩니다."

"그것 역시 추측에 불과합니다."

그러자 이번에는 종립이 나섰다.

"춘향은 목을 조르는 이몽룡을 밀쳐내기 위해 몸부림치다가 이몽룡의 호패를 쳐냈다고 하였습니다. 그리고 실제로 춘향의 방 문갑 아래에서는 이몽룡의 호패가 나왔습니다."

몽룡이 다시 반박했다.

"전하! 저는 춘향의 남편입니다. 당연히 춘향의 방에 제 호패를 떨어뜨릴 수 있습니다. 그것이 춘향의 살인미수 증거는 될 수 없습니다."

"흠, 일리가 있군."

몽룡 측과 도학 측이 팽팽하게 논쟁을 벌였다.

"그런데 말이오, 이몽룡은 춘향을 왜 죽이려 한 것이오?"

임금이 묻자 종립이 대답했다.

"이몽룡에게는 애첩 향단이 있었사온데, 그 향단이 갑자기 사망하였고, 몽룡은 평소 향단을 질투하던 춘향이 죽인 것으로 오인하여 춘향에 대한 살해 시도가 있었던 것입니다."

"그럼 춘향이 향단을 죽인 것이오?"

그러자 도학이 나섰다.

"아닙니다, 전하. 제가 알아본 바로는 춘향은 향단이를 죽인 범인이 아니었사옵니다. 춘향의 모친인 월매 역시 죽기 직전, 자신과 춘향은 향단이를 죽이지 않았다고 유언하였습니다."

도학이 춘향을 변호하자 몽룡이 반박하고 나섰다.

"향단이는 춘향이가 죽인 것이 확실합니다. 향단이는 타살되었습니다. 그런데 춘향이 외엔 향단이를 죽일 이유를 가진 사람은 없습니다!"

도학은 향단의 타살 사실을 인정했다.

"향단이가 타살된 것은 맞습니다."

도학이 몽룡을 보며 되물었다.

"그런데 향단이를 죽일 사람이 춘향이 외에 없다는 건 어떻게 장담하시오?"

"그건…."

"향단이의 아비가 윤시갑이라는 걸 아시오?"

"누구요?"

도학은 계속 이어갔다.

"윤시갑은 역모의 죄를 지어 참형을 당하고 그의 가족들은 모두 노비의 신분으로 전락하였지. 향단이는 바로 역모 죄인의 딸이오!"

당황한 몽룡이 이한림의 얼굴을 바라보았다.

"만약 향단이를 첩으로 들일 경우, 자네는 물론 자네의 아비인 승정원 동부승지 이한림까지 궐에서 정치적 입지가 막히게 되는 거 아닌가?"

도학의 설명에 임금이 맞장구쳤다.

"오호라. 그랬다면 정치적으로 반대진영에서 물고 뜯고 했겠구먼."

"맞습니다, 전하. 더군다나 과거 윤시갑을 역모 죄인으로 엮은 것이 바로 이한림입니다. 이한림은 자신과 아들의 앞길이 막힐까 두려워 향단을 죽인 것입니다!"

궐 안에서는 다양한 계파로 나뉘어 권력을 잡기 위한 신경전이 치열했다. 혹여 작은 흠이라도 있으면 상대의 공격 빌미가 됐다. 이에 이한림은 향단이를 죽이기로 한 것이었다. 간편하면서 가장 확실한 방법이었다.

도학의 고발에 몽룡의 표정이 굳어졌다.

* * *

도학의 주장에 이한림이 임금 앞에 무릎 꿇으며 하소연했다.

"전하! 천부당만부당이옵니다. 제가 향단이를 죽였다는 증거는 없사옵니다!"

"그래서 내 특별히 별도의 수사를 진행하였소."

"예?!"

이한림의 얼굴이 급격하게 굳어졌다.

"얼마 전 변 도사로부터 편지 한 통을 받았지. 아무래도 승정원 동부승지 이한림이 향단이를 죽인 범인 같으니 증인 확보를 위해 비밀 수사가 필요하다고 하더군. 그래서 직접 내사를 벌였다네."

수사 관원들이 건장한 사내 둘을 데려왔다.

"이자들이 바로 향단이를 죽인 범인입니다."

"향단이를 왜 죽인 것이냐?"

임금의 추문에도 사내들은 눈치를 보며 말문을 열지 않았다.

"입을 열지 않는다면 너희 둘 모두를 당장 교수형에 처하겠다!"

화가 난 임금이 교형을 외치자 사내들이 겁을 먹고는 자백을 시작했다.

"그것이… 저기 계신 동부승지께서 돈을 주며 의뢰하였사옵니다."

당황한 이한림이 잠시 대답하지 못했다. 이에 몽룡의 표정이 변했다.

"아버지! 향단이를 죽인 게 정말 아버지셨습니까?"

"전하! 이것은 모함이옵니다."

이한림은 몽룡이 아닌, 임금에게 억울하다며 사정했다.

임금이 수사관에게 물었다.

"말해 보게. 저자들은 어떻게 잡았나?"

"청부업을 하는 무리에 밀정을 보내어 정보를 얻었사옵니다. 이한림이 어떤 경로로 이들과 접촉하여 의뢰하였는지 모든 증거와 증인을 확보하였습니다."

"동부승지, 증거와 증인이 더 필요한가?"

그러자 이한림의 눈물겨운 하소연이 시작되었다.

"전하! 저는 단지 아들의 미래를 위해서…. 죽을죄를 지었사옵니다. 부디 통촉하여 은혜를 베풀어주시옵소서!"

분노에 찬 몽룡이 이한림에게 소리를 질렀다.

"아버지! 어떻게 제가 사랑하는 여인을 죽일 수가 있는 겁니까!"

"모두 널 위해서였다. 만약 향단이를 첩으로 들였다면 네 인생은 벌써 끝났어!"

이한림과 몽룡의 대화에 임금이 혀를 찼다.

"어리석은 아비의 욕심이 아들의 미래를 망쳤군. 판결하겠다. 나주 목사 이몽룡은 관직에서 파직하고 흑산도로 유배형을 명한다. 그리고 살인자는 죽음으로써 죽은 자의 생명을 보상하는 것! 승정원 동부승지 이한림은 파직하고 강화도 유배 후 사약을 내리겠다!"

모든 것이 끝났다. 향단이를 죽인 것은 바로 이몽룡의 부친인 이한림이었다. 도학은 방자에게 부탁했다.

"방자야. 나는 이곳에서 마무리를 지어야 하니 네가 서둘러 아버지에게 가서 이 소식을 전하거라."

"예!"

방자는 전주로 출발했다.

종립이 도학에게 물었다.

"이한림이 범인일 것이라는 걸 어떻게 아셨습니까?"

"춘향과 월매가 향단이를 죽인 범인이 아니라는 것을 알고 나서
는 용의자를 찾기 위해 향단이의 과거를 조사했습니다. 그렇게 향
단이의 부친이 윤시갑이라는 사실을 알아냈고, 그것으로 향단이를
죽인 것이 이한림일 것으로 추측한 것이죠. 이한림은 정치적으로
역모죄에 민감할 수밖에 없으니까요. 문제는 증거나 증인을 찾을
길이 없어서 임금님에게 도움을 요청했던 것입니다."

"변 도사님, 정말 대단하십니다."

종립은 도학의 추리력에 감탄했다. 옥단이 눈물을 흘리며 도학에
게 고마움을 표시했다.

"도학아, 누이의 억울한 죽음을 밝혀줘서 정말 고마워."

"난 그저 내가 해야 할 일을 했을 뿐이야."

이제 모두 끝난 것인가. 도학도 모든 것이 끝났다는 생각에 홀
가분함을 느꼈다.

*　　*　　*

몽룡은 말을 타고 압송관과 함께 흑산도로 출발했다.

춘향 역시 그런 몽룡의 뒤를 따랐다.

"부인, 왜 따라오는 것이오? 어서 집으로 가시오."

"저는 어디든 서방님과 함께 갈 것입니다."

"이제 나는 벼슬아치가 아니라오. 이혼도 해줄 테니 다른 남자를 찾아보시오."

(→ 조선 시대 평민들의 이혼은 비교적 간단했으나 양반의 이혼은 쉽지 않았다. 양반의 이혼은 임금의 허락이 필요했다.)

슬픔이 가득한 눈동자로 먼 산을 바라보던 춘향이 입을 열었다.

"서방님, 잊으셨습니까? 저는 끝까지 절개를 지킨 춘향입니다."

"당신을 죽이려 했는데 내가 무섭지도 않소?"

"향단이를 죽인 건 제가 아니라는 것이 밝혀졌으니까요. 그럼 된 거 아닙니까?"

몽룡은 한동안 말이 없었다.

몽룡과 춘향 모두 부모를 잃은 동병상련의 주인공이었다. 춘향의 발이 돌부리에 걸려 절뚝거리자 몽룡이 말에서 내려 춘향을 대신 말에 태웠다.

"저는 괜찮습니다."

"괜찮긴. 그럼 흑산도로 가서 같이 고생 좀 해봅시다."

몽룡과 춘향은 날이 저물 때까지 압송관을 따라 걷고 또 걸었다.

좌의정은 임금에게 읍하며 간청했다.

"전하, 이한림의 죄는 죽어 마땅하오나 사형만은 거두어주십시오!"

"왜 어명을 번복해야 하는가?"

"이한림은 양반이며, 종묘사직을 위해 헌신한 공이 절대 작지 않습니다. 그 점을 참작하여 주시옵소서."

"그렇군. 좌상은 물러가고 이한림을 들라 하라."

좌의정이 나가고 방 안으로 들어온 이한림은 임금 앞에 바짝 엎드려 읍소했다.

"전하, 면목이 없사옵니다."

"그러게, 나도 진실을 알고 얼마나 당황한 줄 아시오? 조심 좀 하지, 쯧쯧. 그동안 동부승지가 지원해준 금전이 조정의 재정에 든든한 버팀목이었소. 그건 정말 고맙게 생각하오."

"아닙니다, 전하. 신하 된 도리로 당연히 했을 뿐입니다."

"근데 결국 그 돈은 양귀비를 팔아 벌어들인 것 아닌가?"

"그러하옵니다."

"이런…. 그렇게 되면 나 역시 공범이 되는군. 안 그런가?"

이한림이 고개를 들어 용안을 바라보았다. 임금의 얼굴에 묘한 미소가 피어올랐다.

"사약은 내리지 않을 테니 강화도에서 몇 년 지내다가 다시 올라오게. 그사이 유배를 면할 명분도 좀 만들어 두고. 흑산도로 보낸 몽룡도 내 다시 부름세."

"전하, 성은이 망극하옵니다!"

엎드린 이한림은 입 끝이 올라가며 터져 나오는 소리 없는 웃음을 억지로 참아냈다.

*   *   *

전주에 도착한 방자는 마당에서 변학도에게 소식을 전했다.

"이한림의 아들 이몽룡은 자신의 처인 춘향의 살인미수 혐의로 관직을 잃고 흑산도로 유배형을 떠났습니다. 그리고 승정원의 동부 승지 이한림은 향단이 살해를 사주한 혐의로 사형을 당하게 되었습니다!"

"잘했구나. 잘했어. 도학이 나의 복수를 해냈구나. 역시 사필귀 정이던가."

마루에 앉아 있던 변학도는 글썽이는 눈으로 먼 하늘만 바라보았다.

"그런데 왜 너 혼자만 온 것이냐? 도학은?"

"제주에 먼저 가야 한다던데요?"

"제주에는 또 왜?"

"글쎄요."

두 사람은 멀뚱멀뚱 서로의 얼굴만 바라보았다.

*   *   *

도학은 옥단과 함께 제주로 향했다.

"주상전하께서 벼슬을 주시겠다고 했는데 왜 거절한 거야?"

"그런 거 다 필요 없어. 중요한 건 내 행복이지. 너도 봤잖아? 내 아버지와 이한림의 결말을."

"그럼 이제 어떻게 살려고?"

"제주에서 점이나 치고, 의원 흉내나 내면서 살지 뭐."

"엥? 그래서 지금 고향으로 안 가고 날 따라오는 거야?"

옥단의 미간에 주름이 잡혔다. 그런 옥단의 표정을 확인한 도학의 입꼬리가 살짝 올라갔다.

"벼슬보단 결혼이 더 급하거든."

"결혼?"

"사실은 나 태어날 때 이미 아버지께서 정혼자를 정해 두셨다."

"정말?"

옥단의 표정이 굳어졌다.

"그게 누군데?"

"아버지의 절친이신데 그분에게 쌍둥이 딸이 있거든."

"쌍둥이?"

"응. 근데 그중 한 명이 잘못되어 저승으로 갔으니 남은 한 명과 혼인해야겠지?"

옥단이 가던 길을 멈추고 도학을 바라보았다.

"그게 바로 너다."

"그게 뭔 소리야?"

"우린 이미 서로의 아버지끼리 약혼한 사이라고."

"쳇, 농담하지 마!"

"농담 아냐."

얼굴이 붉어진 옥단이 먼저 빠른 걸음으로 걷기 시작했다.

도학이 옥단 뒤에 대고 외쳤다.

"너 돌아가신 아버지의 유언을 어길 참이야?"

"몰라!"

옥단의 입에 미소가 번졌다.

제주에 도착한 옥단과 도학은 혼례부터 올렸다.

우리의 전통 혼례는 복잡하거나 돈이 많이 들지 않는다. 마을마다 혼례 올릴 때 사용하는 가구와 물건들, 혼례복이 있으므로 술과 떡만 준비되면 언제든 혼례가 가능했다.

도학과 옥단 역시 도착하자마자 서둘러 마을 사람들을 옥단의 집 마당으로 불러 놓고 혼례부터 올렸다. 제주의 집이 옥단의 처가이기 때문이다.

"이장 어르신, 그동안 안녕하셨어요? 저희 왔습니다."

"아니, 이게 누구야? 변 도사님이랑 옥단이 아녀?"

"네. 그리고 저희 오늘 정식으로 혼인합니다. 그래서 혼례식 부탁 좀 드리려고요."

"뭐? 혼례? 둘이 원래 부부 아니었나?"

이장 부인이 이장의 등을 때리며 눈치를 주었다.

"아, 당신은 빨리 가서 마을 청년들이나 모아요. 그나저나 이렇게 갑자기 혼례를 해도 되나? 잔치 음식도 변변찮은데.…"

"술과 떡은 오면서 사 왔습니다."

"그래도 옥단이와 변 도사님의 혼례인데 아무렇게나 해치울 순 없지!"

이장 부인은 마을을 돌며 둘의 혼인 사실을 알렸다. 마을 사람들도 음식과 술을 장만해 와서 두 사람의 혼인을 축하해주었다.

그날 밤, 두 사람은 드디어 한방에서 잠을 자게 되었다.

"1년이나 이 집에서 함께 지냈는데 이렇게 한방에서 부부로 있게 되니 또 다르네."

"그러네."

옥단은 수줍어 고개를 제대로 들지 못했다.

"우리가 처음 만난 날, 넌 우리가 이렇게 부부가 될 줄 알았어?"

"아니."

도학은 호롱불을 끄고는 옥단의 옷을 하나씩 벗기기 시작했다. 두 사람은 늦은 밤까지 운우의 정을 나누었다.

'극락이 따로 없구나.'

둘은 황홀함에 빠져 오랜만에 깊은 잠이 들었다.

* § *

"도련님, 그만 일어나셔유!"

먹쇠의 외침에 도학이 눈을 떴다. 먹쇠의 얼굴에는 먹으로 점을 찍은 것 같은 큰 점이 있어서 '먹쇠'라 불렸다.

'어라? 이건 먹쇠 목소리?'

잠에서 깬 도학은 옆에 누워있어야 할 옥단을 찾았다. 하지만 옥단은 보이지 않았다. 이부자리는 한 사람의 것이었다. 방안을 둘러보았다. 제주 옥단의 집이 아니라 제주에 가기 전, 과거 준비를 했던 절의 공부방이었다.

'이게 어떻게 된 일이지?'

도학은 밖으로 뛰어나갔다. 도학의 심부름을 하는 먹쇠가 방의 앞마당을 쓸고 있었다.

"어휴, 도련님. 어제 초저녁부터 무슨 잠을 그리 주무셔유. 지금 자시(오전 7시~9시)가 거의 끝나가고 있구먼유. 너무 안 일어나서 돌아가신 줄 알았슈."

분명 절에서 데리고 있던 노비 먹쇠였다.

'그럼 이게 모두 꿈이었단 말인가? 요망하구나. 일장춘몽이라니.'

꿈은 현실처럼 너무나 선명했다. 더군다나 꿈에선 시간이 1년이나 지났었다. 그런데 그것을 단 하룻밤의 꿈으로 꾼 것이었다.

"먹쇠야? 아버지는? 아버지는 어찌 되었느냐?"

도학은 아버지인 변학도의 안부부터 물었다.

"변학도 나리유? 오늘이 남원 부사 부임 축하연 하는 날이잖아유?"

'남원 부사 축하연? 그렇다면 아직 그날이 지나지 않았구나!'

변학도는 바로 오늘 오후, 춘향에게 수청을 강요하다가 어사 이몽룡에게 탄핵당할 것이다. 도학은 서둘러 산 아래의 마을로 뛰기 시작했다.

"도련님, 어디가셔유?!"

"남원! 너는 나중에 천천히 오너라! 나는 말을 빌려 먼저 가마!"

"말을 빌리려면 어디로 가야 합니까?"

마을로 내려온 도학은 처음 만난 사람을 붙잡고 말부터 찾았다. 조선 시대에 말은 중요한 교통수단이었으나 지금의 자동차처럼 쉽게 구할 수 있는 것은 아니었다.

"저기 장 씨 집으로 가보슈. 장 씨가 돈을 받고 말을 빌려준다오."

"고맙습니다."

도학은 마을에서 어렵게 말을 빌려 남원으로 달렸다.

'제발 늦지 않게 도착해야 할 텐데….'

계곡을 따라 한참을 달리던 도학의 말 앞에 갑자기 누군가 길을 막아섰다. 말이 놀라는 바람에 도학이 말에서 떨어졌다.

"이히히-힝!"

철퍼덕!

땅에 부딪혀 정신이 없는 도학 앞에 건장한 사내가 다가왔다.

"운이 좋군. 산에서 이런 좋은 말을 얻게 될 줄이야."

흐려졌던 도학의 시야가 다시 열렸다. 해를 등지고 서 있던 사
내의 얼굴이 서서히 드러났다.

그자는 놀랍게도 전우치가 부리는 자객, '이자영'이었다.

24. 춘몽(春夢)

도학은 자신의 필사검을 찾았다.

'내 검이… 이런!'

하지만 지금은 1년 전이다. 도학에게 필사검은 없었다. 이자영이 자신의 필사검을 도학의 목에 겨누었다.

"고맙구나. 말은 잘 쓰마. 크크."

'결국 운명은 바꿀 수 없단 말인가.'

단념하려던 도학은 마음을 다시 바꾸었다.

'여기서 말을 빼앗길 수는 없지.'

도학은 꾀를 냈다.

"이자영, 여기서 만나게 될 줄은 몰랐다."

도학이 자신의 이름을 말하자 이자영은 깜짝 놀랐다.

"너, 나를 아느냐?"

"당연하지. 그럼 들고 있는 칼은 필사검이겠군."

"뭐야, 이놈. 필사검까지 알다니. 내가 그렇게 유명인사인가? 후후."

"전우치는 어디 있지?"

도학이 전우치까지 찾자 이자영의 표정이 변했다.

"이 자식, 뭐 하는 놈이냐?"

"칼을 치워라. 우린 같은 편이니."

"같은 편이라니?"

"같은 편이 아닌데 그대 이름과 필사검, 전우치는 어찌 알겠나?"

"이상한 놈이구나, 너…."

이자영은 고개를 갸우뚱했다.

보통 자객은 자신의 모든 것을 숨기고 다닌다. 특수한 직업 때문이다. 그런데 도학은 자신의 얼굴을 보고는 이름을 맞추었다. 심지어 정체도 알고 있었다. 이자영은 아무리 생각해도 이해되지 않았다. 분명 도학은 아는 얼굴이 아니었다. 그런데 도학은 자신을 너무나 잘 알고 있는 거 같았다. 정말 이상했다.

'도대체 이 백면서생은 누구기에 날 아는 거지?'

이자영의 의문은 깊어졌다.

'하필 산에서 만난 산적이 이자영이라니…'

도학은 세상이 정말 좁다고 생각했다.

'아니지. 이것도 아마 운명일 것이다.'

이자영은 의심을 풀지 않고 있었다. 도학은 차분히 이 위기에서 벗어날 방법을 찾았다.

"혹시 전우치가 그 계획에 관해 이야기해주었나?"

"계획이라니?"

"임금의 부마가 되겠다는 계획!"

"아니, 처음 듣는데…."

"아직 이야기를 안 해주었나 보군."

순간 이자영은 자존심이 상했다. 나름 전우치의 가장 가까운 사이라 생각했는데 자신이 모르는 것을 도학은 알고 있었기 때문이다.

"아, 혹시 그거 아나? 전우치가 물 위를 걸어가는 거. 그거 어떻게 하는 건가?"

"훗, 그 비밀은 모르는군. 그건 이야기해줄 수 없⋯."

그때였다. 숲속에서 갑자기 호랑이 한 마리가 튀어나와 이자영에게 달려들었다. 하지만 이자영은 고도로 훈련된 자객이다. 몸을 낮추며 필사검을 달려드는 호랑이의 턱 아래에서 위로 찔러 넣었다.

푹!

검은 그대로 호랑이의 턱을 뚫고 들어가 머리 안쪽에 박혔다. 호랑이는 힘을 잃고 그대로 이자영 위로 엎어졌다. 300근(180kg)이 넘는 호랑이에게 깔린 이자영은 바로 빠져나오지 못하고 버둥거렸다. 그것을 지켜보고 있던 도학에게 이자영이 사정했다.

"이보게, 나 좀 구해주게."

"구해 달라고? 너 방금까지 날 죽이려 하지 않았어? 말도 빼앗고 말이야."

"그건 미안하네. 하지만 우리 같은 편이라고 하지 않았나? 그러니 좀 도와주게."

도학은 자리에서 일어나 옆에 있던 큰 돌을 하나 집어 들었다. 그리고 그 돌로 이자영의 머리를 있는 힘껏 내리쳤다.

퍽!

피가 사방으로 튀며 이자영의 머리 한쪽이 깨져 나갔다. 도학은 호랑이의 머리에서 이자영의 필사검을 어렵게 빼냈다.

'이 자는 나에게 죽을 팔자군. 운이 좋게도 딱 맞추어 호랑이가 나타나 주다니.'

도학이 필사검을 챙겨 떠나려는데 호랑이의 신음이 들려왔다. 호랑이는 분명 뜬 눈으로 도학을 바라보고 있었다.

'아직 죽지 않았구나.'

하지만 곧 숨이 끊어질 거 같았다.

"크으으응~"

호랑이가 발버둥 치자 배가 꿀렁거렸다.

'설마!'

호랑이의 뒷다리 아래에서 새끼 호랑이 두 마리가 연이어 빠져 나왔다. 원래 출산이 임박했던 호랑이는 이자영의 공격 때문에 갑자기 출산하게 된 것이었다.

도학은 막 태어난 새끼 호랑이를 살폈다. 버둥거리는 새끼 호랑이는 놀랍게도 '백호(白虎)'였다. 다른 새끼 한 마리는 숨을 쉬지 않았다. 도학은 살아있는 백호를 안아서 암컷 호랑이에게 초유를 물렸다. 도학은 고민했다. 호랑이는 민가에 종종 나타나 사람을 잡아먹었다. 이것을 호환(虎患)이라고 한다. 따라서 호랑이는 물론 범의 새끼도 보이는 즉시 죽이는 게 상식이었다. 하지만 도학은 새끼 호랑이를 죽일 수 없었다. 도학의 목숨을 살려준 호랑이의 새끼였기 때문이다. 아직 숨이 끊어지지 않은 어미가 눈물을 흘렸다.

"그래, 네가 날 구했으니 너의 새끼를 살려주마."

수컷이 있었다면 만삭의 암컷이 위험한 사냥에 나서지 않았을 것이다. 새끼를 그냥 버려둔다면 그대로 죽게 되는 것은 자명하다.

도학은 어미가 숨을 거두자 새끼 호랑이를 품속 깊이 넣었다.

"네 새끼를 잘 보살펴주마."

도학은 백호를 품에 안은 채 말을 타고 다시 남원을 향해 달렸다.

*　*　*

남원에 무사히 도착한 도학은 서둘러 동헌 안으로 뛰어 들어갔다.

'늦지 않았어야 할 텐데….'

동헌 마당에는 춘향이 와 있었다.

'추, 춘향이다!'

마루에는 변학도의 모습도 보였다. 도학은 소리부터 질렀다.

"아버지!"

아들의 목소리에 변학도가 반응했다.

"도학아, 너도 왔구나."

도학을 보고 기분이 좋아진 변학도가 주위 사람들에게 그를 소개했다.

"내 아들도 축하해주러 왔나 보오. 껄껄껄."

도학은 숨을 헐떡이며 마루 위로 올라섰다.

"녀석, 천천히 올 것이지, 뭐가 그리 급한 것이냐."

도학은 분위기부터 살폈다. 학도가 아직 매질하기 전인 거 같았다.

"혹시, 춘향에게 매질하셨습니까?"

"아니. 그러잖아도 거짓말을 하기에 지금부터 하려고 했다만…."

"당장 멈추십시오. 춘향에겐 남편이 있습니다."

"그래?"

도학은 학도의 귀에 대고 조용히 말했다.

"그리고 춘향의 남편은 이몽룡이란 자인데 암행어사입니다."

"뭐, 뭐얏! 암, 암행… 어사?"

도학은 입술에 손가락을 대며 조용히 이야기하라는 손짓을 했다.

"지금 그자가 이 안에서 우리를 지켜보고 있습니다. 이건 어사가 판 함정입니다."

"그런데 넌 그걸 어찌 알았느냐?"

"그건 나중에 설명해드리겠습니다. 모두 사실이니 제가 시키는 대로 하십시오."

"그럼 춘향이는 그냥 돌려보내야 하나?"

"물론이죠. 당장 춘향을 돌려보내십시오."

변학도는 떨리는 목소리로 춘향에게 이야기했다.

"서방이 있다는 말을 믿겠다. 그러니 어서 집으로 돌아가라."

춘향은 조용히 물러났다.

휴.

"아버지, 혹시 어사에게 책잡힐 만한 일을 하시지는 않으셨습니까?"

"이제 막 부임했는데 무슨…. 아차!"

변학도는 지난밤에 아전들과 합의한 것이 떠올랐다.

"아전들은 듣게. 내가 받기로 한 3할은 모두 백성들에게 돌려줄 것이니, 아예 착복할 때 3할은 빼고 거두시게. 알겠나 이방?"

"예? 아, 예."

"꼭 그렇게 해야 하네. 꼭!"

"예, 반드시 그렇게 하겠습니다."

학도는 몇 번이고 그것을 강조했다. 그리고 마당에 모인 백성들에게도 외쳤다.

"분명 세금은 이전보다 3할이 줄어들 것이오!"

여기저기서 박수가 터져 나왔다. 변학도는 조용히 도학에게 말했다.

"이제 되었느냐?"

도학의 눈에 이몽룡도 동헌을 나가는 것이 보였다.

"네, 된 거 같습니다."

"휴, 다행이구나."

도학의 품 안에서 잠들어있던 새끼 호랑이가 깨서 옷 밖으로 기어 나왔다. 그 모습을 본 변학도가 말했다.

"어이구, 녀석. 아비 부임 선물로 귀여운 새끼 고양이를…."

털이 하얘 새끼 고양이인 줄 알았으나 자세히 보니 그건 고양이가 아닌 호랑이 새끼였다. 학도가 기겁했다.

"으헉! 이, 이건 호랑이 새끼가 아니냐?"

"예. 백호입니다. 오늘 막 태어난 녀석이에요."

"당장 내다 버려라! 아니, 당장 죽여야 한다!"

"안 됩니다! 이 새끼 호랑이의 어미가 오늘 죽을 뻔한 제 목숨을 구해주었습니다!"

도학이 새끼 호랑이를 품에 안고 감쌌다. 변학도는 매우 불만스러웠다. 다행히 옆에 있던 이방이 나섰다.

"사또, 백호는 영물입니다. 지금껏 백호 새끼를 주웠다는 이야기는 들어보지 못했습니다. 백호를 주상전하께 진상함이 어떤지요?"

"주상전하께 진상을?"

"예. 어차피 호랑이 새끼는 일반 민가에서 키우기 어렵습니다. 차라리 진상하는 편이 여러모로 좋을 듯합니다."

이방의 말이 정답이다. 예부터 호랑이 새끼는 키우지 말랬다. 그때문에 새끼 백호는 죽이지 않는 이상 진상만이 답이었다.

"좋은 생각이군. 어떠냐?"

학도가 도학에게 물었다. 도학은 그렇게 하겠다고 동의했다.

"나중에 진상으로 올려야 하니 이방은 호랑이 새끼를 데려가서 잘 보살피게."

"예."

새끼 백호를 넘겨받은 이방이 별채로 향했다.

변학도의 부임 축하연은 계속되었다. 다행히 어사 출두는 일어나지 않았다.

'춘향과 몽룡이 함께 돌아갔으니 지금쯤 몽룡은 다른 꾀를 내고 있겠군.'

도학은 방자를 찾았다.

"방자야, 너는 가서 이몽룡이 지금 뭘 하고 있는지 보고 소상히 아뢰거라."

"예."

"거짓이 있으면 안 될 것이야!"

"아, 예."

방자가 눈치를 보며 동헌을 빠져나갔다.

변학도는 향단이를 옆에 끼고 기분 좋게 술을 들이켰다.

"오늘이 처음이라고?"

"예, 사또."

"그럼 내가 너의 머리를 올려줘야겠구나. 허허허."

그 말에 도학이 당황했다.

'오늘이 처음이라고? 그렇다면 이몽룡은 향단이를 오늘 중 첩으로 들일 생각을 하고 있을 것이다. 만약 향단이가 이몽룡의 첩이 된다면 이한림에게 죽게 된다. 그렇다고 아버지가 향단이의 머리를 올리도록 두고 볼 수는 없지 않은가. 그녀는 아버지의 친구 윤시갑의 딸이기 때문이다.'

도학은 벌떡 일어나 학도를 말렸다.

"아버지!"

"갑자기 왜 또 그러느냐? 너 그럴 때마다 간이 쪼그라든다."

"아버지는 친구 윤시갑 어르신과 서로 사돈 맺기로 약속하셨지요?"

"그걸 네가 어찌 아느냐? 내가 말한 적 있었던가?"

"지금 이 자리에 윤시갑 어르신의 딸이 있습니다!"

"그래? 그게 누군데?"

"바로 아버지 옆에 앉아 있는 향단입니다!"

"뭐?!"

변학도는 깜짝 놀라 향단이에게 되물었다.

"정말 네가 윤시갑의 여식이더냐?"

"예, 사또."

"이런…. 큰일 날 뻔했구나. 고맙다, 아들아."

"아버지, 이몽룡은 향단이를 자신의 첩으로 들이려 할 겁니다. 하지만 향단이가 이몽룡의 첩이 되면 향단이는 이몽룡의 부친인 이한림에게 죽임을 당합니다!"

"뭐, 뭐얏! 이한림! 이 자식… 그 꼴을 그냥 보고 있을 수는 없지!"

이한림의 이름이 나오자 변학도의 두 손이 떨렸다. 학도가 향단에게 물었다.

"너 분명 오늘이 기생 처음이렸다?"

"예. 처음입니다."

"그럼 지금 당장 내 아들과 혼인하거라!"

"예?"

"이건 아비들끼리의 약속이다. 그러니 너희 둘, 지금 당장 혼례를 올리라고!"

어라, 이게 아닌데….

그럼 옥단이는?

* * *

도학이 혼인해야 할 상대는 옥단이다. 그런데 향단의 운명을 바꾸려면 지금 향단과 혼인해야 한다. 도학은 난감했다.

"아버지, 저는 제주도에 정인이 따로 있습니다."

"뭐라? 제주에는 또 언제 갔던 것이냐?"

"그것을 설명하려면 길고, 어쨌든 제주에 있는 정인이 바로 향단의 쌍둥이 자매인 옥단입니다."

"맞다. 윤시갑의 여식은 쌍둥이 자매였지?"

"아무튼, 저는 옥단이와 혼인해야 합니다. 옥단이가 제 운명의 연분입니다."

변학도는 난감했다.

"어차피 옥단이도 윤시갑의 딸이니 너와 결혼한다고 치자. 그럼 향단이는 어쩔 것이냐? 당장 이몽룡이 첩으로 들이는 것을 막아야 한다며?"

"네."

도학도 난감했다.

향단이를 지금 여기서 살리면 자신의 운명까지 바뀌기 때문이다. 도학이 향단을 바라보았다. 저승까지 찾아가 만나고 왔던 바로 그 향단이 살아있는 사람으로 잔칫상 앞에 앉아 있었다.

"향단아, 네가 살아있는 것을 보니 너무 좋다."

"예?"

향단은 도학의 말에 고개를 갸웃거렸다.

"난 널 꼭 지켜야겠다."

도학은 한참이나 향단의 얼굴을 바라보았다. 그리고 결심했다는 듯 변학도에게 말했다.

"아버지, 결심했습니다. 향단이와…."

이때 갑자기 누군가 큰소리로 외쳤다.

"어사 나리가 오셨습니다!"

몽룡이 몇몇 사령과 함께 당당하게 동헌 안으로 걸어들어왔다. 어사의 등장이라는 말에 동헌 안의 사람들이 당황하여 수군거렸다.

몽룡이 마패를 보이며 마루 위로 올라섰다.

"암행어사 이몽룡이라 하오."

변학도 역시 몽룡에게 굽신거렸다.

"귀하신 분께서 이곳은 어인 일로 오셨나이까?"

"다름이 아니고 여기 있는 향단 때문에 왔소."

"향단이요? 감찰이 아니고요?"

"그렇소. 부사께는 미안하나 내 첩이 될 아이이니 데려가도록 하겠소."

이몽룡이 이렇게 빨리 올 줄은 도학도 몰랐다. 중간에 도학이 개입하여 몽룡의 계획을 저지하였으니 몽룡 또한 자신의 계획을 수정하여 다음 목표를 설정했다. 그것은 향단을 자신의 첩으로 만드는 것이다. 춘향을 떼어내지 못한다면 그녀와 함께 가면서 향단을 자신의 여자로 만드는 것이 몽룡이 바라는 것이다. 오늘은 향단이 기생으로의 첫날이니 분명 그녀를 첩으로 만들기 위해 데리러 올 것으로 예상은 했으나 이렇게 바로 올 줄이야. 변학도가 먼저 나섰다.

"나리, 죄송하오나 향단이는 방금 제 아들 녀석과 혼인시키려고 결정하였습니다."

학도의 말에 몽룡도 움찔했다. 몽룡이 향단을 보며 물었다.

"그럼 너도 이 혼인에 동의하였느냐?"

"예?"

향단은 잠시 망설였다.

도학은 현 남원 부사의 아들이다. 잘생긴 얼굴의 총각이지만, 아직 겪어보지 못해 좋은 사람인지 모르겠다. 몽룡은 현재 암행어사다. 앞날에 중앙 관료로 성공할 탄탄대로가 놓여 있는 것이다. 물론 몽룡에겐 '처'가 있으나 '첩'으로 들어가면 된다. 더군다나 그 '처'는 어릴 때부터 자매처럼 지낸 죽마고우다.

또 향단도 광한루에서 처음 본 몽룡에게 가슴이 설렜다.

향단은 감정적으로나 조건으로도 이몽룡에게 많이 기울었다.

"아니요. 저는 동의하지 않았습니다."

몽룡이 흐뭇한 미소를 지으며 다시 물었다.

"그럼 나의 첩이 되겠는가?"

"네."

향단은 망설임 없이 대답했다. 도학은 향단을 말렸다.

"향단아, 이몽룡의 첩이 되면 그의 아버지인 이한림이 너를 죽일 것이야!"

이한림이 자신을 죽인다는 말에 향단이 놀라며 움찔했다. 몽룡도 놀랐다.

"그게 무슨 소리인가?"

"향단이의 아버지는 윤시갑입니다. 윤시갑은 역모죄로 처벌을 받았지요. 즉, 역모 죄인의 여식을 첩으로 들이는 겁니다. 이것은 정치적으로 공격의 대상이 되지요. 그래서 어사의 아버지는 향단을 가만두지 않을 겁니다. 어때요, 감당할 수 있겠습니까?"

도학의 설명에 몽룡의 눈빛이 흔들렸다. 잠시 고민을 하던 몽룡이 단호하게 말했다.

"내가 그렇게 못하도록 하겠다. 반드시 향단이를 지킬 것이다!"

그러더니 몽룡은 향단의 손을 잡고 서둘러 동헌을 나가버렸다.

'역시 운명은 바꿀 수 없는 것인가?'

어쩌면 향단은 몽룡 때문에 죽을 운명인지도 몰랐다.

"잊어라. 우리의 손을 떠났다. 이젠 몽룡의 선택에 달렸구나."

변학도가 도학의 어깨를 감싸며 위로했다.

* * *

월매의 집으로 돌아온 몽룡은 고민에 빠졌다. 향단의 부친이 정말로 윤시갑이었기 때문이다.

'이를 어떤다….'

다른 사람의 신분으로 둔갑시킬까?

아니다. 어차피 그런 과정은 추적되고 밝혀지기 마련이다. 단지 시간을 조금 더 끌 수 있을 뿐. 몽룡은 아버지에게 편지를 썼다.

<아버지, 저는 역모죄인 윤시갑의 여식 향단을 첩으로 맞았습니다. 저는 그녀를 진심으로 사랑하고 절대 포기할 수 없습니다. 그녀를 포기해야 한다면 차라리 벼슬을 내려놓겠습니다. 그러니 아버지께서도 향단이에게 그 어떤 위해도….>

아니다. 이건 아버지에게 아들이 경고하는 것 아닌가. 오히려 아버지를 자극할 수도 있다.

고민하던 몽룡에게 갑자기 '번쩍'하며 생각이 하나 떠올랐다.

'잠깐, 향단이는 집 밖에선 춘향이잖아?'

몽룡이 춘향을 처로 맞이하게 된 것도 춘향과 향단이 이름을 서로 바꿔 불렀기 때문이다. 몽룡은 편지를 다시 썼다.

　<아버지, 저는 역모죄인 윤시갑의 여식 춘향을 첩으로 맞았습니
다….>

　몽룡의 입에 사악한 미소가 번졌다. 만약 이한림이 자객을 보낸
다면 향단이 아닌 춘향이 죽게 될 것이다. 춘향은 이몽룡에게 절개
를 보이지 않았으니 춘향은 몽룡에게 의미 없는 존재였다.

＊　　＊　　＊

　"오늘만 놀고 내일 날이 밝으면 절로 돌아가거라."
　변학도는 도학이 계속 과거 준비를 하길 원했다.
　"싫습니다. 절로 돌아가지 않을 것이고, 과거도 보지 않을 겁니
다!"
　도학의 도발에 변학도가 깜짝 놀랐다.
　"너 지금 무슨 소리를 하는 거냐?"
　"관직에 나가면 뭐 합니까? 죄 없는 백성들 뜯어먹다가 운이 없
으면 역모 죄인으로 몰려서 목이 잘리거나 귀양살이를 하러 가겠
지요. 그러느니 차라리 아무 걱정 없이 편히 살다가 가렵니다."
　변학도가 화내며 꾸짖었다.
　"철없는 소리 마라! 이 조선 땅에서 사람대접받으며 살려면 오
직 관직에 나가는 길뿐이다. 그렇지 않으면 상단을 만들고 무역을

하여 큰돈을 버는 거부가 되어야 하는데 그건 어디 쉬운 줄 아냐? 그네들도 모두 목숨을 거는 위험한 거래를 하면서 그 재산을 만들 수 있었던 거야."

도학이 반박했다.

"그러니까 왜 꼭 부자가 되어야 합니까? 어차피 먹는 것도, 때가 되어 죽는 것도 모두 같습니다. 저는 제 입에 들어갈 식량만 있으면 됩니다."

변학도의 한숨이 이어졌다.

"아마 물려받을 내 재산 보고 그러나 본데 너 분명 후회할 거다."

"저는 시간과 능력을 더 가치 있는 곳에 쓰려고 합니다."

"그게 뭔데?"

"제주로 가겠습니다."

"제주?"

"네. 옥단이와 만나 제주에서 혼인하고, 제주에서 살아가겠습니다."

변학도가 크게 웃었다.

"이 멍청한 놈아. 거긴 죄인들이나 유배 가는 절해고도의 섬이다. 거기가 뭐 좋다고 가느냐?" (- 절해고도(絶海孤島) : 육지에서 멀리 떨어진 외딴 섬)

"지금은 그렇지만 시간이 지나면 바뀔 겁니다. 사람들은 '살기 좋은 아름다운 섬'이라고 생각할 거라고요."

"어이구, 한심한 놈! 당장 내 눈앞에서 꺼져!"

도학은 자리에서 일어나 동헌 밖으로 터덜터덜 걸어 나갔다.

변학도의 탄핵은 막았으나 부자 관계는 더 나빠져 버렸다.

'그나저나 제주로 가서 옥단이에게 뭐라고 말해야 할까?'

꿈에서는 유배 생활의 보수주인으로 옥단이를 만났지만, 지금은 옥단이에게 어떻게 접근해야 할지 막막했다.

'잘못 생각했어. 향단이만 구하고, 아버지는 그냥 파직당하도록 놔둘걸. 그럼 대신 유배 갈 수 있을 텐데 말이야.'

도학은 다시 말을 타기 위해 말을 묶어 놓은 곳으로 나왔는데 누군가 말 주위에서 서성거렸다.

"그건 내 말이오. 비키시오."

"이 말의 주인 됩니까?"

"네."

"그럼 당신이 내 부하를 죽인 거군요? 당신 손에 들린 건 분명 내 부하의 필사검이니."

말을 보고 있던 사내가 고개를 돌렸다. 전우치였다.

"아니, 다… 당신은 전우치!"

"후후, 나를 알고 있다니."

놀란 도학이 전우치에게 물었다.

"여긴 어떻게?"

"부하의 시신이 있던 곳에서 말이 잠시 쉬어갔더군. 그래서 말 발굽을 따라왔지."

전우치의 얼굴에 살기가 가득했다. 도학은 필사검을 뽑기 위해 검의 손잡이로 손을 가져갔다. 하지만 이미 전우치의 단검이 도학의 가슴 중앙을 찌른 뒤였다.

푹!

"잘 가시게. 내 부하한테도 안부 전해주고."

도학의 심장이 터져 엄청난 양의 피가 흘러내렸다. 전우치는 만족하는 미소를 지었다.

* * *

놀란 도학이 벌떡 일어났다. 옥단의 제주 집 방 안이었다.

"휴, 꿈이구나. 무슨 그런 꿈이 있담?"

도학 옆에서 자고 있던 옥단이 깼다.

"왜 그래?"

"요망한 꿈을 꿔서."

"무슨 꿈인데?"

"1년 전으로 다시 돌아갔지 뭐야. 그래서 아버지와 향단이를 구하기 위해 남원으로 가다가 자객 이자영을 만난 거야. 다행히 호랑이가 나타나서 날 구해주었거든. 그런데 그 호랑이가 백호 새끼를 낳은 거야. 나는 구해준 은혜 때문에 백호 새끼를 품에 안고 남원으로 갔어."

"우아. 그건 아주 좋은 꿈이야."

"그래?"

"응. 할머니가 그러셨어. 꿈에서 백호 새끼를 얻으면 매우 좋은 거라고."

"그런데 마지막엔 전우치가 따라와서 내 가슴을 칼로 찔렀다니까. 피가 얼마나 많이 흘렀는지 몰라."

"그것도 아주 좋은 꿈이야. 앞으로 우리 앞날이 잘 풀리겠는걸."

"칼에 찔려 피가 났는데 왜 좋은 꿈이야?"

"이유는 몰라. 아무튼, 그건 아주 좋은 꿈이라고 그랬어. 아무래도 우리 혼인하길 잘한 거 같다."

(- 꿈속의 일이 그대로 일어나는 현몽이 아닌, 미래를 알려주는 계시몽의 경우 대부분 현실과 반대되는 역몽의 형태로 나타나게 된다)

서서히 새벽안개 너머로 해가 올라오고 있었다. 도학과 옥단이 깨어난 방안에는 서기가 가득 서려 있었다.

일주일 후, 도학과 옥단은 전주로 떠나기 위해 집을 나섰다.

"그럼 우리 이제 전주에서 아버님 모시고 살아야겠네. 다시 제주로 오기 힘들겠지?"

"내가 아버지를 설득해볼까 해. 제주로 오자고 말이야."

"과연 제주로 오실까? 전주에 친구와 집, 재산 모두 있잖아. 육지에서만 살던 사람은 제주로 와서 살기 어려워."

"하긴, 나도 네가 도와줘서 적응할 수 있었지."

"제주가 그리워지겠네."

"그럼 아버지가 돌아가시면 재산 정리해서 제주로 내려오자."

"그럴까?"

"응. 나중에라도 제주에서 자리 잡고 살면 되지. 뭐가 문제야."

"나중에 돌아와도 마을 사람들이 반겨 주려나?"

"그건 걱정 안 해도 돼. 이 변 도사님에게 신세 진 사람이 많아서 말이야."

도학이 어깨를 으쓱였다.

옥단이 파란 하늘 아래 펼쳐진 수평선을 바라보았다. 푸른 바닷물 위로 돌고래 떼가 일렁거렸다. 두 사람의 미래도 푸른 바다처럼 펼쳐지리라.

– 結 –

향단이는 누가 죽였나

지은이 : 김미습
펴낸이 : 이제현
발행일 : 2023년 07월 18일
ISBN : 979-11-93256-00-8(03810)

펴낸곳 : 창작공간 잇스토리
마케팅 : 매드플랙션
출판신고 : 제 2023-000021호
이메일 : it-story@b-camp.net

잇스토리는 영상 IP 전문 프러덕션입니다.
영화/드라마와 소설의 경계선에서 이야기를 찾아가고 있습니다.
문을 두드려 주세요. 문의와 제안은 언제나 즐겁습니다.

홈페이지 : http://itsastory.modoo.at
인스타그램 : http://instagram.com/it_story.kr
블로그 : http://blog.naver.com/it-story